新　潮　文　庫

ゴールデンボーイ

―恐怖の四季　春夏編―

スティーヴン・キング
浅　倉　久　志　訳

新　潮　社　版

4038

目次

ゴールデンボーイ

――恐怖の四季　春夏編――

——春は希望の泉——

刑務所のリタ・ヘイワース

——Rita Hayworth and
Shawshank Redemption

全国、どこの州立刑務所や連邦刑務所にも、おれみたいなやつはいると思う——早くいえば、よろず調達屋だ。注文の銘柄《めいがら》のタバコ、もしそっちが好みならマリファナ、息子や娘の高校卒業を祝う一本のブランデー、その他いろいろを密輸するわけ……むろん、常識の範囲内でね。むかしは常識なんてばかにしてたんだが。

おれがショーシャンク刑務所にはいったのは、ちょうどはたちのときで、このしあわせ一家の中でも、自分のやったことを堂々と認める少数派だった。なにをやったかってえと、殺人だ。三つ年上の女房《にょうぼう》にでっかい生命保険をかけておいて、女房のおやじが結婚祝いにくれたシボレー・クーペのブレーキに細工した。万事は計算どおりに運んだが、女房がキャッスル・ヒルの町へでかけるのに、近所の奥さんとその坊やを乗っけてやることまでは、計算にはいってなかった。ブレーキがきかなくなった車は、町の中央広場の縁《へり》にある植込みを突きぬけても、まだスピードがついていた。目撃者の話だと、南北戦争の銅像にぶつかってぱっと燃えあがる前に、八十キロ以上は出ていたにちがいないという。

警察につかまることも計算にはいってなかったが、やっぱりつかまった。で、ここの定期入場券を手にいれたわけだ。メイン州には死刑がないが、地方検事のたくらみで、三重殺人のひとつひとつに裁判を受けることになり、終身刑三回分の順次執行を宣告された。裁判長はおれのしたことを〝憎んでもあまりある凶悪犯罪〟といった。ちがいねえ。だが、もうそれは過去の話さ。キャッスル・ロックの〈コール〉って新聞で、黄色くなったファイルを調べてみな、大見出しになったおれの判決が、ヒトラーやムッソリーニ、それにローズヴェルトのアルファベット・スープ（訳注　ニュー・ディール政策でさかんに作られたNRA、TVA、CCC、AAAなどの所役）の記事と隣りあって、なんだか妙に古ぼけて見えるはずだ。

おまえは更生したのかって？　その言葉がどんな意味かも知らんな。すくなくとも刑務所や矯正《きょうせい》施設に関してはね。たぶん、そいつは政治家のひねりだした言葉さ。ほかの意味があるのかもしれんし、いずれはその意味に気がつく機会がくるのかもしれんが、そいつは将来の話……囚人は将来のことなんか考えないもんだ。あのころのおれは、若くて、二枚目で、町でも柄《がら》のわるい地区の出身だった。おれがはらませた女は、カービン通りの古いお屋敷のご令嬢で、すねた感じのわがままな美人だった。むこうのおやじは、おれたちの結婚を許した。ただし、これには条件があって、おれがやつの経営している光学器械の会社に就職して、〝一からたたきあげ〟なきゃならない。やつの本心はわかってた。まだ下《しも》の躾《しつけ》もできてない、嚙《か》み癖のある不愉快なペットなみに、おれを自分の家で飼って、あごで使いたいのさ。そんなわけで、恨みつらみが積もりつもって、ああいう結果になった。もし、人生をもう一度やりなおす機会がもらえたら、あんなことはしないだろう。だが、それが更生したって意味になるかどうかは、怪しいもんだ。

とにかく、おれが話したいのは、自分のことじゃない。アンディー・デュフレーンって男のことを話したい。しかし、アンディーのことを話す前に、自分のことをもうすこし説明しとかなくちゃならない。長くはかからないはずだよ。

いまもいったように、おれはこのショーシャンク刑務所で、四十年近くもよろず調達屋をつとめてる。それも、タバコや酒みたいな禁制品だけじゃない。たしかにこのての品物はいつも扱い高のトップにくるがね。そのほかにも、ここで服役してる連中のために、何千って品目を扱った。なかには完全に合法的だが、塀《へい》の中へ持ちこむのがむずかしい品物もある。少女をひとり強姦《ごうかん》して、ほかの何十人かにてめえのでち棒をひけらかしたやつがいたが、こいつはおれが手にいれてやったピンクのヴァーモント大理石を使って、美しい彫刻を三つもこしらえた――赤ん坊と、十二ぐらいの少年と、あごひげを生やした若者だ。やつはこれに〈キリストの三つの時代〉と題をつけたが、いまではその彫刻が、この州の知事だった男の客間に飾ってある。

また、ロバート・アラン・コートって男もいた――この名前、もしおたくらがマサチューセッツ北部の育ちなら、おぼえてるかもな。一九五一年に、やつはメカニック・フォールズのファースト・マーカンタイル銀行へ押しいったが、ただの強盗のつもりが、とんだ流血騒ぎになって、六人が死んだ――中のふたりは強盗の仲間、三人は人質、あとのひとりは間《ま》のわるいときに顔を上げて、片目に弾をぶちこまれた若い州警官だった。

このコートのかかえてたのが、古銭のコレクション。むろん、ムショがそんなものを許可してくれるわけがない。おれが、やつのおふくろと、クリーニング屋のトラックを運転していた仲介屋の手を借りて、塀の中まで運びこんでやったんだ。それからこういってやったもんさ。ボビーよ、泥棒《どろぼう》がうじゃうじゃいる石のホテルへコインのコレクションをわざわざ持ちこむなんて、おまえパーじゃねえか。やつはおれの顔を見てニヤッと笑った。隠し場所があるんだよ。そこへしまっときゃ安全だ。心配するなって。やつのいうとおりだった。ボビー・コートは一九六七年に脳腫瘍《のうしゅよう》で死んだが、コインのコレクションはとうとう出てこなかった。

ヴァレンタイン・デーのチョコを配達してやったこともある。オマリーという変わり者のアイルランド人の注文で、聖パトリック祭に、マクドナルドで売ってる緑色のミルクシェークを三杯とどけてやったこともある。『ディープ・スロート』と『ミス・ジョーンズの背徳』の深夜映画興行をぶったこともある。二十人の会員が貯金を出しあって、フィルムを借りたわけさ……もっとも、このときはおふざけが過ぎるってんで、懲罰房に一週間くらいこんだ。まあ、よろず調達屋ともなれば、それぐらいのリスクはあるって。

参考書やポルノ、ハンドブザー（訳注　掌に隠しておいて、握手するとブザーが鳴りだす）や、かゆみパウダー（訳注　ベビー・パウダーに似せた缶入りで、皮膚につけるとかゆくなる）のようないたずらおもちゃも仕入れたもんだし、長期受刑者がかみさんやガールフレンドのパンティーをうけとれるように手配してやったことも、一度や二度じゃない……ここの連中が夜の夜長にそんなものを使ってなにをするかは、おたくらにも見当がつくはずだ。むろん、こっちは社会奉仕のつもりじゃないから、品物によってはがっぽりいただく。しかし、金のためばかりでもないな。おれにとって金がなんの役に立つ？　キャデラックを乗りまわしたり、二月にジャマイカで二週間の休暇をとるなんて日は、永久にやってこない。こんな稼業《かぎょう》をしてるのは、いい肉屋が、新しい肉しか売らないようにする、あれとおんなじ理由なんだ——せっかくの評判を落としたくないってこと。頭から密輸を断わる品目はふたつしかなくて、それは銃とヘビー・ドラッグだ。だれかが自分自身やほかのだれかを殺すのに、手を貸したくはねえよな。それでなくても、こちとら、あの殺しで一生つづく良心のお荷物をかかえてるんだから。

そう、まるっきりワンマン・デパート、ニーマン・マーカスの刑務所版さ。だから、アンディー・デュフレーンが一九四九年におれのところへやってきて、リタ・ヘイワースをこっそり監房にもぐりこませることはできるかと聞いたとき、おれはあいよと請けあった。事実お安いご用だった。

一九四八年にショーシャンクへ入所したとき、アンディーは三十歳。砂色の髪と小さい器用な手をした、身だしなみのいい小男だった。金縁メガネをかけていた。爪《つめ》はいつも短く切ってあって、いつもきれいだった。こんな細かいことでだれかをおぼえてるのは妙な話だが、アンディーという男を一口でいえば、そういうことになる。いつもネクタイを締めてる感じだ。シャバにいたときは、ポートランドの大銀行の副頭取で、信託部門の責任者。あの若さとしてはすごい出世さ。なにしろ、銀行ってやつはおそろしく保守的だしよ……おまけにニュー・イングランドだと、その保守性が十倍になると考えたほうがいい。ここじゃ、頭が禿《は》げて、足がよろよろ、ずれた脱腸帯を直そうとしていつもズボンをいじってるような爺《じい》さんにならないと、みんなが信用して金を預けない。そのアンディーが、なぜムショにくらいこんだかというと、かみさんと間男を殺した罪だった。

前にもいったと思うが、刑務所の中ではだれもが潔白な人間だ。そう、テレビで黙示録を読みあげるコチコチの信者どもみたいに、だれもがきまり文句をぶちあげる。自分は、石の心臓と石のきんたまを持った裁判官や、能なしの弁護士や、警察のでっちあげや、ひどい不運の犠牲者だっていう泣き言さ。だれもがきまり文句をぶちあげるが、顔にはべつの文句が書いてある。たいていの受刑者はろくでなしで、自分の役にも、ほかのだれの役にも立たない。連中の最大の不運は、おふくろの腹の中から月満ちて生まれてきたことなんだ。

ショーシャンクで長年暮らしたあいだに、この無実うんぬんを聞かされて、おれがそれを信じた相手は十人もいない。アンディー・デュフレーンもそのひとりだが、やつの無実を信じるようになるまでには、何年もかかった。かりにおれが、一九四七年から四八年にかけての嵐《あらし》の六週間に、ポートランド上級裁判所でやつの裁判に立ち会った陪審員のひとりだったとしたら、やっぱり有罪に投票してたろう。

たしかに派手な事件だった。話題になる要素のそろった、おいしい事件だった。社交界の花形だった若い美女（死亡）、地元の有名スポーツ選手（おなじく死亡）、それに被告席にいるのは、新進気鋭のビジネスマン。それだけでなく、新聞が匂《にお》わせるのにもってこいのスキャンダルがそろってた。検察側からすると、簡単明瞭《めいりょう》な事件だった。それでも裁判があそこまで長びいたのは、地方検事が下院議員に立候補の色気があって、一般大衆に自分のご面相をとっくりと拝ませたかったからだ。そこでこの裁判は呼び物の法律サーカスになり、傍聴席のキップを手にいれるため、野次馬が朝の四時から、零下二十度の寒さをものともせずに行列した。

検察側の主張の中で、アンディーが異議を唱えなかった事実をあげるとこうなる。彼にはリンダ・コリンズ・デュフレーンという妻がいた。一九四七年の六月に、リンダはファルマス・ヒルズ・カントリークラブでゴルフを習いたいといいだした。そして、四カ月コースのレッスンをとった。彼女を教えたのは、ファルマス・ヒルズのゴルフ・プロ、グレン・クェンティンだった。一九四七年八月下旬に、アンディーはクェンティンと自分の妻の情事を知った。アンディーとリンダの夫婦は、一九四七年九月十日の午後に激しい口論をした。口論のもとは、リンダの不貞だった。

アンディーの証言によると、リンダは、あなたに知られてかえってよかった、人目を忍んでこそこそ会うのは情けない話だから、といった。そして、アンディーに、リノで離婚手続きをするつもりだ、といった。アンディーは、リノで会うぐらいなら、その前に地獄で会おう、といった。彼女は家をとびだし、クェンティンとその夜を過ごすために、クェンティンの借りていた、ゴルフ場からそれほど遠くないバンガローへでかけた。翌朝、掃除婦がベッドで死んでいるふたりを見つけた。どちらも四発ずつ撃たれていた。

ほかのなによりもアンディーにとって不利に働いたのは、この最後の事実だった。政治的野心のある地方検事は、冒頭陳述と最終弁論で、このことを大きく強調した。彼にいわせると、アンディー・デュフレーンの事件は、妻を寝とられた夫が、思わずかっとして復讐《ふくしゅう》したというものではない。それならば、許すことはできなくても、理解はできる。だが、この復讐は、もっと冷酷な種類のものだ。考えてみたまえ、と地方検事は陪審に向かって吠《ほ》えたてた。四発プラス四発！　六発ではなく、八発！　彼は弾倉が空《から》になるまで拳銃《けんじゅう》を撃ちつづけ……それから、いったん撃ちやめて弾をこめなおし、もう一度ふたりを撃ったのだ！　〈ポートランド・サン〉は、『男に四発、女に四発』と大見出しをうった。〈ボストン・レジスター〉は、彼を〝くそ平等殺人鬼〟と名づけた。

ルイストンのワイズ質屋の店員は、この二重殺人のちょうど二日前に、六連発の三八口径警察制式拳銃をアンドルー・デュフレーンに売ったと証言した。カントリークラブのバーテンの証言によると、アンディーは九月十日の夜七時ごろバーにやってきて、二十分間にウィスキーのストレートを三杯あおり——そして、スツールから立ちあがりしなに、これからグレン・クエンティンの家に行くつもりだとバーテンに語ってから、「あとは新聞で読め」といった。もうひとり、クエンティンの家から二キロほど離れたハンディー・ピック・ストアの店員は、デュフレーンがおなじ日の夜、九時十五分前ぐらいに店へやってきた、と法廷で述べた。彼が買ったのは、タバコと、ビールの大瓶《おおびん》三本と、何枚かのふきんだった。郡検視官は、クエンティンとデュフレーンの妻が殺されたのは、九月十日の午後十一時から十一日の午前二時のあいだである、と証言した。この事件を担当していた州検事局の刑事の証言はこうだった。バンガローから七十メートルたらずのところに車の待避所があり、九月十一日の午後、この待避所から三つの証拠が採取された。その一、ナラガンセット・ビールの空き瓶二本（被告の指紋あり）。その二、タバコの吸いがら十二本（銘柄は、どれも被告が日ごろすっているクール）。その三、タイヤの跡の石膏《せっこう》型（被告の一九四七年型プリマスのタイヤのトレッドと摩耗の跡にぴったり一致する）。

クエンティンのバンガローの居間では、ソファーの上に四枚のふきんが発見された。

どれにも銃弾が貫通した穴と、火薬の焼けこげがあった。刑事は（アンディーの弁護士の必死の抗議もむなしく）仮説を述べ、犯人は銃声を消すために、拳銃の銃口にふきんを巻きつけたのだろう、といった。

アンディー・デュフレーンは、自分自身を弁護するために証人席に立ち、一部始終を穏やかに、冷静に、客観的に物語った。彼にいわせると、妻とグレン・クェンティンについての悲しい噂《うわさ》をはじめて聞いたのは、七月の最後の週だった。八月下旬になると、居てもたってもおられず、自分で調べてみようという気になった。ゴルフのレッスンのあとで、リンダがポートランドへ買物にでかけているはずの夜、アンディーは彼女とクェンティンを尾行して、クェンティンの借りていたバンガロー（新聞ではもちろん〝愛の巣〟と名づけられた）にふたりがはいるのを見とどけた。待避所で待っていると、約三時間後に、クェンティンが彼女をカントリークラブまで送ってくるのにでくわした。そこに彼女の車がおいてあるからだ。

「ところで、あなたが奥さんを尾行するのに使った車は、ご自分の真新しいプリマス・セダンでしたか？」と地方検事は反対尋問で彼にたずねた。

「いいえ。その晩だけ、友人と車を交換しました」とアンディーは答えた。こうして自分の調査がどれほど用意周到なものであったかを冷静に認めたことが、陪審の心証をよくするはずはなかった。

　友人に車を返し、自分の車に乗りかえて、彼は家に帰った。リンダはすでにベッドで本を読んでいた。ポートランドへの旅はどうだったか、と彼は妻にたずねた。旅はおもしろかったが、気にいったものがなかったのでなにも買わなかった、と妻は答えた。

「わたしが確信を持ったのはそのときでした」とアンディーは、息をこらした傍聴人たちの前で述べた。彼は証言のあいだを通じて、穏やかで超然とした口調をほとんどくずさなかった。

「その夜から、奥さんが殺された夜までの十七日間、あなたの心境はどんなものでしたか?」アンディーの弁護士が彼にたずねた。

「気もそぞろでした」アンディーは冷静沈着な口調で答えた。買物のリストを読みあげるような調子で、いったんは自殺を考えたこと、九月八日にはルイストンへ銃を買いにまでいったことを話した。

　そこで弁護士は、殺人の起こった夜、彼の妻がグレン・クェンティンに会いにいったあとでなにが起こったかを、陪審の前で話してください、と彼に要求した。アンディーはそうした……彼が与えた印象は、およそ最悪のものだった。

　おれは三十年近くアンディーとつきあってきたからいえるが、あんなに泰然自若としたやつは見たことがない。うれしいことがあっても、ぽつりぽつりとしか話さない。つらいことは、胸の奥へしまいこんでしまう。かりにあいつに、作家やなんかのいう〝魂の闇夜《やみよ》〟があったとしても、そんなことはそぶりにも見せないだろう。たとえ自殺をするにしても、遺書は残さないが、自分の後始末をちゃんとつけた上でやる、そんなタイプだ。もしもやつが証人席で泣きだしていたら、それとも、声がかすれたり、口ごもったりしていたら、それともあのワシントン志向の地方検事に大声でかみついていたら、終身刑なんかくらわなかっただろうと思う。かりにくらったとしても、一九五四年までには仮釈放で出所してたろう。ところが、まるで録音機みたいな調子で話を進めたもんだ。陪審に向かってこういってるようだった——これが事実だ。認めるか拒むかはそっちの勝手。そこで陪審はそれを拒んだ。

その晩の自分は泥酔《でいすい》していた、とアンディーはいった。八月二十四日以後は、毎日のようにのんだくれていた上に、酒にはあまり強いほうではない、といった。陪審は、このダブルの三つ揃《ぞろ》いのスーツをぱりっと着こなした冷静な青年が、妻と田舎町のゴルフ・プロのけちな情事ぐらいで、正体をなくすほど泥酔するとは、とても想像できなかった。おれがその話を信じるのは、アンディーをじっくり観察する機会があったからで、陪審をつとめた六人の男と六人の女にはそんな機会がなかったんだ。

アンディー・デュフレーンは、おれと知りあってからずっと、年に四杯の酒しか飲まなかった。毎年、自分の誕生日の一週間ぐらい前と、クリスマスの二週間ぐらい前になると、運動場でおれと落ちあう。どっちのお祝いにも、やつはジャック・ダニエルズを買う。たいていの囚人が酒を買うやりかたで――ここでもらう奴隷《どれい》なみの賃金に自分の隠し金をたしてだ。一九六四年まで、囚人の賃金は一時間十セントだった。六五年に、そいつが二十五セントまで賃上げされた。酒類に関するおれの手数料は十パーセントだが、そいつをジャック・ダニエルズの黒みたいな上物のウィスキーに上乗せしてみなよ、わかるだろう、年四杯の酒を買うのに、アンディー・デュフレーンが刑務所のランドリーで何時間汗を流さなきゃならないか。

誕生日の九月二十日の朝、やつはカップになみなみとついだのを一杯あけ、その晩、消灯のあとでもう一杯飲む。つぎの日、やつは瓶の残りをおれに返し、おれがそれをみんなと分けて飲む。もう一本のほうは、クリスマスの晩に一杯と、大晦日《おおみそか》の晩に一杯。それから、こっちの瓶も、みんなと分けてくれという指示といっしょに、おれのところへもどってくる。年に四杯――なにしろ、あの男は酒に飲まれてひどい目にあったんだ。一生を棒にふったんだ。

アンディーは陪審にこう話した。十日の晩はひどく泥酔していたので、なにがあったかはとぎれとぎれにしか思いだせない。その午後、リンダと対決する前に、まず酒をあおった――彼の言葉をかりると、「たっぷり空元気をつけようと」した。

リンダがクェンティンに会いにでかけたあと、彼はふたりと対決する決心を思いだした。クェンティンのバンガローに行く途中で、もう二、三杯ひっかけたくなって、カントリークラブに立ちよった。バーテンになにをいったか思いだせないし、もちろん、「あとは新聞で読め」といった記憶もない。ハンディー・ピックでビールを買ったのはおぼえているが、ふきんは買わなかった。「わたしがふきんを買ったりする理由がどこにあるでしょう？」と彼が反問すると、三人の女性陪審員がぞくっと身ぶるいしたと、ある新聞は伝えている。

それからずっとずっとあとで、アンディーはおれに、ふきんの証言をした店員についての推測を聞かせたことがある。そのときの言葉は、ここに書きつけておく値打ちがあると思う。「かりにだね」とアンディーは、ある日、運動場でおれにいった。「検察側が証人の依頼をしている最中に、あの晩わたしにビールを売った男を見つけたとする。そのときには、もう三日もたっていた。事件の詳細はすでにどの新聞にもでかでかと報道されていた。たぶん、やつらはおおぜいであの男をとりかこんだろう。五、六人の警官、それに検事局からきた刑事、それに地方検事の助手。記憶ってのはずいぶん主観的なものだよ、レッド。連中は、『ひょっとしたら、やつはふきんを四、五枚買ったんじゃないか？』と考えて、その線から店員を問いつめた。おおぜいの人間がなにかを思いだすように催促すると、これはかなり強力な説得の武器になるからね」

それはいえる、とおれは同意した。

「しかし、それ以上に強力なものがひとつある」アンディーは例の考えぶかい調子でつづけた。「すくなくともあの店員が自分でそう信じこんでしまったことはありうるね。理由はスポットライトだよ。記者にとりかこまれる、新聞には自分の写真が出る……もちろん、クライマックスは、法廷で主役をつとめたときだ。なにもあの男がわざと供述を曲げたとか、偽証をしたとかいってるんじゃない。かりに嘘《うそ》発見機にかけられても、あの男は大手を振って合格したろうし、おふくろさんの名前にかけて、たしかにふきんを売ったと誓ったろうさ。しかし、それでもやはり……記憶ってのは、いまいましいほど主観的なんだ。

これだけはいえる。たとえあの弁護士が、わたしの供述の半分は嘘と思っていたとしても、ふきんの一件だけはてんから問題にしなかった。明らかに筋が通らない。わたしはへべれけだった。あんなに泥酔していて、銃声を消そうなんて知恵が出るわけがない。かりにわたしがやったのなら、いきなり撃ったはずだ」

彼は待避所までくると、車をとめた。ビールを飲み、タバコをすった。クエンティンの一階の電灯が消えるのをながめた。二階で電灯がひとつついた……見まもるうちに、十五分後、その電灯も消えた。あとの推測はついた、と彼は法廷で述べた。

「デュフレーンさん、そこであなたはグレン・クェンティンの家に行き、ふたりを殺したのですか?」と彼の弁護士は大音声《だいおんじょう》でたずねた。

「いいえ、ちがいます」とアンディーは答えた。彼にいわせると、真夜中ごろにはもう酔いもさめていた。それに、ひどい二日酔いの最初の徴候が出ていた。そこで、まず帰宅してぐっすり眠り、明日、もっと分別のある頭でこの問題を考えよう、と決心した。

「そのとき、帰宅する途中で、わたしはこう考えはじめていました。いちばん賢明な方法は、彼女をリノへ行かせて、結婚を解消することではないか、と」

「ありがとう、デュフレーンさん」

地方検事が立ちあがった。

「あなたはそのとき思いつけるいちばんてっとりばやい方法で彼女との結婚を解消した、そうでしょうが？　あなたはふきんにくるんだ三八口径の拳銃で彼女との縁を切った、そうでしょうが？」

「いいえ、ちがいます」とアンディーは穏やかに答えた。

「それから、あなたは彼女の愛人を撃った」

「いいえ、ちがいます」

「というと、クェンティンを先に撃ったのですか？」

「いいえ、どちらも撃たなかったという意味です。わたしはビールを二本あけ、それからタバコをやたらにふかしました。警察が待避所で見つけた本数をです。それから車で帰宅して、ベッドにはいりました」

「あなたは陪審にこう話しましたね、八月二十四日から九月十日までは、しょっちゅう自殺を考えていた、と」

「はい、そうです」

「拳銃を買うほど、自殺にとりつかれていた」

「そうです」

「デュフレーンさん、もしわたしが、あなたはとうてい自殺をはかるようなタイプに見えないといったら、気をわるくしますか?」

「いいえ」とアンディーは答えた。「しかし、わたしの印象では、あなたはそれほど感じやすい人柄《ひとがら》には見えませんから、かりに自殺を考えても、あなたのところへ相談に行く気になるかどうかは疑問ですね」

このやりとりを聞いて、ひきつったクスクス笑いが法廷の中にもれたが、陪審の点数を稼《かせ》ぐことにはならなかった。

「あなたは九月十日の夜に、三八口径を携帯していきましたか?」

「いいえ。もうすでに証言したように――」

「ああ、そうでしたな!」地方検事は皮肉な微笑をうかべた。「あなたはその拳銃を川に捨てた、ちがいますか? ロイヤル川に。九月九日の午後」

「そうです」

「殺人のあった前日だ」

「そうです」

「非常に好都合だ、ちがいますか？」

「べつに好都合でも不都合でもありません。たんなる事実です」

「あなたはミンチャー警部補の証言を聞きましたね？」ミンチャーは、アンディーが拳銃を捨てたというポンド・ロード橋付近で、ロイヤル川の底をさらった捜査班の責任者だった。警察は拳銃を発見できなかった。

「はい、聞きました」

「では、彼がこの法廷でこういったのも聞いたはずだ。三日間にわたって川底をさらったが、拳銃は見つからなかった。これもなかなか好都合だ、ちがいますか？」

「好都合かどうかはべつにして、拳銃が見つからなかったことは事実でしょう」とアンディーは冷静に答えた。「しかし、あなたにも陪審のみなさんにも、これだけは指摘しておきたいと思います。ポンド・ロード橋は、ロイヤル川がヤーマス湾に流れこむ河口のすぐそばです。だから、流れは急です。あの拳銃も、湾内まで運ばれていったのかもしれません」

「そのために、あなたの奥さんとグレン・クェンティン氏の血みどろの死体からとりだした銃弾の条痕《じょうこん》と、あなたの拳銃の条痕との比較はできなくなった。そのとおりですな、デュフレーンさん？」

「はい」

「これも、やはりなかなか好都合だ、ちがいますか？」

新聞記事によると、このとき、アンディーは六週間の裁判の中でもめずらしく、いくらか感情的な反応を見せたという。かすかな微苦笑が彼の顔を横ぎった。

「わたしはこの犯罪に対して無実であり、犯罪の起きた前日、わたしが拳銃を川に捨てたという供述が真実である以上、その拳銃が見つからなかったことは、わたしにとってきわめて不都合のように思えます」

地方検事は、二日間にわたって彼を質問ぜめにした。ふきんに関するハンディー・ピックの店員の証言を、もう一度アンディーに読み聞かせた。アンディーは、買った記憶はないとくりかえしたが、買わなかった記憶もない、と認めた。

アンディーとリンダ・デュフレーンが一九四七年の初めに、連生保険（訳注　二人以上の被保険者のうち、最初の一人が死亡した場合にのみ保険金を支払う保険）に加入したのは事実か？　はい、事実です。もし無罪放免された場合、アンディーが五万ドルの保険金を受け取ることになるのは事実か？　事実です。では、アンディーが殺意を胸にしてグレン・クェンティンの家に行ったことは事実でないのか、また、二重殺人をおかしたことも事実ではないのか？　はい、事実ではありません。では、現場に盗難の形跡がない以上、いったいなにがあったと思うか？

「わたしには見当もつきません」とアンディーは静かに答えた。

雪の水曜日の午後一時〇〇分に、この事件は陪審の評議にゆだねられた。十二人の男女からなる陪審は、三時三〇分に法廷にもどってきた。廷吏にいわせると、もっと早くもどってくることもできたが、郡のおごりでベントリー料理店から出前で届くすてきなチキン・ディナーがお目当てで、わざと評議をひきのばしたらしい。陪審は有罪の評決を出した。そうさ、もしメイン州に死刑の規定があったら、雪の下からクロッカスが新芽を出す前に、アンディーは空中ダンスを踊ってたにちがいない。

いったいなにがあったと思うかと、地方検事からたずねられたとき、アンディーはその質問をするりとかわした——しかし、やつは胸の奥にある推測をかかえていて、おれがやっとそれを聞きだしたのは、一九五五年のある晩おそくだった。おれたちふたりが、うなずきあう程度の浅い知りあいから、そこまで親しい仲になるには、七年かかったわけだ——しかし、一九六〇年かそこらまで、おれはアンディーと本当に親密になった気はしなかったし、そこまでの仲になれたのもおれだけだったと思う。どっちも長期受刑者ということで、おれたちふたりは最初から最後までおなじ監房区にいた。もっとも、おたがいの監房は、廊下の半分ぐらい離れていたが。

「わたしがどう思うかって?」やつは笑った——しかし、その笑いにユーモアはこもっていなかった。「あの晩は、不運がそこらじゅうにごろごろしていたらしい。おなじ短い期間の中に二度と集まらないぐらいの数のね。あれをやったのは、通りすがりのよそものにちがいない。わたしが帰宅したあと、あの道で車のタイヤがパンクしたドライバーかもしれない。夜盗かもしれない。精神病者かもしれない。その男がふたりを殺した、それだけのことさ。それでわたしがここにいる」

いってみれば簡単な話だ。おかげで、やつは人生の残りを——それとも、人生の盛りを——ショーシャンクで過ごす運命になった。五年目からは、やつも仮釈放の審査を受けることになったが、模範囚なのに、いつもあっさり却下された。入場券に殺人のスタンプを押されていると、ショーシャンクから出るパスをもらうのに暇がかかる。川が岩を浸食するようにのろい仕事だ。委員会の定員は七人で、たいていの州刑務所よりふたりも多い上に、七人のどいつも、おつむの硬いことといったら、鉱泉井戸から汲《く》みあげた硬水なみだ。この連中には、買収も、ごますりも、泣き落としもきかない。ここの委員会に関するかぎり、金は物をいわないし、だれもムショから出られない。アンディーの場合には、それ以外にも理由があった……だが、それはおいおい話していこう。

ケンドリックスという模範囚がいて、こいつは五〇年代にずいぶんおれに借金を溜《た》め、それを払いおわるのに四年かかった。やつが払った利子のおおかたは情報だった——こういう稼業《かぎょう》をしてると、まわりの動きにいつも気をつけてないと死に体になっちまうからね。たとえば、このケンドリックスは記録をのぞき見できたんだ。おれみたいに、くそったれなナンバープレート工場でスタンパーを動かしてる男には、近づくに近づけない記録を。

ケンドリックスの話だと、仮釈放委員会のアンディー・デュフレーンに対する投票は、一九五七年に七対〇で否決、五八年には六対一、五九年にはまた七対〇、六〇年には五対二だった。そのあとは知らないが、十六年たってもやつがまだ第五監房区の十四号房にいたことだけはわかってる。その年、つまり一九七五年には、やつは五十七歳だった。あのままだったら、そのうちに委員会も折れて、一九八三年ごろにアンディーをシャバへほうりだしたことだろう。むこうは終身刑《ライフ》とひきかえに、こっちの一生《ライフ》をとりあげる——とにかく、一生のいちばんおいしいところをだ。そりゃいつかは出られるときがくるだろうさ。しかし……まあ聞きなよ、おれの知りあいにシャーウッド・ボルトンという男がいて、こいつが監房で鳩《はと》を飼ってたんだ。一九四五年から、釈放される一九五三年まで、その鳩といっしょに暮らしてた。といっても、アルカトラズの鳥《バードマン》男とは格がちがう。ただ、鳩を飼ってただけさ。その鳩に、ジェイクと名前をつけてたよ。やつが自分の出所する日の前日にジェイクを放してやると、ジェイクは颯爽《さっそう》と飛んでいった。しかし、シャーウッド・ボルトンがこのしあわせ一家を抜けてから一週間ぐらいしてから のある日、ダチ公のひとりが運動場の西の隅《すみ》へおれを呼んだ。シャーウッドがいつもけつを据《す》えてたところだ。そこに、一羽の小鳥が、えらく小さい、よごれたシーツの山みたいにころがっていた。飢え死にしたらしい。そのダチ公がいった——「あれはジェイクじゃないかな、レッド？」そのとおりだった。その鳩はクソ同然にくたばってたっけ。

はじめてアンディー・デュフレーンが話しかけてきたときのことは、いまでもおぼえている。まるできのうのことみたいに。ただし、そのときの注文はリタ・ヘイワースじゃなかった。あれはもっとあとだ。一九四八年の夏にやつが注文したのは、もっとほかのものだった。

おれの取引の大部分は運動場が舞台で、このときもそうだった。ここの運動場は、よそよりもずっとでっかい。完全な正方形で、一辺が七十メートルあまり。北側は外塀《そとべい》で、その両端に監視塔がある。塔の上の看守は双眼鏡と散弾銃を持っている。正門はこの北塀にある。トラックの荷役場は運動場の南隣。荷役場はぜんぶで五つある。毎週の労働時間のあいだ、ショーシャンクはいそがしい場所だ——はいってくるトラック、出ていくトラック。ここにはナンバープレート工場と、刑務所だけじゃなく、キタリー公営病院とエリオット療養所の洗濯物《せんたくもの》までひきうける大きなランドリー工場がある。大きな自動車修理工場もあって、受刑者の修理工が、州と市の官用車を直している。いうまでもないことだが、牢番《ろうばん》どもや、行政官どもの自家用車も……それに、これもしょっちゅうだが、仮釈放委員の車も。

東側はスリット形の小窓がならんだ分厚い石の壁だ。第五監房区はこの壁の裏側にある。西側は管理棟《とう》と診療所だ。ショーシャンクはよその刑務所とちがって満員になったことがなく、四八年当時は定員の三分の二ぐらいだったが、それでも運動場にはいつ見ても八十人から百二十人の懲役囚がいたと思う——それがフットボールや野球のボールでトスをしたり、サイコロばくちをしたり、しゃべりあったり、取引したりしてる。日曜日には、こいつがもっと込みあう。日曜日には、まるで田舎の祭日みたいになる……女さえいればな。

アンディーがはじめておれの前にやってきたのも、日曜日のことだった。ちょうどエルモア・アーミテッジというなにかと便利な男と、商売物のラジオの話をすませたところへ、アンディーが近づいてきたんだ。もちろん、アンディーのことは知っていた。気取り屋で、お高くとまってるという評判だった。あいつはそのうち痛い目を見るぜ、といってる連中もいた。そのひとりはバグズ・ダイヤモンドで、こいつにくらいつかれると厄介《やっかい》なことになる。アンディーには同房の仲間がいなくて、噂《うわさ》によると、本人がそう希望したってことだった。やつは自分のクソがひとのよりいい匂《にお》いがするとでも思ってるんだろう、という連中もいた。しかし、自分の目でその男を判断できるなら、噂に耳をかす必要はない。

「こんにちは」とやつはいった。「わたしはアンディー・デュフレーンだ」手をさしだしたので、おれも握りかえした。やつはよけいなまえおきで時間をむだにするタイプじゃなかった。いきなり本題を切りだした。「品物を手にいれる名人だと聞いてきたんだが」

おれは認めた。たしかに、ときどきある種の品物を手にいれることはある。

「どうしてそんなことができるんだね？」とアンディーはきいた。

「ときには、品物のほうがひとりでやってくる。説明はできんな。おれがアイルランド系だってこと以外には」

やつはそれを聞いてふっと微笑した。「できたら、ロック・ハンマーを手にいれてもらえないだろうか」

「それはどういう品物で、なぜほしいんだ？」

アンディーは意外そうな顔をした。「動機づけもきみの商売の一部なのかね？」そんないいまわしを聞かされると、気取り屋だ、スカしてやがるという評判もなっとくできた――しかし、その質問にはちょっとしたユーモアがこもってるようだった。

「教えてやろう。もし、おまえさんの注文が歯ブラシなら、おれはなにもせんさくしない。値段をいうだけだ。歯ブラシは命にかかわる品物じゃないからな」

「命にかかわる品物に強い反感があるんだね？」

「ある」

絶縁テープのつぎの当たった野球のボールがこっちへ飛んできた。やつは猫《ねこ》のように身軽に向きなおると、空中でそれをつかみとった。名手のフランク・マルゾーンでも鼻を高くしそうなプレーだった。アンディーはボールを飛んできたほうへ投げかえした――軽くピッと手首を返しただけだが、けっこうスピードのあるボールがいった。まわりではおおぜいの連中が、めいめい好きなことをやりながらも、横目でこっちをながめていた。監視塔の看守も見物してたかもしれない。べつにアンディーをおおげさにほめそやす気はないんだぜ。どこの刑務所でも顔役はいるもんだ。小さい刑務所なら四、五人、大きな刑務所なら二、三十人。ショーシャンクでは、おれもその顔役のひとりだったから、おれがアンディー・デュフレーンのことをどう思うかは、これからのやつの生活にずいぶん影響がある。やつもそのことは知っていただろうが、ペコペコするとか、ゴマをするって感じはちっともなかった。そこがりっぱだと、おれは思っただけさ。

「よくわかった。じゃ、それがどんなものか、なぜほしいかを話そう。ロック・ハンマーはうんと小型のツルハシだ――長さはこれぐらい」アンディーが両手を三十センチほど離してみせたときに、おれははじめてやつがどれほど爪《つめ》をきれいに手入れしてるかに気がついた。「片方の端はツルハシのように鋭くとがっていて、もう一方の端は平たい金槌《かなづち》になっている。なぜそれがほしいかというと、石が好きだからだ」

「石か」

「ちょっとここへすわらないか」

おれはやつにつきあった。ふたりで、インディアン流にそこへけつをおろした。

アンディーは運動場の土をひとすくいとって、それを器用に両手でふるいわけはじめた。細かい土ぼこりが舞って、あとに小石だけが残った。ひとつかふたつ、キラキラ光ってるやつはあるが、あとはなんのつやもない、ただの小石だ。そのさえない小石の一つは石英だった。さえないのは、よごれていたからだ。磨《みが》くとすてきなミルク色のつやが出てきた。アンディーは磨きおわると、ポンとそれを投げてよこした。おれはキャッチして、その石の名前をいった。

「石英ね。正解だ。それから、ほら――雲母《うんも》。頁岩《けつがん》。シルト花崗岩《かこうがん》。ここには層理石灰岩がある。ここを丘の横っ腹から切りひらいたときのものだ」やつは石ころを投げすてると、両手の砂をはらった。「わたしは鉱物マニアだ。いや、すくなくとも……鉱物マニアだった。以前の生活ではね。その趣味を復活させたいんだよ。多少スケールは小さくとも」

「運動場で日曜日の探険か？」おれは立ちあがってききかえした。ばかばかしい。だが……その小さい石英のかけらを見せられたことで、妙なぐあいに胸がキュンとした。なぜだかよくわからない。たぶん、外の世界を連想でもしたんじゃないかな。運動場の中じゃ、ふだんそんな考え方はしない。石英なんて、急な谷川から拾いあげるものだと思ってる。

「ここの日曜の探険だって、なにもないよりはましさ」とやつはいった。

「そのロック・ハンマーで、だれかの脳天をたたき割ることもできるんじゃないのか」

「ここには敵はいないよ」とやつは静かにいった。

「そうかな？」おれは微笑した。「まあ、いまにわかる」

「もしトラブルが起きても、ロック・ハンマーを使わずに片がつくと思う」

「まさか脱獄を考えてるんじゃないだろうな？　塀の下を掘るとかよ。もしそれだったら――」

やつは上品に笑った。三週間後にロック・ハンマーを見たとき、おれにもそれがなっとくできたんだが。

「いいか。もしそんなものを看守に見つかったら、一発で取りあげられるぜ。スプーン一本でもだめ。いったいどうするつもりだよ。この運動場にけつを据えて、ガンガン地面を掘ろうってのか？」

「いや、それよりはましなことができると思う」

おれはうなずいた。どのみち、そこから先はこっちの知ったこっちゃない。だれかがおれに注文して、なにかを手にいれる。その品物をいつまで手もとにおいとけるかは、むこうの器量しだいだ。

「そのての品物は、いったいいくらぐらいする?」おれはきいた。やつの物静かで控え目な話しっぷりを聞いてると、だんだんたのしくなってきた。当時のおれみたいに、ムショで十年も暮らしてると、空《から》いばりするやつだの、うぬぼれ屋だの、ホラ吹きだのにはうんざりしてくる。そう、最初からおれはアンディーが好きになったってことだろうな。

「どこのロック・アンド・ジェム・ショップ(訳注 ストーン・ハンティング用品や原石を売る店)でも八ドルの品物だ。しかし、きみのような商売では、コスト・プラス方式だろうから――」

「コスト・プラス十パーセントが現行歩合だが、危険物はちょいと値が張るぜ。おまえさんのいってるような道具だと、鼻薬をよぶんにかがさなきゃならんのでね。どうだ、十ドルで」

「わかった、十ドル」

おれはにやにやしながらやつの顔を見た。「十ドルも持ってるのか?」

「持ってる」とやつは静かに答えた。

やつが五百ドル以上も持ってるのがわかったのは、ずっとあとのことだった。アンディーはこっそりそいつを持ちこんだんだ。このホテルでは、チェックインのときにボーイが客を四つんばいにさせて、けつの穴から中の造作をのぞくことになってる――しかし、中の造作はけっこう入り組んでるし、露骨にいえば、ほんとにその気になった男なら、かなり大きな品物を奥のほうへ――のぞいても見えないように――隠せるものなんだ。たまたま、その客を受け持ったボーイが、ゴム手袋をはめて、中をさぐってみたい気分じゃないかぎりはな。

「そりゃけっこう」とおれはいった。「じゃ、おれから手にいれた品物を発見された場合、どうしたらいいかを教えておく」

「よく聞いておくよ」灰色の目に起きたわずかな変化から、おれがつぎにいうことをやつがちゃんとこころえているのがわかった。ほんのかすかな光、やつ一流の皮肉なユーモアのきらめきだった。

「もしつかまったら、自分で見つけたといえ。要点はそれだけさ。おまえは三、四日懲罰房へほうりこまれる……むろん、おもちゃは取りあげられて、記録に罰点がつく。もしやつらにおれの名前を出しやがったら、おまえとはもうこんりんざい取引しねえ。靴《くつ》ひも一組、タバコ一箱だってごめんだ。こっちはだれかをさしむけて、おまえにヤキをいれる。暴力は好きじゃないが、面子《メンツ》ってものがあるあな。やつは自分の面倒も見きれねえ、なんて噂が立ってみろ。おれの商売は上がったりだ」

「ああ、そうだろうね。よくわかった。心配はいらない」

「だれが心配するかよ。ムショの中で心配したって引きあわねえ」

やつはうなずいて、むこうへいった。それから三日後、ランドリー工場の朝の休憩で運動場に出たときに、やつはおれのそばへやってきた。なにもいわず、おれの顔も見ずに、アレグザンダー・ハミルトンの肖像画を一枚、おれの手に押しつけた。腕のいい奇術師がカード手品をやるような早業《はやわざ》だった。のみこみの早い野郎だ。まもなくお望みのロック・ハンマーは手にはいった。一晩そいつを自分の監房に泊めといたが、形はやつのいったとおりだった。とても脱獄に使えるような道具じゃない（このロック・ハンマーを使って塀の下にトンネルを掘るとしたら、六百年はかかるな、というのがそのときの計算だった）。しかし、それでもいくらか不安はあった。もし、このツルハシをだれかの頭にぶちこんだら、そいつが二度とラジオで〈フィバー・マッギーとモリー〉のお笑い番組を聞けなくなるのはまちがいない。それにアンディーは、もうシスターどもに目をつけられてる。やつらを頭においてロック・ハンマーを買ったんじゃなければいいが。

結局は、自分の判断を信用することにした。あくる朝早く、起床のサイレンが鳴る二十分前に、おれはロック・ハンマーと一箱のキャメルをこっそりアーニーにことづけた。一九五六年に釈放されるまで、第五監房区の床を掃いていた年よりの模範囚だ。アーニーはだまってそれを上着の中に隠した。そのロック・ハンマーを二度目に見たのは、それから十九年たってからだが、そのときにはすっかりすりへって、使い物にならなくなっていた。

つぎの日曜日に、アンディーは運動場でまたおれのそばにやってきた。その日のやつの顔ときたら、見られたざまじゃなかった。下唇《したくちびる》はサマー・ソーセージみたいに腫《は》れあがり、右目は半分ふさがり、片頬《かたほお》には洗濯板みたいなひどいすり傷があった。シスターどもとのいざこざにまちがいなかったが、やつは一言《ひとこと》もそれにふれなかった。「道具をありがとう」そういっただけで、離れていった。

おれは気になって、やつを見送った。やつは二、三歩いってから、地面になにかを見つけたらしく、かがみこんでそれを拾いあげた。小さい石ころだ。刑務所の作業服は、修理工が仕事のときに着る服はべつにして、ポケットがひとつもない。だが、抜け道はある。小石はアンディーの袖《そで》の中に消えたまま、二度と出てこなかった。おれはその手ぎわに感心し……アンディーという男に感心した。あんな悩みをかかえてるのに、やつは自分の生き方をそのまま通してる。そうしないやつ、できないやつはゴマンといるし、しかも、刑務所の中だけとはかぎらない。それに、気がついたんだが、やつの顔はまるでつむじ風におそわれたみたいなのに、両手はまだきれいなもんで、爪の手入れもいきとどいてた。

それからの六カ月、あんまりやつの顔とは会えなかった。アンディーは懲罰房にいるときが多かったんだ。

シスターについてひとこと。

たいていの刑務所では、このての連中の呼び名はかまほりか、監獄スージー――最近の流行語は〝キラー・クイーン〟だ。しかし、ショーシャンクでは、いつもシスターと呼ぶならわしだった。なぜかは知らない。名前だけで、中身は差がないだろう。

いまでは、塀《へい》の中で男色がさかんだと知っても、だれも驚かない――若くて、スリムで、ハンサム、無警戒という不運を背負った新入りだけはべつだ。しかし、同性愛にも、まともなセックスとおなじように、いろいろな形がある。なにかのセックスがないとがまんできないので、発狂するのがいやさにほかの男のけつを借りる連中もいる。たいていの場合、そこに生まれるのは、基本的にはノーマルなふたりの男のあいだの取りきめだ。もっとも、その連中が女房《にょうぼう》やガールフレンドのところへもどったときに、自分の思ってるほどノーマルにふるまえるかどうかは、よくわからない。

中には、刑務所で〝この道〟にはいるやつもいる。新しい流行語でいえば、〝ゲイになった〟り、〝隠れ場から出てきた〟りするわけだ。たいていは（みんながみんなってわけじゃないが）、この男たちは女役《ネコ》をつとめ、そしてみんなが競争でそいつの歓心を買う。

そのほかに、シスターがいる。

刑務所社会でのこの連中は、塀の外の社会での婦女強姦魔《ごうかんま》みたいなもんだ。たいていは、凶悪犯罪でぶちこまれた長期刑の囚人が多い。やつらの獲物は若い男、優男《やさおとこ》、それにうぶな男……それとも、アンディー・デュフレーンの場合のように、優男に見える相手だ。やつらの狩り場はシャワー室や、ランドリーの大型洗濯機のうしろにあるトンネルみたいに狭い通路だが、ときどきは診療所も使われる。講堂のうしろの狭い映写室でレイプがあったのも、一度や二度じゃない。シスターが力ずくで奪いとるものは、たいていの場合、そんなことをしなくてもただで手にはいる。この道にはいった連中は、ちょうど十代の女の子がシナトラやプレスリーやレッドフォードに夢中になるみたいに、いつもシスターの中のだれかに〝おネツ〟を上げてるからだ。しかし、シスターどもにとっては、力ずくで奪いとるところにたのしみがあるんだ……たぶん、これからもそうだろうと思う。

小柄《こがら》なのと、色白でハンサムなのと（それにたぶん、おれの感心したあの冷静な性格が崇《たた》ったのか）、シスターどもはアンディーが入所した日から狙《ねら》いをつけていた。もしこれがなにかのおとぎ話なら、アンディーが善戦したために、とうとうむこうもあきらめた、となるだろう。そういえたらどんなにいいかと思うが、そうはいかない。刑務所はおとぎ話の世界じゃない。

やつにとって最初の経験は、ショーシャンクのしあわせ一家に加わってたった三日後のシャワー室だった。そのときは、ぴちゃぴちゃたたいたり、撫《な》でたりというぐらいのことだったらしい。やつらは実行にかかる前に、まず瀬ぶみをする。ちょうどジャッカルが、獲物が見た目ほど弱くて骨なしかどうかをまずたしかめるようにだ。

アンディーはなぐりかえして、バグズ・ダイヤモンドといういかつい大男の唇を血だらけにした――いまじゃこの男、ここ何年か消息不明だ。看守が割ってはいって、その場はそれですんだが、バグズは、いずれおまえをものにしてやるからな、とすごんだ――そして、バグズはその約束を果たした。

二度目はランドリーの洗濯機のかげだった。その細長く、ほこりまみれの狭いスペースでは、長年のあいだにいろいろのことが起きている。看守もそれを知ってて、なにも手を打たない。そこは薄暗くて、洗剤や漂白剤の袋が散らかってたり、ヘクスライトの触媒のドラム缶《かん》がころがってたりする。このヘクスライト、こっちの手が乾いてるかぎり塩とおんなじように無害だが、濡《ぬ》れてたらさいご、硫酸をぶっかけられたようなざまになる。看守はそこへはいりたがらない。身をかわす場所がどこにもないし、こんな場所に勤める連中が最初にたたきこまれる原則のひとつは、絶対に囚人の手に乗って後退できない場所へ誘いこまれるな、ということなんだ。

その日バグズはいなかったが、あとで、おれが一九二二年からそこで洗濯室の職長をつとめてるヘンリー・バッカスから聞いた話では、バグズの四人の仲間はいたらしい。

アンディーは、ヘクスライトを手にすくい、もし近づいたら目を狙って投げつけるぞと、しばらくやつらを釘《くぎ》づけにしていたらしいが、あとずさりしながら大きな洗濯機の横をまわろうとしたときに、足をすべらした。それだけで充分だった。やつらはアンディーの上にのしかかった。

〝まわし〟という言葉は、世代が移っても変わらない言葉のひとつらしい。四人のシスターがアンディーにやったのは、まさにそれだった。ギア・ボックスの上へ押しつけておいて、中のひとりがプラス・ドライバーをアンディーのこめかみに突きつけ、交代でカマを掘ったわけだ。それで裂傷はできるが、そうひどくはない――おまえは個人的な経験からそういってるのかって？――そうでなかったら、どんなにいいだろう。やられたあとはしばらく出血する。もし、ふざけた野郎にメンスかときかれたくなかったら、トイレット・ペーパーをいっぱいまるめて、血がとまるまでパンツのうしろへつっこんどけばいい。事実、あの出血はメンスに似てる。チョロチョロした流れが二、三日、つづくんだ。そしてとまる。やつらからそれ以上にえぐいことをやられてなければ、べつに実害はない。肉体的な実害はない――だが、レイプはレイプだ。いずれそのうち、鏡に顔を映してみて、自分をどう考えるか、判断にせまられるときがくる。

アンディーはひとりでそれを解決した。あのころのアンディーは、なにもかもひとりでやっていた。やつも、それまでの新入りが達した結論にたどりついたにちがいない。

つまり、シスターどもを相手にするには、ふたつの方法しかないってこと。戦った上でやられるか、最初からやられるかだ。

　やつは戦うことにきめた。ランドリー事件の一週間ほどあとで、バグズとふたりの仲間が追いかけてきたとき（そのときその場に居合わせたアーニーによると、「おまえ、開通工事がすんだってな」とバグズはいったらしい）、アンディーはとことん戦いぬいた。ルースター・マクブライドという男の鼻を折った。継娘《ままむすめ》をなぐり殺した罪ではいっていた、出っ腹の百姓だ。ついでながら、うれしいことに、ルースター・マクブライドはムショの中でくたばった。

　やつらは三人でアンディーを手ごめにした。それがおわると、ルースター・マクブライドともうひとりが――ピート・ヴァーネスじゃなかったかと思うが、確信はない――アンディーをむりやりそこへひざまずかせた。バグズ・ダイヤモンドがアンディーの前に立った。そのころのバグズは真珠色の柄《え》のついたカミソリを持っていた。握りの両側に〈ダイヤモンド・パール〉と文字の彫りこまれたやつだ。やつはそのカミソリの刃を引きだした。「いいか、あんちゃん。これからおれはズボンの前をあける。おまえはおれがくわえろといったものをくわえるんだ。おれのをくわえおわったら、ルースター・マクブライドのもくわえろ。おまえはやつの鼻を折ったんだからな、それぐらいのことをしてやる義理はあるぜ」

アンディーはいった。「わたしの口になにか入れたら、それがなくなると思え」

アーニーにいわせると、バグズは、こいつ、頭がおかしいんじゃないか、というような顔でアンディーを見たそうだ。

「ちがうんだよ」バグズは、のろまな子供にいいきかせるように、ゆっくりとアンディーに説明した。「なんにもわかってねえな。そんなことをしてみろ、この刃渡り二十センチがずぶっとおまえの耳の穴へ食いこむんだぜ。わかるか？」

「こっちはちゃんとわかってる。わかってないのはそっちだ。おまえがなにを口の中へつっこんでも、わたしはそれを噛《か》みきる。むろん、そのカミソリをわたしの脳へつっこむのは勝手さ。しかし、これだけは知っておいてくれ。急に重い脳損傷を受けた場合、被害者は大小便を漏らすだけじゃない……同時に歯を食いしばるんだ」

アンディーは例の淡い微笑をうかべてバグズを見あげた、とアーニーはいう。三人にとりかこまれてすごまれているというより、まるで三人を相手に株や債券の話をしているような感じだった。銀行重役の三つ揃《ぞろ》いをぱりっと着こなした感じで、ほこりの積もった掃除用品戸棚《とだな》の床に、ズボンをくるぶしまでおろし、太腿《ふともも》の内側に血をしたたらせているようには見えなかった。

「それだけじゃない」とアンディーはつづけた。「この反射運動はおそろしく強いもんだから、被害者のあごをこじあけるのに、かなてこやジャッキが必要になることもある」

一九四八年二月末のその晩、バグズはアンディーの口になにもつっこまなかったし、ルースター・マクブライドもそうだった。おれの知ってるかぎりで、そうしたやつはほかにもだれもいない。その晩、三人がやったのは、アンディーを半死半生に痛めつけることだった。結局、四人ともが懲罰房送りになった。アンディーとルースター・マクブライドは、診療所経由で。

あのときの顔ぶれがその後何回アンディーをおそったのか？　よくわからない。ルースター・マクブライドはまもなくそんな趣味をなくしたようだ——一カ月も鼻に副木《そえぎ》を当てる羽目になれば、だれだって考える——そしてバグズ・ダイヤモンドは、その夏、とつぜん手を出さなくなった。

それも奇妙な話だった。六月はじめのある朝、バグズが朝食の点呼に顔を見せないので調べたところ、監房の中にぶちのめされて倒れているのが発見されたのだ。バグズは、だれにやられたのかも、どうして相手が監房にはいれたのかもしゃべらなかった。しかし、こんな商売をやってるとわかるんだが、囚人に銃を渡すこと以外なら、牢番《ろうばん》を買収してたのめないことはなにもない。連中は当時も安給料だったし、いまもそうだ。しかも、当時は電子ロック・システムも、モニター・テレビも、刑務所ぜんたいを管理するマスター・スイッチもなかった。一九四八年ごろは、どの監房区にも専属の看守がいた。

看守を買収して、だれかを――なんなら二、三人を――監房の中へ入れるぐらい、造作はない。そう、たとえそれがダイヤモンドの監房でも。

もちろん、それだけの仕事をやってのけるには、大金がかかったろう。いや、シャバの標準でいう大金じゃない。刑務所の経済は、もっとスケールが小さい。ここにしばらく逗留《とうりゅう》すると、手の中の一ドル札が、塀の外の二十ドルに思えてくる。おれの見たところ、バグズをやっつけるためには、だれかがずいぶん懐《ふところ》を痛めたろう――そうだな、まあ牢番に十五ドル、荒療治をやった連中に、ひとりあたま二、三ドルをはずんだってとこか。

それをたくらんだのがアンディー・デュフレーンだとはいわないが、入所のときにやつが五百ドルを持ちこんだのは知ってるし、しかもやつは堅気の世界で銀行家だった――ほかのだれよりも金の威力をよく知ってる人種だ。

それに、これだけはわかってる。あの大けが――肋骨《ろっこつ》三本骨折、片目の出血、腰の捻《ねん》挫《ざ》、股関節脱臼《こかんせつだっきゅう》――のあと、バグズ・ダイヤモンドはアンディーに手を出さなくなった。というより、そのあとはほとんどだれにも手を出さなくなった。吹きまくるだけで実害のない、からっ風みたいになった。いうならば、〝腑抜《ふぬ》けのシスター〟になったんだ。

それがバグズ・ダイヤモンドの末路だった。もしアンディーが先手を打ってなければ

（もし、先手を打ったのがアンディーとしての話だが）、この男、いずれはアンディーを殺していたろう。しかし、アンディーとシスターとのトラブルは、それが終わりじゃなかった。しばらくの中休みのあと、また復活した。もっとも、こんどは前ほど強烈でもなく、前ほどたびたびでもなかった。ジャッカルはらくな獲物を選ぶ。アンディー・デュフレーンよりも手のかからない獲物はほかにおおぜいいた。

アンディーはいつもやつらに抵抗した。それだけはおぼえている。たった一度でも戦わずにやつらの思いどおりにさせれば、つぎからはもっとらくな道をとりたくなるのがわかってたからだろう。そこでアンディーはときどき顔にあざを作って現われた。ダイヤモンドの負傷事件から七、八カ月して、指を二本骨折したこともあった。そうそう――一九四九年の終わりごろ、アンディーは頬骨《ほおぼね》を折って診療所へころがりこんだ。だれかが太いパイプの端にフランネルを巻きつけたやつをふりまわしたらしい。アンディーはいつも抵抗し、その結果として、懲罰房へ送られた。しかし、懲罰房はアンディーにとって、ほかの連中ほどの苦労じゃなかったと思う。やつは自分ひとりで生きていけたから。

シスターも、アンディーが適応したもののひとつだった――そして一九五〇年に、それはまったく完全にストップした。そのへんはおいおい話すことにする。

一九四八年の秋、アンディーは運動場でおれと落ちあって、ロック・ブランケットを半ダース手にいれてくれないか、とたのんだ。

「なんだい、それは？」とおれはきいた。

アンディーの話によると、それは鉱物マニアのつけた名前で、ふきんほどの大きさの研磨布《けんまふ》だという。中にパンヤがいっぱい詰まってて、片面はなめらか、もう片面はざらざら。なめらかな面はちょうど目のこまかい紙やすりぐらい、ざらざらした面は、工業用のスチール・ウールぐらいの研磨力がある（アンディーは自分の監房にスチール・ウールを一箱持っていたが、これはおれから仕入れたものじゃなかった——刑務所のランドリーからガメてきたらしい）。

おれはそれなら取引できそうだと答え、前にロック・ハンマーを仕入れたおなじロック・アンド・ジェム・ショップからとりよせた。こんどはアンディーにいつもの十パーセントだけで、一セントの余分も請求しなかった。パンヤの詰まった十八センチ四方の布切れ一ダースには、命にかかわるとこも、危険なとこも、これっぽかしもないからだ。どう考えてもな。

アンディーがリタ・ヘイワースを密輸してほしいといってきたのは、それから五カ月あとだった。その話が出たのは、講堂で映画を見ていた最中だ。いまは週に一、二回映画が見られるが、そのころは月いっぺんのたのしみだった。刑務所でかかる映画はたいていためになる教訓がはいってる。そのときの『失われた週末』も例外じゃなかった。この映画の教訓は飲酒の危険性だ。なかなか心の慰めになる教訓だった。

アンディーはなんとかおれの隣の席を確保し、映画が半分がた進んだところで、顔を近づけて、リタ・ヘイワースは手にはいるかときいた。正直いって、こっちはおかしかった。いつもは冷静沈着な男が、その晩にかぎって、えらくそわそわして、なんとなく照れてもいる。まるで一山のコンドームか、ほら、雑誌なんかに〝あなたひとりの最高の悦楽〟と能書きをたれてる、羊革の裏張りのある器具でもほしがってるみたいなようすだ。充電のしすぎか、もうちょいでラジエーターが爆発しそうな感じだった。

「ああ、手にはいるよ」とおれはいった。「わけはねえ、おちつきな。大がほしいのか、それとも小か?」そのころのリタは、おれのナンバー・ワンで（その二、三年前までは ベティー・グレーブルだった）、サイズは二通りあった。一ドルで小さいリタが買える。二ドル五十出せば大きいリタ。身長百二十センチで、全身これ女だ。

「大」やつはおれの顔を見ようとしない。まったくの話、その晩のやつときたらお笑いだった。兄貴の徴兵カードでストリップ小屋へはいろうとしてるガキみたいに顔を真っ赤にしてた。「手にはいるかね?」

「安心しろって。クマが森で野ぐそを垂れるかどうか、聞くようなもんだぜ」ちょうど壁から虫がゾロゾロ這《は》いだして、アル中の幻覚を見ているレイ・ミランドにおそいかかるところで、観客は拍手したり、口笛吹いたり、大さわぎだ。

「いつごろになる？」

「一週間。たぶん、もっと早い」

「わかった」しかし、やつはがっかりした口調だった。おれがズボンの中に一枚隠し持ってるのを期待してたのか。「いくら？」

おれは卸売価格を教えた。この品物は原価で提供してやるつもりだった。ロック・ハンマーやロック・ブランケットを買ってくれた上得意だ。その上、感心な坊やでもある──やつがバグズや、ルースターや、ほかのやつらとの問題をかかえていたころは、いまにあいつ、あのロック・ハンマーを使ってだれかの頭をたたき割るんじゃないかと、心配した晩が一度や二度じゃなかった。

ポスターはおれの商売でも主力商品のひとつで、酒とタバコのすぐあと、たいていはマリファナの半歩先ってところだった。六〇年代にはこの商売があらゆる方向へ爆発して、おおぜいの連中が、ジミ・ヘンドリックスや、ボブ・ディラン、それに例の『イージー・ライダー』のポスターとか、イカしたピンナップをほしがるようになる。しかし、たいていは女だ。つぎつぎに代替わりするピンナップの女王だ。

アンディーが話しかけてから二、三日して、当時のおれの仲介人のランドリー・トラックの運ちゃんが、六十枚あまりのポスターを届けてきた。その大部分がリタ・ヘイワースだった。おたくらもあの写真はおぼえてるかな。おれはよくおぼえてるよ。リタの服装は――あれを服装といえるなら――海水着一枚で、片手を頭のうしろに当て、両目を半分つむり、あのふっくらした、すねた感じの唇《くちびる》を半びらきにしてる。そのポスターは〈リタ・ヘイワース〉と呼ばれていたが、〈ほてった女〉でもよかったかもしれない。

おたくらがふしぎがってるならいうが、刑務所の管理当局はこの闇《やみ》市場のことを知ってた。知らなくてどうする。おそらく連中は、おれの商売のことを、当人のおれぐらいによく知っていただろう。連中がそれを目こぼしするのは、刑務所というものがでっかい圧力鍋《なべ》で、中の蒸気を抜く弁がどこかに必要だと知ってるからだ。やつらはときどき手入れをするし、おれも長年のあいだに二、三べん懲罰房へぶちこまれたが、ことポスターみたいなものに関しては、むこうも目をつむる。世の中は持ちつ持たれつだ。もし、だれかの監房に大判のリタ・ヘイワースがとつぜん出現したとしても、友だちか身内からの郵便にはいってたんだろう、ぐらいで片がつく。もちろん、友だちや身内からの差し入れはぜんぶ開封されて、中の品物の目録が書きこまれるが、リタ・ヘイワースやエヴァ・ガードナーのピンナップみたいに無害なものを見つけて、わざわざ目録を調べるやつがどこにいる？　圧力鍋の中で暮らしてると、世の中は持ちつ持たれつ、でないとだれかにナイフでのどぼとけの上にまっさらの口を彫りつけられるってことがわかってくる。手加減することをおぼえるようになる。

おれの六号房からアンディーの十四号房までポスターを運んでくれたのは、こんどもアーニーだった。メモを持ち帰ってくれたのもアーニーだった。そこにはアンディーのきちょうめんな筆跡で、ただ一言《ひとこと》、こう書いてあった——「ありがとう」

それからしばらくあと、行列を作って朝めしを食いにいくときに、おれはやつの監房の中をのぞいてみた。ベッドの上には、悩ましい海水着姿のリタが、片手を頭のうしろに当て、目を半眼に閉じ、やわらかい、サテンのような唇を半びらきにしていた。やつは毎晩消灯のあと、ベッドに寝ころんだまま、運動場のアーク灯に照らされたそれを鑑賞できるわけだ。

しかし、明るい朝の日ざしのもとでは、彼女の顔に黒い斜線がはいっていた——たったひとつの細い窓にはまった鉄棒の落とす影が。


さて、これから一九五〇年の五月中ごろに起きた出来事、三年間のアンディーとシスターどもの小ぜりあいにけりをつけることになった事件を話そう。この出来事のおかげで、やがてアンディーはランドリーから足を洗って、図書室へまわされ、今年このしあわせ一家をおんでるまで、そこで勤めることになったたんだ。

これまでのおれの話の大部分がまた聞きなのは、おたくらも気がついてるよな——だれかがなにかを見て、おれにそれを話し、おれがおたくらにそれを話す。場合によっては、その途中をもっと省略して、口から口へ四回も五回も伝わった情報を、さもこの目で見たように話したこともある（というか、これからもそうするだろう）。ここじゃすべてがそんなふうなんだ。情報の手づるはちゃんと現実にあって、もしいい目を見たかったらそれを利用する一手だ。もちろん、嘘《うそ》や、噂《うわさ》や、希望的観測のもみがらの中から、真実のもみを選《よ》りわける方法を知らなくちゃだめだがね。

それに、おれの話の主人公が生身《なまみ》の人間というより伝説化した男だってことにも、もう気がついてるかもしれない。その見かたがいくらか当たってることは、おれも認める。アンディーと長年つきあったおれたちのような長期受刑者には、あいつに対する幻想みたいなものがある。わかってもらえるだろうか、神話の魔法みたいな感覚だ。バグズ・ダイヤモンドにナイフでおどかされてもアンディーががんとして尺八を断わった一件だって、その神話の一部だし、やつがシスターどもとあくまでも戦いつづけたというのもその一部だ。やつがどうやって図書室の仕事をものにしたかというのも、やっぱり神話の一部……しかし、この事件だけはひとつ大きなちがいがある。あのときおれはその場にいて、なにがあったかをこの目で見たから、これがぜんぶ事実だってことは、おふくろの名前にかけて誓えるんだ。受刑中の人殺しの誓いなんていくらの値打ちもないかもしれんが、これだけは信じてくれ。嘘はつかねえ。

もうそのころ、アンディーとおれとは、よく話しあう間柄《あいだがら》になっていた。この男はつきない魅力があった。いまポスター事件をふりかえってみると、ひとつい忘れたことがあるのに気がつく。それをここでいっとくべきかもしれない。やつがリタを壁に貼《は》ってから五週間後に（おれはもうそのときそんなことはすっかり忘れていて、ほかの取引に精を出してたんだが）、アーニーが鉄格子《てつごうし》のすきまから白い小箱をおれによこした。

「デュフレーンからだ」アーニーは低い声でいっただけで、モップの動きはいっときも休まなかった。

「ありがとよ、アーニー」おれは半分はいったキャメルの箱を、やつにこっそり握らせた。

さて、いったいこりゃなんだ。おれはふしぎに思いながら、小箱の蓋《ふた》をとった。中には白い脱脂綿がいっぱい詰めてあって、その下に……。

おれは長いことそれを見つめた。二、三分はさわる勇気も出なかった。それほどきれいだったんだ。ブタ箱の中には泣きたくなるほどきれいなものがすくないが、情けないことに、たいていのやつはそのことに気がつきもしないらしい。

その箱の中には石英がふたつはいっていて、どっちもていねいに磨《みが》いてあった。どっちも流木の形にけずられていた。その中に混じった黄鉄鉱の小さい輝きが、まるで金粉のように光ってた。もし、あれほど重くなかったら、紳士用のりっぱなカフスボタンになっただろう――対《つい》のセットになるぐらい、サイズもよくそろってた。
そのふたつの作品をこしらえるのに、どれだけの労力がつぎこまれたんだろう？　消灯のあとの何時間も何時間もだ、それだけはわかる。まず割って形をととのえる。それからあのロック・ブランケットを使って、果てしない研磨と仕上げ。見ているうちに、どんな人間でもなにかきれいなもの、なにかコツコツと手で作りあげたものを――それが人間と動物とのちがいだとおれは思うんだが――見たときに感じるほのぼのとした気持になった。それと、もっとほかのことも感じた。あの男のおそろしい根気のよさに対する尊敬の念だ。しかし、ずっとあとになるまで、アンディー・デュフレーンが本当にどれほど根気がいいかを、おれはまだ知らなかった。

一九五〇年五月、当局はナンバープレート工場の屋根に防水用のタールを塗りなおそうと決定した。屋根の上があまり熱く焼けないうちにすませようということで、一週間の予定の工事に志願者が募集された。七十人あまりが名乗りでた。なにしろ青天井の作業で、おまけに五月とくれば青天井の作業には最高の季節だもんな。そこでくじ引きになって、帽子の中から九人だか十人の当選者の名前がとりだされ、その中のふたりがたまたまアンディーとおれだった。
週明けから、おれたちは朝食のあと、先頭に看守二名、しんがりにもう二名のつきそいで、運動場まで行進することになった……おまけに、監視塔のてっぺんの看守どもが、双眼鏡でたえずこっちに目を光らせてるわけだ。

おれたちの中の四人は、朝の行進で大きな伸縮はしごをかついでいって――その仕事の仲間だったディッキー・ベッツが、そのてのはしごのことを〃伸縮へのこ〃といったのには笑ったね――そのはしごを、低く平べったい建物の横に立てかける。それからバケツ・リレーで、熱いタールのはいったバケツを、屋根まで運びあげる。中身をてめえの体にこぼしたら、じたばたもがきながら診療所へ駆けこむのがオチだ。

この工事には、六人の看守が年功序列で選ばれていた。やつらにとっては一週間の休暇とおなじだった。囚人たちがランドリーやナンバープレート工場で汗だくになったり、冷たい吹きっさらしの中でパルプ材ややぶを切りはらったりするのを監督するのとちがって、うららかな日ざしの下で五月の休日をたのしみ、屋上の低い手すり壁にもたれて、たわいもない世間話ができる。

やつらは片目でおれたちを見張ってりゃよかった。南の塀《へい》の監視塔はすぐそばで、もしむこうの看守がおれたちにげろをひっかけるつもりなら難なくできそうだ。屋根の上の防水工事班のだれかがちょっとでもおかしな動きをしたら、四五口径の機関銃弾でまっぷたつにされるのに、ものの四秒とかからない。というわけで、この牢番《ろうばん》どもはそこにすわって、のんびりくつろいでいた。やつらにたりないものがあるとしたら、かち割り氷の中に埋めた六本パックの缶《かん》ビールが二つばかり。それだけで、王様みたいな気分になれたろう。

その中のひとりはバイロン・ハドリーという男で、一九五〇年当時、すでにショーシャンクでの暮らしがおれより長かった。実をいうと、それまでのふたりの刑務所長を合わせたより長かった。一九五〇年にここをとりしきっていた男は、ジョージ・ドゥーナイという名のすましかえったメイン州生まれのヤンキーだ。やつは行刑学の学位を持っていた。おれの知るかぎり、やつはだれからも好かれていなかった。そのポストをやつにあてがった連中はべつにしてだ。聞いた話だが、やつに興味のあることは三つしかない――これから書く本のために統計を集めることと（あとになって、この本はライト・サイド・プレスというニュー・イングランドの小出版社から出たが、どうせ自費出版だぜ）、毎年九月の所内野球選手権大会でどのチームが優勝するかってことと、メイン州に死刑法案を通過させることだ。ジョージ・ドゥーナイはまったく死刑の鬼だった。この男、一九五三年に免職になったが、それは所内の自動車修理工場でディスカウントの修理を請負い、その利益をバイロン・ハドリーとグレッグ・スタマスの三人で山分けしていたのがバレたからだ。ハドリーとスタマスは無傷ですんだが――やつらは自分のけつを隠すほうのプロだもんな――ドゥーナイはクビになった。やつが出ていくのを惜しむやつはだれもいなかったが、グレッグ・スタマスがその後釜《あとがま》にはいるのをよろこんだやつもいなかった。スタマスは堅いひき締まった腹をした小男で、だれのよりも冷たい、茶色の目をもっていた。まるで便所へ行きたいのをこらえてるように、いつも顔をしかめ、口をゆがめてやがる。スタマスがショーシャンク刑務所長をつとめていた時期には、囚人虐待《ぎゃくたい》がしょっちゅうで、証拠はないが、刑務所の東の雑木林の中で、夜中の埋葬が五、六回はあったはずだ。ドゥーナイもひどかったが、グレッグ・スタマスは残酷で冷血な鬼だった。

このスタマスとバイロン・ハドリーは親友だった。刑務所長としてのジョージ・ドゥーナイは、ただの看板でしかなかった。スタマスと、その片腕のハドリーが、実際に刑務所を切りまわしてたんだ。

ハドリーは、ひょろりと背の高い男で、赤い髪はもう薄くなりかけていた。すぐに日焼けのするたちで、がらがら声でしゃべり、こっちがちょっとのろのろしてると棍棒《こんぼう》でなぐりつける。屋根の上で三日目のその日、やつはマート・エントウィスルという看守と話をしていた。

ハドリーはちょうどすばらしいニュースを聞かされたところで、そのことでぶつぶつ文句をたれていた。それがこの男の流儀だ――だれのこともよくいわない恩知らずで、全世界が自分を目のかたきにしてると思いこんでるらしい。この世界は自分から男ざかりの年月をだましとり、残りの年月もできればだましとろうとしてる、とね。おれはまるで聖人みたいな看守を何人か見てきたが、その連中がそうなったわけはわかるような気がする——その連中は、自分の生活がどんなに貧乏でつらいものであっても、自分が州から金をもらって監視をたのまれている男たちの生活とくらべて、そこにどれだけの差があるかを、ちゃんと見てとれるんだ。その看守たちは、人の身になって考えることができる。ところが、ほかの看守はそれができないし、そうする気もない。

バイロン・ハドリーという男は、てんから人の身になって考える気がなかった。うららかな五月の日ざしの中でのんびりすわって、あつかましくも自分の幸運をぐちることができるやつだ。そこから三メートルと離れてない先では、一団の男が泡《あわ》だつタールのはいったでっかいバケツを汗だくで運び、手にやけどをこさえているというのにだぜ。しかも、この男たちにとっては、これでも息ぬきに思えるほど、ふだんはもっとつらい仕事をやらされてるというのにだ。自分の人生観を定義する、あの古い質問をおぼえてるかね？　きっとハドリーなら、「たった半分、グラス半分しか残ってない」と答えるだろう。いついつまでも、アーメン。もしよく冷えたりんご酒をもらっても、やつは酢だと思うだろう。もしおまえの女房《にょうぼう》はいつも貞淑だと教えてやっても、それは女房がとびきりのブスだからだ、とやつは答えるだろう。

というわけで、やつはマート・エントウィスルを相手に、おれたちみんなに聞こえよがしの大声でしゃべっていた。大きな白いおでこはもう日焼けで赤くなりかけている。

やつは屋上をとりまいた低い手すり壁に片手をひっかけていた。もう片手は三八口径のグリップを握っていた。

おれたちはマートといっしょにその物語を立ち聞きした。ハドリーの兄は十四年前にテキサスへでかけたまま、あとの家族に手紙一本よこさなかった。家族のほうはもう死んだものとあきらめ、いい厄介《やっかい》ばらいだと思っていた。ところが、十日ほど前に、オースティンの弁護士から長距離電話がかかってきた。ハドリーの兄が四カ月前に死んだ、しかも大金持だったというのだ（「まったく信じられんぜ、あのくそ野郎がそんな幸運をつかむなんて」というのが、ナンバープレート工場の屋上で、この恩知らずのいった言葉だった）。その金は石油と油井《ゆせい》のリースでできたもので、百万ドル近くあった。

そう、ハドリーは百万長者になったわけじゃない——そうなってたら、いくらあの男でも、しばらくは幸福に浸っただろう——だが、やつの兄貴は、メイン州にいる家族の中の生存者に、もしさがしあてられたらという条件づきで、ひとり当たり三万五千ドルというけっこうな遺産を残していた。悪くない。バカつきで富くじ競馬に勝ったようなもんだ。

しかし、バイロン・ハドリーにとっては、グラスはいつも半分空だった。その朝えんえんと、やつがマートになにをぐちってたかというと、くそったれな政府がそのたなぼたをどれだけ食いちぎっていくかということなんだ。「やつらの食い残しで、まあ新車一台ぐらいは買えるだろうよ」とやつは認めた。「だが、それからどうなる？　その車にまた税金をはらわなくちゃならん。それに修理代と維持費がかかるわ、ガキどもがドライブに連れていけとせがみやがるわ――」

「それに、大きなガキが運転させろとせがむしな」とマートがいった。マート・エントウィスルは自分の損得にさといやつだったから、わかりきったことは口に出さなかった。なあ、バイロンのだんなよ、もしその金のことでそんなに頭が痛いんなら、おれが代わりにもらってやろうか？　友だちってのはそのためにあるもんだろ？

「そうともよ、運転させろとせがみやがる。運転を勉強したいとぬかしやがる」バイロンはぞっと身ぶるいした。「で、年末になにがくると思う？　もし税金の見積もりがまちがってて、借り越しをはらう金が残ってなかったらどうする、自分の懐《ふところ》からはらうか、それともユダヤ系のローン会社から借りなきゃならん。それに、どのみちむこうは申告書を調べやがる。税務署が調べりゃ、いつも追徴金だ。アンクル・サムにどうして太刀打ちできる？　政府はシャツの中に手をつっこんできて、乳首が紫色になるまで搾《しぼ》りやがるんだ。いつもカスをつかむのはこっちさ。助けてくれ」

ハドリーは三万五千ドルの遺産を受け取らねばならない自分の不運を嘆くように、それっきり陰気にだまりこんだ。アンディー・デュフレーンは、五メートルと離れてない場所にいて、大きな刷毛《はけ》でタールを塗っていたが、いきなり刷毛をバケツの中に投げこむと、マートとハドリーがすわっているほうへ近づいていった。

おれたちはさっと緊張した。もうひとりの看守のティム・ヤングブラッドが、ホルスターの拳銃《けんじゅう》に手をかけるのが見えた。監視塔の上のひとりも仲間の腕をこづき、ふたりでこっちに向きなおった。一瞬、おれはアンディーが弾丸《たま》か、棍棒か、それともその両方をくらうんじゃないかと思った。

するとアンディーのやつ、ごくもの静かな声で、ハドリーにこういうじゃないか――

「あなたは奥さんを信用していますか?」

ハドリーは目をむくだけだった。顔が見るみる赤くなるのを見て、おれはまずいと思った。あと三秒もしたら、やつは棍棒をひきぬき、その端をアンディーのみぞおち、太陽神経叢《そう》につっこむだろう。やりかたによっては死ぬこともあるが、看守どもはいつもそこを狙《ねら》う。もし、死ななくても、やられたほうは一時的に体が麻痺《まひ》して、どんなしゃれた動きを考えていたにしろ、それを忘れてしまう。

「小僧」とハドリーはいった。「もう一度だけ待ってやる。あの刷毛を拾え。いやなら、この屋上から脳天逆落としだ」

アンディーはごくおだやかに、じっと相手を見つめただけだった。氷のような目。なにも耳にはいってないみたいだ。おれはやつに教えてやりたかった。特訓してやりたかった。絶対に看守の話を立ち聞きしたことを顔に出すな、命令されないかぎり、絶対に看守の話に口を出すな（たとえ命令されたときでも、やつらの聞きたいことだけをいって、また口を閉じろ）。黒、白、赤、黄、皮膚の色は刑務所じゃ関係ない。ここのおれたちには平等な焼印がはいってる。刑務所の中じゃ、どの囚人もくろんぼだ。殺すことなんか屁《へ》とも思ってないハドリーやグレッグ・スタマスを相手に生きのびるには、その考えに慣れるしかない。ムショにいるときは、こっちの体は州のもので、それを忘れたら災難がふりかかる。おれは目をなくした男、足の指や手の指をなくした男を知っている。ひとりの男なんかはペニスの先っちょをなくし、それですんだのがまだしも幸運とあきらめたもんだ。おれはアンディーにもう手遅れだぞと教えてやりたかった。いまから刷毛をとりにもどっても、どうせ今晩のシャワー室にはだれか大男が待ちかまえていて、アンディーの両足をロックで締めつけたあと、もがきまわるあいつをセメントの床の上にほったらかしておくだろう。そんな大男を雇うには、タバコ一箱か、ベビールースのチョコ・バー三個もあればいい。なによりもおれが教えてやりたかったのは、これ以上ことをまずくするなということだった。

　だが、おれがなにをしたかというと、まるでなにもないみたいに、タールを屋根に塗りつけていた。ほかのみんなとおなじで、おれも自分の身がかわいい。そうするしかない。それでなくてもこの体にはひびがはいってるし、いつかはガチャンとたたき割ってやろうと、ハドリーどもが舌なめずりしてるんだ。このショーシャンクでは。

アンディーがいった。「わたしのいいかたがまずかったかもしれない。あなたが奥さんを信用しているかどうかは無関係だ。問題は、奥さんがこっそりあなたの財産に手をつけることは絶対にないと、あなたが信じているかどうかです」

ハドリーが立ちあがった。マートも立ちあがった。ティム・ヤングブラッドも立ちあがった。ハドリーの顔は消防車よりも赤かった。「きさまのたったひとつの問題は、どれだけの骨が折れずに残ってるかだ。診療所でじっくりかぞえやがれ。さあこい、マート。このくそ野郎を下へ投げ落とすんだ」

ティム・ヤングブラッドが拳銃を抜いた。おれたちは必死でタールを塗りつづけた。日がじりじり照りつける。やつらはやる気だ。ハドリーとマートは屋上からアンディーを投げ落とすだろう。悲惨な事故。デュフレーン、囚人番号八一四三三－ＳＨＮＫは、空のバケツを運びおろす途中で、はしごから足をすべらして転落した。かわいそうに。

やつらはアンディーをつかんだ。マートが右腕、ハドリーが左腕。アンディーは抵抗しなかった。その目はかたときもハドリーの赤い馬面《うまづら》から離れなかった。

「ハドリーさん、もしあなたが奥さんの手綱をしっかり握っているなら」とアンディーはあいかわらず穏やかな、おちついた口調でつづけた。「だいじょうぶ、そのお金を最後の一セントまで自分のものにできますよ。最終スコアは、ミスター・バイロン・ハドリー三万五千ドル、アンクル・サム、ゼロ」

マートはアンディーを屋根の縁《へり》へひきずっていこうとする。ハドリーはそこにつっ立ったままだ。一瞬、アンディーはふたりのあいだで、綱引きのロープのようにひっぱられた。そこでハドリーがいった。「ちょっと待て、マート。おい、小僧、いまのはどういう意味だ？」

「要するに、もしあなたが奥さんの手綱を握っているなら、その金を奥さんに譲ったことにすればいいいんです」

「もっとわかるようにしゃべれ。でないと、屋根の縁からほうりだすぞ」

「国税局は、配偶者への贈与を一回だけ認めています。免税限度額は六万ドル」

ハドリーはまるで斧《おの》でぶんなぐられたようにアンディーを見つめた。「そんなばかな。無税だと？」

「無税です」アンディーは答えた。「国税局はびた一文もとれない」

「どうしておまえはそんなことを知ってる？」

ティム・ヤングブラッドがいった。「こいつは銀行屋だったんだよ、バイロン。もしかしたら――」

「だまってろ、トラウト」ハドリーはやつの顔も見ずにいった。ティム・ヤングブラッドは顔を赤くしてだまりこんだ。何人かの看守からトラウトと呼ばれてるのは、マスみたいに唇《くちびる》が分厚くて、目がとびだしてるからだ。ハドリーはじっとアンディーを見つめた。「そうか、女房を撃ち殺した小利口な銀行屋だったな。おい、なんでおれが小利口な銀行屋の口車に乗らなきゃならん？　自分もここへぶちこまれて、おまえの隣で汗水たらすためか？　それがきさまの狙いだろうが、ええ？」

アンディーはもの静かにいった。「かりに脱税で投獄されるとしたら、あなたの行くのは連邦刑務所で、ショーシャンクじゃありませんよ。だが、絶対にそうはならない。配偶者への無税の贈与は、まったく合法的な抜け穴です。わたしは何十人……いや、何百人もの手続きを代行したことがある。もともと、この制度は、小さな事業を譲りたいとか、一度だけの思いがけない収入にありついた人たちのためのものなんです。ちょうどあなたのように」

「嘘《うそ》だろう」とハドリーはいったが、嘘だと思っているようすはなかった――見ればわかる。やつの顔にはある感情が芽ばえかけていた。みにくい馬面と、禿《は》げかかった日焼けしたおでこの上に、グロテスクに重なった感情。バイロン・ハドリーのような顔に出ると、わいせつにさえ見える感情。それは希望だった。

「いや、嘘じゃない。しかし、あなたがわたしの言葉を真にうける理由もない。弁護士に相談なさい」

「交通事故を食い物にする白昼強盗どもにか！」

アンディーは肩をすくめた。「それなら国税局に相談なさい。おなじことを無料で教えてくれます。実をいうと、わたしが教えるまでもなかった。ご自分で調べれば、すぐにわかることですから」

「くそったれめ。女房殺しの小利口な銀行屋に、クマが野ぐそを垂れるかどうか、教えてもらう必要はねえ」

「しかし、贈与の書類を作るのには税務弁護士か銀行員が必要で、いくらか費用がかかります」アンディーはいった。「それとも……もしあなたにその気があれば、わたしがほとんど無料で書類を作りますよ。報酬は、ここにいるわたしの同僚たちに缶《かん》ビール三本ずつ——」

「同僚たちか」マートがケタケタ笑いだした。自分の膝《ひざ》をぴしゃっとたたいた。まったくマートはよく膝をたたく野郎だった。こんな野郎は、世界のどこか、まだモルヒネの発見されてない場所で、直腸ガンでくたばりゃいい。「同僚たち。えらくしゃれた言葉じゃねえか？　同僚たち！　なあ、おい——」

「うるせえ。だまってろ」ハドリーに一喝《いっかつ》されて、マートはだまりこんだ。ハドリーはまたアンディーを見つめた。「なんていった？」

「こういったんです。わたしに対する報酬として、同僚たちに缶ビール三本ずつふるまってもらえればありがたい」アンディーはいった。「春の季節に外ではたらいてるとき、もしビールが飲めれば、人間ってものはすごく人間らしい気持になれると思うんです。

これはわたしだけの意見ですがね。口当たりもいいし、それにあなたはまちがいなくみんなから感謝されますよ」

その日そこにいた仲間の何人かとあとで話しあったが――レニー・マーティン、ローガン・セントピア、それにポール・ボンセントがその三人だ――おれたちがそこに見たものはおなじだった……感じたものもおなじだった。とつぜん、アンディーが優勢になったんだ。ハドリーは、腰に拳銃、手に棍棒《こんぼう》を持っている。ハドリーには、仲間のグレッグ・スタマスがうしろに控え、スタマスのうしろには刑務所の管理本部ぜんたいが控え、そのうしろには州の全権力が控えてる。だが、金色の日ざしの中で、とつぜんそんなことはなんの関係もなくなり、おれは胸の中で心臓がピョンとおどりあがるのを感じた。一九三八年にほかの四人といっしょにトラックで正門をくぐり、運動場におりて以来、はじめての経験だった。

アンディーはあの冷たく澄んだ、穏やかな目でハドリーを見つめていたが、ことは三万五千ドルだけじゃないと、おれたちみんなの意見は一致した。その場面を頭の中でなんべんもなんべんもくりかえしてみたから、よくわかってる。男対男の一騎打ちで、アンディーはやつをねじ伏せたんだ。ちょうど腕ずもうの勝負で、腕力の強い男が弱い男の手首をテーブルに押しつけるように。いいかい、その瞬間に、ハドリーがマートにあごをしゃくり、アンディーを屋上から脳天逆落としにしたあとで、アンディーの助言を利用するってことも、当然考えられる。

　当然考えられる。だが、ハドリーはそうしなかった。

「もしその気になれば、おまえたちみんなにビールをおごってやってもいいぜ」とハドリーはいった。「働いてるときのビールはうまいもんだ」このくそ野郎は、気前のいいふりまでしてみせやがった。

「じゃ、国税局がしてくれそうもない助言をひとつ」アンディーの目はまばたきもせずにハドリーを見つめていた。「確信があるなら、奥さんに贈与なさい。もし、裏切られるとか、足をすくわれるとかいう可能性がすこしでもあれば、なにかほかの方法を考えましょう――」

「おれを裏切るだと？」ハドリーが心外そうにわめいた。「おれを裏切るだと？　やりての銀行屋さんよ、あいつはな、貨車いっぱいの下剤をのんでも、おれがよしといわないかぎり、屁もひれる女じゃねえ」

　マートと、ヤングブラッドと、ほかの看守どもは、へつらうように大笑いした。アンディーはニコリともしなかった。

「では、必要な書類を作りましょう。用紙は郵便局でもらってきてください。わたしが記入しますから、あとは署名だけしてもらえばけっこうです」

　きゅうに偉くなった気分がしたのか、ハドリーは胸をふくらませた。それからおれたちをにらみつけ、こうどなった。「きさまらはなにをぼけっと見てる？　こんちくしょう、さっさと働け！」ハドリーはアンディーをふりかえった。「こっちへこいよ、利口もん。これだけはおぼえとけよ。もしおれをたぶらかす気なら、今週中に、シャワー室のまわりでてめえの頭を追いかけることになるぜ」

「それはよくわかっています」アンディーはものやわらかに答えた。

たしかにアンディーにはよくわかってたんだ。ことの成り行きから見ると、やつはおれよりもずっとそれがよくわかってた――おれたちの中のだれよりもだ。

というわけで、一九五〇年の春、ナンバープレート工場の屋根にタールを塗った囚人たちは、作業の最後から二日目、朝の十時にみんな並んですわり、ショーシャンク州刑務所の歴史に残る鬼看守のおごりで、ブラック・ラベルのビールを飲んだ。小便のように生ぬるかったが、それでも生まれてからあんなにうまいビールはなかった。背中に日ざしを浴びながら、おれたちはすわってそれをちびちびやった。ハドリーの顔にうかんだ、なかば面白《おもしろ》がるような、なかば蔑《さげす》みのこもった――まるで人間じゃなく、ゴリラがビールを飲むのをながめているような――表情さえも、おれたちの気分をこわすことはできなかった。そのビールの休憩は二十分間つづき、その二十分間、おれたちは自由な人間の気分になれた。まるでビールを飲みながら、自分の家の屋根にタールを塗ってる気分だった。

ただ、アンディーだけは飲まなかった。やつの飲酒の習慣は前に話したとおりだ。アンディーは日陰にしゃがみこみ、膝のあいだで両手をぶらぶらさせながら、うっすらと微笑をうかべておれたちをながめていた。やつのそんな姿をおぼえている人間がおおぜいいるのには驚くし、アンディー・デュフレーンがバイロン・ハドリーと対決したときの作業班に、どれだけの人間がいたかを考えると、よけいに驚く。おれの記憶だと、その場に居合わせたのは九人か十人のはずだが、一九五五年ごろになると、二百人か、ひょっとしたらそれ以上の人間が、その場に居合わせたとしか考えられなくなっていた……もし、噂《うわさ》というものが信じられれば。

そう、そうなんだ――おれの話が、ひとりの人間のことなのか、それともちょうど真珠が一粒の砂のまわりに作られるように、ひとりの人間のまわりにできあがった伝説なのか、はっきり答を出せといわれたら――答はそのどこか中間にあるというしかないだろう。確実にわかってるのは、アンディー・デュフレーンが、このおれにも、また、ムショにはいってからおれが知りあっただれにも、あんまり似てないってことだ。あの青白い男は、自分の体の裏口に五百ドルを隠して持ちこんだが、そのほかにもこっそりなにかを持ちこんだ。それはやつ自身の値打ちだったかもしれないし、やつが最後の勝者になるという気分だったかもしれない……それとも、ひょっとしたら、このくそったれな灰色の塀《へい》の中にさえ存在する、自由な気分だったかもしれない。やつが持ち歩いているのは、一種の内なる光だった。やつがたった一度だけその光を失ったのをおれは知ってるが、それもこの物語の一部なんだ。

一九五〇年のワールド・シリーズの季節には――思いだしてほしいが、これはフィラデルフィア・フィリーズが四タテを食った年さ――アンディーはもうシスターどもに悩まされなくなった。スタマスとハドリーがお触れを出したからだ。もしアンディー・デュフレーンがふたりのどちらかのところへ、それとも、ふたりの仲間の看守のところへやってきて、パンツについた一滴の血でも見せたもんなら、ショーシャンクの中のシスター全員が、その晩頭痛をかかえてベッドにころげこむことになる。シスターどもは逆らわなかった。前にもいったとおり、ムショの中には、十八歳の車泥棒《どろぼう》とか、放火魔とか、幼い子供にいたずらして食らいこんだやつとか、そんなカモには不自由しない。ナンバープレート工場の屋上でのあの日から、アンディーはやつの道を行き、シスターどもはやつらの道を行くことになった。

そのころのアンディーは、ブルックス・ハトリンというタフな老囚人の下で、図書室係になっていた。ブルックスは大学までいったということで、一九二〇年代の末にその仕事にありついたんだ。ブルックスの学位は畜産学だったが、ショーシャンクみたいな下級教育施設では、大学教育のある男なんてめったにないので、えり好みはできなかったわけだ。

　ブルックスは、クーリッジ大統領の時代に、ポーカーで負けがこんだあと、妻と娘を殺した男だが、一九五二年に仮釈放になった。例によって、州は分別を働かせ、やつが社会の有用な一部分になる見込みがなくなったのを、じっくり見越して出所させた。ポーランド仕立てのスーツを着てフランス製の靴《くつ》をはき、片手に仮釈放許可証、もう片手にグレイハウンド・バスのキップを持って、正門からよたよた出ていくブルックスは六十八、おまけに関節炎だった。出所するとき、やつは泣いていた。ショーシャンクがやつの世界だった。ブルックスにとって、塀の外にあるものは、十五世紀の迷信ぶかい水夫たちにとっての大西洋とおんなじだ。刑務所の中のブルックスは、一種の重要人物だった。図書館の司書で、教育のある男だった。だが、やつがキタリー図書館へいって職をくれといっても、貸出カードさえもらえなかったろう。噂によると、やつは一九五三年に、フリーポートの近くにある貧困老人の収容所で死んだらしい。それでもおれの予想より六カ月は長生きしたわけだ。そう、早くいえば、州はブルックスに意趣返しをしたわけさ。ムショの中が気にいるようにやつを訓練しといて、外へおっぽりだしたんだ。

　アンディーはブルックスの仕事をひきつぎ、二十三年間司書をつとめた。図書室をよくするために、バイロン・ハドリーに対して使ったのとおなじ意志力を使い、リーダーズ・ダイジェストの要約本とナショナル・ジオグラフィックの並んだ小さい一部屋を（一九二二年まで塗料室だったその部屋はまだ松脂《まつやに》のにおいがしたし、ろくに風もはいらなかった）ニュー・イングランド一の刑務所図書室へとだんだんに改良していった。

　アンディーは改良を一歩一歩進めていった。ドアのそばに投書箱を設け、「もっとポルノを」とか、「脱獄法早わかりを」とかいったふざけた提案を、根気よく摘みとった。そして、囚人たちが真剣に知りたがっているようなテーマの本を集めた。ニューヨークの大きなブッククラブに手紙を書き、その中のふたつ、リテラリー・ギルドと、ブックオブザマンス・クラブに、選定図書のぜんぶを特別割引価格で送らせることに成功した。アンディーが発見したのは、石鹸《せっけん》彫刻とか、木彫りとか、手品とか、カードのひとり占いといったささやかなホビーの情報に、みんなが飢えていることだった。そこでそうした趣味に関する本をできるだけ集めた。それに、刑務所図書室の基本図書といってもいいアール・スタンリー・ガードナーと、ルイス・ラムーアもだ。囚人というやつ、法廷の話と西部の荒野の話だけは、いくら読んでも飽きないらしい。そう、そのほかにも、アンディーは貸出デスクの下に、かなり刺激の強いペイパーバックを隠しておいて、かならずもどすように念を押してからこっそり貸し出していた。それだけ気をくばっていても、そのての本は新しく入荷するはしからぼろぼろに読み古されていった。

　一九五四年になると、アンディーはオーガスタの州議会に手紙を書きはじめた。そのころにはスタマスが刑務所長になっていたが、やつはアンディーを一種のマスコット扱いしたもんだ。しょっちゅう図書室にやってきてはアンディーとだべり、ときには父親気どりでアンディーの肩を抱いたり、活《かつ》を入れたりした。しかし、だれの目もごまかせない。アンディー・デュフレーンはだれのマスコットでもなかったんだ。

スタマスはアンディーにこう教えた。シャバでのおまえは銀行屋だったかもしれんが、その人生の一部はどんどん過去へ遠ざかってるんだから、刑務所生活という事実をしっかりつかんだほうがいい。オーガスタの成り上がりの共和党のロータリークラブ員連中に関するかぎり、刑務所と犯罪者矯正《きょうせい》の分野で、納税者の金の使い道は三つあるだけだ。第一はもっとたくさんの塀、第二はもっとたくさんの鉄格子《てつごうし》、第三はもっとたくさんの看守。州議会から見るかぎり、トマスタンとショーシャンクとピッツフィールドとサウス・ポートランドの受刑者たちは、人間の屑《くず》なんだ、とスタマスは説明した。受刑者はつらい時間を送るようにそこへはいっている。だから神とイエス・キリストにかけて、そうさせなきゃならん。もしパンの中に何びきかの虫がいても、それがどうした？

アンディーは例のおちついた微笑をうかべて、スタマスにこうきいた。もしコンクリート・ブロックの上に、毎年一回、ひとしずくの雨だれが落ちるとして、それが百万年つづいたら、どうなると思いますか？　スタマスは笑いだし、アンディーの背中をどやした。「おい、だんな、おまえには百万年の寿命はないぜ。しかし、かりにあったら、おまえのことだ、その笑い顔でそうしつづけるんだろうな。いいとも、手紙を書くなら書け。おまえが切手代をはらうなら、ポストへ入れてやってもいいぞ」

アンディーはそうした。最後に笑ったのはアンディーだった。もっとも、スタマスもハドリーも、もうそのときそこに居合わせていなかった。図書室予算に関するアンディーの請願は、いつも判で押したように却下されたが、とうとう一九六〇年になって、二百ドルの小切手が送られてきた――おそらく州議会は、それを割り当てれば、アンディーが口をつぐんでよそへ行ってくれるとでも思ったんだろう。とんでもない。アンディーはとうとう片足がドアの中へはいったと自信を持ち、努力を倍増した。毎週一通の手紙を二通にふやした。一九六二年には四百ドルが届き、それから六〇年代の終わりまで図書室は毎年七百ドルをきちんきちんと受けとった。一九七一年には、それが千ドルにはねあがった。ふつうの田舎町の図書館が受け取る金額にくらべたら、たいしたことはないだろうが、千ドルあればペリー・メイスン物の探偵《たんてい》小説や、ジェイク・ローガン物のウェスタンが古本でごっそり買える。アンディーがいなくなる直前には、図書室へ行くと（もとの塗料置場から三部屋にふえていた）ほしい本はたいてい見つけることができた。もし見つからなくても、アンディーにたのめばとりよせてくれる可能性が多分にあった。

さて、おたくらはこんな質問をしたがってるかもしれない。こうしたことはぜんぶ、アンディーがバイロン・ハドリーにたなぼたの遺産の税金の節約法を教えたからなのか？　そうともいえる……ちがうともいえる。そこでなにがあったかは、見当がつくだろう。

ショーシャンクの塀の中に利殖の魔法使いがいるという噂がひろまった。一九五〇年の晩春から夏にかけて、アンディーは子供を大学へ行かせてやりたいというふたりの看守のために信託資金の設定をしてやり、株をいじってみたいというもうふたりの看守に助言をしてやった（結局、このふたりはずいぶん儲《もう》けた。中のひとりなどは、大儲けのおかげで、二年後にはやばやと退職したぐらいだ）。それに、アンディーが刑務所長その人、すっぱい唇《レモン・リップス》のジョージ・ドゥーナイにも、税金対策を伝授しなかったわけがない。ちょうどドゥーナイが追い立てを食う直前で、やつは自分の本が何百万ドルも稼《かせ》ぐところを夢見てたにちがいないんだ。一九五一年の四月には、アンディーはショーシャンクの牢番《ろうばん》の半数のために所得申告を代行してやっていた。一九五二年にはそれがほとんど全員にまでひろがった。やつはその報酬を刑務所でいちばん値打ちのあるコイン──ただの好意──で払ってもらった。

そのあと、グレッグ・スタマスが刑務所長の椅子《いす》をひきつぐと、アンディーはよけいに重要になった──だが、もしおれがそのあたりの事情を説明するとしたら、そいつは憶測だ。自分の知ってることもあるが、それ以外は想像するしかない。たしかに、囚人の中にはいろんな特別待遇を受けるやつがいる——監房にラジオを置いていいとか、えらく面会が多いとか——これはそんな特権がもらえるように、シャバのだれかがそれだけの代金を払ってるんだ。そんな連中のことを、囚人たちは〝天使〟と呼んでる。急にだれかがナンバープレート工場で土曜の午前の作業を免除されたりすれば、その男の天使がどこか塀の外にいて、そうなるように現ナマをはずんだことがわかる。たいていの場合、天使は中どころの看守に袖《そで》の下を払い、その看守が職階組織の上と下にヨロクをばらまくしきたりだ。

そういえば、ドゥーナイ所長の命とりになったディスカウントの自動車修理事業。この事業はしばらく地下にもぐってから、五〇年代後半になって前よりも強く息を吹きかえした。刑務所の労力を使っている請負業者どもが、ときどき管理本部の上層部にリベートを払ってたことはまちがいないと思う。おなじことは、ランドリーやナンバープレート工場、それに一九六三年に作られた砕鉱工場に機械を売りこんだり、据《す》えつけたりした会社にもいえるだろう。

六〇年代の後半になると、ドラッグのブームがきて、おなじ管理職員連中がこれにも関係しはじめた。そのぜんぶを合わせると、けっこう大きな不法所得の流れになったわけだ。アティカやサン・クェンティンのような大刑務所で乱れ飛ぶ秘密の札束にはおよびもつかないだろうが、はした金じゃない。そこで、やがては金そのものが悩みの種になる。そいつを財布に詰めこんどいて、裏庭にプールを作るとか、家を建て増しするとかいうとき、くしゃくしゃの二十ドル札や、よれよれの十ドル札をとりだすってわけにはいかない。いったんある限度を超えると、その金の出所を説明する必要が生じる……もしその説明にいまいち説得力がないと、自分も番号入りの身分になるのがオチだ。

だから、アンディーはモテモテだった。やつらはアンディーをランドリーからひっぱりだして図書室に据えたが、べつの見方をするなら、やつらはアンディーをランドリーからひきぬいたわけじゃない。よごれたシーツを洗濯《せんたく》させる代わりに、よごれた金を洗濯させただけだ。アンディーはその金を、株や社債や免税の都市債につぎこんでいった。

ナンバープレート工場の屋上でのあの日から十年ほどあとで、アンディーは一度おれにこう話したことがある。いま自分がしていることに対する気持はかなり整理されていて、良心の痛みはそんなにない。あの汚職は、自分がいてもいなくてもつづいていたろう。なにもこっちがショーシャンクへ行かせてくれとたのんだわけじゃない。自分はおそろしい不運の犠牲になった無実の人間だ。伝道師でも社会改良家でもない。

「それにね、レッド」とアンディーはいつもの微笑をうかべた。「わたしがここでやってることは、シャバでやっていたことと大差がない。これはかなり皮肉な格言だがね――個人や会社が必要とする専門的な利殖の助言は、その個人または会社がどれだけおおぜいの人間を搾取《さくしゅ》しているかに正比例して増加する。

この刑務所を支配している連中は、たいていが愚鈍で残酷な怪物だ。堅気の世界を支配している連中も残酷な怪物だが、たまたまそれほど愚鈍じゃない。それはシャバの能力の基準がちょっぴり高いからだ。たいして高くはないが、すこしだけね」

「しかし、ドラッグは話がべつだぜ」とおれはいった。「あんたにあれこれ指図したかないが、どうも気になるんだ。マリファナ、覚醒剤《アッパー》、鎮静剤《ダウナー》、ネンブタール——それにこんどはフェイズ・フォーなんてのも出まわってる。おれはあんなもの絶対に使わんぞ。これまでも使ってない」

「そうさ」アンディーはいった。「わたしもドラッグはきらいだ。使ったこともない。もともとタバコも酒もあんまりたしなまないほうだしね。わたしはドラッグを扱ったりしない。仕入れたこともないし、塀の中に持ちこまれたやつを売ったこともない。それをやってるのは、たいてい牢番だよ」

「しかし——」

「ああ、わかってる。なにごとにも限度はあるさ。要するにだね、レッド、世の中には絶対に手をよごしたくない人間もいる。聖者と呼ばれるその境地にはいると、鳩《はと》が舞いおりてきて肩にとまり、シャツを糞《ふん》だらけにしてくれる。それの対極は、ゴミの中につかって、金儲けになるならどんなくそったれな品物でも扱うことだ——銃、飛びだしナイフ、ヘロイン、なんだってかまわない。きみはこれまでに囚人のだれかから、殺し屋の周旋をたのまれたことはあるかい？」

おれはうなずいた。長年のあいだに、そんなことはなんべんもあった。なにしろ、こっちはよろず調達屋だ。もしトランジスター・ラジオの電池やラッキー・ストライクのカートンや、マリファナの包みがとりよせられるなら、ナイフ使いの仲介だってできるだろうと、むこうは考える。

「もちろん、あるよな」アンディーは同意した。「だが、きみは断わる。なぜかというとだね、レッド、われわれのような人間は、第三の選択があることを知ってるからだ。純潔をつらぬき通すのでもなく、ヘドロと汚物にどっぷりつかるのでもないもうひとつの道。それは全世界のおとなたちが選んでいる道だ。欲に目がくらんでどぶ泥《どろ》の中へおっこちないよう、バランスをとって歩く。ふたつの悪のうちの小さいほうを選び、自分の善意を見失わないように進む。で、自分がどれだけそれをうまくやっているかは、たぶん、これで判断できるんじゃないかな。夜にどれだけぐっすり眠れるか……そしてどんな夢を見るか」

「善意か」おれは笑いだした。「そのへんはぜんぶわかってるよ、アンディー。その道をうっかり踏みはずしたら、下は地獄だぜ」

「いや、まじめな話」と、やつは急に真顔になった。「地獄はここにある。このショーシャンクにある。やつらはドラッグを密売し、わたしはその儲けをどうすればいいかを教えている。しかし、わたしは図書室も手にいれたんだ。そこの本を使って、高校卒業の学力検定に合格したものが、もう二十何人もいる。ここを出所したあとで、連中はクソだめから這《は》いだせるかもしれない。一九五七年にあのふたつめの部屋が必要になったとき、わたしはそれを手にいれた。やつらはわたしをあやしておきたがってる。その代わり、こっちは安く働く。そういう取引なんだよ」

「それに、自分の私室も手にいれたしな」

「もちろん。そこがこっちの狙《ねら》いでね」

刑務所の人口は五〇年代を通じてしだいに上昇をつづけ、六〇年代にはいってもうちょいで爆発しそうになった。全国的に大学へ行く年頃《としごろ》のガキが、麻薬をためしたがったのと、マリファナをちょっと吸っただけでもばかばかしい刑罰を食ったからだ。しかし、その時代にも、アンディーは同房の相手がいなかった。一度だけ、ノーマデンという名の大柄《おおがら》で無口なインディアンが（ショーシャンクのインディアンはみんなそうだが、この男も酋長《しゅうちょう》と呼ばれていた）同居したことがあるが、ノーマデンは長くいなかった。ほかの長期服役者は、アンディーのことを頭がへんだと思っていたが、アンディーはただにやにやするだけだった。やつはひとり住まいが性《しょう》に合ってる……そして、やつがいったとおり、刑務所当局はアンディーをあやしておきたがったんだ。なにしろ、安く働いてくれるんだから。

刑務所の時間はのろい時間だ。ときおり、きっと止まってると断言したくなるが、それでも動いてる。時間はたっていく。ジョージ・ドゥーナイは、それ『スキャンダル』、それ『汚職』とわめきたてる新聞の大見出しがごったがえす中で、この現場を去った。スタマスがそのあとをつぎ、それからの六年間、ショーシャンクは一種の生き地獄だった。グレッグ・スタマスの君臨時代、診療所のベッドと懲罰棟《とう》の監房は、いつも満員だった。

一九五八年のある日、監房の小さなひげ剃《そ》り鏡をのぞくと、四十歳の中年男がおれを見かえした。一九三八年にここへやってきたのは、ニンジンのような赤い髪をした若者で、後悔のあまり頭が半分おかしく、自殺を考えていた。その若者はもうどこにもいなかった。赤い髪は灰色になりかけ、後退をはじめていた。目のまわりにはカラスの足跡があった。その日、おれは自分の中にいる老人が、外に出るときを待ちわびているのを見てしまった。それを見てぞっとした。だれもムショの中で年をとりたくはない。

スタマスは、一九五九年が明けてまもなく姿を消した。それまでに何人かの汚職調査記者がやってきてあたりを嗅《か》ぎまわり、中のひとりは完全にでっちあげの犯罪で、偽名を使って四カ月ショーシャンクに服役した。またまたスキャンダルと汚職が暴露されるところだったが、記者たちがハンマーを打ちおろす前に、スタマスは逃げた。その気持はわかる。わかるなんてもんじゃない。もし裁判を受けて有罪になれば、この刑務所へぶちこまれるかもしれないんだ。もしそうなったら、せいぜい五時間の命しかなかったろうな。バイロン・ハドリーはその二年前からいなかった。あの鬼看守は心臓発作を起こして、この世から早々に引退しちまったんだ。

　アンディーはスタマス事件にもまったく無傷だった。一九五九年の早々に新しい刑務所長が任命され、それといっしょに新しい副刑務所長と、新しい看守長がやってきた。それからの八カ月、アンディーはただの一囚人だった。ノーマデンというでっかい混血のパサマクォディー・インディアンがアンディーと同居したのは、ちょうどその時期だ。それから、万事がまたもとにもどりはじめた。ノーマデンはよそに移され、アンディーはまたひとり住まいのけっこうな身分になった。トップの名前は変わっても、汚職の中身は変わらない。

　一度、ノーマデンにアンディーのことをたずねてみたことがある。「いいやつだよ」とノーマデンはいった。やつの話を聞きとるのはむずかしい。みつくちと口蓋裂《こうがいれつ》で、しゃべる言葉がもやもやして出てくる。「あそこはよかった。あいつはからかったりしない。だが、おれがいるとじゃまらしい。わかるんだ」大きく肩をすくめて、「おれ、あそこを出てうれしい。あの監房はすきま風がひどい。いつも寒い。やつはだれにも私物をさわらせない。べつにそれはいいさ。いいやつだよ、からかわないし。だけどな、あのすきま風」

おれの記憶が正しければ、リタ・ヘイワースは一九五五年までアンディーの監房に貼《は》ってあった。それからマリリン・モンローになった。『七年目の浮気《うわき》』で、地下鉄の通風孔の上に立って、風でスカートがまくれているあの写真だ。マリリンは一九六〇年までつづき、ポスターの縁がぼろぼろになってきたところで、アンディーがジェーン・マンスフィールドに貼りかえた。ジェーンは、はっきりいうなら、ミルクタンクだった。一年かそこらして、ジェーンはだれかイギリスの女優にとりかえられた――ヘイゼル・コートだったかもしれないが、たしかじゃない。一九六六年にはそれがはずされて、ラクエル・ウェルチが登場し、アンディーの監房の中で六年間という記録破りの長期興行を打った。最後にその壁を飾ることになったのは、リンダ・ロンシュタットという、かわいいカントリー・ロックの歌手だった。

一度アンディーに、あんたにとってポスターはどんな意味があるんだときいたことがある。アンディーは奇妙な、びっくりしたような顔をした。「いや、べつに。たいていの囚人が感じる意味と大差ないと思うね」とやつはいった。「自由。あの美しい女たちを見ていると、まるで自分が……もうすこしで……壁を抜けて、彼女のそばに立ってるような気がするんだよ。自由の身になって。だから、ラクエル・ウェルチがいちばん気にいったんだと思うな。そのわけは彼女だけじゃない。彼女の立ってる浜辺がいいんだよ。あそこはメキシコかそのへんらしい。どこか静かで、自分の考えていることが聞こえてくるような場所だ。きみはポスターの写真を見て、そんな気分になったことはないか、レッド？　まるでその中へ抜けていけそうな気分に？」

そんなふうに考えたことは一度もないね、とおれはいった。

「たぶん、いつかわたしのいう意味がわかるときがくるよ」

やつのいうとおりだった。それから何年もあとで、おれはやつのいう意味をさとり……そしてさとったときに最初に思いだしたのは、ノーマデンのことだった。アンディーの監房の中はいつも寒かったという、ノーマデンのあの言葉だった。

一九六三年の三月末か四月はじめに、アンディーにとって不幸な事件が起きた。やつには、おれを含めた大多数の囚人にないものがあると、前に話したっけな。それは運命の甘受といってもいいし、心の平和といってもいいし、なんなら、いつか長い悪夢が終わるという、揺るぎない確信といってもいい。それをどう名づけるにしても、アンディー・デュフレーンは、いつも自分の行動に一貫性を持たせてるようだった。たいていの終身刑の囚人がしばらくして罹《かか》るような、世をすねた絶望はなかった。やつにはこれっぽっちの無力さもなかった。あの六三年の冬までは。

　それまでに、新しい刑務所長が着任していた。サミュエル・ノートンという男だ。あのお堅いコットン・マザーとその父親のインクリース・マザーが生きていたら、さぞサミュエル・ノートンと気が合ったことだろう。おれの知るかぎり、ノートンがちらっとでも相好をくずしたのを見たことがない。やつはエリオットのバプテスト再臨派教会から三十年皆勤のバッジをもらっていた。このしあわせ一家の家長としてやつがなしとげた最大の改革は、どの新入りの囚人にもかならず新約聖書を支給するようにしたことだった。やつのデスクの上には、チーク材の小さな飾り板に金文字で『キリストはわが救い主』と書いてある。やつの奥方が作った壁の刺繡《ししゅう》にはこうある——『主の裁きはくだる、いずれまもなく』こっちの文句は、おれたちにとってお笑いだった。こっちは裁きはすでにくだったのを知ってる。岩もおれたちを隠せず、枯れ木もおれたちをかくまってくれないことを、いつでも証言できる。このサミュエル・ノートンという男は、ことあるたびに聖書の引用句を口にした。忠告するが、こういう人間に会ったときは、にやりと笑って、両手で自分のきんたまを隠すにかぎる。

　グレッグ・スタマス時代よりも診療所入りは減って、おれの知るかぎり、月夜の埋葬はなくなったが、それはノートンが刑罰の信奉者でないということじゃなかった。懲罰房はいつも繁盛していた。囚人の歯が抜けるのは、殴打が原因ではなくて、パンと水だけの食事が原因だった。やがてその懲罰は、囚人たちから断食《だんじき》療法の名で呼ばれるようになった。「おれはサミュエル・ノートンの断食療法で地下牢《ちかろう》へこもってきたぜ」

この男は、高い地位にある人間としては、おれがいままでに見た最低の偽善者だった。前に話した汚職はそのまま繁盛しつづけたが、サミュエル・ノートンはそこに新機軸をつけたした。アンディーはそれを知りつくしていて、そのころにはずいぶん親しい仲になったおれに、中のいくつかをこっそり話してくれた。その話をするときには、アンディーの顔に滑稽《こっけい》さと不快さのまじりあった驚異の表情がうかび、まるでなにか醜悪な捕食昆虫《こんちゅう》のことを話しているようだった。この昆虫は、あんまり醜悪で強欲なので、恐ろしさよりも滑稽さが先に立つってわけだ。

ノートン刑務所長が実行した〝青空奉仕〟計画のことは、おたくらも十六、七年前になにかで読んだことがあるかもしれない。〈ニューズウィーク〉の記事にもなったぐらいだ。新聞や雑誌では、現実的な犯罪者更生政策の大進歩と書きたてられた。パルプ材を伐採する服役者たち、橋や土手道を修理する服役者たち、ジャガイモ貯蔵所を作る服役者たち。ノートンはそれを〝青空奉仕〟と名づけ、特に〈ニューズウィーク〉に写真が載ってからは、ニュー・イングランドのほとんどあらゆるロータリークラブやキワニス・クラブに招待されて、その意味を説明することになった。服役者たちはそれを〝出《で》稼《かせ》ぎ〟と呼んでいたが、おれの知るかぎり、キワニス会員やムース騎士団の前でその意見を発表してくれとたのまれたものは、ひとりもいない。

ノートンは、三十年皆勤バッジを光らせてあらゆる作業をとりしきった。パルプ材の伐採から、雨水渠《うすいきょ》掘りから、州高速道路の下に新しい暗渠を通す作業まで、そこにはつねにノートンがいて、いちばんおいしいところをかっさらっていった。それをやるには百もの方法がある——人間、資材、なんでもいい。しかし、やつはもうひとつのうまい方法をつかんでいた。この地方の土建業界は、ノートンの〝青空奉仕〟計画を死ぬほど恐れていた。服役者の労働は奴隷《どれい》労働だから、競争しても勝ち目はない。というわけで、新約聖書と三十年皆勤バッジの男、サミュエル・ノートンは、ショーシャンク刑務所長としての十六年の任期のあいだに、テーブルの下でおびただしい数の分厚い封筒を受け取った。もしも封筒が渡らないときには、入札でうんと高値をつけるか、まったく入札しないか、それとも、あいにく受刑者がほかの工事に出払っていると主張するかだ。どうしてノートンが、マサチューセッツのハイウェイのはずれにとまったサンダーバードのトランクから、後ろ手に縛られ、ひたいに六発の弾丸《たま》を撃ちこまれた姿で見つからなかったのか、あれだけはふしぎでならなかった。

とにかく、古い酒場のざれ歌にもあるように、おお神様、なんとお金がざくざくころがりこんだことか。ノートンは、きっと古いピューリタンの考えにかぶれていたにちがいない。神様がどの人間をいちばん気にいっておられるかを判断するには、みんなの銀行預金残高をチェックするのがいちばん、というあれだ。

　アンディー・デュフレーンは、この全事業におけるノートンの片腕、匿名《とくめい》のパートナーだった。刑務所の図書室は、アンディーのいつ失うかもしれない抵当だった。ノートンはそれを知っており、ノートンはそれを利用した。アンディーにいわせると、ノートンのお気にいりの格言のひとつは、「片手を洗えばもう片手もきれいになる」ってやつ。そこでアンディーは有利な助言をし、役に立つヒントを与えてやった。アンディーがノートンの〝青空奉仕〟計画を切りまわしたかどうかはたしかじゃないが、あの信心家ぶった胸くそわるい野郎のために金を洗濯してやったことはまちがいない。アンディーが有利な助言と役に立つヒントを与えてやると、金があっちこっちに貯《たくわ》えられる……あのくそ野郎！　図書室には自動車修理のマニュアルの新しいセットや、グロリエ百科事典の新しいセットや、大学進学適性試験の受験参考書が手にはいる。そして、もちろん、もっとたくさんのアール・スタンリー・ガードナーとルイス・ラムーアも。

　おれには確信があるんだが、そのあとで起こったことは、ノートンが命とたのむ片腕を失いたくないから起こったことなんだ。いや、もっとつっこんでいおう――それが起こったのは、ノートンがもしアンディーをショーシャンク刑務所の外に出したら、なにが起こるかもしれない――アンディーがどんな不利な証言をするかもしれない――とおびえていたからなんだ。

おれは七年のあいだにすこしずつ事のてんまつを聞きだした。中の一部はアンディーからじかに聞いたが――それがぜんぶじゃない。アンディーは人生のその部分をあまり話したがらなかったし、それはむりもないと思う。そんなわけで、この情報は、半ダースもの出所から手にいれたものだ。前にもいったように、囚人は奴隷でしかないが、連中はまぬけなふりして聞き耳を立てるという奴隷独特の習慣を身につけている。おれが手にいれた情報は、最後が先でまんなかがあとになったりしていたが、おたくらにはA地点からZ地点へと順を追って話すことにする。そうすれば、なぜアンディーが十カ月ものあいだ、わびしい、おちこんだ茫然《ぼうぜん》自失の状態で過ごしたかが理解できるだろう。いいかね、やつは一九六三年まで、つまり、このせまっくるしい地獄穴へほうりこまれて十五年たつまで、あの事件の真相を知らなかったんだ。トミー・ウィリアムズに会うまでは、どれだけその地獄穴がひどい場所になるかを知らなかったんだ。

トミー・ウィリアムズがショーシャンクのしあわせ一家に仲間いりしたのは、一九六二年の十一月だった。トミーは自分のことをマサチューセッツの土地っ子だと思っていたが、それを自慢にはしていなかった。二十七年間の人生で、トミーはニュー・イングランド一円の刑務所を渡り歩いていた。やつはこそ泥《どろ》の常習犯だが、おれにいわせりゃ、ほかの職業を選ぶべきだった。

トミーは所帯持ちで、毎週欠かさずカミさんが面会にきた。カミさんは、高卒の資格がとれたら、トミーのために──そして結果的には三つの息子と自分のためにも──万事がもっとうまくいくのではないかと考えていた。彼女に知恵をつけられて、トミー・ウィリアムズはせっせと図書室通いをするようになった。

アンディーにとって、これはもうめずらしいことではなくなっていた。アンディーはトミーが高卒資格検定をとれるようにとりはからった。トミーは高校で取った単位をもう一度復習し──あんまり数はないが──それからテストを受けることになった。アンディーは、トミーが高校で落とした単位や、中退で取れなかった単位をとれるように、いくつかの通信教育講座に申し込んでやった。

トミーはアンディーがめんどうを見た中で、とびきりの優等生じゃなかったし、その後、高卒の免状をとれたかどうかも知らないが、それはこの話とは関係ない。問題は、しばらくするうち、やつがアンディー・デュフレーンにすごく好感を持つようになったことだ。たいていの人間がそうなんだが。

で、やつは二、三度アンディーにむかって、「あんたのように頭のいい人間がこんな場所でなにをしているのか」ときいたらしい──これは、「きみのようにすてきな女の子がこんな場所でなにをしてるのか？」という例の質問とあらかた似ている。だが、アンディーはそんなことを話す男じゃない。ただ微笑するだけで、話題をほかのチャンネルに切りかえた。で、当然なことに、トミーはほかのだれかにそのことをたずね、そして、とうとう一部始終を知ったときには、若い人生で最大のショックを味わったわけだ。

トミーがそれをたずねたのは、ランドリーのスチーム・アイロンと折り畳みの仕事をしている相棒だった。この洗濯物仕上機《マングル》のことを、受刑者は肉刻み機《マングラー》と呼んでいるが、それはついうっかりしてそこに巻きこまれたがさいご、まさにそうなるからだ。相棒はチャールズ・ラスロップといって、殺人罪で十二年の刑を宣告された男だった。やつは二つ返事でトミーのためにデュフレーン事件の裁判の話をことこまかに蒸しかえした。プレスしたてのベッドシーツを機械からひきだして、バスケットにいれていく退屈な仕事も、これで気がまぎれるってわけだ。物語が進んで、いよいよ陪審が昼食をすませてから有罪の評決を持ち帰るあたりまできたとき、とつぜん警笛が鳴りだし、マングルがぎしぎし音を立ててとまった。ふたりは、洗濯のすんだエリオット療養所のシーツをむこうの端から入れているところだった。乾燥のすんだシーツはきちんとプレスされて、五秒に一枚の割りでトミーとチャーリーのいるほうへ出てくる。ふたりの仕事はそれをつかみ、手早く折りたたんで、すでにきれいなハトロン紙を敷いてあるカートの中へほうりこむことだった。

しかし、トミー・ウィリアムズはそこにぼんやりつっ立って、下あごが胸にくっつくほど口をあけたまま、チャールズ・ラスロップを見つめているだけだった。トミーはシーツの吹きだまりに立っていた。せっかくきれいになって出てきたシーツが、いまは床の濡《ぬ》れた泥を吸いあげている――ランドリーの洗濯場の床は汚物でどろどろなんだ。

そこで、その日の主任看守のホーマー・ジェサップが、大声でわめきながら、棍棒《こんぼう》を構えて駆けつけた。トミーはそっちに目もくれなかった。これまでかぞえきれないほどの人間の頭を割ってきたホーマーがまるでそこにいないような調子で、チャーリーにたずねた。

「そのゴルフ・プロの名前、なんていった？」

「クェンティン」すっかりうろたえながら、チャーリーは答えた。あとでやつがいうには、トミーの顔は休戦旗のように白かったらしい。「グレン・クェンティンだったと思う。たしかそんな名前だ、とにかく――」

「おい、なにしてるんだ」ホーマー・ジェサップは、雄鶏《おんどり》のとさかのように首すじを真っ赤にしてどなりつけた。「そのシーツを水につけろ！　さっさとやれ！　さっさとやれったら、この野郎――」

「グレン・クェンティンか、ああ神様」トミー・ウィリアムズがいった言葉はそれだけだった。短気なことでは定評のあるホーマー・ジェサップが、その瞬間、トミーの耳のうしろに棍棒をふりおろしたからだ。トミーはものすごい勢いで床にぶっ倒れ、前歯を三本も折った。つぎに目がさめたときは懲罰房で、一週間そこに閉じこめられて、サミユエル・ノートンの有名な断食療法を受けることになった。おまけに考課票には罰点がついた。

それが一九六三年の二月のことで、トミー・ウィリアムズは懲罰房から出たあと、六、七人の古株の囚人に当たってみて、大同小異の話を聞きだした。知ってるさ、おれもそのひとりだったんだから。しかし、なぜそんな話を聞きたがるのかとたずねられて、やつは口をつぐんでしまった。

やがてある日、トミーは図書室に出向いて、とてつもない情報のかたまりをアンディー・デュフレーンの前にぶちまけた。そして、アンディーがいつもの落ちつきをなくしたのは、これが最初で最後、いや、すくなくとも、生まれてはじめてコンドームを買うガキみたいにそわそわして、あのリタ・ヘイワースのポスターをおれに注文したとき以来だった……ただ、こんどの場合、やつは冷静さのかけらもなくなっちまったんだ。

その日の遅くにやつを見かけたが、まるで鋤《すき》の刃をうっかり踏みつけて、とびあがった柄《え》でしたたか眉間《みけん》をぶんなぐられた男のようだった。手がわなわなふるえていて、おれが話しかけても返事もしなかった。その午後が終わる前に、アンディーは看守長のビリー・ハンロンにたのみこんで、ノートン所長に翌日の面会の約束をとりつけた。あとでアンディーから聞いたところでは、その晩は一睡もできなかったらしい。外を吹きまくるつめたい木枯らしの唸《うな》りを聞き、サーチライトがなんべんもなんべんも回転するたびに、セメントの床に長い影が這《は》いまわるのをながめながら、ハリー・トルーマンが大統領だったころからわが家と呼んでいる檻《おり》の中で、すべてをよく考えてみようとした。まるで頭の奥にある檻、自分の監房と似たような檻の鍵《かぎ》を、トミーがさしだしたような感じだったという。ただ、その檻は、人間を閉じこめる代わりに虎《とら》を閉じこめてあり、その虎は希望という名前だった。ウィリアムズはその檻の扉《とびら》をあける鍵をよこし、虎は外に出て、いやおうなしにアンディーの脳の中をうろつきはじめたんだ。

四年前、トミー・ウィリアムズは盗品を満載した盗難車を運転していて、ロード・アイランド州で逮捕された。トミーは共犯者をたれこみ、地方検事は約束を守って刑を軽くしてくれた……実刑二年以上四年以下。刑期をつとめはじめてから十一カ月目に、同房の老人が釈放され、新しい仲間がはいってきた。エルウッド・ブラッチという男だ。ブラッチは武器携帯の窃盗罪でパクられ、六年以上十二年以下の刑を宣告されていた。「あんな神経質なやつは見たことない」とトミーはおれに話した。「あんなやつが泥棒をやるなんてむちゃだよ、とりわけ銃を持たせちゃまずい。ほんのささいな物音でも、あいつは一メートルもとびあがるんだ……床におりたときには、おそらく銃を撃ちはじめてるな。ある晩なんかは、廊下のむこうのだれかがブリキのコップで鉄格子《てつごうし》をたたいただけで、おれをもうちょっとで絞め殺すところだった。

出所まで七カ月ものあいだ、あいつといっしょに暮らしたよ。刑期の満了まで。でも、あいつと話しあったとはいえない。エル・ブラッチは会話をする柄《がら》じゃない。あいつの話は一方通行だ。のべつまくなしにしゃべりつづける。しゃべりだしたら止まらない。こっちが口をはさもうとすると、拳骨《げんこつ》をふりまわして、ぎょろりと目をむく。あれをやられると、いつもさむけがした。背の高い大男でね、頭はすっかり禿《は》げあがって、目は緑色の金壺眼《かなつぼまなこ》。まったく、あいつにはもう二度と会いたかないね。

毎晩があいつの独演会だった。どこで育ったか、どこの孤児院から逃げだしたか、どんなヤマを張ったか、どんな女と寝たか、どこのサイコロばくちで大勝ちしたか。おれはしゃべりたいだけしゃべらせといたよ。まあ、ごらんのとおりのチンケなご面相だけど、これ以上やつに改造されたかないからね。

あいつにいわせると、これまでに二百以上のヤサを荒らしたそうだ。おれには信じられないんだけどね。なにしろ、だれかがでっかい屁《へ》をこいただけで花火みたいにはじけるやつだもんな。だけど、あいつにいわせりゃ、誓って真実なんだとさ。そこで……聞いてくれよ、レッド。人間てものは、なにかを知らされたあとで、ああだこうだと、なかった話をでっちあげる。しかし、おれはこのクェンティンというゴルフ・プロのことを知らされる前から、こう考えたのをおぼえてるよ。もしエル・ブラッチがおれの家へ忍びこんだとして、あとでそのことがわかったら、おれはまだ自分が生きてるってことだけで、だれよりも運のいい人間だと思うだろうってね。あんた想像できるかい、あいつがどこかの金持女の寝室に忍びこんで、宝石箱の中身を物色してるときに、女が眠ったままで咳《せき》をしたり、きゅうに寝がえりを打ったとしたら？　おふくろの名に誓っていうけどね、そのことを考えるたびに背すじが寒くなるんだ。

　あいつは人を殺したこともあるといった。なめた真似《まね》をさらした連中を。とにかくあいつはそういった。おれはそれを信じたよ。たしかにこいつなら人を殺せるだろうって。とにかく、めっぽう興奮しやすい。寸たらずの撃針のついたハジキみたいなもんさ。おれの知ってる男で、スミス・アンド・ウェッソンのポリス・スペシャルに、寸たらずの撃針をくっつけたのがいてね。そんな銃はなんの役にも立ちゃしない。せいぜい話の種になるぐらいのもんさ。引き金はおそろしく軽いから、もしそいつが――ジョニー・キャラハンって男だったけど――スピーカーの上にその銃をのせて、レコード・プレーヤーのボリュームをいっぱいに上げたら、それだけで発射しただろうな。エル・ブラッチってのはそんなやつさ。それよりうまく説明できない。だから、あいつが何人かバラしたってことは、疑ったこともないね。

　そこで、ある晩、なんとか間《ま》をもたせようと思って、おれはいったわけさ――『だれを殺したんだい？』こりゃまあジョークだよな。そしたら、あいつは笑ってこういうんだ。『いま、メイン州の北でムショに入ってるやつがいてな、そいつが殺したことになってるふたりは、実はおれがバラしたんだ。いまぶちこまれてるそのまぬけの女房《にょうぼう》と、その間男さ。おれがそいつらの家に忍びこんだときに、間男のほうが手を焼かせやがってよ』
やつがその女の名前をいったかどうかは思いだせない」とトミーは話をつづけた。「いったかもしれない。だけど、ニュー・イングランドじゃ、デュフレーンって名前はほかの土地でのスミスやジョーンズみたいなもんさ。それぐらいあそこはフランス系が多い。デュフレーン、ラヴェスク、ウーレット、プーリン、だれが蛙《かえる》食いの名前なんかおぼえられる？　だけど、男のほうの名前だけはばっちりおぼえてるよ。あいつはその男がグレン・クェンティンという名のくそ野郎だ、金持のくそ野郎で、ゴルフ・プロだといった。エルにいわせると、その男が家に現ナマを、それも五千ドルぐらいは持ってると踏んだそうだ。そのころは、それが大金だったというんだ。そこでおれはきいた——『いつごろだい？』すると、あいつのいうことに——『戦争のあとだ。戦争のすぐあと』
そこでやつがその家に忍びこんであたりを物色してると、ふたりが目をさまし、男のほうが手を焼かせた。もっとも、エルがいうんだぜ。おれにいわせれば、その男がいびきをかいただけかもな。おれにいわせるとさ。とにかく、エルの話だと、クェンティンが乳くりあってたのは有名な弁護士の女房で、そのあと、その弁護士はショーシャンク州刑務所へほうりこまれたというんだ。そこであいつはげらげら大笑いしたよ。いや、なにがうれしいたって、釈放証をもらって、あそこを出られたときほどうれしいことはなかったね」

　トミーからこの話を聞かされて、なぜアンディーがぐらっときたか、なぜ刑務所長にすぐ面会しようと考えたか、その気持はわかる。エルウッド・ブラッチは、トミーが四年前にやつと知りあったとき、六年以上十二年以下の刑をつとめていた。アンディーが一九六三年にこの話を聞かされたときには、ブラッチはまもなく出所するかもしれず……それともすでに出所しているかもしれなかった。だから、アンディーは焼串《やきぐし》の二叉《ふたまた》の先であぶられることになった——ブラッチがまだ服役しているかもしれないという考えと、もうひとつは、風のようにどこかへ去ったかもしれないという強い可能性と。

　トミーの話にはいくつかの矛盾があったが、現実の世の中ってものはたいがいそうじゃないかい？　ブラッチはトミーに、刑務所へぶちこまれたのはパリパリの弁護士だと話したが、アンディーは銀行家だ。しかし、この二つは、あまり教育のない人間がよく混同する職業でもある。それに、ブラッチが裁判の切りぬきを読んだときと、その話をトミー・ウィリアムズにしたときのあいだに、十二年の開きがあることを忘れないでほしい。ブラッチはトミーに、クェンティンがクローゼットにしまっていたトランクから千ドルあまりをいただいたと話したが、アンディーの裁判で、警察は窃盗の形跡はなかったと証言している。ここでおれなりの考えをいおう。第一に、もし現金を奪った泥棒《どろぼう》がいて、その現金の持ち主が死人だった場合、最初からそんな金があったとほかのだれかが証明すればともかく、それが盗まれた金だとどうしてわかる？　第二に、ブラッチがそこのところで嘘《うそ》をついてないと、だれが断言できる？　ひょっとしたら、やつはふたりも殺したのに手ぶらで帰ったと認めたくなかったのかもしれない。第三に、窃盗の形跡があったのに、ポリ公がそれを見逃したのかもしれない――ポリ公の中にはずいぶんまぬけなのもいる――それとも、地方検事の言い分をぶちこわさないように、わざとそのへんを隠したのかもしれない。思いだしてほしいが、あの地方検事は下院議員に立候補を狙《ねら》ってたので、どうしてもアンディーを有罪にしたかった。夜盗の居直り殺人でおミヤ入りになったんじゃ、うかばれないからね。

しかし、この三つの中で、気にいってるのはまんなかのだ。おれはショーシャンクで服役中に、エルウッド・ブラッチに似たやつらを何人か見てきた――狂った目をした拳《けん》銃魔《じゅうま》を。こういった連中は、いつの仕事でも、四十四カラットのホープ・ダイヤモンドに匹敵する収穫があったと人に思わせたがる。たとえ、くさい飯を食うことになったのが、二ドルのタイメックスの腕時計と九ドルを盗んだ罪だとしてもだ。

それにトミーの話でもうひとつ、アンディーが疑問の余地なく確信を持ったことがあった。ブラッチは、でたらめにクェンティンを狙ったわけじゃない。やつはクェンティンのことを〝でっかい金持のくそ野郎〟と呼び、クェンティンがゴルフ・プロなのも知っていた。ところで、アンディーと女房は、そのカントリークラブへ毎週一、二回でかけて、一杯やったり、夕食をとったりするのが、二年ばかりの習慣になっていたし、妻の浮気を知ってからのアンディーは、飲めない酒をそこでずいぶんあおったらしい。そのカントリークラブにはマリーナがあり、一九四七年の一時期、トミーが話したエルウッド・ブラッチの人相風体にそっくりなパートの整備工が、そこで働いていたことがある。背の高い大男で、頭はほとんど禿げあがり、落ちくぼんだ緑色の目をしていた。まるで品定めしているように人の顔を見つめる、感じのわるい男だった。その男はそこに長くはいなかった、とアンディーはいう。自分からやめたか、それともマリーナの責任者のブリッグズがクビにしたのか。しかし、やつは一度見たら忘れられないような人間だった。それぐらい特徴があったんだ。

そこでアンディーは、ノートン刑務所長に会いにいった。雨風の強い日で、灰色の塀《へい》の上には大きな灰色の雲が駆けめぐっていた。最後まで残っていた雪も溶けはじめて、刑務所のむこうの空地《あきち》には、去年の草がところどころに枯れたまだらを作りだしていた。

刑務所長は、管理棟《とう》の中に大きなオフィスを持っていて、所長のデスクのうしろには、副所長のオフィスにつうじるドアがあった。その日、副所長は外出していたが、模範囚がそこにいた。やつは足の不自由な男で、本名は忘れたが、囚人たちはこいつのことをチェスターと呼んでいた。『ガンスモーク』に出てくるディロン保安官の、足のわるい助手からきたあだ名だ。チェスターは鉢植《はちう》えに水をやり、床にワックスをかけるようにいわれていた。おれの推測では、その日、鉢植えはのどがカラカラだったろうし、チェスターの垢《あか》だらけの耳が境のドアの鍵穴の上を磨《みが》いたのが、唯一《ゆいいつ》のワックスがけだったろう。

チェスターは所長の部屋の入口が開いて閉じる音、そして、ノートンの声をきいた――「おはよう、デュフレーン。なんの用だね？」

「所長」アンディーはいいはじめたが、チェスター爺《じじ》いにいわせると、とてもアンディーの声とは思えないぐらい、ふだんとはちがっていたらしい。「所長……実はあることが……あることがわたしの身に起きて……それがあんまり……あんまり……とにかく、どこから話していいか」

「それなら最初から話してみてはどうかね？」と刑務所長はいった。とっておきの、『それでは詩篇《しへん》二十三章をひらいて、みんなで読みましょう』とやるときの、あの猫《ねこ》なで声だったろう。「たいていはそれでうまくいくようだよ」

で、アンディーはそうした。そもそも自分が刑務所にはいることになった犯罪の一部始終を、もう一度ノートンのためにおさらいした。それから、トミー・ウィリアムズから聞かされたとおりのことを、所長にくりかえした。アンディーはそこでトミーの名前もあげたが、その後に起こったことを考えあわせると、これはあんまり利口じゃないなと、おたくらは思うかもしれん。しかし、それなら聞きたいんだが、自分の話に信憑性《しんぴょうせい》を持たせるのに、やっとしてほかにどんな方法がある？

アンディーが話しおわったとき、ノートンはしばらく完全にだまりこんでいた。おれにはそのようすが目に見える気がする。リード知事の肖像画のかかった壁に椅子《いす》の背をもたれさせ、両手の指を屋根のように組んで、レバー色の唇《くちびる》をつぼめ、脳天への途中までひたいに梯子《はしご》の段のようなしわを作って、三十年皆勤バッジを柔らかに光らせていたことだろう。

「なるほど」ノートンはやっと口をひらいた。「そんなとほうもない話はわたしもはじめて聞いた。しかし、なによりもわたしにとって意外だったことをいおうか、デュフレーン」

「どういうことでしょう？」

「おまえがまんまとだまされたことだ」

「はあ？　どういうことか、よくわかりませんが」チェスターにいわせると、十三年前にナンバープレート工場の屋上でバイロン・ハドリーを威圧したあのアンディー・デュフレーンが、なんと、言葉につっかえていたそうだ。

「いいかな」とノートンはいった。「そのウィリアムズという若者がおまえから強い印象を受けたことは明らかだ。事実、すっかりおまえに好意をいだいたといってもいいだろう。おまえの悲しい身の上話を聞いて、なんというか……そう、おまえを力づけたいと考えたとしても、むりはない。しごく当然だ。彼は年も若いし、それほど頭がよくもない。だから、おまえがそれを聞いてどんな心境になるかに気づかなかったとしても、意外ではないね。さて、わたしの忠告は——」

「わたしがそれを考えなかったと思いますか？」アンディーはききかえした。「しかし、マリーナで働いていた男のことは、トミーには一度も話してないんです。あのことはだれにも話してない——というより、そんなことは頭にもうかばなかったんです！　しかし、トミーのいう同房囚の人相風体とその男は……まったく瓜《うり》ふたつなんです！」

「まあまあ、そのあたりでおまえはちょっとした選択的知覚にふけっているのかもしれんな」ノートンは含み笑いをした。選択的知覚というような言葉は、行刑や矯正《きょうせい》関係の連中の必修科目で、やつらはシャカリキでそいつを使おうとする。

「それはちがいます」

「それはおまえの偏《かたよ》った見かただ。わたしの見かたはちがう。それに、忘れないでほしいが、当時ファルマス・ヒルズ・カントリークラブにそんな男が働いていたかどうかは、おまえの言葉以外にたよれるものがない」

「ちがいます」アンディーは口をはさんだ。「それはちがいます。なぜかというと——」

「とにかく」とノートンは余裕たっぷりに、大声でさえぎった。「この問題をひとつ望遠鏡の反対側からのぞいてみようじゃないか、いいね？　かりに——いいかね、もしかりに——エルウッド・ブロッチという男が実在するとしよう」

「ブラッチ」とアンディーがひきつった声で訂正した。

「ブラッチか、よろしい。その上に、彼がロード・アイランドでトミー・ウィリアムズの同房囚だったと仮定しよう。彼がすでに釈放されている可能性はきわめて高い。きわめてだ。そうとも、第一、彼がウィリアムズといっしょになる前に、どれだけの期間服役していたかさえ、わかっておらんのだ、ちがうかね？　ただ、彼が六年以上十二年以下の刑を受けたというだけで」

「ええ。それまでに何年服役していたかはわかりません。しかし、トミーの話だと、彼は相当なワルだし、厄介者《やっかいもの》でもある。まだ服役中という可能性は充分あると思います。かりに釈放されていても、刑務所の記録から、彼の最後の住所とか、近親者の名前とか——」

「そのどちらも、おそらく行きどまりだろうな」

アンディーは一瞬だまりこんでから、たまりかねたようにいった。「しかし、ひとつの可能性ではある、そうでしょうが？」

「そう、もちろんそうだ。では、いいかね、デュフレーン、いちおうブラッチなる男が存在し、まだロード・アイランド州刑務所に監禁されていると仮定してみよう。さて、もしわれわれがこの問題をそこへ持ちこんだら、彼はどういうかな？　ひざまずいて、両目をぎょろりと上にあげ、こういうだろうか――『わたしがやりました！　わたしがやりました！　どうかわたしの刑期に終身刑をたしてください！』

「どうしてあんたはそこまで愚鈍なんだ？」アンディーは、チェスターにほとんど聞きとれないほどの小声でいった。しかし、刑務所長の声はチェスターにもよく聞こえた。

「なんだと？　いま、わたしのことをなんといった？」

「愚鈍だ！」アンディーはさけんだ。「それとも、わざとなのか？」

「デュフレーン、おまえはわたしの時間を五分も――いや、七分も――むだにした。きょうのわたしは非常に多忙な予定をかかえているのにだ。もういい、この話しあいは切りあげて――」

「あのカントリークラブには、むかしのタイム・カードが残っているはずだ、それがわからないのか？」アンディーはさけんだ。「税金の申告書、源泉の支払証明、失業保険の給付申請書、どれにもやつの名前がのってるはずだ！　当時あそこで働いていた従業員が、ひょっとしたらブリッグズ本人がまだいるかもしれない。あれから十五年だ、永遠ってわけじゃない！　みんなはやつのことを思いだすはずだ！　ブラッチを思いだすはずだ！　もし、ブラッチがしゃべったことをトミーに証言してもらい、ブリッグズにブラッチがあそこで働いていたことを証言してもらえば、裁判をやりなおしてもらえる！　もう一度――」

「看守！　看守！　この男をつまみだせ！」

「いったい、あんたはなにを考えてるんだ？」チェスターにいわせると、そのときのアンディーの声は絶叫に近かったという。「これはわたしの人生だ、出所の可能性だ、それがわからないのか？　長距離電話の一本もかけてくれないのか。すくなくともトミーの話を確認ぐらいしてくれたってどうなんだ。いいか、電話代は払う！　こっちが払うから――」

あとは大騒ぎになった。看守たちがアンディーをつかまえて、外へひきずりだそうとしたのだ。

「懲罰房」ノートン刑務所長が冷たい声でいった。おそらく、三十年皆勤バッジをいじりながらそういったのだろう。「パンと水だけだ」

そこで、看守たちはアンディーをひきずっていき、まったく自制を失ったアンディーは、まだ刑務所長にむかってわめきつづけていた。チェスターの話だと、ドアが閉まってからもまだ声が聞こえたという――「わたしの人生だ！　わたしの人生だぞ、それがあんたにはわからんのか？」

アンディーは懲罰房で、二十日間の断食療法《だんじき》を受けることになった。アンディーにとっては二度目の懲罰房で、ノートンとの口論は、このしあわせ一家に加わってからはじめての大きな罰点だった。

話のついでに、ショーシャンクの懲罰房についてちょっと説明しておこう。いうならば、これはメイン州の一七〇〇年代の初めから中頃《なかごろ》にかけて、あの艱難《かんなん》辛苦のパイオニア時代への先祖返りだ。当時は、だれも〝行刑学〟や〝更生〟や〝選択的知覚《こくびゃく》〟なんかにかまけて時間をつぶしはしなかった。当時の人間は、はっきり黒白をつけられた。有罪か無罪か。もし有罪なら、首吊《くびつ》りにされるか、それとも牢屋《ろうや》にぶちこまれた。入牢を宣告されたら、行く先は刑務所じゃない。ちがう。メイン植民地提供のシャベルで、自分の牢屋を掘りあげるんだ。日の出から日の入りまでのあいだに、できるだけそいつを広く深く掘りあげる。それから二枚の毛皮とバケツをもらって、穴の中へはいる。中へはいったら、牢番が穴のてっぺんを柵《さく》でふさいで、週に一、二度、穀類か、それとも蛆《うじ》のわいた肉のかけらを投げてよこし、日曜の夜には大麦のスープを柄杓《ひしゃく》に一杯めぐんでくれる。囚人はバケツの中に小便し、牢番が朝の六時にやってきたときに、そのバケツをさしだして、そこに飲み水をもらう。雨が降ったら、そのバケツを使って牢屋の水のかいだしだ……つまり、天水桶《おけ》の中のネズミのように溺《おぼ》れ死にたくなければ。

当時はだれもその〝穴の中〟で長居はしなかった。三十カ月といえば異常に長い刑期だったし、おれの知るかぎり、囚人が生きて外に出られた中でいちばん長い刑期の実例は、あの〝ダーラム・ボーイ〟だ。この囚人は錆《さ》びた金属片を使って学校の友だちを去勢した、十四歳の精神異常者だった。七年の刑を食《く》らったが、もちろん、牢屋へはいったときはまだ若くて元気だったわけだ。

忘れないでほしいが、この時代には、こそ泥や、罰《ばち》当たりな言葉や、安息日に外出するときにハンカチをポケットに入れ忘れる、とかいったものよりも重い犯罪は、絞首刑と相場がきまっていた。いまいったような軽犯罪だと、穴の中で六カ月から九カ月を送り、出てくるときには魚の腹のような顔色で、広い場所に身がすくみ、目は半分見えなくなり、壊血病で歯がぐらぐらになり、足はカビだらけになっているのがつねだった。陽気なむかしのメイン植民地。よいしょこらさ、おまけにラムが一本よ。

ショーシャンクの懲罰房はここまでひどくはない……と思う。人間の経験の中で物事は三つの大きな段階でやってくるようだ。快と、不快と、そして悲惨。そして、悲惨さに向かってしだいに深まる闇《やみ》の中へ落ちていくと、こまかい区別がますますつきにくくなる。

懲罰棟にはいるためには、まず階段を二十三段おりて地下室へはいるんだが、そこで聞こえるのは、水のポタポタ垂れる音だけ。明かりは、天井からぶらさがった六〇ワットの裸電球の列だけ。独房は、金持どもがよく壁の絵のうしろに隠している金庫のように、小さい樽《たる》形をしている。金庫のように、入口には丸い扉《とびら》が蝶番《ちょうつがい》でとりつけてあり、この扉は鉄格子《てつごうし》じゃなくて厚い板だ。空気は上からはいってくるが、明かりは独房の中にあるたったひとつの六〇ワット電球だけで、それもほかの監房の消灯時刻よりも一時間早い午後八時きっかりに、親スイッチで切られてしまう。電球には、針金の籠《かご》もなにもついてない。もし、電球を割って暗がりの中で暮らしてみたいというなら、どうぞってことか。そうしたやつはあんまりいない……しかし、八時過ぎれば、もちろん選択の余地がなくなる。ベッドは壁にボルトづけしてあり、便器には便座もない。そこで時間をつぶすには三つの方法がある――すわるか、クソをするか、それとも眠るか。たいした選択だぜ。二十日が一年にも思える。三十日は二年に思え、四十日は十年に思える。ときどき、通風管の中でネズミの走る音がする。こういう状況になると、悲惨さのこまかい区別はなくなっていく。

もし懲罰房にもなにかいいことがあるとすれば、それは考える時間ができるということだけだろう。アンディーは二十日間の断食療法をたのしむあいだにじっくり考え、そこから出されるとまた刑務所長との面会を要求した。要求は却下された。刑務所長にいわせると、その種の対話は〝反生産的〟なんだ。これも刑務所や、更生関係の仕事につく人間が、マスターしなければならない用語のひとつだった。

アンディーは気長にその要求をくりかえした。また、くりかえした、またくりかえした。やつはすっかり変わった、あのアンディー・デュフレーンがだ。一九六三年の春がおれたちのまわりで花を咲かすのといっしょに、とつぜんやつの顔にはしわができ、髪には白いものがまじってきた。いつも口もとに漂わせていたあの微笑がなくなった。目を空《くう》にさまよわせる回数が多くなった。だれかがそんなふうな目つきをするときには、ここへきてからの年数や、月の数、週の数、日数をかぞえてるんだ。

アンディーは要求をくりかえし、またくりかえした。やつは気長だった。あるのは時間だけだ。やがて夏が近づいた。ワシントンではケネディ大統領が、あと半年の命しかないとも知らず、貧困と市民権の不平等に新しい戦いを挑《いど》むと約束していた。リバプールでは、ビートルズという新しいグループが現われて、イギリス音楽界の侮《あなど》りがたい一勢力となりかけていたが、アメリカではまだだれもその名を知らなかったようだ。ボストン・レッドソックスは、ニュー・イングランド人のいう六七年の奇跡の達成を四年先に控えて、アメリカン・リーグのどんじりをうろついていた。これらのことはみんな、人間が自由に歩きまわれる大きな外の世界で起こってたんだ。

ノートンは六月の末近くに、アンディーの面会を許した。つぎのやりとりは、それから七年後に、アンディー本人の口から聞いたものだ。

「もし、問題が収賄《しゅうわい》のことだったら、心配はいりませんよ」アンディーは声をひそめてノートンにいった。「わたしがそんなことをしゃべると思いますか？　自分ののどをかっ切るようなもんだ。わたしもいっしょに起訴されて――」

「そこまで」とノートンはさえぎった。やつの顔はスレートの墓石のように細長くて冷たかった。オフィスの椅子《いす》の背にもたれて、『主の裁きはくだる、いずれまもなく』という刺繡《ししゅう》に後頭部がくっつきそうになるほど反りかえった。

「しかし――」

「二度と金のことは口にするな。このオフィスでも、どこでもだ。あの図書室が倉庫と塗料置場に逆もどりするのを見たくなければな。わかったか？」

「あなたを安心させたかった、それだけです」

「いいか、おまえのようなみじめなくそ野郎に安心させてもらう必要ができたら、わたしは引退する。デュフレーン、おまえにこの面会を許したのは、うるさくつきまとわれるのに食傷したからだ。やめさせたかったからだ。もし、あのだぼらを信じたいというなら、それはおまえの勝手。わたしの知ったことではない。このてのたわごとにいちいち耳をかしていたら、週に二回ではきかんだろう。ここの罪人のひとり残らずが、わたしをタオルに見立てて涙をふいてもらいたがるだろう。おまえはもうすこしましな男だと思っていた。だが、これが最後だ。終わりだ。おたがいに理解に達したか？」

「はい」とアンディーはいった。「しかし、わたしは弁護士を雇います」

「いったいなんのために？」

「上訴の手続きをしたいからです。トミー・ウィリアムズとわたしの証言と、カントリークラブの記録や従業員の補強証拠をまとめれば、なんとかなりそうです」

「トミー・ウィリアムズはもはや本施設の受刑者ではない」

「なに？」

「彼は移送された」

「移送されたって、どこへ？」

「キャッシュマンだ」

これを聞いて、アンディーは絶句した。やつは頭のいい男だったが、いくらにぶい男でも、ここに取引のにおいがプンプンしているのには気がつく。キャッシュマンはアルーストック郡のうんと北にある軽警備刑務所だ。そこの囚人はジャガイモ掘りをやらされる。きつい仕事だが、労働に対してはそれなりの賃金が出るし、希望すればＣＶＩという、ちゃんとした職業補導所の授業も受けられる。トミーのように若い女房《にょうぼう》と幼い子供のいる男にとってもっと重要なのは、キャッシュマンに一時帰休計画があることだ……つまり、すくなくとも週末には、一般人のような暮らしをするチャンスがあるってことだ。子供といっしょに模型飛行機を作ったり、女房とセックスしたり、ときにはピクニックにも行けるチャンスがある。

きっとノートンはこういったことを、トミーの鼻先にちらつかせたのだろう。そしてひとつだけヒモをつけた――その代わり、エルウッド・ブラッチのことは一言《ひとこと》も口にするな。いまも、これからもだ。でないと、眺《なが》めのいい国道一号線ぞいのトマストンで札つきのワルどもといっしょにされ、自分の女房とセックスする代わりに、兄貴分たちにおかまを掘られることになるぞ。

「しかし、なぜ？」とアンディーはきいた。「なぜそこまで——」

「おまえに対する好意だ」ノートンは冷静だった。「わたしはロード・アイランドに問いあわせてみた。あそこにはエルウッド・ブラッチという服役者がたしかにいたそうだ。彼はいわゆるＰＰなるものを与えられた——暫定的《ざんてい》仮釈放、犯罪者どもを野放しにする、あの気ちがいじみたリベラルな計画のひとつだ。彼はそれ以来行方をくらましている」

アンディーはきいた——「あそこの刑務所長は……あなたの友人ですか？」

サミュエル・ノートンは、助祭の時計の鎖のように冷たい微笑をうかべた。「面識はある」

「なぜ？」とアンディーはくりかえした。「なぜそんなことをしたか、説明してくれないんですか？　わたしがなにも……あなたのしていることについていっさいなにもしゃべらないことを、あなたは知っていた。それを知っていた上で、なぜ？」

「それは、おまえのような人間を見ると胸がむかつくからだ」ノートンはゆっくりと答えた。「わたしはおまえをいまの場所に閉じこめておきたいのだ、デュフレーン君。わたしがこのショーシャンクの所長をつとめるかぎり、おまえをここから一歩も外に出さん。いいか、以前のおまえは自分がだれよりも偉いと思っていた。長年の経験で、そういう考えを持った人間はすぐにわかる。はじめて図書室にはいったとき、おまえの顔を見たとたんにピンときた。それはおまえのひたいに大文字で書かれているのも同然だった。いま、その表情がなくなったのは、非常にけっこう。おまえが有用な器だと思ったら、とんだ心得ちがいだぞ。そんなことは考えるな。おまえのような人間は、謙遜《けんそん》をまなぶ必要がある。いいか、おまえはあの運動場をまるで自宅の居間であるかのように歩きまわっていた。堕落した連中がおたがいの夫や妻に色目を使い、豚のように酔いつぶれる、あのカクテル・パーティーにいるかのように、歩きまわっていた。だが、もうそうはさせん。二度とそんなふうに歩きまわることができんように、わたしが目を光らせる。これからの歳月、わたしは無上のたのしみでおまえを監視するつもりだ。さあ、出てうせろ」

「わかった。しかし、たったいまから課外活動はぜんぶ打ち切りだぞ、ノートン。投資相談、信用詐欺《さぎ》、節税対策。ぜんぶストップだ。所得申告の書き方が聞きたいなら、ブロック税理事務所にたのめ」

ノートン刑務所長の顔は、まず煉瓦《れんが》色になった……つぎに血の気がさっとひいた。

「いまの暴言で、おまえは懲罰房に逆もどりだ。三十日間。パンと水だけ。新しい罰点。ついでに、あの中でゆっくり考えろ——もし、これまでつづいていることがひとつでもストップすれば、図書室はなくなる。あれをおまえがここへくる前の状態にもどすように、わたしがじきじきに手配する。それに、おまえの生活をきわめて……苦しいものにしてやる。きわめてつらいものにだ。おまえはこれ以上つらいものはないというほどの服役期間を送ることになる。手はじめに、第五監房区のあのシングル・ルームの客室を失い、窓枠《まどわく》の上の石ころを失い、男色者たちからおまえを保護していた看守たちの配慮も失う。おまえは……すべてを失うのだ。わかったか？」

これでわからなけりゃどうかしてる。

あいかわらず時はたっていく――こいつは世界でいちばん古い芸当で、ひょっとしたら、たったひとつの本物の魔法かもしれない。だが、アンディー・デュフレーンは変わった。前よりかたくなになった。そうとしかいいようがない。ノートン所長の尻《しり》ぬぐいをつづけ、図書室を手ばなさなかったので、外から見れば万事はもとのままだった。アンディーは誕生日の祝い酒と、年末の祝い酒をやめなかったし、飲み残しをおれたちに配るのもやめなかった。おれはやつにたのまれてときどき新しい石磨《みが》きの布を仕入れ、一九六七年には新しいロック・ハンマーを仕入れてやった――前にも話したが、十九年前にとりよせてやった古いほうは、すっかりすりへっちまったんだ。十九年！　いきなりそんなふうにいうと、この三シラブルは、まるで墓の扉がガしゃんと閉まって、二重錠がかかったようにひびく。あのころ十ドルだったロック・ハンマーが、六七年には二十二ドルになっていた。そのことでやつとおれは、悲しい笑みをうかべあったよ。

アンディーは、まだ運動場で見つけた石ころの形をととのえて、磨きつづけていたが、運動場のほうはとっくに小さくなっていた。一九五〇年当時の広さの半分が、一九六二年にアスファルト舗装されたんだ。それでも、暇つぶしをするだけのものは充分見つかったらしい。石がひとつひとつ仕上がるたびに、アンディーはそれを窓枠へていねいに並べた。窓は東向きだった。そこへ日が当たるのを見るのが好きなんだ、とアンディーはいった。土の中から自分が拾ってきて磨きあげたこの惑星のかけら。片岩、石英、花崗岩《かこうがん》。模型飛行機用の接着剤でくっつけた、おかしな雲母《うんも》の豆彫刻。いろいろな堆積礫岩《たいせきれきがん》をある方向に切断して磨いたもの。アンディーはそれを〝千年期のサンドイッチ〟とよんでいたが、そのわけは見ればわかる——何十年、何百年のあいだに積もり積もったいろいろの材料が、順々に層を作ってるんだ。

アンディーはときどき新しい作品をおく場所をあけるために、石の細工物や彫刻を友だちにくばっていた。おれにはいちばんたくさんくれたようだ——例のカフスボタンに似た一対《いっつい》を含めて、五つもある。中のひとつは、いまいった雲母の彫刻だが、丹念な細工で、男が槍《やり》を投げてるように見える。それから、きれいに磨かれた横断面から、何重もの層がぜんぶ見える堆積礫岩がふたつ。おれはまだそれらを持っているし、しょっちゅうそいつをとりだしては、ひとりの人間にどれだけのことができるかを考える。もしその人間に時間がたっぷりあって、一度にひとしずくずつその時間を使う根気があればだが。

というわけで、すくなくとも外から見れば、万事は前とおなじだった。もしノートンがあのときいったように、アンディーの誇りをくじくつもりなら、その変化を見るために表面の下を見なければならなかったろう。だが、もしそこでアンディーがどれぐらい変わったかに気づいたら、あのアンディーとの衝突につづく四年間に、ノートンは充分な満足を得たはずだ。

ノートンは、運動場を歩きまわるときのアンディーが、まるでカクテル・パーティーにいるかのようだといった。おれならそんな表現はしないが、やつのいう意味はわかる。前にもおれがいったとおりで、アンディーは見えないコートのように自由をはおっていたし、けっして囚人的な精神状態におちいらなかった。やつの目は、けっしてあんなどんよりした目つきにならなかった。一日がおわって、みんながまた果てしない夜を迎えにめいめいの監房へもどるときも、けっしてあんな歩き方――あの猫背《ねこぜ》のひきずるような足どり――にはならなかった。アンディーは胸を張り、足どりはいつも軽やかで、うまい手作りの夕食と、愛妻の待っている家へ帰るようだった。味もそっけもないびしょびしょに煮くずれた野菜と、ごろんとしたマッシュポテトと、たいていの囚人が謎《なぞ》の肉と呼ぶ、あの脂《あぶら》っぽくすじの多い一切れか二切れの肉のかけらのところへ……そして、壁に貼《は》ったラクエル・ウェルチのポスターのところへ帰るようには見えなかった。
しかし、あの四年間、アンディーはほかのみんなとそっくりおなじにはならなかったが、無口で、内向的で、考えこむことが多くなった。だれがやつを責められる？　ということで、ひょっとしたら、ノートン所長も満足だったのかもしれない……すくなくとも、しばらくのあいだは。

アンディーの暗い気分が消えたのは、一九六七年のワールド・シリーズの季節だった。あれは夢の年、レッドソックスが、ラスベガスの賭元《かけもと》の予言した九位じゃなしに、ペナントを取った年だった。それが起きたとき――レッドソックスがアメリカン・リーグで優勝したとき――刑務所ぜんたいがお祭り気分に包まれた。死《デッ》んだ《ド》ソックスでも生きかえったのなら、だれにもそれができるかもしれないという、一種神がかりの気分だった。その気分をいま説明するのはむりだ。ちょうど、もとビートルズ・マニアがあのころの狂気を説明できないのとおんなじだと思う。だが、それは現実だった。刑務所の中のどのラジオも、ホーム・ストレッチにさしかかったレッドソックスの試合に合わせてあった。終盤近く、クリーブランドでソックスが二連敗したときはみんなが落ちこみ、リコ・ペトロチェリが優勝決定のポップ・フライをつかんだときは、みんなが狂喜乱舞した。そのあと、シリーズ第七戦でロンボーグが打たれて、夢が完全に実る一歩手前で終わったときは、また憂鬱《ゆううつ》がもどってきた。おそらくノートンはうれしくてしかたがなかったろう、あんちくしょうめ。やつは刑務所ぜんたいに喪服を着せておきたかったんだから。

しかし、アンディーにとっては、憂鬱への転落はなかった。どのみちあいつは野球ファンじゃなかったから、そうなのかもしれない。しかし、アンディーも最近のみんなの明るさに感染したかっこうで、それがワールド・シリーズ最終戦のあとも衰えなかったわけだ。例の見えないコートをクローゼットからひっぱりだして、またそれをはおった感じだった。

もう十月も末に近い、ある金色に照り映えた晩秋の日のことをおぼえている。ワールド・シリーズが終わって二週間ほどあとだった。日曜日だったにちがいない。運動場は〝一週間の凝りをほぐして〟いる連中でいっぱいだった——フリスビーを投げたり、フットボールでパスをまわしたり、物々交換をしたり。ほかの連中は面会室の長いテーブルの前にすわって、牢番《ろうばん》どもに見張られながら、自分の身内と話しあい、タバコをふかし、誠意のこもった嘘《うそ》をつき、検査のすんだ差し入れの包みを受け取っていた。

アンディーは塀《へい》ぎわでインディアン流にあぐらをかいて、両手に持ったふたつの石ころを打ちあわせながら、太陽を仰いでいた。もう冬がそこまできてるにしては、意外なほど暖かい日ざしだった。

「やあ、レッド」アンディーが呼びかけた。「ここへきてすわらないか」

おれはそうした。

「これ、ほしいか？」そういって、ていねいに磨きあげた二個の小石のひとつをくれた。いまさっき話した〝千年期のサンドイッチ〟だ。

「うん、ほしいね。すごくきれいだ。ありがとう」

アンディーは肩をすくめて、話題をかえた。「来年はきみの大記念祭だな」

おれはうなずいた。来年がくると、三十年勤続だ。人生の六十パーセントをショーシャンク州刑務所で送ったことになる。

「いつか出られると思うかい？」

「出られるさ。長い白ひげを生やして、おつむの中でカラコロ音がするようになったころにな」

やつはニヤッとして、また日ざしに顔を向け、目をつむった。「いい気持だ」

「いつもそうなんだよな、いやな冬がそこまできてるのがわかると」

アンディーはうなずき、おれたちはだまりこんだ。

「ここを出たら」とアンディーがしばらくして口を切った。「わたしは年じゅう暖かい土地へいくよ」まるであと一、二カ月で刑期が明けるような、おちついた、自信のこもった口調だった。「どこへいくか知ってるかい、レッド？」

「いいや」

「シワタネホ」やつは舌の上でその地名を音楽のようにころがした。「メキシコにある。プラヤ・アスールとメキシコ・ハイウェイ三十七号線から、三十キロほど離れた小さい町だ。アカプルコから北西へ百六十キロぐらいかな。太平洋ぞいにね。メキシコ人が太平洋のことをなんといってると思う?」

知らない、とおれは答えた。

「あの海には記憶がない、とさ。わたしはそこで自分の人生を終わりたいんだよ、レッド。記憶のない、暖かい土地で」

アンディーは話しながらひとつかみの小石をすくった。それをひとつずつ軽くなげて、野球グラウンドの土の内野にはずんでころがっていくのを見まもった。ここも、まもなく三十センチの雪の下に閉ざされてしまうだろう。

「シワタネホ。そこへ小さなホテルを建てるつもりなんだ。海岸ぞいにキャビンを六つ。ハイウェイの客をあてこんで、山側にもう六つ。シーズン最大のマカジキを釣《つ》った客にはトロフィーを出して、その写真をロビーに飾る。ご家族用のホテルじゃないんだよ。ハネムーン用のホテル……初婚や再婚のお客相手の」

「で、その豪華ホテルを買う金は、どこから出る?　あんたの在庫品勘定か?」

やつはおれを見てニコッとした。「当たらずといえども遠からずだな。きみのカンのよさには、ときどきびっくりするよ、レッド」

「いったいなんの話だい？」

「災難がやってきたとき、つきつめたところ、この世界には二種類の人間しかいない」アンディーはくぼめた両手でマッチをおおって、タバコに火をつけた。「かりに名画や、彫刻や、すばらしい骨董品《こっとうひん》でいっぱいの家があったとしようか、レッド。かりにその家の持ち主がニュースを聞いて、巨大なハリケーンが接近中なのを知ったとしたら？　二種類の人間のうちの片方は、ひたすら幸運を願うだけだ。きっとハリケーンはコースを変えてくれる、と自分にいいきかせる。いやしくも正気のハリケーンなら、あれだけのレンブラント、二枚のドガの競馬、あれだけのグラント・ウッド、あれだけのベントンを、おしゃかにするはずがない。それに、神様もそんなことはお許しにならない。それに、万一の場合には保険がかけてある。これが一種類。もう一種類のほうは、ハリケーンが自分の家のまんまんなかを通過すると考える。いくら気象庁でハリケーンが変わったといっても、この男はハリケーンがきっとまた進路をもとにもどし、自分の家がゼロ地点になるにちがいない、と考える。第二の種類の人間は、最悪の事態に備えているかぎり、幸運を願っても害はないと知っているんだ」

　おれもタバコをくわえた。「というと、この事態に備えてあったのか？」

「そう。ハリケーンに対する備えはしておいた。どれだけ雲行きが険悪かはわかっていた。あまり時間の余裕はなかったが、そのあいだに必要な行動をとった。ひとり友人がいてね――たったひとり最後まで味方になってくれた男で、ポートランドの投資会社につとめていた。六年ほど前に亡《な》くなったんだが」

「きのどくに」

「ああ」アンディーは吸いがらをポンと投げた。「リンダとわたしには一万四千ドルほどの財産があった。たいした額じゃないが、まだふたりとも若かったからね。前途は洋々だった」アンディーはちょっと顔をしかめてから、微笑した。「あのとんでもない災難がふりかかったとき、わたしはハリケーンの進路から自分のレンブラントを運びだした。株券を売って、まじめな小学生のように資本利得税をはらったんだ。なにもかも申告した。ごまかしは一切やらなかった」

「財産を凍結されたんじゃないのか？」

「わたしは殺人容疑で起訴されたんだよ、レッド、死んだわけじゃない！　無実の人間の資産を凍結することはできないんだ――ありがたいことに。しかも、連中があの犯罪でわたしを起訴することに決めるまでには、しばらく時間があった。ジムと――さっきいった友人だ――わたしにとっての時間がね。ぜんぶをいそいで処分したもんだから、ずいぶん買いたたかれた。鼻の皮をひんむかれた。しかし、あのときは、株式市場でのちょっとした損より、もっとでっかい心配があったんだ」

「ああ、そうだろうな」

「しかし、このショーシャンクへきたときには、すべてがもう安全だった。いまも安全だ。この塀の外には、この世界のだれもまだ顔をつきあわせたことのない男がいるんだよ。その男は社会保障カードと、メイン州の運転免許証を持っている。出生証明書もある。ピーター・スティーブンズという名前だ。目立たない、すてきな名前だろう？」

「その男はだれなんだ？」答は聞かなくてもわかる気がしたが、それでも信じられなかった。

「わたしさ」

「おい、まさかこういうんじゃないだろうな、デカにこってり絞られてるあいだに、にせの身元を作るひまがあったとか、裁判のあいだに偽造をすませたとか——」

「いや、それはいわないよ。友人のジムが、にせの身元を作ってくれたんだ。わたしの控訴《こうそ》が却下されたあとでそれにとりかかって、証明書のおおかたは、一九五〇年の春までに彼の手元に届いていた」

「きっとよほどの親友だったんだな」この話のどこまでを自分が信じているのか、よくわからなかった——一部か、大部分か、それともゼロか。しかし、その日は暖かくていい天気だったし、それにすごくよくできた話だった。「百パーセント法律違反だぜ、そんなぐあいに身分証を偽造するのは」

「ああ、親友だったよ。戦争でずっといっしょだったんだ。フランス、ドイツ、占領時代。いい友だちだった。法律違反は百も承知だが、この国でにせの身元をでっちあげるのが、とても簡単でとても安全なことも知っていた。彼はわたしの金を——国税局の目をひかないようにちゃんと税金をはらった金を——引きだして、それをピーター・スティーブンズのために投資した。それが一九五〇年か五一年のことだ。いまではその金が、三十七万七千ドルと、いくらかの小銭にふえている」

アンディーがにっこりしたところを見ると、おれはあごが胸にぶつかるほどポカンと口をあけたにちがいない。

「一九五〇年あたりから、あのとき投資しておけばよかった、とみんながあとで悔んだことをぜんぶ思いだしてくれ。ピーター・スティーブンズは、その中のふたつか三つをちゃんと当てているよ。もしここへぶちこまれていなければ、いまごろその金は七、八百万ドルになってただろう。きっとロールス・ロイスを乗りまわして……それに、ポータブル・ラジオぐらいの大きさの胃潰瘍《いかいよう》もこさえてたかもな」

アンディーの両手は土をすくって、また小石をふるいわけはじめた。優雅でたえまない動きだった。

「わたしは最善を願い、最悪を予想していた——ただそれだけだ。あの偽名も、自分が持っているわずかな資本を、ふいにしないためだった。わたしはハリケーンの進路から家財を運びだした。しかし、思ってもみなかったよ。そのハリケーンが……こんなに長くつづくとは」

おれはしばらく無言でいた。自分の隣にいる灰色の囚人服を着たこの瘦《や》せた小男が、汚職までしてあのノートン刑務所長がみじめな一生の残りでためこむだろう財産よりも、でっかい財産を持ってるとは、なかなかのみこめなかった。

「じゃ、弁護士を雇うといったとき、あれは冗談じゃなかったんだな」おれはやっとのことでいった。「それだけの金があれば、クラレンス・ダロウみたいな名弁護士だって雇えるぜ。どうしてそうしなかったんだ、アンディー？　わからねえ、せっかくここからロケットみたいに飛びだせたのに！」

アンディーは微笑した。リンダも自分も前途洋々だったと話したときに、やつの顔にうかんだのとおなじ微笑だった。「だめだよ」

「腕のいい弁護士なら、たとえウィリアムズ坊やがいやだといっても、あいつをキャッシュマンからひっぱりだしたぜ」おれはすっかり興奮していた。「再審を受けりゃよかったんだ。私立探偵《たんてい》を雇ってあのブラッチって男をさがしだし、ノートンの鼻を明かせたのによ。なぜそうしなかったんだ、アンディー？」

「わたしが利口に立ちまわりすぎたからさ。もし刑務所の中からピーター・スティーブンズの金に手をつけようとすれば、一セント残らず失ってしまう。友人のジムがいたら、そのへんはうまく手配してくれただろうが、ジムは死んでしまった。この難題はわかるだろう?」

わかる。その金がいくらアンディーの役に立ってくれるとしても、それは他人のもの同然だ。ある意味では、そうにちがいない。また、かりに投資の対象がとつぜん業績不良になっても、アンディーとしてはだまってその転落を見まもるしかない。毎日、プレス・ヘラルドの株式相場欄で数字を追っていくだけだ。いくらへこたれない男でも、やっぱり人生はつらい。

「どんなぐあいになってるか教えようか、レッド。バクストンの町に大きな牧草畑がある。バクストンがどこにあるかは知ってるだろう?」

知ってる、とおれは答えた。スカボローのすぐ隣町だ。

「そのとおり。その牧草畑の北の端には、ロバート・フロストの詩から抜けだしたような石塀がある。その塀の根っこのどこかに、メイン州の牧草畑にはなんの縁もゆかりもない石がある。黒曜石のかけらで、一九四七年までわたしのオフィスのデスクにあった文鎮だ。友人のジムが、それを塀の根もとにおいた。その下に鍵《かぎ》がある。その鍵で、キャスコ銀行ポートランド支店の貸金庫が開く」

「そいつは頭が痛いな。あんたの友だちのジムが死んだときに、国税局はやっこさん名義の貸金庫をぜんぶ開けたはずだぜ。もちろん、遺言執行人といっしょにな」

アンディーは微笑して、おれのこめかみをつついた。「わるくない。そこに詰まってるのはマシュマロだけじゃなさそうだ。しかし、わたしがムショにいるあいだにジムが死ぬという可能性を考えて、手は打っておいた。貸金庫はピーター・スティーブンズ名義になっていて、年に一度、ジムの遺言執行人をつとめている法律事務所が、スティーブンズの貸金庫使用料の小切手をキャスコに送っている。

ピーター・スティーブンズはその金庫の中にいて、外に出られる日を待ってるわけだ。彼の出生証明書、社会保障カード、運転免許証。ジムが六年前に死んだために、その免許証は期限切れになっているが、五ドルの手数料を払えば、りっぱに更新できる。彼の株券もそこにある。それに免税の都市債と、額面一万ドルの無記名公債が十八枚」

思わず口笛が出た。

「ピーター・スティーブンズはポートランドのキャスコ銀行の貸金庫の中、アンディー・デュフレーンはショーシャンクの貸金庫の中」アンディーはいった。「似た者どうしさ。そして、その金庫と、金と、新しい人生をひらく鍵は、バクストンの牧草畑の黒曜石の下にある。ここまでしゃべったんだから、ついでにしゃべってしまうとね、レッド――この二十年間ほど、わたしはバクストンでの建設計画のニュースを、ひとかたならぬ興味で読んできた。いずれそのうちに、あそこを横断するハイウェイができるんじゃないか、新しい地域総合病院が建つんじゃないか、それともショッピング・センターができるんじゃないか。わたしの第二の人生を三メートルのコンクリートの下に埋めるんじゃないか、それとも土砂といっしょにして、どこかの沼地を埋めたてるんじゃないか」

おれは口走った。「なんてやつだ、アンディー。もしそれがほんとなら、どうやっていままで気が狂わずにやってきた？」

やつはにっこりした。「これまでのところは、西部戦線異状なし」

「しかし、これからまだ何年も――」

「だろうね。しかし、州やノートン所長が考えているほど長くはないかもしれない。こっちはとてもそれまで待てないんだ。シワタネホとあの小さいホテルのことがしょっちゅう頭にある。いま、わたしが自分の人生にほしいものはそれだけなんだよ、レッド。それが欲ばりすぎだとは思わない。わたしはグレン・クェンティンを殺さなかったし、妻も殺さなかった。あのホテルぐらいは……ほしがったっていいだろう。海で泳いで、体を焼き、窓のあいた、広い部屋で眠る……それぐらいはほしがったっていいだろう」

アンディーは残った石をほうりだした。

「なあ、レッド」とアンディーはむぞうさにいった。「そういうホテルには……品物の調達法を知ってる人間が必要なんだよ」

おれはそのことをじっくり考えた。そこでわかったんだが、おれの頭の中の最大の障害は、いまこうしてやくたいもない刑務所の運動場で、監視塔から武装看守に見張られながら、白昼夢を話しあっていることでさえなかった。「おれにはできないよ。シャバではうまくやっていけない。やつらのいう、施設の人間になっちまったんだ。ここでのおれは、たしかによろず調達屋さ。だが、シャバではだれでも調達屋になれる。シャバでは、もしポスターや、ロック・ハンマーや、あるレコードや、瓶《びん》入りの帆船模型セットをほしくなったら、職業別電話帳を使えばいい。ここではおれがその職業別電話帳ってわけさ。どうやって手をつけていいかわからない。どこから手をつけていいかもな」

「それは自分を見くびりすぎだ」やつはいった。「きみは独学の男、独立独行の男だ。ただものじゃない、とわたしは思う」

「冗談じゃない。こちとら、高校の卒業証書もないんだぜ」

「それは知ってる。しかし、紙きれが人間を作るわけじゃない。それに刑務所が人間をこわすわけでもない」

「おれはとてもシャバでやっていけないよ、アンディー。わかってるんだ」

やつは立ちあがった。「まあ、考えといてくれ」やつがそういったとき、ちょうど還房の合図のホイッスルが鳴った。やつはすたすた歩きだした。まるで、いましがた自由人に取引を持ちかけた自由人のようにだ。それからしばらくは、それだけでおれは自由な気分になれた。アンディーにはそんな芸当ができたんだ。やつはおれたちがどっちも終身刑の囚人で、わからずやの仮釈放委員会と、詩篇《しへん》マニアの刑務所長のなすがままだということを、ほんのしばらくでも忘れさせてくれた。刑務所長はアンディー・デュフレーンを手放したがらない。なんといっても、アンディーは所得申告のできる抱き犬だ。なんてすてきな動物だろう！

だが、その晩の監房の中で、おれはまた囚人の気分にもどった。アンディーの考えぜんたいがばかばかしく思え、あの青い海と白い砂浜のイメージは、ばからしいというより残酷に思えた——釣針《つりばり》みたいにおれの脳みそをひっかける幻影。アンディーのように、見えないコートを着る芸当は、おれにはできない。その晩、眠りにおちてから、牧草畑のまんなかにある大きな黒いガラスに似た石の夢を見た。ばかでっかい鍛冶屋《かじや》の鉄床《かなとこ》みたいな形をした石だ。おれはその下にある鍵をとろうとして、石をゆり動かそうとした。石はびくともしなかった。どだい大きすぎる。

そして、どこか遠くで、だが、しだいにこっちへ迫ってくるのは、猟犬の群れの吠《ほ》えたてる声だった。

というわけで、話は脱獄のことになる。

そう、ここのしあわせ一家でも、ときどき脱獄はある。ただし、ショーシャンクでは、利口なやつは塀《へい》を乗り越えたりしない。サーチライトが一晩じゅう回転して、刑務所の三方をとりまくだだっぴろい草地と、もう一方の臭い沼地を、長く白い指でさぐっている。ときどき塀を乗り越える囚人もいるにはいるが、たいていはサーチライトにつかまる。そこはやりすごしても、ハイウェイ六号線か九十九号線で道行く車に親指を上げているところをしょっぴかれる。もし、歩いて野原をつっきろうとしても、近所の百姓がそれを見て、さっそくその場所を刑務所に電話する。塀を乗り越える囚人は、とんまな囚人だ。ショーシャンクは風光明媚《めいび》なキャノン・シティーとは大ちがいだが、それでもこんな田舎をグレーの囚人服を着てせかせか歩いているやつは、ウェディング・ケーキの上のゴキブリみたいに目立つ。

長年のあいだを通じて、いちばんうまくやった連中は――意外ともいえるし、そうでないともいえるが――とっさの思いつきでやった連中だ。中の何人かは、トラックいっぱいのベッドシーツの中に隠れて逃げだした。まるきり白パンの囚人サンドイッチだ。おれがはじめてここへきたころは、ずいぶんこの方法がさかんだったらしいが、その後やつらも気がついて、この抜け穴をふさいでしまった。

ノートン刑務所長の有名な〝青空奉仕〟計画も、それなりの脱獄者を出すことになった。檻《おり》の中より青空の下がいいと考えたやつらは多い。こんども、たいていはごく場当たり的なやりかただった。看守のひとりがトラックのそばで水を飲んでいたり、ふたりの看守がボストン・ペイトリオッツのヤード・パスやラッシュのことで夢中になって議論しているうちに、ブルーベリーの熊手《くまで》をそこへおいて、ぶらりと藪《やぶ》の中へはいっていくという寸法。

一九六九年に、〝青空奉仕〟の囚人たちは、サバタスでジャガイモを掘っていた。十一月の中頃《なかごろ》で、作業はほとんど終わりかけていた。ヘンリー・ピューという看守がいて──ちなみに、やつはもうここのしあわせ一家の一員じゃなくなったが──ジャガイモを積んだトラックのバンパーに腰かけ、カービン銃を膝《ひざ》にのせ、弁当を食っていた。そこへ昼下がりの冷たいもやの中から現われたのが、美しい（と、おれは聞かされたが、このての話は往々にしておおげさに伝わることがある）十本の枝角のある雄鹿《おじか》だ。こいつの頭をうちの娯楽室に飾ったらどんなに見ばえがするだろうと夢見ながら、ピューはそのあとを追いかけ、そのすきに三人の囚人がすたすたと歩き去った。中のふたりはリスボン・フォールズのピンボール・センターで逮捕された。三人目は、いまなお見つかっていない。

しかし、なによりもいちばん有名なのは、シッド・ニドーの脱獄だと思う。一九五八年だからずいぶん前の話だが、これを超えるものは現われないだろう。シッドは土曜日の所内野球大会の準備で、グラウンドに白線を引いていたが、そのとき三時の還房のホイッスルが鳴って、看守の交代を知らせた。駐車場は運動場のすぐむこう、電気で開閉する正門の外側にある。三時になるとこの門が開いて、当直につく看守と、非番になって出ていく看守とがいりまじる。だれもがおたがいの背中をどやしたり、からかったり、ボウリング・チームのスコアを比べあったり、使い古された人種ネタのジョークをいいあう。

シッドはライニング・マシンをひっぱったまま、堂々と門をくぐって出ていった。あとに残されたのは、運動場の中のホーム・プレートから伸びる幅八センチの白線で、それがハイウェイ六号線を渡ったむこうの溝《みぞ》までつづいていた。そこで、石灰の山の中にひっくりかえったライニング・マシンが見つかったんだ。どうやってそんなことができたかなんて、聞かないでくれ。やつは囚人服を着て、身の丈百九十センチで、うしろには石灰粉の雲がもうもうとわきあがっていた。おれにいえるのはこれだけだ。ちょうどそれが金曜の午後で、退勤の看守たちは出ていけるのがうれしくてたまらないし、出勤の看守たちは入ってくるのがいやでたまらないので、先のグループは雲の中から外を見ようともしなかったし、あとのグループは自分の靴《くつ》から鼻を持ちあげようともしなかった……というわけで、シッド・ニドーのおっさんは、そのふたつのあいだをさっさとすりぬけてしまった。

おれの知るかぎり、シッドはまだつかまっていない。長い年月のあいだ、アンディー・デュフレーンとおれとはシッド・ニドーの大脱獄をさかなに、何度も大笑いしたもんだ。例の旅客機ハイジャック事件で、身代金《みのしろきん》を要求した犯人が後部のドアからパラシュートで脱出したって話を聞いたとき、D・B・クーパーとやらの本名はシッド・ニドーにちがいないと、アンディーは神かけて断言した。

「それに、たぶん幸運のお守り代わりに、ライン引き用の石灰をポケットにひとつかみ入れてたんだろうよ」とアンディーはいった。「運のいいあんちくしょうめ」

しかし、シッド・ニドーのような事件とか、サバタスのジャガイモ畑からうまくトンズラしたひとりとか、この連中はアイルランド富くじ競馬の刑務所版で大当たりをとったようなもんだ。六種類ものまぐれの幸運が、その瞬間ひとつにまとまったようなもんだ。アンディーのような男が九十年待ったところで、そんなチャンスがくるわけはない。

おぼえてるかな、この物語のはじめのほうに、ヘンリー・バッカスって男が出てきたことがある。ランドリーの洗濯《せんたく》室の職長だ。この男は一九二二年にショーシャンクへはいり、それから三十一年後に所内の診療所で死んだ。脱獄と脱獄未遂がやつの趣味だったが、これは自分でそうする勇気がなかったからかもしれない。やつに聞けば、百種類もの脱獄計画を教えてくれるが、そのどれもが突拍子もない方法で、すくなくとも一度はショーシャンクで試されたことがあるんだ。おれがいちばん気にいったのは、ビーバー・モリスンの物語だった。この家宅侵入罪の囚人は、ナンバープレート工場の地下室で、グライダーを一から作りはじめた。やつの使った設計図は、『現代少年の遊びと冒険の手引き』という一九〇〇年ごろの本のいただきだった。看守には見つからずに、ビーバーはそれを完成させた。さて、できあがってから気づいたのだが、地下室にはそのしろものを外に出すだけの大きな戸口がない……。ヘンリーにその話を聞かされたときは、腹がよじれるほど笑ったもんだが、やつはこれに劣らずおもしろい話を十やそこらは――いや、二十やそこらは仕入れていた。

ショーシャンクからの脱獄についてなら、ヘンリーはこと細かな数字まで知っていた。一度おれに話したところによると、やつの服役期間中に、やつの知ってるだけでも、四百件以上の脱獄未遂があったそうだ。うなずいて先を読みすすめる前に、そのことをじっくり考えてほしい。四百件の脱獄未遂！　これは、ヘンリー・バッカスがショーシャンクにいて記録をとっていたあいだ、毎年十二・九件の脱獄未遂があった計算になる。毎月一回の割りだ。もちろん、その大部分はかなりお粗末で、看守がこそこそ横歩きをしているあわれな男の腕をつかみ、こうどなりつけるところで幕になるしろものだった――「おい、このとんま、寝ぼけてどこへ行くつもりだ？」

ヘンリーにいわせると、本格的な脱獄に分類できるものは、その中の六十件ぐらいで、おれがショーシャンクへくる前年、一九三七年の〝集団脱獄〟もその中に含まれる。当時、新しい管理棟《とう》が建築中で、十四人の囚人が、錠前の貧弱な道具小屋にあった建築資材を使って逃げだした。メイン州の南部一帯がパニックにおちいったが、十四人の〝凶悪犯罪者〟の大部分は死ぬほどおびえきっていて、ハイウェイにとびだした野ウサギがトラックのヘッドライトで釘《くぎ》づけにされたように、どっちへ逃げればいいかもわからない始末だった。十四人のうちで、逃げおおせたものはひとりもない。中のふたりは射殺された――それも警官や刑務所関係者ではなく、民間人にだ。逃げおおせたものはひとりもない。

おれがここへやってきた一九三八年から、アンディーがはじめておれにシワタネホの話をした十月のあの日までに、いったい何人が脱獄に成功したのか？ おれの情報とヘンリーのそれを合わせても、いいとこ十人だろう。うまく逃げおおせたやつは十人。そして、これは確実には知りようのないことだが、すくなくともその十人のうち半数は、ショーシャンクに似たほかの下等教育施設で刑期をつとめているだろう。なぜなら、人間というやつは施設慣れしてしまうからだ。ある人間の自由を奪って、狭い監房で暮らすように教えこむと、そいつは奥行きのある考え方ができなくなる。さっきいった野ウサギとおなじで、せまってくるトラックにはねられるとわかっていても、そのヘッドライトの中で身を凍りつかせてしまう。出所したばかりの前科者が、てんから成功する見込みのないまぬけな犯罪に手を出すことがある……いったいどうしてか？ それでまたムショにもどれるからだ。そこなら、物事のしくみがわかってるからだ。

アンディーはそうじゃないが、おれはそうだった。太平洋を見るという考えはすてきに聞こえるが、実際にそこへ行ったら、自分が死ぬほどおびえるんじゃないかという気がした――そのとてつもない大きさで。

とにかく、メキシコについての、そしてピーター・スティーブンズ氏についてのあの会話をかわした日……あの日から、おれはアンディーがなにかの消失の術を使うつもりらしいと信じはじめた。もしそのつもりなら、用心してほしいと心から思ったが、やつが成功するほうに金を賭《か》けるのはまっぴらだった。なにしろ、ノートン所長が、アンディーには特別の注意を払ってる。ノートンにとって、アンディーはただの番号入りのぼけなすじゃない。ふたりは、いってみれば取引関係にある。それに、アンディーには脳みそがあり、心臓がある。ノートンはそのひとつを利用して、もうひとつを押しつぶそうとしゃかりきなんだ。

シャバにも正直な政治家が――賄賂《わいろ》をもらったら義理を立てとおす政治家が――いるように、刑務所にも正直な看守がいる。もしおたくに人を見る目と、ばらまく金があったら、よそ見をしてくれる看守の頭数をそろえておいて逃げだすこともできるだろう。そんなことができたためしがないと、断言する気はない。しかし、アンディー・デュフレーンには、とてもむりだ。なぜなら、いまいったように、ノートンが見張ってるからだ。アンディーもそれを知っていたし、看守たちも知っていた。

だれもアンディーを〝青空奉仕〟に割り当てたりはしない。ノートン所長が名簿を調べてるかぎりはむりだ。それに、アンディーはシッド・ニドー式のとっさの思いつきで脱獄をやる柄《がら》じゃない。

おれがやつの立場なら、あの鍵《かぎ》のことを考えただけで果てしない責め苦だったろう。

二時間もぐっすり眠れる晩があったら、運のいいほうだったろう。バクストンはショーシャンクから五十キロたらずの距離だ。おそろしく近く、おそろしく遠い。

おれの考えでは、やはり弁護士を雇って、裁判のやり直しを請求するのが、アンディーにはいちばんいい方法に思えた。ノートンの親指の下から抜けだせるなら、なんだっていいじゃないか。らくな一時帰休計画をエサに、トミー・ウィリアムズの口止めができたといっても、そこはまだわからない。クラレンス・ダロウなみの名弁護士なら、やつの口を割らせてしまうかもしれない……それに、弁護士のほうも、そう苦労しなくてすむかもしれない。ウィリアムズは心底アンディーが好きだからだ。こんなことを、おれはしょっちゅうアンディーに忠告したが、やつは遠くを見るような目つきで微笑して、それは考えているよというだけだった。

どうやらやつの考えていたことは、ほかにもいっぱいあったらしい。

一九七五年に、アンディー・デュフレーンはショーシャンクから脱獄した。それ以来、やつはつかまってないし、これからもつかまるとは思えない。実をいうと、もうアンディー・デュフレーンという人間が存在するとさえ思えない。しかし、メキシコのシワタネホにはピーター・スティーブンズという名の男がいると思う。おそらく、この西暦一九七六年という年に、真新しい小さなホテルを経営してるはずだ。

では、おれの知っていることと、想像したことを話そう。おれにできることはそれぐらいしかない、ちがうかね？

一九七五年三月十二日、第五監房区の各監房の扉《とびら》は、日曜を除く毎朝の恒例で、午前六時三十分に開かれた。そして、日曜を除く毎日の恒例で、監房の中の囚人たちは廊下に出て、扉が自分たちの背後で閉まるのといっしょに、二列に並んだ。囚人たちは監房区のゲートまで歩いた。そこでふたりの看守に数を確認されてから、カフェテリアへ送りこまれ、オートミールと、かき卵と、脂身《あぶらみ》の多いベーコンの朝食をかっこむことになる。

このすべてが、ゲートの点呼まではいつもの手順どおりに進んだ。頭数は二十七人のはずだった。ところが、二十六人しかいない。看守長への連絡ののち、囚人たちは朝食に行くことを許された。

看守長はリチャード・ゴニヤーといって、そんなに悪い男じゃない。助手はダイブ・バークスという陽気なやつだ。このふたりがさっそく第五監房区に駆けつけた。ゴニヤーは監房の扉をもう一度開け、バークスといっしょに拳銃《けんじゅう》を構え、鉄格子《てつごうし》の上で棍棒《こんぼう》をひきずりながら廊下を進んだ。こんなときは、夜のあいだに病気になった囚人がいて、朝になっても廊下に出てこられない、というケースが多い。もっと珍しいのは、だれかが死んだとき……それとも、自殺をしたときだ。

だが、今回にかぎって、ふたりの看守が発見したのは病人でもなく、死人でもなく、ひとつの謎《なぞ》だった。そこにはだれもいなかったんだ。第五監房区には両側に七つずつ、合計十四の監房があり、どれもきちんと整頓《せいとん》されていて——ショーシャンクでは、監房を乱雑にした罰は面会の制限だ——どれもすっかりからっぽだった。

はじめゴニヤーは、だれかの計算ちがいか、それとも悪ふざけだろう、と考えた。第五監房区の囚人たちは、朝食のあと、作業にでかける代わりに、自分の監房に追い返され、うれしそうに軽口をたたきあった。いつもの単調さを破るものは、なんによらず歓迎される。

監房の扉が開いた。囚人たちは中にはいった。扉が閉まった。だれか道化者がさけびだした。「弁護士を呼んでくれ、弁護士を呼んでくれ。ここの扱いはまるで刑務所とおんなじだ」

バークス。「そこのおまえ、静かにしないと痛い目にあわせるぞ」

道化者。「あんたのカミさんをいい目にあわせてやったのによ、バーキー」

ゴニヤー。「だまるんだ、みんな。さもないと、一日じゅう禁足だぞ」

ゴニヤーとバークスは、もう一度人数をかぞえながら、廊下を進んだ。それほど歩く必要はなかった。

「この房の囚人はだれだ?」ゴニヤーは右側の列の夜間看守にきいた。

「アンドルー・デュフレーンです」と看守は答え、それですべてが一変した。その瞬間から、万事がいつもどおりではなくなったんだ。大騒ぎがはじまった。

おれの見たどの刑務所物の映画でも、脱獄が発見されるとサイレンが鳴りだす。ショーシャンクではそんなことは起こらない。ゴニヤーが最初にやったことは、刑務所長への連絡だった。二番目にやったのは、刑務所内の捜索だった。三番目にやったのは、脱獄の可能性を考えて、スカボローの州警察への通報だった。

これがきめられた手順だ。脱獄した疑いのある囚人の監房の捜索は要求されていないので、だれも捜索しなかった。そのときはだ。なぜそんな必要がある？　万事は見たとおりだ。狭い正方形の部屋、窓には鉄棒、引き戸にも鉄棒がはまっている。中にはトイレと、からっぽのベッド。窓枠《まどわく》の上にはきれいな小石がいくつか。

それと、もちろんポスターだ。そのときのポスターはリンダ・ロンシュタットだった。ポスターはベッドのすぐ上に貼《は》ってあった。二十六年間、まったくおなじ場所に、いつもなにかのポスターが貼ってあったのだ。そしてだれかが――結局それをやったのはノートン所長だったが、これを詩的正義といわなくてなんだろう――そのポスターのうしろを調べたとき、やつらはとてつもないショックを受けた。

しかし、それが起こったのはその晩の六時三十分だ。アンディーがいないと報告されてからはもう十二時間近く、実際の脱獄からはおそらく二十時間がたっていた。

ノートンはカンカンになった。

これには信用のおける証人がいる——模範囚のチェスターが、ちょうどその日、管理棟の廊下にワックスをかけていたんだ。その日、やつは鍵穴を自分の耳で磨《みが》かなくてすんだ。リッチ・ゴニヤーをどなりつける刑務所長の声は、資料保存室まで筒抜けだった。

「それはどういう意味だ、『彼が刑務所構内にいないことを確認しました』とは？　どういう意味だ？　おまえがやつを見つけられなかったという意味じゃないか！　さっさと見つけろ！　さっさと！　わたしはあいつに用がある！　聞こえるか？　あいつに用があるんだ！」

ゴニヤーがなにかをいった。

「おまえの当直中の出来事じゃない？　それはおまえの言い分だ。わたしの見るかぎり、それがいつの出来事かはだれも知らん。その方法もだ。また、事実起こったかどうかもだ。いいか、きょうの午後三時までに彼をこのオフィスへ連れてこい。さもないと、何人かのクビが飛ぶことになるぞ。それだけは約束する。わたしはつねに約束を守る男だ」

ゴニヤーがまたなにかいい、それがノートンをいっそう激怒させたようだった。

「なんだと？　ではこれを見ろ！　これを見てみろ！　なんだかわかるか？　ゆうべの第五監房区の点呼報告だ。どの囚人も顔をそろえていた！　デュフレーンは昨夜九時に監房へ閉じこめられた。いまになってそれがいないなんて法があるか！　そんなことは不可能だ！　さあ、やつをさがしだせ！」

しかし、午後三時になっても、アンディーはまだ行方不明だった。それから二時間ほどして、ノートン本人がじきじき第五監房区へ乗りこんできた。おれたちはまる一日、中へ閉じこめられてたよ。尋問されたかって？　竜《りゅう》の吐く息をうなじに感じてるみたいに青い顔の看守どもから、長い一日の大半をかけて尋問ぜめさ。みんながおなじことを答えた――なにも見なかったし、なにも聞こえなかった、と。おれの知るかぎり、みんなが真実を答えていた。すくなくとも、おれはそうだった。おれたちにいえるのは、アンディーがゆうべの九時の入房と、その一時間あとの消灯のとき、まちがいなく自分の監房にいたことだ。

しゃれっけのあるやつがひとり、アンディーは鍵穴から流れでていったんじゃないかといった。この一言《ひとこと》のおかげで、そいつは四日間の懲罰房入りをいいわたされた。牢番《ろうばん》どもはよっぽどカリカリきてたんだな。

そこでノートンじきじきのおでましだ――おれたちをにらみつける青い目の熱さときたら、鍛鋼でできた檻《おり》に火花が飛び散るみたいだった。まるでおれたちがぐるだと信じているような目つきだ。ことによると、本気でそう信じてたのかもしれない。

やつはアンディーの監房にはいり、中を見まわした。中はアンディーが残していったままで、ベッドの上掛けは折り返されていたが、寝た形跡はなかった。窓枠の小石もそのまま……だが、全部じゃない。いちばん気にいった分は持ちだしたらしい。

「石か」ノートンは鋭く息を吐くと、それを窓枠から荒っぽくはらい落とした。超過勤務のゴニヤーは顔をしかめたが、なにもいわなかった。

ノートンの目は、リンダ・ロンシュタットのポスターをとらえた。リンダはおそろしくぴっちりした黄褐色《おうかっしょく》のスラックスの尻《しり》ポケットに両手をつっこみ、うしろをふりかえっていた。上はホールターだけで、カリフォルニアの太陽にこんがり焼けていた。そのポスターを見て、お上品なバプテストのノートンは、はらわたの煮えくりかえる思いだったにちがいない。やつがそれをにらみつけるのを見物しながら、おれはアンディーが前にいったことを思いだした。ポスターの中へはいって、彼女といっしょになれるような感じがする、というあれだ。

現実にアンディーがやったことはまさにそれだった――それをノートンが発見するのには、数秒しかかからなかった。

「罰当《ばち》たりな!」とノートンはうめいて、片手のひと掃きでポスターを壁から剝《は》ぎとった。

そのあとに現われたのは、コンクリートの壁にぱっくりあいた、ぎざぎざの穴だった。

ゴニヤーは穴の中へはいろうとしなかった。

ノートンは居丈高に命令した――そうなんだ、ノートンがリッチ・ゴニヤーに穴へはいれと命令してる声は、刑務所じゅうにひびきわたったにちがいない。だが、なんべんいわれてもゴニヤーはそっけなく断わった。

「おまえの職をとりあげてやる！」とノートンはわめいた。更年期でのぼせのきた女のようなヒステリーだ。冷静さはどこかへけしとんでいた。ノートンの首すじはどすぐろい赤に染まり、ひたいには二本の静脈がうきだして、脈を打っていた。「おぼえてろよ、この……このフランス野郎！　おまえをクビにした上で、ニュー・イングランドの刑務所関係の職に二度とつけないようにしてやる！」

ゴニヤーは自分の拳銃の握りを前に向け、無言でノートンにさしだした。もうたくさんだ、といいたそうだった。すでに二時間の超過勤務が三時間にのびかけていて、ほとほといやになってたんだろう。アンディーがしあわせ一家から脱走したのがきっかけで、ノートンは崖《がけ》っぷちを踏みはずし、ずいぶん前からやつの中にあったひそかな狂気へ落ちこんだように見えた……それぐらい、あの晩のノートンは異常だった。

そのひそかな狂気がどんなものだったかは、もちろん知らない。しかし、その夕方、どんよりした晩冬の空から最後の光が消えていくときに、二十六人の囚人が、ノートンとリッチ・ゴニヤーのやりとりに聞きいっていたことは、たしかに知っている。代々の刑務所長の往《ゆ》き来《き》を見てきたおれたち長期刑の重罪囚人が、タフなやつもへなちょこもみんな、それを見て、サミュエル・ノートン刑務所長が技術者のいう〝破壊応力〟をたったいま超えたことを知ったんだ。

神かけていうが、どこかでアンディー・デュフレーンが笑ってる声が、おれには聞こえるような気がしたぜ。

ノートンはとうとう夜直の痩《や》せた看守に、リンダ・ロンシュタットのポスターが隠していた穴へはいることを承知させた。この痩せた看守はローリー・トレモントという名前で、かなり血のめぐりのわるいほうだった。たぶん青銅星章か、そのてのものでももらえると思ったんだろう。あとでわかったことだが、ノートンの見つけた男が、アンディーに似た背丈と体格だったのは幸運だった。もし、大きなけつをした男を――刑務所の看守というのはたいがいそうだが――穴の中へ送りこんでいたら、そいつはまちがいなく中でつっかえてしまったろう……ひょっとしたら、いまでも立往生がつづいてたかもしれない。

トレモントは、だれかが車のトランクから持ってきたナイロン・ロープを腰に巻き、電池六個入りの大型懐中電灯を片手にさげて、穴にもぐりこんだ。このころにはゴニヤーも辞職を思いとどまり、どうやらただひとり冷静に物を考えることができたらしく、青写真をどこかからさがしだしてきた。やつらがトレモントになにを見せたかはよくわかる――横断面で見ると、まるでサンドイッチみたいな壁だ。壁ぜんたいの厚みは三メートルぐらい。内側と外側の部分の厚みは、それぞれ百二十センチぐらいだ。その中央に六十センチのパイプ・スペースがある。どうやらそこが要点らしい……いくつかの意味でだ。

トレモントの声が穴の中から聞こえてきた。うつろで生気のない声だった。「ここはすごくいやなにおいですよ、所長」

「気にするな！　どんどん進め」

トレモントの膝《ひざ》から下が穴の中に消えた。まもなく、やつの靴《くつ》も見えなくなった。ライトがおぼろげにむこうと手前を照らした。

「所長、ここはすごく臭いです」

「気にするなといったろうが！」とノートンはわめいた。

悲しげなトレモントの声が漂ってきた。「ウンコみたいなにおいだ。ああ、神様、こりゃウンコだぜ。ああ、お願いです、神様、ここから出してください。げろが出るよう。ああ、くそ、こいつはほんとのクソだ。ああ、神さまぁ――」そのあとで、ローリー・トレモントがまぎれもなく、最近の二食分がとこを逆流させてる音が聞こえてきた。

それがきっかけだった。おれはがまんできなくなった。その一日分の――いや、ちがう、この三十年分の――笑いがいっぺんにこみあげてきて、いまにも腹がよじれそうになった。あんなに笑ったのは、まだ自由人だったころにもおぼえがない。この灰色の壁の中にそんなものがあるとは予想もしなかった笑いだ。しかも、ああ神様、なんといい気分だったことか！

「その男をひきずりだせ！」ノートン所長が金切り声を上げたが、こっちは大笑いしていたために、やつがいってるのが自分のことなのか、それともトレモントのことなのかもわからなかった。腹をかかえ、足をばたつかせて、げらげら笑いつづけた。もしノートンがその場で射殺するとおどかさなかったら、とても笑いやまなかったろう。「そいつをひきずりだせ！」

そうだよ、みなさん、おれはひきずりだされた。懲罰房へ直行し、そこへ十五日間ほうりこまれた。長いお仕置きだ。しかし、ときどきあのかわいそうな、頭のにぶいローリー・トレモントが、「ああ、くそ、こいつはほんとのクソだ」とわめいていたのを思いだし、それからアンディー・デュフレーンがぱりっとしたスーツに着替えて、自分の車で南に向かっているところを想像すると、笑いがとまらなくなった。懲罰房での十五日間も、なんてことはなかった。たぶんそれは、おれの半分がアンディー・デュフレーンといっしょにいたからだろう。クソの中を通りぬけて、むこう側へきれいに出ていったアンデイー・デュフレーン、太平洋に向かっているアンディー・デュフレーンといっしょに。

その晩のそのあとの出来事は、半ダースほどの出所から聞いた。どのみち、たいした話はなかった。ローリー・トレモントも、昼飯と晩飯を吐きもどしたあとは、たいして失うものがないと腹をきめたらしく、どんどん前に進んだ。監房区の壁の内側と外側に挟《はさ》まれた配管用のたて穴は、落下の危険だけはなかった。おそろしく狭いので、トレモントはむしろ体を割りこませる感じで下りていったからだ。浅い息しかつけず、生埋めにされた気分だったと、あとでトレモントはもらした。

やつがたて穴の底に見つけたのは、第五監房区の十四のトイレから直結した下水管だった。三十三年前に敷設《ふせつ》された陶管だ。その陶管には穴があいていた。ぎざぎざの穴のそばに、トレモントはアンディーのロック・ハンマーを見つけた。

アンディーは自由の身になりはしたものの、それはたやすいわざではなかった。下水管は、トレモントがいま下りてきたたて穴よりもまだ狭かった。ローリー・トレモントはその中へはいらなかったし、おれの知るかぎり、ほかのだれもはいったものはない。きっと言語に絶する経験だったろう。トレモントがその穴とロック・ハンマーを調べているときに、一ぴきのネズミが中からとびだしてきたが、あとでやつが断言したところでは、コッカー・スパニエルの小犬ほどもあったという。トレモントは尻尾《しっぽ》を巻いて、クロール・スペースをアンディーの監房まで逃げ帰った。

アンディーはその下水管の中へもぐりこんだのだ。それが刑務所の西側の沼地、四百五十メートル先にある川に流れこんでいることを知ってたんだろう。おれはそう思う。刑務所の青写真は手近にあったし、アンディーはそれを調べる方法を見つけたはずだ。あの計画的な男だもんな。やつは第五監房区からのそれが最後の古い下水管で、新しい下水処理場につながってないのを知ってたか、それとも調べだしたにちがいない。また、脱獄するなら一九七五年の中頃《なかごろ》までにやらないと、もう永久にその機会がめぐってこないのも知ってたはずだ。その年の八月には、この監房区の下水管を入れ替えて新しい下水処理場につなぐ工事がはじまる予定だったから。

四百五十メートル。フットボールのフィールド五つ分の長さ。半キロにすこし欠けるだけ。アンディーはその距離を這《は》い進んだ。ひょっとしたら、明かりは例の小さいペンライトか、それとも、紙マッチが二個ほどか。おれには想像もできないし、想像したくもない悪臭と汚物の中を、やつは這い進んだ。たぶん、ネズミが目の前を逃げ散ったかもしれないし、ひょっとしたら、暗闇《くらやみ》で大胆になった動物がよくやるように、おそいかかってきたかもしれない。両肩のまわりは四つんばいでやっと進めるだけの隙間《すきま》しかなかったにちがいないし、下水管の継ぎ目では、おそらくむりやりに体を押しこまなければならなかったろう。もし、おまえがやれといわれたら、閉所恐怖で十回も発狂してしまいそうだ。しかし、アンディーはそれをやってのけた。

下水管のむこうの端には、排水の流れこむ、よどんだきたない小川があり、そこから泥《どろ》だらけの足跡がさらにむこうへつづいているのが見つかった。そこから三キロの先で、捜索隊はアンディーの囚人服を発見した――あれから一日あとのことだ。

この事件のことはもちろん新聞に大きく出たが、刑務所を中心にした二十五キロ半径の円の中で、車を盗まれたとか、服を盗まれたとか、月明かりの中を裸の男が歩いていたとかの届出はひとつもなかった。農家の庭で犬が吠《ほ》えつづけたという報告さえなかった。アンディーは下水管を出たあと、煙のように消えうせたのだ。

しかし、やつがバクストンの方角へ消えうせたことだけは、賭《か》けてもいい。


その記念すべき日から三カ月後に、ノートン刑務所長は辞職した。こう書くだけでうれしくなるが、やつは敗残者だった。その足どりには、バネがすっかりなくなっていた。最後の日になると、診療所へコデインの錠剤をもらいにくる老囚人のように足をひきずりながら、うなだれて出ていった。後任はゴニヤーだったが、ノートンにとってはそれがいちばん無情な一撃に思えたにちがいない。おれの知るかぎり、サミュエル・ノートンはいまエリオットの町で日曜のたびにバプテスト教会の礼拝に出席しながら、どうしてアンディー・デュフレーンにしてやられたのだろう、とふしぎがってるはずだ。

そこへいってこう教えてやりたい。その質問の答は簡単そのものだ。根性のあるやつとないやつのちがいだよ、サム。根性のないやつは、どうあがいてもだめだ。

おれがたしかに知ってるのはそれだけさ。ここからは、自分の推測を話すことになる。いくつか細かいところではまちがってるかもしれないが、だいたいの輪郭がつかめてることには、この時計と鎖を賭けてもいい。アンディーがあんな性格の男だった以上、考えられる方法はひとつかふたつしかないからだ。それに、いつもそのことを考えるたびに、おれはノーマデンのことを思いだす。頭の半分おかしいインディアンだ。「いいやつだよ」とノーマデンは八カ月間アンディーと同房で暮らしたあとでいった。「おれ、あそこを出てうれしい。あの監房はすきま風がひどい。いつも寒い。やつはだれにも私物をさわらせない。べつにそれはいいさ。いいやつだよ、からかわないし。だけどな、あのすきま風」かわいそうなノーマデン。やつはおれたちのだれよりも早くから、だれよりもたくさんのことを知っていた。アンディーがやつをあそこから出して、監房をひとり占めするまでには、八カ月もの長い月日がかかったんだ。もし、ノートン所長が着任したあとで、ノーマデンと八カ月間同居してなかったら、アンディーはきっと一九七四年のニクソンの辞職よりも前に自由の身になっていただろう。

いまふりかえってみると、あれがはじまったのは、一九四九年のむかしにちがいない——ロック・ハンマーじゃなく、リタ・ヘイワースのポスターといっしょにだ。やつがあれを注文したときにどれだけそわそわしていたかは、前にも話した。そわそわして、内心の興奮を隠してるみたいだった。当時のおれは、それを照れくさだろうと思っていた。アンディーという男は、自分の弱みを、女をほしがっていることを、人に知られたくないんだろう……とりわけそれが空想の女とくればなおさらだ、と。だが、いまふりかえってみると、とんだかんちがいだったらしい。いまふりかえってみると、アンディーの興奮の原因はまるっきりほかにあったんだ。

あのリタ・ヘイワースの写真ができたころにはまだ生まれてもいなかった若い女性歌手のポスターの裏に、やがてノートン所長が発見することになった抜け穴、あれを作りだしたものはなんだろう？　そう、アンディー・デュフレーンの忍耐と努力なのはまちがいない——その値打ちを割り引きするつもりはない。だが、この方程式には、もうふたつの要素があったんだ——まぐれの幸運と、ＷＰＡコンクリートが。

まぐれの幸運のほうは、説明するまでもないと思う。ＷＰＡコンクリートのほうは、自分で調べてみた。いくらかの時間と二枚の切手を投資して、まずメイン大学の歴史学部へ問いあわせを出し、つぎに大学で教えてくれたある男のアドレスへ手紙を書いた。この男は、ショーシャンク重警備棟《とう》を建てたＷＰＡ計画、つまり、公共事業促進局の建設工事の職長だった。

第三、四、五監房区を含むこの重警備棟は、一九三四年から三七年にかけて建設された。さて、たいていの人間は、セメントとコンクリートを見ても、車や、重油ボイラーや、宇宙船を見たときのように、〝テクノロジーの進歩〟とは思わないが、実際はそうなんだ。現代のセメントができたのは一八七〇年かそこら、現代のコンクリートができたのは二十世紀になってからだ。コンクリートの混ぜかげんは、パン作りとおなじぐらいにむずかしい。水分が多すぎたり、水分が足りなかったりする。砂の骨材が多すぎたり、少なすぎたりするし、これは砂利の骨材についてもおなじだ。一九三四年当時は、この練りあわせについての科学が、いまよりずっと遅れていた。

第五監房区の壁は丈夫だが、トーストみたいに乾ききっているわけじゃなかった。実をいうと、むかしもいまもずいぶんじめじめしていた。長雨のあとでは、壁が汗をかいたり、ときにはしずくが垂れることもあった。ひび割れができやすく、ときには三センチもの深さになった。それをモルタルで埋めるのがおきまりだった。

さて、ここでアンディー・デュフレーンが第五監房区にやってきたわけだ。やつはメイン大学のスクール・オブ・ビジネス出身だが、そのあいだに地質学の単位を二つ三つとっている。というより、地質学は、アンディーの最大の趣味だった。たぶん、気長できちょうめんな性格に合っていたんだろう。こっちは一万年の氷河時代。あっちは百万年の造山活動。床岩のプレートが何千年にもわたって、地殻《ちかく》の下深くでぎしぎしこすれあう。圧力。いつだったか、アンディーはおれに、地質学のすべては圧力の研究だといったことがある。

それと、もちろん、時間だ。

やつにはこの壁を研究する時間があった。いやほど時間があった。監房の扉《とびら》がガチャンと閉まって明かりが消えると、ほかに見るものはなんにもない。

初犯者は、たいてい刑務所生活の息苦しさに慣れるのに手間どる。看守熱にかかる。診療所まで運ばれて鎮静剤の注射をされる騒ぎを二度ほどくりかえしてから、やっと軌道に乗る。よくあるのは、しあわせ一家の新入りが監房の鉄格子《てつごうし》をガンガンたたいて、出してくれとわめきだし……その絶叫がそれほど長くつづかないうちに、監房区の中でこんな合唱がはじまるのだ――「おーい、魚（訳注　新入りの囚人のこと）はいかが、新しい魚、新しい魚はいらんかねー？」

一九四八年にショーシャンクへきたとき、アンディーはそんなふうに自制を失いはしなかったが、だからといって、やつがそうした悩みを感じなかったとはいえない。狂気の一歩手前までいったかもしれない。あるものはそうなり、あるものはたちまち発狂する。むかしの生活がまばたきひとつのあいだに吹きとばされ、もやもやした悪夢が果てしなく行く手に伸びてるんだ。長い地獄の季節が。

そこでやつはなにをしたか？　自分のおちつかない心をなぐさめるなにかを必死でさがした。そう、刑務所にだって、気晴らしの方法はいろいろある。こと気晴らしになると、人間の頭は無限の可能性に満ちみちているらしい。前に話した彫刻家と〈イエスの三つの時代〉もそうだ。いつも自分のコレクションを泥棒に盗まれるコイン収集家もいたし、切手の収集家もいたし、三十五カ国の絵ハガキを集めていた男もいる――つけくわえると、だれかがこの男の絵ハガキをいじくっているところを見つかったら、そいつの命はなかったろう。

　アンディーが興味をもったのは、石ころだった。それと自分の監房の壁だ。

　ひょっとすると、最初の考えは、まもなくリタ・ヘイワースのポスターがぶらさがることになる壁に、自分のイニシアルを彫りつけるだけのことだったかもしれない。自分のイニシアルか、それとも、なにかの詩の一節か。だが、そこでやつが見つけたのは、おもしろいほどひ弱なコンクリートだった。ひょっとすると、自分のイニシアルを彫りつけようとしたときに、壁から大きなかけらがポロッと落ちたのかもしれない。ベッドに寝そべって、そのコンクリートのかけらを手の中であらためる姿が目に見えるようだ。全人生がおじゃんになったことは考えるな、列車一本分の不運で濡《ぬ》れぎぬを着せられたまま、ここへぶちこまれたことも考えるな。そんなことはぜんぶ忘れて、このコンクリートのかけらを見ろ。

それから何カ月かのうちに、その壁からどれだけのものをとりだせるか、ためしてみるのも面白《おもしろ》いと考えたのかもしれない。しかし、ただいきなり壁を掘りはじめても、毎週の検査が（それとも、いつも酒や、ドラッグや、ポルノ写真や、武器の隠し場所が見つかる抜き打ち検査が）あったとき、看守にこういうわけにはいかない――「これかね？　監房の壁をちょっと掘ってみただけさ。気にしなさんな」

そう、そんなことはむりだ。そこで、おれのところへきて、リタ・ヘイワースのポスターがとりよせられないかときいた。小ではなくて、大のほうを。

それに、もちろん、やつにはロック・ハンマーがあった。思いだすが、四八年にあの道具を手にいれてやったとき、あれで壁を掘りぬくには六百年かかるなと考えたもんだ。それはまちがってない。だが、アンディーは壁の半分だけ掘りぬけばよかった――それでも、あのやわなコンクリートでさえも、掘りぬくにはロック・ハンマー二挺《ちょう》と二十七年の月日がかかったんだ。

もちろん、やつはその中の一年近くをノーマデンのおかげでフイにしたし、夜中しか――それも、夜直の看守も含めて、みんなが寝静まった真夜中にしか――作業できなかった。しかし、おれの想像だと、いちばん手間がかかったのは、掘った壁をどう始末するかだったろう。物音のほうは、ハンマーの先に例の石磨《みが》きの布をかぶせて小さくできる。しかし、コンクリートの粉と、ときどきゴロンと落ちてくる塊をどうする？

きっと、やつはその塊を小さく突きくだいて、それを……。

それで思いだすのは、やつにロック・ハンマーを渡したつぎの日曜日のことだ。シスターどもに痛めつけられて顔を腫《は》らしたアンディーが運動場を歩いていくのを、おれは見送った。やつはかがみこんで、小石を拾い……小石は袖《そで》の中にするっと消えた。あの袖の中の隠しポケットは、刑務所にむかしから伝わる方法だ。上着の袖の中か、それともズボンの裾《すそ》のすぐ裏側。それにもうひとつ、とても強烈だが、焦点のぼやけた記憶がある。ひょっとすると、何回かそれを見たからかもしれない。その記憶は、アンディー・デュフレーンが、そよとも風のない暑い夏の日に、運動場を歩いていくところだ。風はない……だが、アンディー・デュフレーンの足もとだけはそよ風が吹いて、土ぼこりが舞っている。

たぶん、やつはズボンの膝《ひざ》の下あたりに、ふたつほど袋を作ったんだろう。この袋をいっぱいにしておいて、両手をポケットにつっこんだまま歩きまわり、だれも見ていないのをたしかめてから、ポケットをちょいとひっぱる。もちろん、ポケットは、紐《ひも》か丈夫な糸で袋につながっている。袋の中のものは、歩きながらズボンの裾からざーっとこぼれ落ちる。第二次大戦の捕虜がトンネルを掘って脱走しようというとき、この手を使ったもんだ。

年月が過ぎていくあいだ、アンディーは自分の部屋の壁をコップ一杯ずつ運動場へあけていった。歴代の刑務所長とうまく折り合いをつけ、相手はそれをやつが図書室を大きくしたいからだと思っていた。それも理由のひとつにはちがいないが、アンディーの最大の目的は、第五監房区の十四号房を個室にしておくことだった。

やつが本当に脱獄の計画や希望を持っていたかどうかは疑わしい。すくなくとも最初のうちは、そんなものはなかったろう。おそらくあの壁が厚さ三メートルのぎっしり詰まったコンクリートで、たとえそれを掘りぬいたとしても、運動場の十メートル上に出てくるものだと思いこんでいただろう。ただ、なんべんもいうようだが、脱獄の成否を、やつがそれほど気にしていたとは思えない。おそらくこんなつもりだったんじゃないかな——この仕事は七年に三十センチぐらいの割りでしか進まない。だから、むこうまで掘りぬくには七十年かかる理屈だ。そのときは、おれは百一歳になってる。

もしおれがアンディーの立場なら考えただろう第二の仮定はこうだ——いずれそのうちにこれが見つかったら、たっぷり懲罰房にほうりこまれ、おまけに記録には大きな罰点がつく。なにしろ、週一回の定期点検はあるし、おまけに二、三週間ごとに抜き打ちの点検がある——たいていは夜の夜中にだ。こんなことが長くつづくはずはないと、アンディーは読んでただろう。遅かれ早かれ、看守のだれかがやってきて、とがらせたスプーンの柄《え》や、マリファナタバコを壁にテープでとめてないかと、リタ・ヘイワースの裏側をのぞいてみるにちがいない。

そして、この第二の仮定に対するアンディーの答はこうだったにちがいない――「かまうもんか」ひょっとしたら、やつはそれをゲームと考えてたのかもしれない。やつらに見つかるまでに、どこまで掘れるか？　刑務所はおそろしく退屈な場所だ。真夜中にポスターをはずしてあるところへ、抜き打ち検査がやってきて肝をつぶす可能性は、最初のうち、生活の上で一種の刺激になったかもしれない。

それに、やつがその検査を逃れおおせたのは、まぐれの幸運だけじゃないと思う。それだけじゃ、とても二十七年はもたない。とはいうものの、最初の二年間――一九五〇年の五月中旬に、たなぼたの遺産の税金をどう逃れるかをバイロン・ハドリーに教えてやるまで――やつは幸運だけをたよりに壁を掘っていたんだ。

それとも、あの当時から、やつはまぐれの幸運以上のなにかを味方につけていたのかもしれない。アンディーには金があったから、毎週だれかにささやかな袖の下を渡して、手心を加えてもらうことはできたろう。金額さえ妥当なら、たいていの看守は目をつむってくれる。賄賂《わいろ》しだいで、囚人はポルノ写真や機械巻きのタバコを手もとにおいとくことができる。しかも、アンディーは模範囚だった――物静かで、言葉づかいはていねいで、従順で、暴れたりしなかった。これが凶暴な囚人や反抗的な囚人だったら、すくなくとも半年に一回は監房の中を徹底的にかきまわされ、マットレスのジッパーをあけられたり、枕《まくら》をとりあげて切り裂かれたり、トイレの排水管を念入りにつっつきまわされたりしただろう。

やがて、一九五〇年に、アンディーは模範囚以上のものになった。一九五〇年に、やつはひとつの貴重品、税務事務所の大手チェーンのH&R・ブロックよりもうまく所得申告をやってくれる殺人犯になった。アンディーは無料で投資計画に助言し、税金逃れの隠れみのを作り、ローンの申込書を（ときには創意を加えて）作成した。いまでも思いだすのは、やつが図書室のデスクにすわって、中古のデソートを買いたがっている看守を相手に、自動車ローンの契約の条項をひとつひとつ気長に調べながら、その契約のどこが得か、どこが損かを教え、もっとましなローンをさがせばそんなにひどい利子をとられなくてすむことを説明して、合法的な高利貸しと大差のなかったあの当時の金融会社をよけて通るようにさせているところだ。アンディーが説明をおわったとき、看守は手をさしだそうとして……そこであわててひっこめた。いいかね、その看守は、自分が人間ではなくマスコットを相手にしていることを、一瞬忘れかけたんだ。

アンディーは新しい税法や株式市場の変化に追いつく努力をおこたらなかったので、しばらく冷凍保存にはいっていたあとも、やつの有用性はなくならなかった。やつは図書室の予算を手にいれ、シスターどもとの長期戦も終わり、やつの監房にはだれもガサ入れしなくなった。やつは善良なくろんぼだった。

やがて、ある日、作業のうんと末期になって――たぶん、一九六七年の十月ごろだろうか――長年の道楽がとつぜん別のものになった。ある晩、アンディーが尻《しり》の上にぶらさがったラクエル・ウェルチのポスターの陰で、腰まで穴の中にもぐりこんでいたとき、だしぬけにロック・ハンマーのとがった先がコンクリートの中に柄までずぶりともぐったのにちがいない。

アンディーはコンクリートのかけらをかきよせたが、たぶん、中のいくつかはたて穴の中にこぼれ落ちて、直立管にはねかえる音が聞こえたはずだ。そのときのアンディーが、あのたて穴に行きあたることを知っていたか、それとも完全な驚きを味わったかは、よくわからない。それまでに刑務所の青写真を見ていたかもしれず、見ていなかったかもしれない。もしまだだったとすれば、さっそくそれを見つける方法を講じたことだけはまちがいない。

そこでアンディーは、はたと気づいたにちがいない。自分がやっているのはただのゲームじゃなしに、大きな賭《か》けだ……自分の人生と自分の将来という点からすると、最高の賭けだ。そのときでさえ、それを確実に知ってたはずはないが、それでもかなりはっきりした計画を持ちはじめたんじゃないだろうか。なぜなら、ちょうどそのころ、やつははじめておれにシワタネホの話をしたからだ。とつぜん、その壁のばかげた穴は、ただのおもちゃでなく、やつの主人になった――もしも、やつがその底にある下水管のこと、それが塀《へい》の下をくぐって外に通じてることを知っていたならば。

何年も前から、やつにはバクストンの石の下の鍵《かぎ》という、心配の種があった。こんどは、だれかくそ熱心な看守がやってきて、あのポスターの裏を調べ、全計画をふいにするんじゃないか、それとも、新しい同房者ができたり、これだけの年月のあとで、とつぜんほかの刑務所へ移送されるんじゃないか、という心配が出てきたわけだ。それからの八年、やつはこうしたことを心の奥に隠して生きていた。おれにいえるのは、やつがこの世でいちばんクールな人間のひとりだということだけだ。おれだったら、あれだけの不安をかかえていれば、ほんのしばらくで完全に発狂していたろう。だが、アンディーはなに食わぬ顔でゲームをつづけた。

アンディーは、それから八年間、発見の可能性におびやかされていた――いや、強い可能性といってもいい。なぜなら、いくら自分に都合のいいようにカード・ゲームのいんちきをしたところで、州刑務所の囚人としては、細工のできるカードの数はたかが知れているからだ……しかも、幸運の神々はもうずいぶん長いあいだ、十九年ものあいだ、アンディーに対して親切だったんだから。

おれに思いつけるいちばん恐ろしい皮肉は、やつが仮釈放を与えられた場合だ。想像できるかい？　仮釈放者は、実際に出所する三日前に、軽警備棟《とう》へ移されて、そこで綿密な身体検査と、職業適性検査を受けることになる。そこにいるあいだに、古い監房はすっかり大掃除される。その結果、アンディーは仮釈放になるどころか、地下の懲罰房へ長いことぶちこまれたすえ、また階上で暮らすことになったろう。ただし、こんどは別の監房でな。

もし、一九六七年にたて穴へたどりついたのなら、なぜ一九七五年まで脱獄しなかったのか?

確実なことはいえない——しかし、かなり有力な推理はできる。

第一に、アンディーはそれまで以上に用心ぶかくなったんだろう。利口な男だから、あとを全速力で掘り進めて、八カ月とか、十八カ月とかで逃げだしたりするようなことはしなかった。あのたて穴への入口を、すこしずつひろげていったにちがいない。その年の大晦日《おおみそか》の晩の一杯をやるときにはティーカップぐらいの穴。一九六八年の誕生日の一杯をやるころにはディナー・プレートぐらいの大きさ。そして、一九六九年の野球シーズン開幕ごろには、お盆ぐらいの大きさ。

一時のおれは、それが見かけよりも早く進行したにちがいないと考えた——やつが脱獄した直後はだ。コンクリートの塊を小さく砕いて粉にして、前にいったような隠しポケットで監房から持ちだしたりする手間をかけずに、たて穴へどんどんほうりこんだんじゃないか、と。しかし、やつのかけた日数からすると、そんな危険をおかさなかったことがわかる。その物音でだれかの疑惑をかきたてるおそれがあると思ったんだろう。それとも、もし下水管のことを知っていたとすれば、いや、きっと知っていたにちがいないのだが、下に落ちたかけらで決行より前に陶管が割れて、監房区の下水システムがめちゃくちゃになり、調査されるのを恐れたのかもしれない。いうまでもなく、その調査で、すべては水の泡《あわ》になるからだ。

それにもかかわらず、おれの推測では、一九七二年末、ニクソンが大統領の二期目の宣誓をするころには、その穴はやつがくぐり抜けられるほどの大きさになっていた……いや、おそらくそれより早かっただろう。アンディーは小男だったから。

それなのに、なぜそのとき脱出しなかったのか？

情報にもとづいた推測は、ここで種切れになるんだよ、みなさん。ここからは、ただの当てずっぽうになっていく。ひとつの可能性は、たて穴そのものがクソで詰まっていて、それを掃除しなければならなかったというもの。だが、それではそんなに暇を食った理由が説明できない。とすると、なんだったのか？

思うんだが、ひょっとするとアンディーは怖くなったんじゃなかろうか？

施設慣れした人間ってのがどんなものかは、前にできるだけ詳しく話したつもりだ。最初は狭い四方の壁にがまんできなかったのが、やがてそれと折り合いをつけるようになり、つぎにそれを受けいれるようになる……やがて、体と頭と精神が、鉄道模型のような縮尺の世界に順応し、それが好きになる。いつ食事するか、いつ手紙を書けばいいか、いつタバコをすえばいいかも、むこうで教えてくれる。もしランドリーや、ナンバープレート工場で作業をしてれば、一時間ごとに五分ずつ、トイレへ行く時間がもらえる。三十五年のあいだに、おれの自由時間はいつも毎正時の二十五分過ぎだったから、三十五年の刑務所暮らしのあとでは、小便やクソをしたくなるのは、その時刻だけになった。正時の二十五分過ぎ。もし、なにかの理由で行けなかったときは、自然の欲求が三十分過ぎにぴたりとおさまり、つぎの二十五分過ぎになるとまたもどってくる。

たぶん、アンディーはその虎《とら》と——その施設慣れ症候群と——戦っていたんだと思う。それから、このすべてが骨折り損であったかもしれない、という不安とも。

ポスターの下に寝そべったアンディーは、下水管のことを考え、チャンスは一回きりしかないことを考えて、いったい何度ぐらい眠られぬ夜を過ごしたんだろう？　青写真が下水管の内径を教えてくれたかもしれないが、青写真は管の内部がどんな状態かまでは教えてくれない——窒息せずに呼吸がつづけられるかどうか、ネズミが退却せずに向かってくるほど大きくて凶暴かどうか……それに、かりにそこまでたどりつけた場合、下水管の末端になにがあるかを、青写真は教えてくれない。さっきの仮釈放よりもっと皮肉なジョークがある——アンディーが下水管にもぐりこみ、クソのにおいで息も詰まりそうな暗闇《くらやみ》を四百五十メートル這《は》い進んだところで、その突き当たりに太い針金の網が張ってあったとしたら？　ハッハッ、とんだ大笑いだぜ。

　そのことはやつの頭にあったにちがいない。それに、もしいちかばちかの大ばくちが当たって、実際に外へ出られたとしても、民間人の服を手にいれて、刑務所の付近からだれにも見つからずに逃げられるだろうか？　最後に、かりに下水管から抜けだし、警報が鳴りだす前にショーシャンクから遠ざかって、バクストンにたどりつき、正しい石をさがしあてて、それを持ちあげたところ……下になにもなかったとしたら？　お目当ての牧草畑へたどりついてみると、その現場に高層アパートが建っていたとか、スーパーの駐車場があったとか、そんなドラマチックな出来事ばかりとはかぎらない。石ころの好きなどこかの子供が、黒曜石を見つけてひっくりかえしてみたら、貸金庫の鍵が見つかったので、その両方をおみやげがわりに自分のうちへ持ち帰ることだってある。ひょっとしたら、十一月のハンターがその石をけとばし、鍵をむきだしにしたあとで、光りものの好きなリスやカラスがそれをどこかへ持ち去ることもありうる。ひょっとしたら、いつかの年に春の洪水《こうずい》があって、その石塀まで水が押しよせ、鍵を押し流したかもしれない。なんだってありうる。

　そこで――当て推量かどうかはともかく――アンディーがしばらくは作業をやめたんじゃないかとおれは思うわけだ。とにかく、賭けないかぎり、失うこともない。やつに失うものがどれだけあったというのかね？　ひとつには、あの図書室だ。またひとつは、施設慣れした生活の有毒な平和だ。そして自分の安全な身元をつかみとる将来のチャンスだ。

しかし、いま話したとおり、アンディーはついにそれをやってのけた。それをためして……どうだ！　みごとにそれに成功したじゃないか？　ちがうかい？

しかし、本当に逃げられたのか、というのかね？　そのあとになにがあったか？　やつがあの牧草畑までたどりついて、あの石をひっくりかえしたときになにがあったか？……かりにまだ石がそこにあったとしてだ。

そこんところは、おれにはなんともいえない。この施設慣れした男は、まだこの施設の中にいて、何年か先まで外に出られそうもない。

しかし、これだけはいえる。一九七五年の夏の終わり、正確には九月の十五日に、おれはテキサス州のマクネアリーという小さな町からきた絵ハガキを受け取った。この町は国境のアメリカ側にあって、エルポルベニルの真向かいに当たっている。絵ハガキの通信欄は真っ白なままだ。だが、おれにはわかる。これは、どんな人間もいつかは死ぬというのとおなじぐらい、確実なことだ。

マクネアリーでやつは国境を越えた。テキサス州マクネアリーで。

以上がおれの物語だよ。これをぜんぶ書きとめるのにどれだけ長い時間がかかるか、どれだけたくさんの紙がいるかは、考えてもみなかった。あの絵ハガキが届いた直後からこれを書きはじめ、いま、一九七六年の一月十四日に、これを書きおわるところだ。これを書くのに、三本の鉛筆が短くちびてしまい、紙をまるまる一帖《じょう》使った。書いた紙は用心ぶかく隠してある……もっとも、ミミズののたくったようなおれの字を読めるやつはあまりないだろうが。

これを書いてるあいだに、想像もできなかったほどたくさんの思い出がかきたてられた。自分のことを書くのは、澄んだ川の流れに棒きれをつっこんで、底の泥《どろ》をかきまわすのと似ている。

なんだ、おまえは自分のことを書いてないじゃないか、と天井桟敷《さじき》でだれかがいっているのが聞こえるぜ。おまえはアンディー・デュフレーンのことを書いただけだ。おまえは自分の物語の脇役《わきやく》でしかないってな。しかし、わかるかい、そうじゃないんだ。これはぜんぶおれのことさ、一語一語が。アンディーこそ、やつらがどうしても閉じこめられなかったおれの一部、ゲートがやっと開いて、安物の背広と、ポケットに二十ドルのへそくりを持って出ていくときに、喜びに包まれるおれの一部だ。そのおれの一部は、ほかのおれがどんなに年とっていても、どんなにくじけて、おびえていても、喜びに包まれるだろう。アンディーはおれよりその部分をよけいに持ちあわせていて、それをうまく使っただけのことだと思う。

ここにはほかにもおれのような人間、アンディーのことを忘れない連中がいる。おれたちにとって、やつがうまく逃げられたことはうれしいが、すこし悲しくもある。小鳥の中には籠《かご》の中で飼われるようにできてないのもある、それだけのことだ。羽の色があんまり鮮やかだったり、その歌があんまり美しかったり、風変わりだったりする。そこでその鳥を逃がしてやるか、それとも、餌《えさ》をやろうと籠をあけたときに、むこうがうまく手をすりぬけて飛び去ることになる。そもそもその鳥を閉じこめることがまちがいなのを知っていたから、心の一部でほっとするが、その鳥がいなくなったために、家の中は前よりずっとわびしく空虚になる。

これがその物語だ。やっと語りおわってほっとしたよ。たとえ結末がいくぶん尻切れとんぼであっても、また、たとえ（ちょうど川底をつっついてかきまわした棒きれのように）鉛筆がつっつきだした思い出に、いくらか悲しい気分、現実以上に年とった気分になってもだ。どうもご清聴ありがとう。それと、アンディー、もしあんたがおれの信じてるとおり本当にそこにいるなら、日の入りのすぐあとでおれの代わりに星空を見上げ、浜辺の砂にさわり、波打ちぎわを歩いて、自由を満喫しておくれ。

この物語をまたつづけることになるとは思わなかったが、いまおれはページの隅《すみ》のめくれあがった、しわだらけの原稿を目の前のデスクにのせている。ここでもう三、四ページ、新しい便箋《びんせん》を使って書きたすつもりだ。便箋は町で買ってきた——ポートランドのコングレス通りにある店へぶらっとはいって買った。

一九七六年のわびしい一月のあの日、ショーシャンク刑務所の中でおれはこの物語にけりをつけたつもりでいた。いまは一九七七年の五月で、これを書きたしている場所は、ポートランドのブルースター・ホテルの狭い安部屋だ。

窓はあいてて、そこから流れこんでくる交通の騒音が、おそろしく大きく、胸をかきたてるように、そして威嚇《いかく》するようにひびく。たえずその窓のほうを見て、そこに鉄棒がはまってないのを自分にいい聞かせなきゃならない。夜はあまりよく眠れない。というのも、この部屋のベッドは、部屋とおんなじ安物だが、それでも大きすぎるし、ぜいたくすぎるような気がするんだ。毎朝六時三十分にはぱっちり目がさめ、自分がどこにいるのかわからなくて、不安にかられる。いやな夢を見る。自由落下をしてるような、妙な気分になる。その感じは爽快《そうかい》だが、反面とても恐ろしい。

おれの人生になにが起きたのか？　当ててみな。仮釈放だよ。三十八年のおきまりの面接と、おきまりの却下のあとで（その三十八年のあいだに、おれの担当だった弁護士に三人も先立たれた）、仮釈放が許可されたんだ。たぶん、こいつも五十八、すっかり枯れきって、外へ出しても安全だろうと思ったんだろうよ。

おたくらがいま読んだ原稿を、おれはもうすこしで焼きすてるところだった。やつらは仮釈放の出所者を、新しい入所者とおなじぐらい念入りに身体検査する。もし見つかったら、牢屋《ろうや》へ逆戻《ぎゃくもど》りで、もう六年から八年くらいこむことまちがいなしのダイナマイトだけじゃない。おれの回想録には、それ以上のものが含まれている——アンディー・デュフレーンがいるにちがいない町の名前だ。メキシコの警察はよろこんでアメリカの警察に協力するだろう。おれは自分の自由とひきかえに——それとも、あんなに長いこと苦労して書きあげた原稿を手放すのがいやさに——アンディーの自由を奪いたくなかった。

そこで思いだしたのは、一九四八年のむかしにアンディーが五百ドルをこっそり持ちこんだ手口だ。やつの物語にもおなじ手口を使うことにした。もうひとつ安全を考えて、シワタネホの名前が出てるページはぜんぶていねいに書きなおした。もし、ショーシャンクのやつらがいう〝裸体検査〟のあいだに原稿が見つかったら、おれは逆もどりだ……しかし、警察がアンディーをさがしまわるのは、ラス・イントルドレスというペルーの海岸町だろう。

仮釈放委員会がおれにくれた仕事は、サウス・ポートランドのスプルース商店街にある大きなフードウェー・マーケットの〝倉庫係助手〟だった——つまり、またひとりの年とった荷物持ちになったってことだ。荷物持ちには二種類しかない。年とったのと若いのと。だれもそっちに目もくれない。もし、おたくの行きつけの店がスプルース商店街のフードウェーなら、おれが食料品の袋を車まで運んだこともあるかもしれない……ただし、一九七七年の三月から四月のあいだにそこで買物をしたことがあったらの話だ。おれがそこで働いたのは、その期間だけだから。

最初は、とても自分にシャバの生活ができると思えなかった。前に刑務所社会を外の世界の縮尺模型にたとえたことがあるが、シャバのなにもかもがこんなに速く動いているとは想像もしなかった。人びとの動きまわるあの荒っぽいスピード。それにしゃべるのも早口だ。それに大声だ。

いままでにこんなむずかしい適応に迫られたことはないし、まだすっかり適応はできてない……まだまだだ。たとえば、女。四十年間、女が人類の半分だと知らされなかったあとで、とつぜん女だらけの店で働くことになった。年とった女、下向きの矢印と〝赤ちゃんココ〟という文句のついたTシャツを着た、腹の大きい女、シャツの下から乳首の突き出ている瘦《や》せた女——おれが入所したころ、女があんなものを着ていたら、すぐに逮捕されて、精神鑑定をされたもんだ——ありとあらゆる形とサイズの女。おれはしょっちゅうちんぽこを半分堅くして歩きまわり、自分で自分を助平《すけべえ》おやじとののしっている。

トイレへ行くのが、これまた問題だ。行きたくなったときには（しかもその欲求はいつも正時二十五分過ぎに起こるんだが）、ボスの許可を得なくてはという強烈な衝動と戦わなくちゃならない。このまぶしすぎるシャバではそんなことぐらい自由にできると、頭ではわかってる。だが、手近にいる看守に許可を得ないと、二日間の懲罰房入りだと長年たたきこまれたあとで、自分の内側にあるものをその知識に適応させるのは……また別問題だ。

ボスはおれがきらいらしい。二十六、七の若い男だが、おれを見てるとうんざりするらしいのがわかる。ちょうど、年とった、卑屈なほどおとなしい犬が、頭をなでてもらいたさにすりよってきたとき、だれもがうんざりするのとおなじだ。まったく、おれだって自分に愛想《あいそ》をつかしたくなる。しかし……どうにもならない。おれはボスにこういいたくてたまらない——「刑務所で長年暮らしてると、こうなるもんだよ、若いの。あそこでは、当局の側にいるものがみんな主人にかわり、こっちはその主人たちの犬になる。自分が犬になったことは、たとえ刑務所の中でもわかるさ。しかし、グレーの囚人服を着たほかのみんなが犬なんだから、そんなことはどうでもよくなっちまう。シャバじゃ、そうはいかない」だが、あんな若い男にそんなことはとても話せない。いったって、わかってくれないだろう。仮釈放観察官もそうだ。もと海軍にいたという、いばりくさった大男で、赤くてでっかいあごひげを生やし、ポーランド・ジョークをゴマンと知ってる。やつは毎週五分ほどおれと面接し、ポーランド・ジョークが種切れになると、「どうだ、おとなしくしてるか、レッド？」ときく。はいと答えると、それでおひらき、あとはまた来週。

ラジオの音楽番組。むかしおれが入所した頃《ころ》は、ビッグ・バンドが全盛だった。いまはどの歌もファックのことばかりのような気がする。車がやけに多い。最初は道を横切るのも命がけだった。

まだある——なにもかもが目新しく恐ろしい——だが、もうおたくらにもだいたいの感じ、すくなくともその端っこぐらいはつかめたろう。おれはムショにもどろうかと考えはじめた。仮釈放中の身だから、なにをしたってもどれる。恥ずかしい話だが、金を盗もうか、それともフードウェーの品物を万引きしようかと考えはじめた。なんでもいい、あの静かな場所、一日のあいだに起こることが前もってぜんぶわかってるあの場所へ帰れるなら。

もしアンディーと知りあわなかったら、たぶんそうしていたと思う。しかし、やつがあれだけの年月を、自由になりたい一心で、あのコンクリートをロック・ハンマーで気長に掘っていたことが、たえず頭にうかぶ。それを思いだすと、自分が恥ずかしくなって、その計画をまたあきらめる。そう、やつはおれよりも自由になりたい理由がたくさんあったさ——アンディーには新しい身元と、大金があった。だが、それぱっかりじゃない。やつは新しい身元がまだそこにあるかどうか、確信が持てなかったんだし、新しい身元がなければ、あの金は永久に手が届かない。ちがう。アンディーがほしがったのは、ただ自由になることだけだった。もしおれがいま持ってる自由を投げすてるなら、それはやつがあれだけ苦労してとりもどしたすべてのものに唾《つば》をひっかけるのとおなじじゃないか。

　そこで、仕事の余暇にやりはじめたのは、小さなバクストンの町までヒッチハイクの旅をくりかえすことだった。それが一九七七年の四月の初めで、ちょうど畑の雪が溶けはじめ、風がいくらか暖かくなり、野球のチームが新しいシーズンの開幕で北へやってきて、神様も好きらしいとおれが思うたったひとつのゲームをはじめる季節だった。その旅にでかけるときには、いつもシルヴァのコンパスを持っていくことにしていた。「バクストンの町に大きな牧草畑がある」と前にアンディーはいった。「その牧草畑の北の端には、ロバート・フロストの詩から抜けだしたような石塀《いしべい》がある。その塀の根っこのどこかに、メイン州の牧草畑にはなんの縁もゆかりもない石がある」

　骨折り損のくたびれ儲《もう》け、とおたくらはいうかもな。バクストンのような田舎町に、どれぐらいたくさんの牧草畑があると思う？　五十？　百？　個人的な経験からいっても、おれの見積もりはそれより多い。アンディーが入所した頃に牧草畑だったが、いまは耕地になった畑も合わせればだ。それに、もしかりに正しい畑を見つけたとしても、それと気がつかないかもしれない。黒曜石のかけらを見逃すかもしれないし、アンディーがそれをポケットにつっこんで持っていった可能性はもっと高い。

　だから、その意見には賛成だ。骨折り損のくたびれ儲け、それにちがいない。もっとまずいのは、仮釈放中の人間にとって危険な旅でもある。なぜなら、そんな畑には、たいてい『立入禁止』とはっきり表示がしてあるからだ。前にもいったように、やつらはこっちが線からはみでたとたんに、もう一度ムショへ送り返すのを、なによりたのしみにしてる。骨折り損のくたびれ儲け……しかし、二十七年間、灰色のコンクリートの壁を掘りつづけるのだってそうだ。自分がもうよろず調達屋じゃなくなり、ただの年とった荷物持ちになったときには、新しい人生から気をまぎらすために、道楽を持つのもいい。おれの道楽は、アンディーの石をさがすことだ。

というわけで、バクストンまでヒッチハイクして、町じゅうを歩きまわった。小鳥の声や、暗渠《あんきょ》を流れる雪どけ水の音に耳をかたむけ、後退する雪の下から現われた瓶《びん》を調べた――あいにく、どれも返却不能のガラクタだった。おれがムショにいるうちに、世間はひどく浪費家になったらしい。そうやって、牧草畑をさがしまわった。

たいていの牧草畑は、はなからちがうとわかった。石塀がない。ほかのには石塀はあっても、コンパスで見ると、方角がちがっていた。方角のちがうやつも、とにかく歩いてみることにした。そうするのはいい気分だったし、こうやって遠出をすると、とても自由で、平和な気分になれた。ある土曜日には、年とった犬がいつまでもくっついてきた。別の日には、冬のあいだに痩せほそった鹿《しか》を見かけた。

それから四月二十三日がやってきた。あの日のことは、たとえもう五十八年生きたあとても忘れないだろう。さわやかな土曜日の午後で、おれは橋の上で魚釣《つ》りをしてる子供に聞いたオールド・スミス・ロードを歩いていた。フードウェーの茶色の紙袋に弁当を入れてきたのを、道ばたの岩に腰かけて食った。食いおわると、死ぬ前におやじが教えてくれたとおりに、弁当がらを土に埋めた。あのころのおれは、さっきこの道の名前を知らせてくれた橋の上の釣師とおなじぐらいの子供だった。

二時ごろに、左手に大きな畑が見えた。畑のむこう側には石塀があり、だいたい北西の方角にのびていた。グジュグジュ音をさせて濡《ぬ》れた土の上を横ぎり、塀ぞいに歩きだした。一ぴきのリスがオークの木の上からおれを叱《しか》りつけた。

塀の端まで四分の三ほどきたとき、その石が見えた。まちがいない。絹のようになめらかな、黒いガラスに似た石。メインの牧草畑とはなんの縁もゆかりもない石。長いことぼんやりそれを眺《なが》め、わけもなく泣きたい気分になった。さっきのリスはあとをつけてきて、まだなにかと小言を並べていた。おれの心臓はめちゃくちゃに動悸《どうき》を打っていた。

いくらか気分がおちついたところで、その石に近づき、そのそばにしゃがみこみ——膝《ひざ》の関節が、まるで二連散弾銃のようにぱきっと折れた——それにさわってみた。これは現実だ。すぐに持ちあげなかったのは、その下になにかがあると思えなかったからだ。そのまま、下にあるものを見つけずに、そこから帰っていったかもしれない。とにかく、その石を持って帰るつもりはなかった。持っていってもいいという気はしなかった——

その畑からその石を持っていくのは、いちばん悪質な泥棒《どろぼう》のような気がした。そう、おれがその石を持ちあげたのは、もっとよく感じてみたかったから、その重みを測って、たぶん、なめらかな手ざわりを感じることで、それが現実のものだと証明したかったからだろう。

その下にあったものを眺めるには、長いことかかった。目はそれを見ているんだが、心が追いつくにはひまがかかった。それは湿気を防ぐために、ていねいにビニール袋で包んである封筒だった。封筒の上には、アンディーのきちょうめんな筆跡で、おれの名が書いてあった。

おれはその封筒だけをとり、石のほうはアンディーが残しておいた場所、その前にはアンディーの親友が残しておいた場所においてきた。

親愛なるレッド――

もしこの手紙を読んでいるなら、もうきみは外に出たわけだ。なにかの方法で外に出たわけだ。もしここまであとを追ってきたなら、もうすこし追いかけてみる気はあるだろう。あの町の名前はおぼえているね？　わたしの計画を軌道に乗せるためにも、腕のいい人間の協力がぜひほしいんだよ。

その前に、わたしのおごりで一杯やってくれ――それから、よく考えてくれ。わたしはきみがこないかと、目を皿《さら》にして待っている。忘れちゃいけないよ、レッド。希望はいいものだ、たぶんなによりもいいものだ、そして、いいものはけっして死なない。わたしは希望している。この手紙がきみを見つけることを、そして元気なきみを見つけることを。

きみの友人、
ピーター・スティーブンズ

おれはその手紙を畑の中で読まなかった。一種の恐怖におそわれ、だれかに見つからないうちにそこを逃げだしたくなったからだ。逮捕されるのがこわかったんだ。

自分の部屋にもどって、それを読んでるうちに、老人たちの夕食のにおいが階段から漂ってきた——ビーファロニ、ライス・ア・ロニ、ヌードル・ロニ。賭《か》けてもいいが、アメリカの老人たち、定額所得の老人たちが今夜食べているものは、たいてい最後にロニのつくものだ。

封筒をひらいて手紙を読みおわると、おれは両手で顔をおおって泣いた。手紙といっしょに、手の切れるような五十ドル札が二十枚はいってたんだ。

そしていま、おれはブルースター・ホテルにいる。法律的にはまたおたずね者になった

――こんどの犯罪は仮釈放違反。だが、その罪名で追われている犯罪者をつかまえるのに、だれも道路封鎖などはしないだろう。おれはこれからどうするかを考えてるところだ。まず、この原稿がある。それから自分の財産のありったけがはいった、医者の往診カバンほどの大きさのカバンがある。所持金は五十ドル札十九枚、十ドル札四枚、五ドル札一枚、一ドル札三枚、多少の小銭。五十ドル札の中の一枚を、この便箋とタバコを買うためにくずしたんだ。

さて、これからどうするか。

だが、そこにはなんの疑問もないはずだ。いつも、とどのつまりはふたつの選択のうちのどちらかになる。生きることにとりかかるか、死ぬことにとりかかるか。

まず、おれはこの原稿をバッグの中にいれる。それからバッグの口を閉め、上着を手にとり、階下へおりて、この安ホテルをひきはらう。それからアップタウンへ歩いて、どこかのバーへ入り、あの五ドル札をバーテンの前におき、ジャック・ダニエルズをストレートで二杯注文する――一杯はおれのため、もう一杯はアンディー・デュフレーンのため。一杯か二杯のビールをべつにすると、それが一九三八年以来、自由人としておれが飲むはじめての酒だ。それからバーテンに一ドルのチップを渡し、ありがとうと礼をいう。バーを出て、スプリング通りをグレイハウンド・バスのターミナルへと歩き、そこでニューヨーク経由エル・パソまでの切符を買う。エル・パソに着いたら、マクネアリーまでの切符を買う。マクネアリーに着いたら、おれのような老いぼれの悪党が国境を越えてメキシコへもぐりこめる方法があるかどうか、当たってみよう。

もちろん、あの町の名はおぼえてる。シワタネホ。そんな美しい名前は忘れようたって、忘れられるもんじゃない。

すっかり興奮してるようだ。あんまり興奮してるおかげで、手がふるえて、鉛筆が満足に握れない。これは自由人だけが感じられる興奮だと思う。この興奮は、先の不確実な長旅に出発する自由人にしかわからない。

どうかアンディーがあそこにいますように。

どうかうまく国境を越えられますように。

どうか親友に再会して、やつと握手ができますように。

どうか太平洋が夢の中とおなじような濃いブルーでありますように。

それがおれの希望だ。

ゴールデンボーイ
——転落の夏——
——Apt Pupil

1

　どこから見てもこれこそ全米代表といった感じの少年が、高い変形ハンドルをつけた二十六インチのシュウィンの自転車で、郊外住宅地の通りを走っていく。まさしくオール・アメリカン・ボーイ。トッド・ボウデン、十三歳、百七十三センチ、六十三キロ、健康、髪は熟れたトウモロコシ色、ブルーの瞳《ひとみ》、ととのった白い歯ならび、軽く日焼けした肌《はだ》にはまだ思春期のニキビひとつない。

　少年はペダルをこぎながら、夏休み特有のまぶしい微笑をうかべ、自分の家からさほど遠くない日なたと日陰を通りぬけていく。いかにも新聞配達をやりそうな少年に見えるが、事実そのとおり――〈サントト・ドナート・クラリオン〉をくばっている。また、景品目あてにグリーティング・カードを売り歩くタイプに見えるが、それもやったことがある。差出人の名前がちゃんと印刷されているカードだ――『ジャックとメアリー・バーク』とか、『ドンとサリー』とか、『マーチスン一家』とか。仕事の最中に口笛を吹きそうな感じだが、これも当たり、しょっちゅう口笛を吹く。実をいうと、なかなかうまい。この少年のパパは年収四万ドルの建築技師。ママは大学でフランス語を専攻し、ちょうどそのころ、必死で家庭教師をさがしていた学生、現在のトッドの父親と知りあった。ママは余暇に原稿のタイプ清書をしている。そして、トッドの古い成績通知票をぜんぶホルダーに綴《と》じて保存している。ママがいちばん気にいっているのは四年のときの通知票で、アプショー先生がこう書いてくれた――『トッドは申し分のない、優秀な生徒です』そのとおり。平均点をはるかに上まわるAとBばかり。もし、トッドがそれ以上の――たとえば、オールAの――成績をとったら、友だちが、あいつおかしいんじゃないか、と噂《うわさ》をはじめたかもしれない。

いま、トッドは自転車をクレアモント通り九六三番地の前にとめ、サドルからおりた。目的の家は、敷地の奥にひっこんで建てられた小さなバンガローだった。白塗りで、鎧《よろい》戸《ど》と縁どりだけがグリーン。正面は生垣《いけがき》にとりまかれている。生垣は充分に水を与えてあって、手入れもいい。

トッドは目にはいりかかった金髪をかきあげ、シュウィンの自転車を押しながら、セメントの小道をステップへと近づいた。まだニコニコしていたが、その微笑はあけっぴろげで、期待にみち、美しかった。ナイキのランニング・シューズのつま先で自転車のスタンドを立てると、折りたたまれた新聞をステップの最下段から拾いあげた。その新聞は〈クラリオン〉ではなかった。〈LAタイムズ〉だった。それを小脇《こわき》にかかえると、ステップをのぼった。入口には、掛け金のおりた網戸があって、その奥にのぞき窓のない頑丈《がんじょう》な木のドア。右側の戸枠《とわく》に呼鈴、その下に小さい表札がふたつ。どちらもきちんとネジでとめてあり、黄ばんだり、雨に濡《ぬ》れたりしないように、プラスチックのカバーがついている。ドイツ式の能率のよさだ、とトッドは考えて、ちょいと微笑をひろげた。年に似あわずおとなびた考えだった。そんな考えがうかんだときには、いつも心の中で自分をほめそやすのだ。

上の表札には、『アーサー・デンカー』とあった。

下のほうは、『勧誘、セールス、押売りお断わり』

まだほほえみを残したまま、トッドは呼鈴を押した。

くぐもったビーという音は、小さな家のどこか奥のほうで鳴っているらしく、ほとんど聞きとれなかった。少年は呼鈴から指をはなし、ちょっと首をかしげて、足音に耳をすました。聞こえない。タイメックスの腕時計に目をやると（名入りのグリーティング・カードを売ってせしめた景品のひとつだ）、十二時十分。いくらなんでも起きてるはずだ。トッドは遅くても七時半までにかならず起きる。夏休み中でもだ。早起き鳥は虫にありつく。

さらに三十秒耳をすましたあと、家の中が静まりかえっているのを見て、呼鈴に指をあずけ、タイメックスの秒針が文字盤をめぐるのをながめた。呼鈴を押しはじめてからちょうど七十一秒目に、やっとひきずるような足音が聞こえた。シュッシュッという音から上靴《うわぐつ》とわかる。トッドは推理マニアだった。最近の野心は、大きくなったら私立探《たん》偵《てい》になること。

「わかった！　わかった！」アーサー・デンカーと称している男は、気みじかな声を出した。「いま行く！　もう鳴らすな！　いま行く！」

　トッドは呼鈴から指を離した。

のぞき窓のない内扉《うちとびら》のむこう側で、チェーンとボルトをはずす音がした。それからドアがひきあけられた。

　背をまるくしたバスローブ姿の老人が、網戸をすかして外をのぞいている。指にはさんだタバコがまだくすぶっている。トッドの目には、アルバート・アインシュタインとボリス・カーロフのあいのこに見える。髪は長くて白いが、象牙《ぞうげ》色《いろ》というよりはタバコの脂《やに》くさい、不愉快な黄ばみかた。顔はしわとたるみだらけで、目ざめたばかりかまだ腫《は》れぼったく、それにここ二日ほどひげ剃《そ》りをサボっているらしい。トッドは眉《まゆ》をひそめた。トッドの父親の口癖は――「朝のひげ剃りで一日に磨《みが》きがかかる」。トッドの父親は、出勤とか休みとかに関係なく、毎日ひげを剃る。

　トッドをのぞいている目は油断がないが、落ちくぼんで赤く充血していた。トッドは、つかのま深い失望を味わった。たしかにちょっぴりアインシュタインにも似ているし、ちょっぴりカーロフにも似ているが、この男がなによりもよく似ているものといえば、鉄道の廃駅のあたりをうろついている、みすぼらしいアル中の浮浪者だ。

だけど、とトッドは自分にいいきかせた。むこうはいま起きたばっかりだからな。トッドはきょうまでに何度もデンカーを見たことがある（しかし、デンカーには気づかれないように用心したつもりだ。ぜったい、気がつきっこないさ！）。外出するときのデンカーはとても身だしなみがよく、かりにトッドが図書館で調べた記事での生年月日が正しくて、いま七十六歳だとしても、頭のてっぺんから足のつま先まで退役将校という感じだった。トッドにあとをつけられているとも知らずに、デンカーがスーパーで買物をしたり、バス停に近い三つの映画館のどれかへ行くときには——デンカーは車を持っていない——どんなに暑くても、手入れのいい三着のスーツのどれかひとつをきちんと着こなしている。もし空模様が心配だと、デンカーはたたんだ傘《かさ》を軍人用ステッキのように小脇にかかえて歩く。ときどきはつばのせまい中折れ帽をかぶる。それに、外出するときのデンカーはいつもきれいにひげを剃っているし、白い口ひげは（治療の不完全なみつくちを隠すためだが）きちんと刈りそろえられている。

「子供か」デンカーがはじめて口をきいた。まだ眠気の残っただみ声だった。トッドは、バスローブの色あせたみすぼらしさに、新しい失望を感じた。片方の襟《えり》の先がふしぎな角度にぴょこんと立って、だぶついたのどの肉をつついていた。左の襟にはチリソースか、それともA－1ステーキ・ソースらしいしみがあり、タバコとすえた酒のにおいがした。

「子供か」と彼はくりかえした。「なにもいらないよ、坊や。表札を見てごらん。字は読めるだろう？　もちろん読めるとも。アメリカ少年はみんな字が読める。うるさくしないでくれ、坊や。さよなら」

ドアが閉まりはじめた。

あそこでやめる手もあった——ずっとあとになって、トッドは眠られない夜によくそう考えることになる。はじめてその男を間近で、しかも、よそいきの顔をとりはずしたところを——たぶんその顔は、傘と中折れ帽といっしょに、クローゼットにぶらさがっているのだろう——見た失望で、なんならそこでやめる手もあっただろう。その瞬間に気持の区切りがついたとか、掛け金の立てる小さい平凡な音が、そのあとに起こったすべてのことをちょうど鋏《はさみ》のように切りおとしてしまったとか。だが、相手がいったように、トッドはアメリカ少年であり、しつこさが美徳のひとつだと教えこまれていた。

「新聞を忘れてますよ、ドゥサンダーさん」トッドは礼儀正しく〈ＬＡタイムズ〉をさしだした。

閉まりかけたドアが、わき柱にあと十センチほどを残して、ぱったりとまった。ひきつった、用心深い表情がクルト・ドゥサンダーの顔をかすめ、たちまち消えた。その表情には恐怖もまじっていたかもしれない。うまいもんだ。その表情を消した手ぎわはうまいものだったが、トッドは三度目の失望を感じた。ドゥサンダーに期待していたのは、ただのうまさではなかった。もっとすごいものを期待していたのだ。

坊やだとさ、とトッドはむかつきながら考えた。頭へくるぜ。

相手はもう一度ドアをひきあけた。関節リューマチでこぶのできた片手が、網戸の掛け金をはずした。網戸をわずかにあけたその手が、クモのように戸の隙間《すきま》をすりぬけて、トッドがさしだしている新聞の端をつかんだ。老人の爪《つめ》が長くのび、黄色で、角質化しているのを見て、トッドは嫌悪《けんお》にかられた。起きている時間の大半を使って、たえまなくタバコをふかしつづけている人間の手。トッドは、喫煙を不潔で危険な習慣、ぜったいに身につけたくない習慣だと考えていた。ドゥサンダーがここまで長生きしたのが、ふしぎなぐらいだ。

老人はひっぱった。「新聞をくれ」

「いいですとも、ドゥサンダーさん」トッドは新聞を離した。クモのような手が、それを中にひっぱりこんだ。網戸が閉まった。

「わたしの名はデンカーだ」と老人はいった。「そのドゥー・ザンダーとやらではない。どうやらきみは字が読めんらしいな。きのどくに。では」

ドアがまた閉まりはじめた。せばまっていく隙間めがけて、トッドは早口にしゃべった。「ベルゲン＝ベルゼン、一九四三年一月から同年六月まで。アウシュヴィッツ、副所長、一九四三年六月から一九四四年六月まで。パティン――」

ドアがまたとまった。老人のたるんだ青白い顔は、その隙間にうかぶ、半分すぼんだしわくちゃの風船のようだった。トッドは微笑した。

「あなたはソ連軍より一足先にパティンを離れた。ブエノス・アイレスにたどりついた。そこでドイツから持ちだした金塊を麻薬商売に投資して大金持になったという説もあります。なんにしても、一九五〇年から一九五二年まではメキシコ・シティーにいた。それから――」

「坊や、きみはカッコウ鳥のように頭がおかしい」関節リューマチにかかった指の一本が、変形した耳のまわりで輪を描いた。しかし、歯のない口はわなわなふるえていた。

「一九五二年から一九五八年までは不明」トッドはさらに微笑をひろげながらいった。「だれも知らないらしい。話したがらないのかもしれません。でも、イスラエルの情報員が、キューバの大きなホテルでボーイ長をしているあなたを見つけた。カストロが政権を握る直前です。革命軍がハバナへ攻めこんできたため、むこうはあなたを見失った。一九六五年に、あなたはとつぜんベルリンに現われた。もうすこしでつかまりそうになった」そういうのと同時に、彼は指を曲げて大きなこぶしを作り、くねくね動かした。ドゥサンダーの目は、形も栄養もいいアメリカ人の手を見おろした。モーターのないレーシング・カーや、オーロラ社の模型をこさえるために生まれてきた手だ。トッドはその両方ともこさえたことがある。それだけでなく、その前年には、パパといっしょにタイタニック号の模型をこさえた。四カ月近くかけて完成したそれを、トッドの父親はいまもオフィスに飾っている。

「なんの話かよくわからんね」入れ歯をはずしたドゥサンダーの発音はめめしいひびきがして、トッドの気にいらなかった。なんとなく……そう、本物らしくないのだ。テレビの『〇〇一二捕虜収容所』に出てくるクリンク大佐のほうが、ドゥサンダーよりよっぽどナチらしく聞こえる。しかし、むかしはずいぶん鳴らしたにちがいない。強制収容所のことを書いた〈メンズ・アクション〉誌の記事では、〝パティンの吸血鬼〟という異名がついていた。「もう帰れ、坊や。警察に電話するぞ」

「へーえ、じゃ電話してくださいよ、ドゥサンダーさん。それとも、ヘル・ドゥサンダーのほうがいいですか」トッドは微笑をつづけ、完璧《かんぺき》な歯ならびを見せつけた。人生のはじまりからフッ素処理をくりかえし、それとおなじぐらい長期にわたって、一日三回、クレスト歯ミガキで磨きあげた歯だ。「一九六五年以後は、だれもあなたを見たものがいなかった……二カ月前に、ぼくがダウンタウンのバスであなたを見つけるまではね」

「きみは狂っている」

「だから、もし警察が呼びたければ」とトッドはなおも微笑をたやさずにいった。「どうぞ呼んでください。ぼくはこの階段に腰かけて待ちます。でも、すぐに警察を呼ぶ気がないんなら、ぼくを中へ入れたらどうですか？　話しあいましょう」
かなり長いあいだ、老人は笑顔の少年を見つめた。木々の梢《こずえ》では小鳥がさえずってい
た。隣のブロックでは芝刈り機が動いており、遠くのもっと交通の多い通りでは、車の
ホーンが自分たちの人生と商業のリズムを織りなしていた。
事がここまできて、トッドは懐疑のはじまりを感じていた。ぼくがまちがってるはず
はない、そうだろう？　それとも、なにかのミスがあったのだろうか？　そうは思えな
かったが、これが学校の試験でないのはたしかだった。これは実人生だ。そんなわけで、
ドゥサンダーがこういったとき、トッドはどっと安心感がわきあがるのを感じた（軽い
安心感さ、と彼はあとで自分にいいきかせたものだが）。
「はいりたければ、すこしのあいだならはいってもいい。しかし、きみを面倒にまきこ
みたくないからそうするだけだ、わかるな？」
「わかります、ドゥサンダーさん」トッドは網戸をあけ、玄関ホールにはいった。ドゥ
サンダーはすぐにドアを閉め、日ざしを断ちきった。
家の中は空気がこもり、かすかに麦芽くさかった。トッドの家もときどきこんなにお
いがする。両親がパーティーをひらいた翌朝、母がまだ空気を入れかえてないときに。
しかし、ここのにおいはもっとひどい。家の中にしみつき、すりこまれている。ウィス
キーと、フライと、汗と、古着と、それにヴィックスかメンソレータムのような薬くさ

いにおい。廊下は薄暗い上に、ドゥサンダーがくっつきすぎるほどそばに立っていた。バスローブの襟の中に首をうずめたそのかっこうは、傷ついた動物が息たえるのを待っているハゲタカの頭のような感じだった。その瞬間、無精ひげとたるんだ贅肉《ぜいにく》とはうらはらに、トッドはこれまで街で見かけたいつよりも、黒いナチ親衛隊《SS》の軍服に身を包んだ男を、はっきりそこに見た気がした。ふいに恐怖の鋭い刃が腹に食いこむのを、トッドは感じた。軽い恐怖だ、とあとになって訂正はしたが。

「いっとくけど、もしぼくにもしものことがあったら――」とトッドがいいかけたとき、ドゥサンダーは足をひきずりながら彼の横をとおって、リビングルームにはいっていった。上靴がシュッシュッと床をこすった。ばかにしたような手まねきをされて、トッドは熱い血がのどと頬《ほお》にのぼるのを感じた。

　トッドは老人のあとにつづいた。はじめて微笑がぐらついた。こんなぐあいになるとは予想もしていなかったのだ。しかし、きっとうまくいくだろう。いまに問題がはっきりしてくる。そうなるにきまってる。いつもそうなんだから。トッドは居間にはいりながら、また微笑をうかべた。

　その部屋はまたもや失望――それもひどい失望！――だったが、考えようによれば、これも予想しておくべきだったろう。もちろん、そこには前髪をたらし、目でこっちを追いかけてくるヒトラーの肖像画はなかった。ケースにはいった勲章もなく、壁にかかった儀式用の剣もなく、マントルピースの上のルガー拳銃《けんじゅう》や、ワルサーPPK拳銃もなかった（実をいうと、マントルピースもなかった）。トッドは自分にいいきかせた。もちろん、よほどこの男の頭がおかしくなければ、そんなものを人目につくような場所においたりはしない。とはいえ、映画やテレビで見たいろいろなものを、頭から追いはらうのはむずかしかった。ごくふつうの老人が、すこし目べりのしてきた年金をたよりにひとり暮らしをしている、そんな感じの部屋だ。まがいの暖炉には、まがいのレンガが貼《は》りつけてあった。その上にウェストクロックの時計がかかっていた。モトローラの白黒テレビが台の上にあった。ウサギの耳形のアンテナの先には、受信状態をよくするためにアルミホイルが巻いてあった。床をおおった灰色の敷物は、もう毛足がすりきれかけていた。ソファーのそばのマガジン・ラックには、〈ナショナル・ジオグラフィック〉と、〈リーダーズ・ダイジェスト〉と、〈LAタイムズ〉がはいっていた。ヒトラーの肖像画や儀式用の剣の代わりに、壁にかかっているのは市民権証書と、釣鐘《つりがね》形のおかしな帽子をかぶった女性の写真だった。ドゥサンダーはあとになって、その種の帽子がクローシュと呼ばれていたこと、一九二〇年代から一九三〇年代にかけて人気があったことを、少年に話すことになる。

「わたしの妻だ」ドゥサンダーはセンチな口調でいった。「妻は一九五五年に肺の病気で亡《な》くなった。そのころ、わたしはエッセンのメンシュラー自動車工場で働いていた。

胸がはりさけそうだった」

トッドは微笑をつづけた。彼は写真の女性をもっとよく見ようとするように、部屋を横ぎった。だが、写真は見ないで、小さな卓上スタンドの笠《かさ》をいじった。

「やめろ！」ドゥサンダーが鋭くどなった。トッドはびくっと後退した。

「いまのはすごかった」トッドは心からいった。「ほんとに貫禄《かんろく》があったよ。人間の皮膚でスタンドの笠を作ったのは、イルゼ・コッホじゃなかった？　彼女は細い曲がったガラス管を使って、すごい拷問《ごうもん》をやったんだよね」

「なんの話か、さっぱりわからんな」ドゥサンダーはいった。フィルターなしのクールが一箱、テレビの上にあった。「タバコは？」ドゥサンダーはそうたずねて、にやりと笑った。不気味な笑いだった。

「いらない。タバコを吸うと肺ガンになるよ。パパもむかしはタバコを吸ってたけど、きっぱりやめたんだ。禁煙クラブにはいって」

「そうかね」ドゥサンダーはローブのポケットからマッチを出して、テレビのプラスチックの上でむぞうさにこすった。吸いつけながらいった――「これから警察に連絡して、ついさきほどきみがわたしに対して述べたとんでもない誹謗《ひぼう》のことを話してはなぜいけないのか、ひとつでも理由をあげられるかね？　たったひとつでも？　早くいいたまえ、坊や。電話は廊下のすぐ先にある。きっときみは、父親にいやというほどお尻《しり》をぶたれるだろう。一週間かそこらは、クッションの上にすわって、食事をしなければならなくなるぞ、ええ?」

「ぼくの両親はお尻をぶったりしないよ。体罰は、問題を解決するより、新しい問題を生みだすことが多いんだ」トッドの目はきゅうに光をおびた。「あんたはあいつらのお尻をぶったの? 女たちの? まず服をぬがせて、それから——」

くぐもったさけびをあげて、ドゥサンダーは電話のほうへ歩きだした。

トッドがひややかにいった。「よしたほうがいいよ」

ドゥサンダーは向きなおった。彼のおちついた口調は、入れ歯がはいってないためにちょっぴり効果がそこなわれているだけだった。

「一度だけ話してやろう、坊や。一度だけだぞ。わたしの名前はアーサー・デンカーだ。それ以外の名前であったことは一度もない。アメリカナイズされた名前でさえない。父はアーサー・コナン・ドイルの小説の愛読者だったから、わたしをアーサーと名づけた。ドゥー・ザンダーであったこともないし、ヒムラーであったことも、サンタクロースであったこともない。あの大戦では予備役の中尉《ちゅうい》だった。ナチには入党しなかった。ベルリンの戦闘では三週間たたかった。一九三〇年代の末、最初の結婚をしたころに、ヒトラーを支持したことは認めよう。彼は不況を終わらせたし、あの不愉快で不公平なヴェルサイユ条約の結果、国民が失っていた誇りのいくぶんかをとりもどした。わたしが彼を支持した理由は、おもに職が見つかったのと、タバコがまた手にはいるようになったから、道ばたに吸いがらが落ちてないかとさがしまわる必要がなくなったからだと思う。一九三〇年代の末ごろまでは、偉大な人物だと思っていた。たぶん、彼は彼なりにそうだったんだろう。しかし、末期の彼は狂人だった。占星術師の気まぐれに踊らされて、幻の軍隊を指揮していた。愛犬のブロンディにまで毒薬のカプセルを飲ませた。狂人の行動だ。最後には、彼らみんなが狂人になって、ナチの行進歌をうたいながら、子供たちに毒薬をのませた。一九四五年五月二日に、わたしのいた連隊はアメリカ軍に降伏した。ハッカーマイヤーという兵士がチョコレート・バーをくれたのをおぼえている。わたしは泣いたよ。もうたたかう理由はない。戦争はおわった。実をいうと二月から終わっていた。わたしはエッセンで抑留され、手厚い取り扱いを受けた。みんなでニュルンベルク裁判のラジオ放送を聞き、ゲーリングが自殺したときには、十四本のアメリカ・タバコを瓶《びん》半分のシュナプスと交換して酔いつぶれた。釈放されてからは、エッセンの自動車工場で車輪のとりつけをやっていて、一九六三年に引退した。アメリカ合衆国に帰化したのは、そのあとだ。この国へくるのは、長年の夢だった。一九六七年に、市民権をもらった。いまはアメリカ国民だ。投票もする。ブエノス・アイレスもなし。麻薬取引もなし。ベルリンもなし。キューバもなし」クーバと発音した。「さて、これだけ聞いてもまだ帰らないようなら、いよいよ電話をする」

　老人が見まもる前で、トッドは動こうとしなかった。そこで老人は廊下へ出て、受話器をとりあげた。それでもトッドは居間のテーブルと小さい卓上スタンドのそばにじっと立っていた。

　ドゥサンダーがダイアルをまわしはじめた。トッドはそれを見まもった。心臓の鼓動が速くなり、胸の中でドラムを鳴らしはじめた。四番目の数字をまわしおわったところで、ドゥサンダーはふりかえって彼をうかがった。両肩ががっくり落ちた。老人は受話器をおいた。

「子供か」とためいきをついた。「子供とは」

　トッドは照れたようにニヤッと笑った。

「どうしてわかった?」

「ちょっとした幸運と、あとはたくさんの努力だよ」トッドは答えた。「友だちがいてね、ハロルド・ペグラーという名前だけど、キツネに似てるから、フォクシーというあだ名で呼ばれてる。ぼくらの野球のチームのセカンドさ。やつのおやじは車庫の中に雑誌をいっぱい持ってる。大きな山がいくつもある。戦争雑誌なんだよ。古いのばっかり。新しいのをさがしてみたんだけど、学校の向かいにある新聞スタンドのおじさんにきいたら、ほとんどみんな廃刊になったって。たいていの号にはクラウトや――ドイツ兵のことだよ――日本兵が、女たちを虐待《ぎゃくたい》してる写真がのってた。それに強制収容所の記事ね。あの強制収容所の話はごきげんだった」

「ごきげん……だった」ドゥサンダーは少年を見つめ、片手で頰をなでおろしながら、サンドペーパーに似たかすかな音を出していた。

「ごきげん。わかるよね。おもしろかったんだ。興味をひかれたんだよ」

トッドは、フォクシーの車庫でのあの日を、いまでもはっきりおぼえている——生まれてからのなによりもはっきりと。それといっしょに思いだすのは、五年級の進路指導日の前に、アンダースン先生が（前歯の二本が大きいこの女教師に、生徒たちはバッグス・バニーをもじってバッグスとあだ名をつけていた）『人生最大の関心』とやらを見つけなさいと話したことだった。

「それはだしぬけにやってくるんです」と、バッグス・アンダースンは熱狂的な口調で話したものだ。「はじめてなにかを見たときに、みなさんは『人生最大の関心』が見つかったことがピンとくるんです。ちょうど鍵《かぎ》をまわして錠がひらくような感じ。それとも、はじめて恋におちたような感じ。だから進路指導日はとてもたいせつなんですよ、みなさん——その日に、自分の『人生最大の関心』が見つかるかもしれないんですからね」つづけて、先生は自分自身の『人生最大の関心』を話したが、それは五年級を教えることではなく、十九世紀の絵ハガキを集めることだった。

そのときのトッドは、アンダースン先生のいうことをたわごとだと思ったのだが、フォクシーの車庫でのあの日にその話を思いだして、先生がいったことはまんざら嘘《うそ》じゃない、と考えなおした。

その日はサンタアナ（訳注　カリフォルニア南部の熱くて強いフェーン風）が吹いて、東のほうの何カ所かでやぶ火事が起きていた。熱くて油っぽい、焦げたにおいがしたのを、トッドはおぼえている。フォクシーのクルーカットと、その前髪に鱗《うろこ》のようにへばりついたヘヤーワックスをおぼえている。あらゆることをおぼえている。

「どこかこのへんにコミックスがあるはずだけどな」とフォクシーはいった。彼の母親は二日酔いで、やかましくてしかたがないと子供たちを家から追いだしたばかりだった。「すごいんだぜ。たいていは西部劇だけど、〈石の子テュロック〉もあるし――」

「あれは？」トッドは階段の下の、はちきれそうなダンボール箱を指さした。

「ああ、あれはつまんない」とフォクシーがいった。「戦争実話さ、たいてい。退屈だよ」

「見てもいい？」

「いいよ。おれはコミックスをさがすけどさ」

しかし、フォクシーことペグラーがコミックスを見つけたときには、トッドはもうそれを読みたくなくなっていた。彼は夢中だった。すっかり夢中だった。

ちょうど鍵をまわして錠がひらくような感じ。それとも、はじめて恋におちたような感じ。

まったくそのとおりだった。もちろん、トッドはその戦争のことを知っていた――いまやってるような、アメリカ兵が黒いパジャマを着た東洋人にいいようにやられてるばかな戦争じゃなくて――第二次世界大戦だ。トッドは、アメリカ兵が網をかぶせた鉄帽で、ドイツ兵が四角い感じの鉄帽だったのを知っていた。アメリカ軍がたいていの戦闘に勝ったこと、ドイツ軍が終わりごろにロケット爆弾を発明して、ドイツからロンドンに向かって飛ばしたのも知っていた。強制収容所のこともすこしは知っていた。

それらのすべてと、車庫の階段の下の古雑誌で見たものとのちがいは、バイキンの話を聞くのと、実際に顕微鏡でそれをのぞくのとのちがいに似ていた。生きて、動きまわっているバイキンをだ。

これがイルゼ・コッホだ。これが死体焼却炉だ。扉《とびら》がひらいて、煤《すす》だらけの蝶番《ちょうつがい》が見える。これがSSの軍服を着た将校と、縞《しま》の作業服を着た囚人たちだ。古いパルプ雑誌のにおいは、サント・ドナートの東で燃えひろがっているやぶ火事のにおいに似ていた。彼は古ぼけた紙が指のあいだでポロポロと崩れるのを感じ、夢中でページをめくった。もう、そこは車庫の中ではなく、どこか時間の交点にとらえられ、やつらはほんとにこんなことをやったんだ、ほんとにこんなことをやった連中がいたんだ、その連中が命令してこんなことをやらせたんだ、という考えをのみこもうとしていると、嫌悪《けんお》と興奮で頭が痛くなり、目がカッと熱くなってくらくらしてきたが、それでもかまわず読みすすめていくうちに、ダッハウというところで見つかった死体の山の写真があり、その下についた説明の中から、こんな数字が目にとびこんできた――

六、〇〇〇、〇〇〇。

それを見て、トッドは思った――だれかがまちがえたんだ、だれかがゼロをひとつかふたつ、つけすぎたんだ。だって、これじゃロサンジェルスの人口の二倍じゃないか！しかし、まもなくべつの雑誌で（こっちの表紙は、壁に鎖でつながれた女のところへ、ナチの軍服を着た男が、片手に火かき棒を持ち、ニヤニヤ笑いながら近づいている絵だった）、もう一度その数字を見つけた――

六、〇〇〇、〇〇〇。

頭痛がいっそうひどくなった。口の中がカラカラになった。ぼんやりと、どこか遠くのほうから、フォクシーが、もう夕食に帰らなくちゃ、といっているのが聞こえた。トッドは、フォクシーが夕食に帰ってるあいだ、もうすこしここで雑誌を読んでいてもいいか、とたずねた。フォクシーはちょっとけげんな顔になったが、肩をすくめて、いいよ、と答えた。トッドは読みつづけた。古い戦争実話雑誌のはいったダンボール箱の上に背をまるめて読みふけっているうちに、母親がやってきて、いつになったら帰るつもりなの、とたずねた。

ちょうど鍵をまわして錠がひらくような感じ。

どの雑誌を見ても、そこで起こったことは悪いことだと書いてあった。しかし、どの記事も、雑誌のうしろのページへとつづいていて、そのページをめくると、悪いことだといっている文章がいろいろの広告にとりまかれており、その広告は、ドイツの軍用ナイフや帯革や鉄帽を、脱腸帯や毛生え薬といっしょに売っているのだった。鉤十字《かぎじゅうじ》のドイツ国旗や、ナチのルガー拳銃や、〈パンツァー・アタック〉というゲームの広告が、通信講座や、背の低い男にエレベーター・シューズを売ってお金を儲《もう》けませんかという広告と同居していた。悪いことだとは書いてあるが、そんなことを気にしない人たちがおおぜいいるようだった。

はじめて恋におちるような感じ。

そのとおりだ。トッドはあの日のことをはっきりおぼえていた。なにもかもはっきり思いだせる――うしろの壁に貼《は》ってある黄ばみかかった何年か前のピンナップ・カレンダー、セメントの床にこぼれたオイルのしみ、古雑誌をたばねてあったオレンジ色のひも。あの信じられない数字のことを考えるたびに、頭痛がすこしずつひどくなっていったのを、トッドはおぼえている。

六、〇〇〇、〇〇〇。

こう考えたのも、トッドはおぼえている──強制収容所で起こったことを、ぼくはぜんぶ知りたい。なにからなにまで。それに、どっちが本当かも知りたい──この記事か、それとも記事のうしろにはいってる広告か。

最後にダンボールの箱を階段の下のもとあった場所へ押しこみながら、バッグス・アンダースンのことを考えたのも、トッドはおぼえている──あの先生のいったとおりだ。ぼくは『人生最大の関心』を見つけたんだ。

ドゥサンダーは長いことトッドを見つめていた。それから居間を横ぎって、どさっと揺り椅子《いす》に腰をおろした。もう一度トッドを見たが、少年の顔にうかんだすこし夢見がちで、すこしノスタルジックな表情が、理解できないようすだった。

「そうさ。ぼくが関心を持ったのはあの雑誌からだけど、あそこに書いてあることは、なんていうか、ただのたわごとだと思った。だから図書館へいって、もっとたくさんの本を見つけたよ。中にはもっとすごいのがあった。最初はうるさい女司書が、成人用の棚《たな》にある本だからだめだって見せてくれなかったけど、学校の宿題だっていってやったの。学校の宿題だと、むこうも見せなきゃいけないんだよ。それでも、パパに電話をかけたけどね」トッドは軽蔑《けいべつ》したように目をぐるっと上げた。「あいつ、ぼくがなにをしてるかパパが知らないと思ってたらしいんだ。バッカみたい」

「おとうさんは知っていたのか?」

「もちろん。パパはこう思ってるんだよ。子供には、できるだけ早く人生というものを知らせといたほうがいい——いいことも悪いこともね。そしたら、ちゃんと用意ができるからって。人生は、虎《とら》の尻尾《しっぽ》をつかむようなものなんだってさ。その虎の性質をよく知らないと、食い殺されちゃう」

「フム」ドゥサンダーはいった。

「ママもやっぱりそう考えてる」

「フーム」ドゥサンダーは、自分の居場所がわからないような、啞然《あぜん》とした顔つきだった。

「とにかく」とトッドはつづけた。「図書館の本はすごくよかった。ナチの強制収容所のことを書いた本は、ここのサント・ドナート図書館だけでも百冊じゃきかないよ。よっぽどおおぜいの人間が、あんなことを読みたがってるんだ。フォクシーのおやじさんの雑誌みたいに、写真はいっぱい載ってないけどさ、読んでるとぞくぞくしてきちゃった。とんがった釘《くぎ》の生えた椅子だとか。金歯をやっとこで抜いたとか。シャワーから毒ガスが出てきたとか」トッドは感心したように首をふった。「知ってる？　あんたらはやりすぎたんだよ。とことんまでいっちゃったんだ」

「ぞくぞくしてきちゃった、か」ドゥサンダーはぽつりとつぶやいた。

「ぼくはそのことでほんとにレポートを書いたんだよ。どんな点をもらったか知ってる？　Aプラス。もちろん、気をつけて書いたけどね。ああいうことを書くときは、書きかたがあるんだよ。気をつけなくちゃだめ」

「そうかね？」ドゥサンダーはわななく手で新しいタバコに火をつけた。

「そうさ。図書館にあったあのての本はね、ぜんぶおんなじ書きかたなんだ。書いた人が、みんな自分の書いてることをゲロが出るほどいやがってる感じ」トッドはおでこにしわをよせ、自分の考えをなんとか表現しようと苦心していた。文章に適用される〝トーン〟という単語をまだ知らないので、表現するのがいっそうむずかしい。「みんな、眠れないほど気をもんだって感じで書いてるんだ。こんなことが二度と起こらないように、われわれは気をつけなければいけないとか。ぼくもそんなふうにレポートを書いたさ。先生がぼくにAをくれたのは、ゲロを吐かずにあんな資料を読めたからじゃないかな」もう一度トッドは愛嬌《あいきょう》たっぷりの笑顔を見せた。

ドゥサンダーは、フィルターのないクールを大儀そうにふかした。タバコの先が小刻みにふるえていた。鼻から紫煙をたなびかせ、老人特有の湿った空咳《からせき》をした。「こんな会話が現実に起こっているとは、とても信じられない」身を乗りだして、トッドをしげしげと見つめた。「坊や、〝実存主義〟という言葉を知っているか？」

トッドはその質問を無視した。「イルゼ・コッホに会ったことはある？」

「イルゼ・コッホ？」聞きとれないほどの声で、ドゥサンダーはいった。「うん。ある」

「美人だった？」トッドは熱心にたずねた。「つまりさ……」両手で宙に砂時計のような輪郭を描いた。

「あの女の写真を見たことはあるだろうが？　きみほどの好事家《こうずか》なら」

「なにそれ？　こう……こうず……」

「好事家」とドゥサンダーはいった。「なにかに興味をもつ人間だ。つまり……ごきげんなものに夢中になる人間だ」

「ほんと？　かっこいい」つかのま当惑したように弱まったトッドの微笑が、また勝ほこったものになった。「もちろん、写真は見たさ。でも、ああいう本の写真って、ほら、ひどいじゃない」少年はドゥサンダーがそんな本をぜんぶ揃《そろ》えているような口ぶりでいった。「白黒で、ぼやけてて……ただのスナップだもん。あいつらは、自分の写真にとってるのが、なんていうかな、歴史だってことを知らなかったんだ。彼女、ほんとにボインだった？」

「あの女はでぶで、ぶかっこうで、吹出物だらけだった」ドゥサンダーは半分吸ったタバコを、吸いがらだらけのテーブル・トーク・パイの皿《さら》の中でもみ消した。

「ふーん、そうなの」トッドはがっかりした顔になった。

「ただのまぐれか」ドゥサンダーは、トッドを見つめながら考えを声にした。「きみはわたしの写真を戦争冒険雑誌の中で見たあと、たまたまバスでわたしの隣に乗りあわせた。チャッ！」彼は椅子の肘《ひじ》掛けに拳《こぶし》をうちおろしたが、その手にはあまり力がこもっていなかった。

「ちがうよ、ドゥサンダーさん。もっといろいろあるんだ。もっとたくさん」トッドは身を乗りだして、熱心にそうつけたした。

「ほう？　本当かね？」げじげじ眉《まゆ》が釣《つ》りあがって、それとなく不信を示した。

「もちろんさ。つまりね、ぼくのスクラップ・ブックに貼ってあるあんたの写真は、ぜんぶ三十年前のものなんだ。つまり、いまは一九七四年でしょ」

「きみは……スクラップ・ブックを作っているのか？」

「あたりき！　すごいよ。何百枚もの写真。いつか見せてあげるね。きっと夢中になるよ」

ドゥサンダーは嫌悪に顔をしかめたが、なにもいわなかった。

「最初に二回ほどあんたを見かけたときは自信がなくてさ。だけど、そのあとで、雨降りの日にバスに乗ってきて、黒くてつやのあるスリッカー（訳注　長いゆるやかなレインコート）を着てたじゃない――」

「あれか」ドゥサンダーはつぶやいた。

「そう。フォクシーの車庫にあった雑誌の中にも、あれと似たコートを着てる写真があったんだよね。それに、図書館で借りた本の中には、ＳＳの大外套《おおがいとう》を着た写真があったし。だから、あの日あんたを見たとき、ぼくは心の中でこういったよ。『まちがいない。あれはクルト・ドゥサンダーだ』そこで、尾行をはじめて――」

「なにをしただと？」

「尾行だよ。あとをつけたんだ。ぼくの夢は、小説のサム・スペードとか、テレビのマニックスみたいな私立探偵《たんてい》になることさ。とにかく、すごーく用心したよ。あんたに気づかれたくなかったもんね。そのときの写真を見たい？」

トッドは尻《しり》ポケットから折りたたんだマニラ封筒をとりだした。折りぶたが汗でくっついている。トッドはそれをていねいに剝《は》がした。その目は、誕生日のことか、クリスマスのことか、それとも、独立記念日の花火のことを考えている少年のように、きらきら輝いていた。

「わたしの写真をとったのか？」

「うん、とった。小型カメラを持ってるからね。コダックの。薄くて、平べったくて、手の中へすっぽり隠れるやつ。コツさえのみこめば、相手に知られずに写真がとれるんだ。カメラを手の中に隠して、レンズがのぞく隙間《すきま》だけ指をひろげればいい。それから、親指でボタンを押すの」トッドは謙虚に笑いだした。「コツはのみこんだけど、そうなるまでにはずいぶん自分の指の写真をとったっけ。でも、あきらめなかった。いっしょうけんめいやれば、人間はどんなことでもできるんだ。知ってる？　古臭い言葉だけど、ほんとだよ」

クルト・ドゥサンダーは、蒼白《そうはく》でみじめな顔になり、バスローブの中で体を縮めていた。「坊や、きみはその写真を町のＤＰ屋で現像させたのか？」

「ええ？」トッドは仰天した顔から軽蔑した顔になった。「しないよ！　ぼくをそんなまぬけだと思ってるの？　パパは暗室を持ってるんだ。九つのときからぼくは自分で写真を現像してんだぜ」

ドゥサンダーは無言のまま、いくらか緊張を解き、顔色がすこしもどってきた。

トッドは光沢のある何枚かの写真を老人に渡したが、そのぎざぎざの縁が家庭で焼き付けされたことを証明していた。ドゥサンダーは無言のきびしい顔つきで、それを調べた。ダウンタウンのバスの窓ぎわの席で背すじをまっすぐにのばし、ジェイムズ・ミッチナーの新作『センテニアル』を両手に持っているところ。デヴォン街のバス停で傘《かさ》を小脇《こわき》にかかえ、ドゴールのいちばん傲慢《ごうまん》な瞬間を連想させるように首を斜めにかしげているところ。マジェスティック映画館の前で、壁にもたれたティーンエイジャーや、カーラーをつけたうつろな顔つきの主婦たちにまじって、身長でも姿勢でも異彩をはなちながら、行列に並んでいるところ。そして最後に、自宅の郵便受けをのぞきこんでいるところ。

「それを撮ったときは、見つかるんじゃないかとひやひやだったよ」とトッドはいった。「危険は承知だったけどね。ぼくは通りのすぐ向かいにいたんだ。あーあ、望遠レンズつきのミノルタが買えたらなあ。でも、そのうちに……」トッドは遠くを見るような目になった。

「万一の場合を考えて、言い訳を用意していたのだろうな」

「ぼくの犬を見ませんでしたかって聞くつもりだった。その写真ができてから、それをこっちとくらべてみたんだ」

少年は三枚の写真のコピーをドゥサンダーにさしだした。ドゥサンダーが前に何度も見たことのある写真だった。最初のはパティン強制収容所の所長室にいるところ。まわりが切り取ってあるので、写っているのは彼と、デスクのそばのナチの国旗だけだ。二番目のは、入隊の日に撮影した写真。最後のは、ヒムラーのつぎに偉かったハインリヒ・グリュックスと握手をしているところ。

「それでかなり確信をもったんだけど、そのいまいましい口ひげのせいで、みつくちかどうかまではわからない。でも、はっきり確かめる必要があったから、これを手に入れたんだ」

トッドは封筒の中から最後の資料をさしだした。何重にも折りたたんだ紙だった。折り目はほこりで黒くよごれていた。四隅《よすみ》はめくれてぎざぎざになっていた――することにも行く場所にも不自由しない、元気のいい少年のポケットで長いあいだを送った紙が、当然そうなるように。それはクルト・ドゥサンダーに対するイスラエル発行の指名手配書だった。それを両手でひろげたドゥサンダーは、じっと埋められたままでいてくれない、たくさんの騒々しい死体のことを考えた。

「あんたの指紋をとったんだよ」トッドはにこにこしていった。「そのあとで、指名手配書の指紋とくらべてみたんだ」

ドゥサンダーはぽかんと少年を見つめてから、〝糞《くそ》〟に相当するドイツ語をさけんだ。

「まさか！」

「嘘《うそ》じゃないさ。去年のクリスマスに、ママとパパから指紋採取セットをもらったからね。おもちゃじゃない、本物だよ。粉末と、三種類の表面に使う三種類の刷毛《はけ》と、指紋の転写用紙がついてる。ぼくが私立探偵になりたがってるのを、両親は知ってるんだ。もちろん、いまにそんな考えは卒業するだろう、と思ってるんだろうけどさ」トッドはその考えをあっさりはらいのけるように、両肩をむぞうさにすくめてみせた。「付録の本には、渦状紋《かじょうもん》だの、三角島だの、相似点のことだのが、ぜんぶ説明してあってね。それをコンペアーズっていうんだって。指紋が法廷の証拠に採用されるためには、八つのコンペアーズが必要なんだ。

「それでさ、ある日、あんたが映画を見にいった留守に、ここの郵便受けとドアの取手に粉末をふりかけて、残った指紋を採取したんだ。すごいでしょ、ね？」

ドゥサンダーは無言だった。椅子の肘掛けを両手でつかみ、歯のない、しぼんだ口もとをふるわせていた。トッドはがっかりした。まるで、相手はいまにも泣きだしそうだ。だけど、そんなばかなことはない。パティンの吸血鬼がぽろぽろ涙を流す？　だったら、シボレーが破産して、マクドナルドがハンバーガーをやめ、キャビアやトリュフを売りだすだろう。

「指紋は二組とれたよ。ひとつのほうは、指名手配のポスターのとぜんぜん似てなかった。きっと郵便配達のだ。ほかのは、ばっちりあんたの指紋。コンペアーズは八つじゃきかなかったよ。十四も見つかった」トッドはにやりと笑った。「そうやってつきとめたわけ」

「このくそガキめ」とドゥサンダーは罵《のの》り、一瞬、危険な目つきがやどった。トッドは、さっきの廊下でとおなじように、ささやかなスリルを味わった。やがて、ドゥサンダーは、また背をまるめた。

「このことをだれに話した？」

「だれにも」

「友だちにもか？　さっきのコニー・ペグラーにもか？」

「フォクシーかい。フォクシー・ペグラー？　ううん。あいつは口が軽いもん。だれにもしゃべってない。そこまで信用できるやつはいないしさ」

「いったい、なにがほしい？　金か？　あいにくだが、金はない。南米にはおいてあるが、麻薬取引のような危険なものでもロマンチックなものでもない。ブラジルとパラグアイとサントドミンゴに、一種の同窓会組織がある――いや、あったのだ。大戦からの逃亡者組織が。わたしはそのサークルに加入して、金属と鉱石でほどほどに儲《もう》けていた――錫《すず》、銅、ボーキサイト。そこへ変化が訪れた。ナショナリズム、反米主義。やりようによっては、その変化を乗りきれたかもしれんが、ちょうどそこでヴィーゼンタールの手先がわたしの臭跡をかぎつけた。不運は不運を呼ぶものだよ、坊や、ちょうどさかりのついた犬どもが牝犬《めすいぬ》を追いかけるようにな。もうすこしでつかまりそうになったことが、二度もあった。一度は隣の部屋で、ユダヤのくそ野郎どもの話し声が聞こえた。

「やつらはアイヒマンを絞首刑にした」ドゥサンダーはささやいた。片手をのどに当て、『ヘンゼルとグレーテル』か、それとも『青ひげ』のようなこわいお話の、いちばん不気味な部分を聞かされている幼児のように、目をまんまるにした。「アイヒマンは老人で、だれにも危険をおよぼすおそれはない。しかも、政治には無関心だ。それでも、やつらは彼の首を吊《つ》るした」

トッドはうなずいた。

「わたしはとうとう、自分を助けてくれる唯一《ゆいいつ》の連中のところへいった。彼らはそれまでにもほかの仲間を助けていたし、わたしはもうそれ以上逃げられなかった」

「オデッサにたのんだの?」トッドは熱心にたずねた。

「マフィアだ」ドゥサンダーの味気ない答を聞いて、トッドはまた気落ちした顔になった。「手配はすんだ。偽《にせ》の書類、偽の履歴。なにか飲みたいかな、坊や?」

「うん。コークはある?」

「コークはない」老人はケークと発音した。

「ミルクは?」

「ミルクか」ドゥサンダーはアーチ形の仕切りをくぐってキッチンへはいっていった。蛍光灯《けいこうとう》がブーンと音を立ててともった。「いまのわたしは株の配当で暮らしている」声がむこうから聞こえてきた。「戦後にもうひとつの変名で買った株だ。なんとメイン州のある銀行を通じてな。その手続きをしてくれた銀行家は、わたしが株を買った一年後に、妻を殺して刑務所に入れられたよ……。ときどき人生がふしぎになる、ちがうかな、坊や？」

冷蔵庫のドアがひらいて閉じた。

「あの強欲なマフィアも、その株のことまでは知らなかった。いまではマフィアはどこにでもいるが、あのころはボストンが北限だった。もし、連中が株のことを知ったら、それも巻きあげたにちがいない。骨までしゃぶりつくされたあげくにアメリカへ送りこまれ、いまごろは生活保護と食糧切符だけにたよって餓死していたろう」

トッドは食器戸棚《とだな》のひらく音を聞いた。グラスに液体のつがれる音がした。

「ジェネラル・モーターズがすこし、アメリカ電信電話会社がすこし、レブロンが百五十株。どれもその銀行家が選んだものだった。デュフレーンという苗字《みょうじ》の男だった――わたしの苗字とちょっと似ていたのでおぼえている。どうやら、彼は成長株を選ぶときほど、上手に妻殺しをやらなかったらしい。痴情ざたとはな。つまり、どんな男も、読み書きのできるロバにすぎないという証明だ」

上靴《うわぐつ》のささやきを立てて、ドゥサンダーが部屋にもどってきた。彼が両手に持っている緑色のプラスチックのカップは、ガソリンスタンド開店の景品らしかった。満タンにすると、ただでくれるやつだ。ドゥサンダーはそのカップの片方をトッドにさしだした。

「デュフレーンが組んでくれた金融資産で、最初の五年間はそこそこの暮らしができた。だがそのあと、この家と、ビッグ・サーからそう遠くない小別荘を買うために、ダイヤモンド・マッチの株を売る羽目になった。それからインフレ。景気後退。わたしは別荘を売り、株をひとつずつ手放していった。たいていの株が信じられないような利益を生んでいた。もっと買っておけばよかったと思う。しかし、ほかの預金やらなにやらで老後は安泰だと思いこんでいたのだ。株は、きみたちアメリカ人にいわせると、ひとつの〝リスク〟だから……」ドゥサンダーは、歯のない口でシューッと音を出し、指をぱちんと鳴らした。

トッドは退屈していた。ここへきたのは、ドゥサンダーが金のことで泣き言をいったり、株のことをくやしがるのを聞くためではない。ドゥサンダーをゆするという考えは、頭をかすめたこともなかった。金？　金をもらってどうする？　トッドはおこづかいをもらっているし、新聞配達のアルバイトもしている。もし、それでも金の需要が供給を上まわるような週があったら、芝生を刈ってほしがっている家をさがせばいい。

トッドはミルクを口もとまで持っていってから、ふとためらった。ふたたび微笑がうかんだ……賞賛するような微笑だった。少年はガソリンスタンドの景品のカップをドゥサンダーにさしだした。

「すこし飲んでみてよ」と、抜け目のない口調でいった。

ドゥサンダーは、一瞬ぽかんと相手を見つめてから、充血した目をぎょろりと上に向けた。「なんたることを《グリュース・ゴット》！」コップを受け取り、二口飲んでから、それを返した。「息も詰まらない。のどもかきむしらない。ビター・アーモンドのにおいもしない。これはミルクだ、坊や。ミルクだ。デアリリー・ファーム製。カートンには、にこにこした牝牛《めうし》の絵が描《か》いてある」

トッドはしばらく用心ぶかく相手をながめてから、一口つけてみた。そう、たしかにミルクの味はするが、なんとなく、のどの渇きがそれほどでなくなっていた。彼はコップを下においた。ドゥサンダーは肩をすくめ、自分のコップを持ちあげて、ぐっとあおった。舌つづみを打った。

「シュナプス？」とトッドはきいた。

「バーボンだ。〈エンシェント・エイジ〉。とてもおいしい。それに安い」

トッドはジーンズの縫い目をしきりにいじくった。

「そういうわけだ」ドゥサンダーはいった。「もし、きみが自分の〝リスク〟を張るつもりでここへきたのなら、価値のない株を選んだことを知っておくべきだな」

「ええ？」

「ゆすり。『マニックス』や『ハワイ5-0』や『名探偵ジョーンズ』では、そう呼んでいなかったかね？　脅迫による金銭強要だ。もし、それが狙《ねら》いなら――」

しかし、トッドは笑いだしていた――少年らしい、ほがらかな笑い声だった。彼は首を横にふり、しゃべろうとして、しゃべれなくなり、また笑いつづけた。

「よせ」ドゥサンダーはいった。とつぜん、トッドと話をはじめたときよりも、ずっとうらぶれて、おびえた感じになった。もう一口ウィスキーをあおってから、顔をしかめ、ぶるっと体をふるわせた。「そうではないようだな……すくなくとも、金銭強要が目的ではない。しかし、きみは笑うが、どこかに脅迫のにおいがするぞ。いったいなんだ？　なぜここへきて、老人の平和をかきみだす？　きみのいうように、わたしはむかしナチだったかもしれん。SSでさえあったかもしれん。しかし、いまのわたしはただの老人だ。便秘ぎみで、坐薬《ざやく》を使わねばならないような老人だ。いったいなにがほしい？」

トッドはすでに真顔にもどっていた。あけっぴろげの、魅力たっぷりな率直さで、彼はドゥサンダーを見つめた。「きまってるじゃんか……話を聞きたいんだよ。それだけさ。ぼくの目的はそれだけだよ。ほんとに」

「話を聞きたい？」ドゥサンダーはおうむ返しにいった。完全に当惑した顔つきだった。

トッドは日焼けした肘《ひじ》をジーンズの膝《ひざ》について、身を乗りだした。「そうさ。銃殺隊。ガス室。焼却炉。自分の墓を自分で掘らされて、それから穴の中へ落っこちるようにその縁へ立たされた人たち。身体……」少年は舌の先で唇《くちびる》をなめた。「検査。実験。みんなだよ。ぞくぞくする話をぜんぶ」

ドゥサンダーは、驚愕《きょうがく》のあまり、かえって超然としてしまった態度で少年を見つめた。頭のふたつある子猫《こねこ》をつぎつぎに生んだ母猫を見つめる獣医のように。「きみは怪物だ」

小声でそういった。

　トッドはフンと鼻を鳴らした。「ぼくがレポートを書くために読んだ本には、あんたのことを怪物って書いてあったよ、ドゥサンダーさん。ぼくじゃない。あんたがあの人たちをガスかまどへ送りこんだんだ、ぼくじゃない。あんたがくる前のパティンでは、一日二千人、きてからは三千人。ソ連軍がやってきて、あんたにストップをかける直前には三千五百人。ヒムラーに能率専門家と呼ばれて、勲章までもらった。そんなあんたが、ぼくを怪物だというのかい。あきれちゃうな」

「なにもかも、アメリカ人のでっちあげたけがらわしい嘘だ」ドゥサンダーはかっとしていいかえした。カップをたたきつけるようにおいたので、バーボンがはねて、手とテーブルの上にしぶきが飛んだ。「あの問題はわたしが招いたものではないし、解決法もそうだ。わたしは命令や指示を与えられて、ただそれを実行しただけだ」

　トッドの微笑はひろがった。いまのそれはニヤニヤ笑いに近かった。

「ああ、アメリカ人がどんなふうにそれを歪《ゆが》めたかは知っている」ドゥサンダーはつぶやいた。「しかし、きみの国の政府のやりくちにくらべたら、ゲッベルス博士など、絵本を持って遊んでいる幼稚園の子供だ。彼らは道徳性を説くいっぽうで、悲鳴をあげる女子供をナパームで焼き殺す。徴兵忌避者は臆病者《おくびょうもの》とか、〝ピースニク〟と呼ばれる。命令にしたがわなければ、刑務所に入れられるか、国外へ追放される。この国の横暴なアジア介入に反対のデモをしたものは、往来で頭を棍棒《こんぼう》でたたき割られる。無辜《むこ》の市民を殺したGIは大統領から勲章をもらい、子供を銃剣で刺したり病院を焼きはらったごほうびに、パレードや横断幕で故郷の町に歓迎される。晩餐会《ばんさんかい》に招待され、市の鍵《かぎ》や、プロ・フットボールの招待券を与えられる」老人はトッドのほうにカップをかざして乾杯した。「戦争に負けた連中だけが、命令や指示にしたがったばっかりに、戦争犯罪人として裁判を受ける」老人は酒を飲みほしてから、ひとしきり咳《せき》の発作におそわれ、頰《ほお》に薄く血がのぼった。

そのあいだ、トッドは両親がたまたまその夜のニュースを論じあう場に居あわせたときのように、もじもじしていた——パパはいつもそのニュース解説者のことを古き良きウォルター・クロンダイクと呼んでいる。トッドは、ドゥサンダーの政治観に対しても、ドゥサンダーの株に対してと同様、無関心だった。トッドの考えでは、人間は自分のやりたいことをするために政治をこしらえるのだ。去年、シャロン・アッカーマンのドレスの下をさわろうとしたときがそうだった。シャロンはそんなことをしちゃいけないわといったが、その口調からすると、なんとなく興奮しているのがわかった。そこで、大きくなったら医者になりたいからといったら、だまってさわらせてくれた。あれが政治だ。トッドが聞きたいのは、ドイツの医者が女と犬をつがわせようとしたとか、一卵性双生児を冷蔵庫の中に入れて、同時に死ぬか、それともどっちかが長く生きるかたしかめようとしたとか、電気ショック療法とか、麻酔なしの手術とか、ドイツ兵が女をかたっぱしからレイプしたとか、そんな話だ。そのほかの話は、だれかがやってきてそれをやめさせたあと、ぞくぞくするところを隠すために作りあげた、退屈なたわごとなんだから。

「もし命令にしたがわなければ、わたしは死んでいた」ドゥサンダーは荒い呼吸をしながら、上体を椅子《いす》の上で前後に揺らして、スプリングをキイキイいわせた。ウィスキーのにおいの小さな雲が、そのまわりにただよった。「そこにはつねにソ連戦線があった、そうだろう？　われわれの指導者たちはたしかに狂人だったが、狂人と議論をしたりするかね……しかも、とりわけ最大の狂人が、サタンのような幸運を持っている場合にはだ。ヒトラーは巧妙な暗殺計画を間一髪で逃れた。暗殺をたくらんだ連中はピアノ線を首に巻きつけられ、じわじわと殺された。彼らの断末魔の苦しみは、エリートの啓蒙《けいもう》のために映画に撮られて――」

「へえ！　やったね！」トッドは思わずさけんだ。「その映画を見たの？」

「ああ。見た。みんなで見た。嵐《あらし》の前から逃れて、それがおさまるのを待とうとしなかった、あるいは待つことのできなかった人間になにが起きたかをだ。あのときわれわれがやったのは正しいことだった。あの時、あの場所では、正しいことだった。もしそこにおかれれば、わたしはおなじことをくりかえすだろう。しかし……」

老人はカップに目をやった。中はからだった。

「……しかし、そのことは話したくない。考えたくもない。われわれがやったことは生存だけに動機づけられていた。生存に関することできれいごとはひとつもない。わたしは夢を見た……」老人はテレビの上からのろのろとタバコを手にとった。「そうだ。何年ものあいだ、夢を見つづけた。闇《やみ》、それに闇の中の物音。トラクターのエンジン。ブルドーザーのエンジン。銃の床尾で凍った地面か、それとも人間の頭蓋《ずがい》をたたき割るような音。ホイッスル、サイレン、ピストルの発射音、悲鳴。寒い冬の午後に、家畜輸送車の扉《とびら》がごろごろとひらく音。

「それから、夢の中ですべての物音がとまる——そして闇の中でたくさんの目がひらいて、多雨林に棲《す》むけものの目のように光りだす。長年、わたしはジャングルの縁で住んでいた。夢の中で嗅《か》いだり感じたりするのがいつもジャングルなのは、そのせいかもしれない。その夢から覚めると、いつも汗びっしょりで、心臓はどきどきして、手は悲鳴を押しころすために口の中につっこまれている。そこで、こう思う——この夢は現実だ。ブラジル、パラグアイ、キューバ……そっちのほうが夢だ。現実には、わたしはまだパティンにいる。ソ連軍はきのうよりもまた接近している。彼らの中には、一九四三年当時、生きのびるために凍ったドイツ兵の死体を食べたことを、まだおぼえているものがいる。いま、彼らは熱いドイツ人の血を飲みたがっている。いいかね、坊や、彼らがドイッへ侵入してきたときには、一部のものが実際にそんなことをしたという噂《うわさ》があったんだ——捕虜ののどを切り裂いて、ブーツにたまった血を飲む。わたしは目を覚まして、よく思ったものだ。この仕事はつづけなければならない。われわれがここでしたことの証拠がないか、それともうんと少なくて、世界がそれを信じたくなければ信じないですむならいいのに。わたしはよくこう思った——もし生きのびようと思ったら、この仕事をつづけなければならない」

トッドは、熱心に、興味ぶかく、この話に聞きいった。かなりいい線いってる。だけど、これから先の何日かは、もっとすごい話が聞けるにちがいない。ドゥサンダーに必要なのは、ちょっとした後押しだけだ。ほんとに運がよかった。この年だと、たいていの人間はもうろくしてるのに。

ドゥサンダーはふかぶかとタバコの煙を吸いこんだ。「そのあと、夢を見なくなったあとで、パティンにいただれかを見かけたように思う時期があった。それもけっして衛兵や同僚の将校じゃなく、いつも囚人たちだ。十年前のある日の午後に、西ドイツで起きたことはまだおぼえている。アウトバーンで事故があった。どのレーンでも交通が渋滞していた。わたしはモリスの運転席でラジオを聞きながら、行列した車が動きだすのを待っていた。そこでふと右を見た。隣のレーンにはひどく古ぼけたシムカがとまっていたが、そのハンドルを握った男が、こっちを見ている。年は五十ぐらいで、顔色が悪い。片方の頬には傷痕《きずあと》がある。髪は真っ白で、へたくそに短く刈ってある。わたしは目をそらした。何分かがたっても、まだ車の列は動かない。わたしはシムカの男にちらちらと目をやりはじめた。ところが、いつ目をやっても、むこうはこっちをじっと見ている。顔は死んだように動かず、目は深く落ちくぼんでいる。わたしは彼がパティンにいたと確信を持った。やつはあそこにいて、わたしの顔に気づいたんだ」

ドゥサンダーは片手で目をこすった。

「ちょうど季節は冬で、むこうはオーバーを着ていた。だが、わたしには確信があった。もし、いま車を下りてその男のところへ行き、オーバーをぬがせて、シャツの袖《そで》をまくりあげさせたら、きっと番号の刺青《いれずみ》が腕に見つかるだろう。

「渋滞していた車がようやく動きだした。わたしはいそいでシムカから離れた。もし、渋滞があと十分つづいていたら、きっと車から出ていって、あの男を外へひきずりだしたろう。番号があってもなくても、やつをぶちのめしただろう。あんなふうにわたしを見た罰に、やつをぶちのめしていただろう。

「それからまもなく、わたしは永久にドイツをあとにした」

「運がよかったね」トッドがいった。

ドゥサンダーは肩をすくめた。「どこでもおなじことだ。ハバナ、メキシコ・シティー、ローマ。知っていると思うが、ローマには三年いた。カフェでカプチーノを飲んでいる男がカップごしにわたしを見る……ホテルのロビーにすわった女が雑誌よりもわたしに興味を持った顔をする……レストランの給仕が、だれのところへ料理を運んでいても、ちらちらこっちを見る。そういった相手がわたしを観察しているらしいという確信におそわれると、その晩はきまってあの夢を見る――物音と、ジャングルと、たくさんの目。

「だが、アメリカへきてからは、そんなことを頭から追いだした。映画を見にいくことにした。週一回だけ外食をするが、いつもファースト・フードの店を選ぶ。とても清潔で、とても明るい蛍光灯《けいこうとう》の照明のある店。この家ではジグソー・パズルをしたり、小説を読んだり――たいていはひどいしろものだが――それにテレビを見たりして過ごす。夜は、眠くなるまで酒を飲む。もう夢はやってこない。かりにスーパーや図書館やタバコ屋で、だれかがわたしを見つめても、それはわたしが相手の祖父に……それともむかし教わった先生に……それとも何年か前に離れた故郷の町の隣人に……似ているからだと思うことにしている」ドゥサンダーは、トッドに向かってかぶりをふってみせた。

「なにがパティンで起こったにしても、それはべつの人間に起こったことだ。わたしではない」

「すてきだ！　そのことをぜんぶ話してよ」

ドゥサンダーがぎゅっと目を閉じ、それからゆっくりとその目をひらいた。「まだわからんのか。その話はしたくないのだ」

「でも、きっとするよ。してくれなければ、あんたの正体をみんなに教えちゃうだけだから」

ドゥサンダーは土気色の顔で少年を見つめた。「わかっていた。いずれこうした脅迫にあうだろうことは」

「きょうはガスかまどの話を聞きたいな」トッドはいった。「囚人が死んだあと、どんなふうにして焼いたかをね」少年は、かげりのない、明るい微笑をうかべた。「でも、話をはじめる前に入れ歯をいれてよ。歯があるほうがかっこいいもん」

ドゥサンダーはいわれたとおりにした。トッドが昼食に帰宅する時間まで、ガスかまどのことをしゃべった。老人が一般論に話をそらそうとするたびに、トッドはきびしく顔をしかめ、特定の質問をして、話を軌道にもどさせるのだった。ドゥサンダーは、しゃべりながら多量の酒を飲んだ。にこりともしなかった。トッドはにこにこしていた。トッドは二人分の笑顔をうかべていた。

2

一九七四年八月。

雲ひとつないにこやかな空の下で、ふたりはドゥサンダーの裏庭のポーチにすわっていた。トッドはジーンズに、ケッズのスポーツ・シューズ、リトル・リーグのシャツ。ドゥサンダーはだぶだぶしたグレーのシャツと、サスペンダーで吊《つ》るしたよれよれのカーキ色のズボン――アル中ズボンだ、とトッドは内心ひそかな軽蔑《けいべつ》の言葉を吐いた。どちらも、まるでダウンタウンの救世軍の店の裏口から、じかに箱詰めで送られてきたような感じだった。いくら家にいるときでも、ドゥサンダーにはもうすこしましな服装をさせなければならない。でないと、おもしろさが半減する。

ふたりが食べているのは、ビッグ・マックだった。トッドが自転車のバスケットに入れて、さめないようにペダルを必死でこいできたのだ。トッドはプラスチックのストローでコークを飲んでいた。ドゥサンダーは一杯のバーボンをかたわらにおいていた。

老人のカサカサした声は、高くなり、低くなり、口ごもっては、ときどき聞きとれないほど小さくなった。例によって充血した水っぽいブルーの瞳《ひとみ》は、いっときも静止していなかった。もし、この光景をわきから見ている人間がいたら、てっきり祖父がその孫に、たぶんなにかの通過儀礼、口伝えかなにかをさずけているところだと思ったかもしれない。

「それだけだ、わたしがおぼえているのは」まもなくドゥサンダーは話をしめくくって、ハンバーガーを大きく一口かじった。マクドナルドの秘伝のソースがひとすじ、あごを流れおちた。

「まだあるはずだよ」トッドは小声でいった。

ドゥサンダーは、バーボンをぐっとあおった。「制服は紙でできていた」まるでどなるようにそういった。「囚人が死んだあともまだ使えそうだと、その制服はほかのものにまわされる。ときには四十人もの囚人が、一着の紙の制服で間にあったこともある。わたしは倹約ぶりで高い評価を受けた」

「グリュックスから？」

「ヒムラーからだ」

「でも、パティンには被服工場があったんでしょう？　先週そういったじゃない。どうしてそこで制服を作らせなかったの？　囚人に作らせればいいのに」

「パティンの工場の仕事は、ドイツ兵士の軍服を作ることだった。それに、われわれは……」ドゥサンダーの声は一瞬とぎれそうになってから、むりやりにあとをつづけた。「社会復帰施設の運営をしていたわけではない」

トッドは大きく微笑した。

「きょうはもういいだろう？　たのむよ。のどがからからだ」

「じゃ、そんなにタバコを吸わなきゃいいのに」トッドは微笑をつづけながらいった。

「制服のことをもっと話してよ」

「どっちだ？　囚人のか、ＳＳのか？」ドゥサンダーは観念した声だった。

ほほえみながら、トッドはいった。「両方」

3

一九七四年九月。

トッドは自分の家のキッチンで、ピーナツ・バターとゼリーのサンドイッチを作っていた。キッチンへ行くには、レッドウッドの階段を六段上がらなければならない。すこし高くなったその部屋は、クロムとステンレス・スチールでピカピカだ。母親の電動タイプライターは、トッドが学校から帰ってからずっと音を立てつづけている。ある大学院生のために、修士論文をタイプで打ってやっているのだ。その大学院生は、髪を短く刈り、分厚いメガネをかけ、トッドの卑見によれば、宇宙からきた怪物のように見える。論文のテーマは、第二次世界大戦後のサリナス・ヴァレーにおけるミバエの影響とか、そんな種類のたわごとだった。いま、タイプの音がやみ、母親が書斎から現われた。

「トッド・ベイビー」と母親は呼びかけた。

「モニカ・ベイビー」と彼もほがらかに調子を合わせた。

うちのママは、三十六にしちゃマブい女だ、とトッドは思った。二カ所ほど灰色のまじった金髪、背が高くて、スタイルがよく、いまは臙脂色《えんじいろ》のショーツと、温かいウィスキー色のすけすけのブラウスを着ている。ブラウスは胸の下でさりげなく裾《すそ》を結んで、平べったくしわのないおなかを見せている。トルコ玉のクリップでむぞうさに束ねた髪の中に、タイプライター用消しゴムがさしこんであった。

「学校はどうだったの？」キッチンへの階段を昇りながら、母親は少年にたずねた。少年と軽く唇《くちびる》をふれあわせてから、朝食カウンターの前のスツールにすわった。

「学校はバッチリさ」

「また優等生名簿にのるわけね？」

「あたりき」実をいうと、この一学期は成績が下がりそうだった。ドゥサンダーの家でずいぶん時間をつぶしているし、それにあの家にいないときでも、ドゥサンダーから聞いた話で頭がいっぱいだ。一度か二度、ドゥサンダーから聞いた話を夢に見たことがある。しかし、だいじょうぶ、なんとかなるさ。

「この優等生」母親は、少年のもじゃもじゃの金髪をもみくしゃにした。「どう、サンドイッチは？」

「おいしいよ」

「ママにもひとつ作って、書斎まで届けてくれない？」

「残念でした」トッドは立ちあがった。「デンカーさんに約束したんだよ。きょうも訪ねて、一時間ほど本を読んであげるって」

「まだ『ロビンソン・クルーソー』なの？」

「ちがう」少年は、古物屋で二十セントで買った分厚い本の背中を見せた。「『トム・ジョーンズ』」

「おやまあ、なんとなんと！　読みおわるまでに一年はかかるわよ、トッド・ベイビー。『クルーソー』みたいに短縮版があったでしょうに」

「たぶんね。でも、あの人、この本はぜんぶ聞かせてほしいというんだよ。そういったんだ」

「そうなの」母親はしばらく息子を見つめてから、ぎゅっと抱きしめた。彼女がこんなふうに感情を表に出すのはめったにないことなので、トッドはすこし居心地がわるくなった。「自分の余暇をそんなに使って、本を読んであげるなんて優しい子。おとうさんとも話したのよ。ほんとに……ほんとに近ごろめずらしいって」

トッドは謙虚に目を伏せた。

「その上、だれにもそのことをだまってるなんてね。隠れた善行だわ」

「だって、友だちにそんなことといったらたいへんだよ――たぶん、みんながぼくのことを変人だといいだすな」トッドは微笑をうかべながら、控え目にうつむいた。「クソみたいなたわごとをね」

「そんな言葉、使っちゃいけません」母親は上《うわ》の空で叱《しか》った。それから——「どうかしら、そのうちにデンカーさんをうちへお招きして、いっしょにディナーを上がってもらえば？」

「考えとく」トッドは返事をぼやかした。「ねえ、もういそいでいかなきゃ」

「わかった。夕食は六時半。忘れないで」

「忘れないよ」

「おとうさんは仕事で遅くなるから、今夜もきみとふたりだけよ、いい？」

「すてきだよ、ベイビー」

母親は溺愛《できあい》の微笑をうかべて息子を見送りながら、『トム・ジョーンズ』の中に、十三歳の子供が読んではいけない個所《かしょ》がないことを願った。しかし、そんな個所があるとは思えなかった。あの子が育っている社会では、〈ペントハウス〉のような雑誌が、一ドル二十五セント持っていればだれにでも手にはいるし、雑誌のいちばん上の棚《たな》に手が届く子供なら、店員からそんなものをおいて出ていけ、とどなられる前に、すばやく中をのぞける。なによりもまず、『なんじ隣人を寝取れ』という信条を信じているらしいこの社会には、二百年も前に書かれた本に、トッドの頭を混乱させるようなものがあるとは思えない——老人のほうはその本にのめりこむかもしれないが。それに、リチャードがよくいうように、子供にとって、全世界は実験室だ。自由にいじりまわさせたほうがいい。もし、当の子供が、健康な家庭生活と愛情ぶかい両親に恵まれている場合には、すこし変わった経験をして歩いたほうが、かえってたくましくなれる。

しかもいまシュウィンに乗って通りを走っていくのは、彼女の知っているだれよりも健康な子供だった。わたしたちはあの子をうまく育てたわ——自分のサンドイッチを作ろうと向きを変えながら、彼女は思った。失敗するわけがないじゃないの。

4

一九七四年十月。

ドゥサンダーは体重が減っていた。ふたりはキッチンにすわり、古びた『トム・ジョーンズ』が、オイルクロスのかかったテーブルの上においてあった（知恵のよくまわるトッドは、おこづかいでこの本に関する大学の副読本を買いこみ、万一父や母からプロットのことで質問された場合に備えて、あらすじを丹念に読んである）。トッドは、スーパーで買ったリング・ディンのケーキを食べているところだった。ドゥサンダーにもひとつ買ってきたのだが、老人はまだ手もつけていない。ときどきバーボンを飲むときに、陰気な顔でそれに目をやるだけだ。トッドは、リング・ディンのケーキのようにおいしいものがむだになるのを見たくなかった。しばらくしても相手がそれを食べないようなら、ぼくにくれないか、とたずねるつもりだった。

「それで、どうやってその品物をパティンへ運んだの？」と少年はドゥサンダーにきいた。

「鉄道貨車だ」ドゥサンダーはいった。「〈医療用品〉とラベルを貼《は》った貨車だ。ちょうど棺桶《かんおけ》のような細長い箱にはいっていた。似合いの箱だったかもしれん。囚人たちがその箱を貨車からおろして、診療所の中に積みあげた。そのあと、こっちの部下がそれを倉庫へ運びこんだ。夜のうちにやったんだ。倉庫はシャワー室の裏にあった」

「いつもチクロンBだったの？」

「いや。ときにはべつのものを使った。試作段階のガスだ。最高司令部は、つねに能率の向上を心がけていた。一度、ペガサスという暗号名のガスを送ってきたことがある。神経ガスだ。ありがたいことに、むこうは二度とそれを送ってこなかった。とにかく――」ドゥサンダーはトッドが身を乗りだし、目を光らせるのを見て、とつぜん言葉を切り、ガソリンスタンドの景品のカップを軽くふってみせた。「うまくいかなかった」と彼はいった。「なんというか……実に退屈だった」

しかし、そんなことではトッドはごまかされなかった。「どうなったの？」

「死んだのさ――いったいどうなると思った？　彼らが水の上を歩けるようになるとでも？　彼らは死んだ。それだけだ」

「話してよ」

「だめだ」ドゥサンダーは、恐怖を隠しきれなくなっていた。あのペガサスのことを考えなくなってから、もう……何年になるだろう？　十年？　二十年？「ぜったいに話さんぞ！　ことわる！」

「話してよ」トッドは指についたチョコレート・アイシングをなめながらくりかえした。「話さないとどうなるかは知ってるね」

知っているとも、とドゥサンダーは思った。話さないとどうなるか。知っているとも、この下劣な小怪物め。

「そのガスで、彼らはダンスをはじめた」老人は不承不承にいった。

「ダンス？」

「チクロンBとおなじように、そのガスもシャワーヘッドから出てきた。すると、彼らは……彼らは跳ねまわりはじめた。あるものは悲鳴をあげていた。たいていは笑っていた。そのうちに嘔吐《おうと》しはじめ、それからどうしようもなく大便をもらしはじめた」

「すげえ」トッドはいった。「ウンチまみれになったんだ、ちがう？」少年はドゥサンダーの皿《さら》にあるリング・ディンのケーキを指さした。自分のは食べおわったのだ。「それ、食べない？」

ドゥサンダーは答えなかった。彼の目は思い出でかすんでいた。彼の顔は、自転をやめた惑星の裏側のように、遠い彼方《かなた》にあって冷えきっていた。心の中にわきあがる感情は、おそろしく奇妙な取りあわせだった。嫌悪《けんお》と、そして――もしかすると――ノスタルジア？

「彼らは全身をピクピクけいれんさせて、かんだかい奇妙な音をのどから出しはじめた。わたしの部下は……ペガサスのことをヨーデル・ガスと名づけた。とうとう全員が倒れて、床の上で自分たちの汚物にまみれながら横たわった。そう、コンクリートの上に横たわって鼻血を出しながら、ヨーデルのような悲鳴を上げていた。しかし、さっきのは嘘《うそ》だ、坊や。あのガスで彼らは死ななかった。ガスがあまり強力でなかったか、それともこっちがそれ以上待てなかったか。たぶん、後者だろう。あんなふうになった男女が長く生きていられるわけはない。とうとうわたしは五人の兵士を中にはいらせて、ライフルで彼らの苦しみを終わらせた。もしそのことが上層部に知れたら、わたしの経歴に汚点がついたことはまちがいない――総統が、あらゆる弾薬は国家資源だと言明したその時期に、弾薬をむだにしたように見えるからだ。しかし、あの五人をわたしは信用していた。ある時期のわたしはな、坊や、彼らのあの声をけっして忘れられないと思ったものだ。あのヨーデルのような悲鳴。あの笑い声」

「うん、そうだろうね」トッドはドゥサンダーのケーキを、ただの二口でたいらげてしまった。むだをしなければ不自由をしない――トッドの母親は、トッドが残りもののことでめずらしく不平をいったときに、そうたしなめたものだ。「いまのはおもしろい話だったよ、ドゥサンダーさん。あんたの話しかたはいつもうまいね。いったんぼくが乗せてしまえば」

トッドは彼にほほえみかけた。と、信じられないことに——そんな気持はまるでなかったにもかかわらず——ドゥサンダーは微笑を返している自分に気づいた。

5

一九七四年十一月。

トッドの父親のディック・ボウデンは、映画やテレビに出てくるロイド・ボクナーという俳優にとてもよく似ていた。彼は——ボクナーではなく、ボウデンは——三十八歳だった。瘦《や》せぎすの男で、アイビー・スタイルのシャツと、無地の、それもたいていは黒っぽい色をしたスーツを好んで着た。建築現場に行くときは、平和部隊から持ち帰ったカーキ色の制服と安全帽といういでたちだった。平和部隊にいたころは、アフリカでふたつのダムの設計と建設に協力したことがある。家の書斎で仕事をするときにはカニメのメガネをかけるのだが、これがしょっちゅう鼻の先までずり落ちてきて、彼を大学の学生部長のように見せるのだった。いま、彼はそのメガネをかけて、息子の一学期の成績通知票を、自分のデスクのきらきらしたガラス・トップの上にコツコツたたきつけていた。

「Bがひとつ。Cが四つ。Dがひとつ。Dとはなんだ、くそったれ！　トッド、かあさんは顔には出さないが、すごく心配しているぞ」

トッドは目を伏せた。微笑はしなかった。父親が悪態をつくときは、あとがおそろしい。

「あきれたもんだ。いままでこんな成績は見たこともない。代数初歩がD？　いったいどうなってるんだ？」

「わかりません、パパ」トッドはしおらしく自分の膝《ひざ》を見つめた。

「かあさんとも話したが、おまえはちょっとデンカーさんのところで時間をとられすぎじゃないか。それで勉強の打率が落ちてきたんだろう。あっちは切りつめて週末だけにしろよ、スラッガー。すくなくとも成績がある程度もどるまでは……」

トッドが目を上げ、ほんの一瞬、ボウデンは息子の瞳《ひとみ》の中に、青ざめた凶暴な憤怒《ふんぬ》を見たように思った。彼自身も大きく目を見ひらき、トッドのうす茶色の成績票をぎゅっと握りしめて……はっと気がつくと、トッドはすこし悲しそうだが、無邪気な目でこちらを見つめているだけだった。本当にあんな憤怒がそこにあったのだろうか？　いや、あるはずがない。ただ、あの瞬間にこちらは思わずどぎまぎして、どう話をつづけたものかよくわからなくなったのだ。トッドはむくれたわけじゃないし、こちらも強くいったつもりはない。息子と自分とは友だちであり、これまでもいつも友だちだった。これからもそうでありたい、とディックは思った。ふたりはおたがいになんの秘密も持っていない、たったひとつの秘密もだ（自分がときどき秘書と浮気《うわき》をしていることだけはべつだが、それは十三歳の息子に聞かせるような話じゃない……それに、そのことは自分の家庭生活、家族との生活にはまったくなんの影響もない）。それが父と子のあるべき姿だ、この出来の悪い世界の中では、そうしなければならない。そこでは、殺人者が罰を受けずにうろつき、高校生がヘロインを打ち、中学生が――トッドとおなじ年ごろの子供たちが――性病をしょいこんでいるのだから。

「ねえ、パパ、おねがいだから、それはやめてよ。つまり、ぼくのしたことのとばっちりをデンカーさんに持っていかないで。つまりさ、あの人はぼくがいないとこまるんだ。勉強のほうはがんばるよ。ほんとに。あの代数は……最初にちょっとめんくらってさ。でも、ベン・トレメインのうちへ行って、二、三日いっしょに勉強したら、わかりかけてきたよ。最初はちょっと……よくわかんないけど、勝手がちがったんじゃないかな」

「やっぱりデンカーさんとつきあいすぎだと思うがね」ボウデンはいったが、その口調に力がなくなっていた。トッドをはねつけること、トッドを失望させることはつらい。それに、自分の成績が下がったとばっちりを老人に持っていくなという主張……なるほどな、こいつは筋が通っているぞ。あの老人は、トッドの訪問を心待ちにしているのだから。

「代数のストールマン先生はね、すごく点がきびしいんだよ」トッドがいった。「Dをもらった子がおおぜいいるんだ。三人か四人はFをつけられたよ」

ボウデンは考えぶかげにうなずいた。

「もう水曜日にいくのはやめるよ。成績が上がるまで」少年は父親の顔色を読んでいた。「それと、学校の部活をやめて、その代わりに毎日居残りで勉強するよ。約束する」

「おまえはそんなにあの爺《じい》さんが好きなのか？」

「あの人、すてきだよ」トッドは心からそういった。

「そうか……わかった。おまえのやりかたで試してみよう、スラッガー。だが、来年の一月には、成績がぐーんと上がったところを見せてくれ、わかるな？　わたしはおまえの将来のことを考えているんだ。中学でそんなことを考えるのはまだ早すぎると思うかもしれないが、そうじゃない。けっしてそうじゃない」

「わかりました、パパ」トッドは厳粛にいった。男と男の約束だった。

「じゃ、もういいから、しっかり勉強しろ」ボウデンはカニメのメガネを鼻の上に押しあげ、トッドの肩をポンとたたいた。

あけっぴろげの明るい微笑が、トッドの顔にはじけた。「うん、そうするよ、パパ！」

ボウデンは、トッドが誇らしげな微笑をうかべて出ていくのを見まもった。百万人にひとりの息子。やっぱり、あのときトッドの顔にあったのは憤怒ではなかった。まちがいない。たぶん苛立《いらだ》ちか……とにかく、最初に見たように思った強烈な感情が、あそこにあったはずがない。もしトッドがそんなにカッカしたのなら、それとわかったはずだ。息子の考えは、本のように読みとることができる。これまでだっていつもそうだった。

父親の義務から解放されたいま、口笛を吹きながら、ディック・ボウデンは青写真をひろげ、その上にかがみこんだ。

6

一九七四年十二月。

呼鈴を押しつづけるトッドの執拗《しつよう》な指に答えて現われた顔は、やつれて黄ばんでいた。七月にはあれほどゆたかだった髪の毛が、骨ばったひたいから後退しはじめていた。つやがなく、パサパサしているように見えた。ドゥサンダーの体は、もともと痩せていたのが、痩せおとろえた感じになった……もっとも、とトッドは思った——むかし彼が預かっていた囚人たちの痩せおとろえかたに比べたら、まだまだ差がある。

ドゥサンダーが玄関にやってきたとき、トッドは左手を背中に隠していた。いま、彼はその手を前にのばし、包装された箱をドゥサンダーにさしだした。「メリー・クリスマス！」

ドゥサンダーは箱をつきつけられて、一瞬身をすくませた。いま、老人は喜びも驚きも示さずに、その箱をうけとった。まるで中に爆薬がはいっているかのような、おっかなびっくりの手つきだった。ポーチの外では雨が降っていた。この一週間近く、降ったりやんだりがつづいていて、トッドはその箱をコートの内側に入れて持ってきたのだ。箱は華やかな色のホイルに包まれ、リボンがかけてあった。

「なんだね？」ふたりでキッチンへ向かう途中、ドゥサンダーは熱のない口調できいた。

「あけてごらんよ」

トッドはジャケットのポケットからコークを出して、キッチン・テーブルにかかった赤白のチェックのオイルクロスの上においた。「その前に、シェードをおろしたら」秘密めかしてそういった。

とたんに、不信の表情がドゥサンダーの顔にうかんだ。「ほう？　どうして？」

「つまりさ……だれが見てるかわからないもんね」トッドはほほえみながらいった。「いままでずっとそうやって生きてきたんじゃなかった？　あんたをさがしてる相手を、むこうが見つける前に見つけたんじゃないの？」

ドゥサンダーはキッチンのシェードをひきおろした。それからバーボンを一杯ついだ。

それから包みのリボンをひっぱった。トッドの包みかたは、よく少年たちがクリスマス・プレゼントを包むのとおなじやりかただった。少年たちの頭には、ほかにもっと重要なことがいっぱいある——フットボールとか、街路でのホッケーとか、うちへ泊りにきた友だちといっしょに毛布にくるまって、ソファーベッドの端っこにすわり、金曜のテレビの怪物特集を見て笑いころげるとか。包装の角はでこぼこで、折り目はたるみ、スコッチ・テープでやたらにとめてある。そんな女の仕事に時間を使ってられないという苛立ちが目に見えるようだ。

ドゥサンダーは、われ知らずちょっぴり心をうたれた。そのあと、恐怖がいくらかおさまったところで、こう思った——なぜもっと早く気がつかなかったのか。

それは制服だった。SSの制服だ。長靴《ちょうか》までそろっている。

彼は麻痺《まひ》した顔で、箱の中身からボール紙のふたに目を移した——『仮装・舞台用衣装　ピーターズ衣装店　一九五一年より当地で営業！』

「いや」とドゥサンダーはつぶやいた。「わたしは着ない。おたのしみはここまでだ、坊や。死んでもこんなものは着ない」

「あいつらがアイヒマンになにをしたか、思いだしてごらん」トッドはおごそかにいった。「彼は老人だったたし、政治にも無関心だった。あんたはそういったよね？　それに、ぼくはこれを買うために、この秋ずっと貯金したんだぜ。ブーツも入れて八十ドル以上したよ。それに、一九四四年のあんたは、文句をいわずにこれを着てたじゃないか。なんの文句もいわずに」

「このくそガキ！」ドゥサンダーは拳《こぶし》を頭の上にふりあげた。トッドはすこしもひるまなかった。目を光らせて、一歩もさがらなかった。

「いいよ」と小声でいった。「いいからぶってみな。ぼくの体にちょっとでもさわったら、あれだからね」

ドゥサンダーは手をおろした。唇《くちびる》がブルブルふるえていた。「おまえは地獄からきた魔物だ」とつぶやいた。

「着てみて」トッドが誘った。

ドゥサンダーの両手はバスローブのベルトに行きかけて、そこでとまった。羊を思わせる哀願にみちた目が、トッドの目を見つめた。「たのむ。わたしはもう老人だ。かんべんしてくれ」

トッドはゆっくりと、だがきっぱりと、かぶりをふった。目はまだ輝いていた。ドゥサンダーがこんなふうに哀願するのを見るのが大好きなのだ。むかし、きっと彼らはこんなふうにしてドゥサンダーに哀願したのだろう、パティンの囚人たちは。

ドゥサンダーはバスローブを床にぬぎすて、上靴《うわぐつ》と、ボクサー・ショーツだけになった。胸は落ちこみ、腹はわずかに出ていた。腕は、痩せこけた老人の腕だった。だけど、制服がある、とトッドは思った。制服を着たら、がらっと変わる。

のろのろとドゥサンダーは箱から制服をとりだして、それを身につけはじめた。

十分後、彼はSSの制服を着おわってそこに立った。帽子はすこし歪《ゆが》み、猫背《ねこぜ》ではあったが、それでも髑髏《どくろ》の記章がくっきりと浮きだしている。いまのドゥサンダーには——すくなくともトッドからすると——以前にはなかった不気味な威厳が備わったようだった。まるめた背中や、両足の食いちがった角度はべつにして、トッドは満足だった。はじめてドゥサンダーの姿は、トッドがそうあるべきだと思っているとおりに見えた。そう、あのときより年とっている。たしかに、うらぶれてもいる。しかし、ふたたび制服姿にもどったのだ。室内アンテナにアルミホイルを巻きつけたおんぼろの白黒テレビで、ロレンス・ウェルクを眺《なが》めながら晩年をむだに過ごしている老人ではなく、パティンの吸血鬼、クルト・ドゥサンダーなのだ。

いっぽう、ドゥサンダーは、嫌悪《けんお》と、不愉快さと……それに、ひそかな淡い安堵《あんど》の思いを感じていた。その第三の感情を、彼は部分的に蔑《さげす》んだ。少年が自分の上に築きあげた心理的支配を、それが最も端的に物語っていることに気がついたからだ。ドゥサンダーはこの少年の囚人であり、自分がまた新しい恥辱の中で生きのびたことを知るたびに、あの淡い安堵の思いを感じるたびに、少年の力はましていく。そのくせ、ドゥサンダーは心が軽くなっていた。それはただの布地とボタンと留め金にすぎない……しかも、まがいものだ。ズボンの前あきがボタンどめでなければいけないのに、ジッパーになっている。階級章もまちがっているし、仕立てもぞんざいだし、長靴は安物の模造革だ。結局は見かけ倒しの制服だが、まんざらいやな気分でもない、ちがうか？　そうだ。それは――。


「帽子がゆがんでいる！」トッドが大声でいった。

ドゥサンダーは驚いて、目をパチパチさせた。

「まっすぐにかぶれ！」

ドゥサンダーはそうした。そして、SS中尉《ちゅうい》たちのトレードマークだったあの傲慢《ごうまん》なまびさしのかしげ方を、最後の仕上げとして無意識につけたした――そう、悲しいほどまちがいは多いが、これはSS中尉の制服だ。

「両足の踵《かかと》をつけろ！」

ドゥサンダーはそうした。かちんと小さい音を立てて踵をつけた。ほとんど無意識に、まるであれからの長い年月がバスローブといっしょにぬげ落ちてしまったかのように、正しい動作をやってのけた。

「気をつけ！」

ドゥサンダーが不動の姿勢をとったとき、一瞬トッドはおじけづいた――本当におじけづいた。箒《ほうき》に生命を与えたのはいいが、動きだしたあとの止め方を知らなかった、あの魔法使いの弟子のような気分。貧しい隠遁《いんとん》生活を送っていた老人は、どこかに消えていた。そこにいるのはドゥサンダーだった。

そこで、彼の恐怖は、ゾクゾクするような権力感におきかえられた。

「まわれ右！」

ドゥサンダーは、バーボンを忘れ、ここ四カ月間の責め苦を忘れて、きびきびとその場で方向転換した。自分の踵がまた打ちあわされる音を聞きながら、油で汚れたガスレンジのほうを向いた。そのむこうに見えるのは、軍人という職業をまなんだ士官学校のほこりっぽい練兵場だった。

「まわれ右！」

ドゥサンダーはまた向きを変えたが、こんどは命令をあまりうまく実行できず、すこしよろけた。これがむかしだったら、罰点十をもらった上に、将校用ステッキの先でみぞおちをこづかれ、熱い強烈な苦痛で息がとまりかけたろう。内心で彼は小さくほほえんだ。この少年が知らないことはまだまだある。まだまだたくさんある。

「前へ進め！」トッドはさけんだ。少年の目は熱くほてっていた。

ドゥサンダーの肩から鉄の意志が抜けおちた。また前かがみになった。「いやだ」と老人はいった。「たのむ――」

「進め！　進め！　進めといってるんだ！」

窒息するような音といっしょに、ドゥサンダーはキッチンの色あせたリノリウムの上で、上げ足歩調をとりはじめた。テーブルをよけるために、右向け右をした。壁にぶつかりそうになって、また右向け右をした。老人の顔はすこし上を向き、無表情だった。足が勢いよく持ちあげられ、どすんと踏みしめられるたびに、流しの戸棚《とだな》の中の安い陶器がガタガタいった。両腕が短い弧を描いた。

トッドの頭には、また歩く箒のイメージがうかび、それといっしょに恐怖が舞いもどってきた。とつぜん、ドゥサンダーにこんなことをたのしませたくないという気分、そして、たぶん――ひょっとしたら――自分はドゥサンダーが本物らしく見えることよりも、滑稽《こっけい》に見えることを願っていたのではないか、という気分がわきあがった。しかし、どういうわけか、老齢と、キッチンの安っぽい造作にもかかわらず、ドゥサンダーは滑稽に見えなかった。恐ろしく見えた。トッドには、溝《みぞ》や焼却炉の中の死体が、はじめて現実味をおびてくるように思えた。ドイツの冷たい春の雨に打たれて魚の腹のように白い、からみあった腕と脚と胴体の写真が、ホラー映画の一場面のような作りごと――たとえば、撮影がおわると裏方がどこかへ持っていってしまうような、デパートのマネキンを使った死体の山ではなく――とほうもない、不可解で邪悪な本当の出来事に思えた。一瞬、トッドは、死体の腐敗する、穏やかでかすかにいがらっぽい臭気をかいだような気がした。

　恐怖が彼を包みこんだ。

「やめろ！」とトッドはさけんだ。

　ドゥサンダーは上げ足歩調をとりつづけた。その目はうつろで、どこか遠くを見ていた。頭はいっそう高くもたげられ、瘦せこけたのどのすじがきつくひっぱられ、あごが傲慢な角度に傾いていた。刃物のように薄い鼻がわいせつに突きだしていた。

　トッドは腋《わき》の下に冷や汗がにじむのを感じた。「とまれ！」とさけんだ。

　ドゥサンダーはとまった。右足が前に踏みだされ、左足が持ちあがってから、ピストンのような動きで右足の隣に踏みしめられた。つかのま、その顔にはひややかな――ロボットのように感情のない――無表情が残っていたが、やがて混乱の表情に変わった。混乱のあとには敗北がやってきた。老人はぐったりとなった。

　トッドはほっとためいきをついてから、一瞬、自分に対して猛烈な怒りを感じた。いったいここではだれが大将なんだ？　それから自信の波がもどってきた。ぼくだ、ぼくが大将だ。こいつもそれを忘れないほうがいい。

　トッドはまた微笑をうかべた。「なかなかよかったよ。でも、もすこし練習すれば、もっとよくなると思うな」

　ドゥサンダーは息をはずませ、うなだれて、無言で立ちつくした。

「もう、その服ぬいでいいよ」トッドは寛大につけたし……そして、自分がまたドゥサンダーにその服を着せたいと思っているかどうか、疑問を感じずにはいられなかった。さっきは一瞬、どうなることかと――

7

一九七五年一月。

トッドは終業のベルが鳴るとひとりで学校を出て、自転車にまたがり、公園までペダルをこいだ。あいたベンチを見つけて、シュウィンのスタンドを立て、尻《しり》ポケットから通知票をとりだした。知った顔がいないかとあたりを見まわしたが、ほかに目につくのは池のそばでいちゃついている高校生のカップルと、手提げの紙袋をふたりでやりとりしているでぶの浮浪者たちだけだった。うすぎたないアル中ども、と思ったが、気になるのはアル中のことではなかった。少年は通知票をひらいた。

英語……C。アメリカ史……C。地学……D。地域社会と生活……B。初等フランス語……F。代数初歩……F。

トッドは目を疑った。成績がわるいのは覚悟していたが、こいつは一大事だ。

ひょっとしたら、これでよかったんじゃないか、と内心の声がだしぬけに語りかけた。

ひょっとしたら、おまえはわざとそうしたんじゃないのか。おまえの一部分が、あれにけりをつけたがってるからだ。けりをつける必要を感じてるからだ。なにか悪いことが起こらないうちに。

トッドはその考えを荒々しくはらいのけた。なにも悪いことが起こるはずはない。ドゥサンダーはこっちのもんだ。完全にこっちのもんだ。あの老人は、トッドの友だちのひとりが手紙を預かっていると思っているが、どの友だちかは知らない。もし、なにかが――どんなことでも――トッドの身に起こったら、その手紙が警察に届くと思っている。以前は、それでもドゥサンダーがなにかをたくらむんじゃないかという気がした。いまのドゥサンダーは、たとえ逃げるひまがあっても、年をとりすぎて逃げられない。

「あいつはちゃんと押さえてある、だいじょうぶだ」トッドはそうささやいてから、筋肉がぎゅっと縮むほど強く自分の太腿《ふともも》をたたいた。ひとりごとをいうのはよくない癖だ――頭のおかしい連中がひとりごとをいう。ここ六週間かそこら、どういうわけかそんな癖がついて、どうしても治らない。そのことで、何人かに妙な顔つきでじろじろ見つめられた。しかも、そのうちふたりは先公だ。おまけに、あのインケツ野郎のバーニー・エヴァースンが、わざわざ近づいてきて、クルクルパーになったのかといいやがった。よっぽどあのおかまの顔をぶんなぐってやりたかったが、そんなことは――口げんかも、取っ組みあいも、なぐりあいも――やっちゃ損だ。そんなことをすると目について、いろいろ誤解されるもとになる。ひとりごとをいうのはよくない。ああ、わかったよ、だけど――

「夢もよくない」と彼はささやいた。こんどは、自分がそういったのにも気づかなかった。

ごく最近になって、すごくいやな夢を見るようになっていた。夢の中ではいつも制服を着ていたが、その種類はさまざまだった。ときには紙の制服を着て、何百人もの痩《や》せおとろえた囚人といっしょに並んでいることもある。なにかを焼いているにおいがして、ブルドーザーのエンジンの断続音が聞こえる。やがてドゥサンダーが囚人の列に近づいてきて、こっちのだれかや、あっちのだれかを指さす。彼らは列を離れる。残ったものは、焼却炉に向かって行進する。中には足をじたばたさせて抵抗するものもいるが、大部分のものは栄養失調で、疲れきっている。やがて、ドゥサンダーがトッドの前に立つ。体が金縛りになるような長い瞬間、ふたりの目はおたがいを見つめあい、そこでドゥサンダーは色あせた傘《かさ》の先をトッドにつきつける。

「こいつを実験室に連れていけ」ドゥサンダーは夢の中でそういう。唇《くちびる》がまくれあがって、入れ歯がむきだしになる。「このアメリカ少年をだ」

べつの夢では、トッドが着ているのはSSの制服だった。長靴《ちょうか》は、鏡のように物が映るほどピカピカに磨《みが》かれている。髑髏と稲妻の記章が輝いている。しかし、トッドが立っているのはサントト・ドナート大通りで、みんながこっちを見ているのだ。群集が指さす。中には笑いだすやつもいる。ほかの人たちはショックを受けたり、怒ったり、嫌悪にかられている顔つきだ。この夢の中では古い自動車がキーッとかんだかい音を立ててとまり、ドゥサンダーが中からこっちをのぞく。二百歳ぐらいの、もうほとんどミイラ化して、皮膚が黄ばんだ巻物のようになったドゥサンダーが。

「おまえを知っているぞ！」夢の中のドゥサンダーは金切り声でそうさけぶ。見物人を見まわし、それからトッドに視線をもどす。「おまえはパティンの吸血鬼だ！　よく見ろ、みんな！　これがパティンの吸血鬼だ！　ヒムラーのいう〝能率専門家〟だ！　おまえを告発するぞ、この人殺し！　おまえを告発するぞ、この大量殺人者！　おまえを告発するぞ、この幼児殺し！　おまえを告発するぞ！」

またべつの夢の中では、トッドは縞《しま》模様の囚人服を着て、石の壁にかこまれた通路を、両親によく似たふたりの看守に連れられて歩いていく。看守たちのよく目立つ黄色の腕章には、ダビデの星が描《か》いてある。そのうしろからはひとりの司祭が、『申命記』を朗読しながら歩いている。トッドがうしろをふりかえると、その司祭がドゥサンダーであること、しかもSS将校の黒い制服を着ていることがわかる。

石の通路の突き当たりには両開きのドアがあって、ガラスの壁にかこまれた八角形の部屋に通じている。その中央には絞首台。ガラスの壁のむこうには、ガリガリに痩せおとろえた裸の男女が何列にも並び、みんなおなじ暗く無感動な表情でこっちを見つめている。どの腕にも青い番号がついている。

「心配するな」トッドは小さく自分にいいきかせた。「だいじょうぶだって。なにもかもうまくいくさ」

いちゃついていたカップルがこっちをふりかえった。トッドは、なにか文句があるのかというように、猛然とにらみかえした。やっとむこうはあっちを向いた。あいつ、ニヤついてやがったかな?

トッドは立ちあがり、通知票を尻ポケットに押しこんで、サドルにまたがった。行く先は、二ブロックむこうのドラッグストアだ。そこでインク消しと、青インクの出る細字の万年筆を買った。公園にもどって（さっきのカップルはもういなかったが、浮浪者たちはまだそこにいて、悪臭をまきちらしていた）、英語の点をBに、アメリカ史をAに、地学をBに、初等フランス語をCに、代数初歩をBに書きなおした。地域社会と生活は、いったん消してからもとの点を書きこんだ。通知票が一様《ユニホーム》に見えるように。

そう、制服《ユニホーム》だ。

「心配するな」とトッドは小声で自分にいいきかせた。「これでごまかせる。これでごまかせる。だいじょうぶだ」

一月も終わりに近いある晩、二時をまわったころに、クルト・ドゥサンダーはベッドの上掛けと格闘し、息もたえだえにうめきをもらしながら目をさました。恐ろしい闇《やみ》が周囲からせまっていた。恐怖でなかば窒息し、体が麻痺《まひ》していた。まるで胸の上に大きな石を乗せられたようで、心臓発作だろうかといぶかしんだ。闇の中でベッドわきのスタンドを手さぐりし、もうすこしでナイト・テーブルからひっくりかえしそうにして、やっと明かりをつけた。

ここは自分の部屋だ、と彼は思った。自分の寝室だ。ここはサント・ドナートだ、カリフォルニアだ、アメリカだ。ほら見ろ、いつもの茶色のカーテンがいつもの窓にかかっているじゃないか。いつもの本棚《ほんだな》に、ソレン通りの本屋で買ったペイパーバックが並んでいるじゃないか。いつもの灰色の敷物。いつもの青い壁紙。心臓発作じゃない。ジャングルもない。たくさんの目もない。

しかし、恐怖は悪臭のする毛皮のようにまだまとわりつき、心臓は依然として早鐘を打っていた。あの夢がもどってきたのだ。いずれそうなるとは思っていた。あの少年があんなことをつづければ、いずれはそうなる、と。あのくそガキめ。ドゥサンダーは、少年の自衛の手紙うんぬんがただのはったりであり、しかも出来のよくないはったりなのを知っていた。たぶん、テレビの探偵《たんてい》ドラマからのいただきだろう。それほど重大な手紙を開封せずに預かってくれそうなほど、あの少年が信用している友だちがいるだろうか？　そんな友だちはいない、それが答だ。すくなくとも、自分はそう思う。ただ、それに確信が持てれば——

関節リューマチの痛みをこらえて両手を握りしめ、つぎにゆっくりとひらいた。テーブルからタバコの箱をとり、ベッドの支柱でマッチをすって一服つけた。時計の針は二時四十一分をさしていた。もう今夜は眠れないだろう。煙を吸いこみ、それから激しい咳《せき》の発作といっしょにそれを吐きだした。下へおりて、酒を一、二杯ひっかけないと、とても眠れそうにない。それとも三杯。この六週間かそこらは、どう見ても酒の飲みすぎだ。もう自分は若くない。一九三九年にベルリンで賜暇《しか》をたのしんでいた士官当時のように、底なしで飲みつづけることなどできない。あのころは、勝利の香りがあたりにただよっていた。どこへ行っても総統の声が聞こえ、あの燃えさかる、強烈な目が——

あの少年……あのくそガキ！

「正直になれ」声に出してそういったとたん、静かな部屋の中に自分の声が大きくひびいて、思わずとびあがった。べつにひとりごとをいう癖はないが、といってこれがはじめてでもなかった。思いだしてみると、パティンでの最後の二、三週間は、しょっちゅうなにかひとりごとをいっていた。あらゆるものががらがらと崩れ落ち、ソ連軍の砲火の雷鳴が、最初は一日ごとに、やがては一時間ごとに大きくなってきた。あれではひとりごとをいうのもむりはなかった。非常なストレスだったし、ストレスを感じている人間は、しばしば奇妙なことをするものだ。ズボンのポケットの中から自分のきんたまを握ったり、歯をカチカチ鳴らしたり……。ヴォルフは歯を鳴らすのが得意だった。歯を鳴らしながらニヤニヤ笑った。ホフマンは指を鳴らし、太腿をたたき、こみいった速いリズムを作りだしながら、しかも当人はまったくそれに気がついていなかった。自分、クルト・ドゥサンダーは、ときどきひとりごとをいった。しかし、いまは――

「おまえはまたストレスに悩んでいる」と声に出していった。こんどは自分がドイツ語をしゃべったことに気づいていた。もう何年もドイツ語をしゃべったことはなかったが、その言葉は暖かく心地よく感じられた。その言葉は彼をなだめ、心を解きほぐしてくれた。甘美で、ほの暗かった。

「そうだ。おまえはストレスに悩んでいる。あの少年が原因だ。しかし、自分に正直になれ。こんな朝っぱらから自分に嘘《うそ》をついてもしかたがない。おまえはああやって話をすることを、完全にいやがってはいない。最初はあの少年が秘密を守れないのではないか、守ろうとしないのではないか、と恐怖にかられていた。いずれ彼はこのことを友だちに話し、その友だちがまたべつの友だちに話し、その友だちがこんどはふたりの友だちに話す、と。しかし、あの子がここまで秘密を守ったのなら、これからも秘密を守るだろう。もしわたしが連れ去られたら、あの子は自分の……話す本《トーキング・ブック》をなくすことになる。わたしは彼にとってそれだけのものなのか？　そうらしい」

ドゥサンダーはいいやめたが、考えだけはどんどん先に進んでいた。自分は孤独だった――どれほど孤独かは、だれにもわからないだろう。真剣に自殺を考えた時期もあった。隠遁《いんとん》生活は苦手だった。聞こえる声はラジオからのものだけ。訪ねてくる客といえば、よごれた四角なガラスのむこう側でうごめく映像だけ。ドゥサンダーは老人であり、死を恐れてはいるものの、それ以上に恐れているのは、孤独な老人であることだった。

ときどき、自分の膀胱《ぼうこう》に裏切られることもあった。バスルームまで行く途中で、黒いしみがズボンの前にひろがるのだ。じめついた天気の日には、関節がまず脈を打ち、それからさけびだす。日の出から日の入りまでのあいだに関節リューマチの痛みどめの売薬を一缶《ひとかん》のんでしまったことが何度あるかしれない……だが、アスピリンはただ痛みをいくらかにぶらせるだけだ。本を棚からとったり、テレビのチャンネルを変えるだけの動作でさえ、苦痛の試練になる。目も悪くなった。ときおり、物をひっくりかえしたり、むこうずねをすりむいたり、頭をぶっつけたりする。骨折したら電話もかけられないのではないかと心配しながら暮らし、かりに電話に出られても、どこかの医者がデンカー氏の病歴が存在しないことに不審をいだいて、真実の過去をあばきだすのではないかと心配しながら暮らしてきた。

あの少年は、こうしたことをいくぶんか軽減してくれた。あの少年がここにいるあいだは、むかしの日々をよみがえらせることができる。あの時代に関する記憶は、異様にあざやかだ。ほとんど際限なく人名や出来事を羅列《られつ》することができるし、これこれの日がどんな天気であったかさえ思いだせる。北東の監視塔で機関銃を受け持っていたヘンライト兵卒のことも、ヘンライト兵卒の眉間《みけん》にあったこぶのこともおぼえている。仲間の兵士たちは彼を〝三つ目〟とか〝キュークロープス〟と呼んでいた。ガールフレンドのヌード写真を持っていたケッセルのこともおぼえている。両手を頭のうしろに組んでソファーに寝そべっている写真で、ケッセルは観覧料をとって仲間にそれを見せていたものだ。医師たちと、その実験のこともおぼえている――苦痛の限界、瀕死《ひんし》の男女の脳波、生理的遅滞、いろいろな放射線の影響、そのほか何十種類もの実験。いや、何百種類もの実験。

ドゥサンダーは、自分があの少年に聞かせる話は、世の老人たちの長話とおなじことだろう、と思った。しかし、たいていの老人には、せっかちな聞き手、無関心な聞き手、それともまるきり礼儀知らずな聞き手しかいない。自分はそれよりも運がいい。ドゥサンダーの聞き手は、いつも夢中で耳をかたむけてくれる。

ときおり悪夢を見ることは、その代価として高すぎるだろうか？

彼はタバコをもみ消し、しばらく天井をながめて横になっていたが、やがて両足をぐるっとまわして床におろした。自分とあの少年がやっていることは下劣だ、と考えた。

おたがいの血を吸い……おたがいをむさぼっている。もし、午後にこの家のキッチンでたらふくむさぼる、あの陰惨だが濃厚な食物で、自分がときに胸焼けを起こすとしたら、あの少年はいったいどうなのか？　あの子はよく眠れるのだろうか？　たぶん眠れまい。ちかごろでは、少年の顔色がなんとなく冴《さ》えず、最初に自分の人生へ割りこんできた当時よりも痩せてきたように思える。

彼は寝室を横ぎって、クローゼットのドアをあけた。ハンガーを右へはらいのけ、影の中に手をさしいれて、例のまがいの制服をとりだした。それはまるでハゲタカの皮のように、手からぶらさがった。老人はもう片手でそれにふれた。それにふれ……それからなでさすりはじめた。

長い時間ののち、老人はベッドの上にそれをのせて、着替えをはじめた。ゆっくりと着替え、すっかり制服のボタンをはめ、ベルトを締め（そしてまがいの前あきのジッパーを閉じるまで）鏡をのぞかなかった。

それから鏡の中の自分の姿を見て、こっくりうなずいた。

ドゥサンダーはベッドにもどり、横になってまた新しい一服をつけた。タバコを吸いおわると、眠気がさしてきた。ベッドランプを消したが、まだ信じられなかった。こんなにたやすくいくはずはない。だが、五分後には寝息を立てており、こんどの眠りは夢のない眠りだった。

8

一九七五年二月。

晩餐《ばんさん》のあとで、ディック・ボウデンがとりだしたコニャックを見て、ドゥサンダーは内心ひそかに身ぶるいした。だが、もちろん老人は愛想《あいそ》のいい笑顔を作り、おおげさにほめそやした。ボウデンの妻は少年にモルト・チョコレートを出してやった。食事のあいだ、少年はめずらしく無口だった。不安なのか？　そうらしい。なにかの理由で、少年はひどくそわそわしていた。

ドゥサンダーは、少年に連れられてこの家に到着した瞬間から、ディックとモニカのボウデン夫妻を魅惑してしまった。少年は、デンカーさんの視力の悪さを、実際以上に誇張して話していた（もしそうならデンカー老人は盲導犬が必要だな、とドゥサンダーは皮肉な感想をいだいたぐらいだ）。少年がつづけているというふれこみの朗読サービスの説明が、それでつくからだ。ドゥサンダーはその点でとても用心ぶかくふるまい、なにもミスをしなかったという自信があった。

ドゥサンダーは一張羅《いっちょうら》を着こんでいた。じめじめした晩なのに、関節リューマチは意外なほどおとなしかった――ときおりピリッと痛みが走るだけだ。なにかのばかげた理由で、少年は傘《かさ》を家においてくるようにいったが、ドゥサンダーは聞きいれずに持ってきた。なにやかやを含めて、愉快でなかなか刺激的な夕べを過ごすことができた。おぞましいコニャックはともかく、外で晩餐をとるのは、なんと九年ぶりだ。

食事のあいだに、彼はエッセンの自動車工場のこと、戦後のドイツ復興のこと――ボウデンはそのことでいくつか頭のいい質問をし、ドゥサンダーの答に感動したようだ――そしてドイツの作家たちのことを話した。モニカ・ボウデンから、どうしてそんなに晩年になってからアメリカへきたのかとたずねられて、ドゥサンダーはこの場にふさわしい、目のしょぼしょぼしょぼした悲しみの表情を作ってから、架空の愛妻の死を物語った。モニカ・ボウデンは同情でとろけそうになった。

そしていま、噴飯物のコニャックをすすりながら、ディック・ボウデンがいった――「デンカーさん、もしこれがあまり立ち入りすぎる質問だとお考えなら、どうか答えないでください……しかし、わたしはあなたがあの戦争でなにをなさったかを考えずにはいられないんですよ」

少年が、ほんのかすかに身をこわばらせた。

ドゥサンダーは微笑をうかべ、タバコをとろうと手さぐりした。どこにあるかはちゃんと見えていたが、ほんの小さな手ぬかりもあってはならなかった。モニカがタバコを手に押しつけてくれた。

「ありがとう、奥さん。今夜のごちそうは最高でしたよ。あなたはすばらしいコックだ。亡《な》くなった家内でもこうはいきません」

　モニカは礼をいい、めんくらった顔つきになった。トッドはがまんがならないように母親を見た。

「いや、すこしも立ち入った質問じゃありません」ドゥサンダーはタバコに火をつけながら、ボウデンに向きなおった。「わたしは一九四三年以降、予備役に編入されたのです。五体満足だが戦場に出るには年をとりすぎているものは、みんなそうでした。そのころには破滅の前兆は明らかでした。第三帝国にとっても、またそれを作りだした狂人たちにとっても。もちろん、とりわけひとりの狂人にとってはね」

　ドゥサンダーはマッチを吹き消し、厳粛な表情になった。

「形勢がヒトラーに不利になったときは、心からほっとしましたよ。心から。もちろん」男と男のあいだだから打ちあけるが、という調子でボウデンを愛想よく見つめた。

「そんな感情を表現しないように気をつけましたがね。口には出せません」

「そうでしょうね」ディック・ボウデンの声には敬意がこもっていた。

「そうです」ドゥサンダーはおもおもしくいった。「口には出せません。いまでもおぼえていますが、ある晩、仕事がひけたあと、四、五人の友人だけで近くの公営酒場へ一杯やりにいったときでした——もうそのころには、シュナプスはおろか、ビールさえ品切れのことが多かったが、たまたまその晩は両方ともあったのです。みんな、二十年来の長いつきあいでした。中のひとりのハンス・ハッスラーが、なにかの拍子に、総統がソ連軍相手に第二の戦線をひらいたのは無分別だ、と口をすべらせたのです。わたしはいいました――『ハンス、後生だから、めったなことはいうな！』あわれなハンスはまっさおになって、さっそく話題を変えました。ところがその何日かあとに、彼は姿を消してしまったのです。わたしは二度と彼に会えませんでした。わたしの知るかぎり、その晩、おなじテーブルにすわっていたほかのみんなも」

「まあ、おそろしい！」モニカが息をのんだ。「コニャックはいかが、デンカーさん？」

「いや、もうけっこうです」老人は彼女にほほえみかけた。「妻は母親譲りのこんな諺《ことわざ》をよく持ちだしたものですよ――『最高のものは度を過ごしてはいけない』」

トッドのちょっぴり不安そうな渋面が、さらに深まった。

「その人は強制収容所に送られたんでしょうかね？」ディックがきいた。「あなたの友人のヘッスラーさんは？」

「ハッスラーです」ドゥサンダーは穏やかに訂正した。それから、沈痛な声音になった。「おおぜいがそうでしたよ。強制収容所……あれは、これから千年ものあいだ、ドイツ人の恥辱でありつづけるでしょう。あれこそヒトラーの遺産です」

「いや、その見方はきびしすぎますよ」ボウデンはパイプをつけ、チェリー・ブレンドの窒息しそうな煙を吐きだした。「わたしが読んだ本では、ドイツ人の大多数はなにが起こっているかを知らなかったようですからね。アウシュヴィッツの近くの住民は、あれをソーセージ工場と思いこんでいたとか」

「うっ、なんておそろしい」モニカは、いいかげんになさいといいたげな表情で夫をにらんだ。それからドゥサンダーをふりかえって微笑した。「わたしはパイプのにおいが大好きですの。デンカーさん、あなたはいかが?」

「わたしも大好きですよ、奥さん」ドゥサンダーはいった。いましがた、くしゃみが出そうでたまらないのを、やっと押さえつけたところだった。

ボウデンはふいにテーブルごしに手をのばし、息子の肩をポンとたたいた。トッドはとびあがった。「ばかに今夜はおとなしいな。気分でもわるいのか?」

トッドは、父親とドゥサンダーに半分ずつふりわけたような、奇妙な微笑をうかべた。「気分はわるくないよ。でも、こんな話は前に何回も聞かされてるからさ」

「トッド!」モニカがいった。「失礼でしょう、そんなことをいったら――」

「この子は正直なだけですよ」ドゥサンダーがとりなした。「それは少年だけの特権です。おとながしばしばあきらめなければならない特権です。そうでしょう、ボウデンさん?」

ディックが笑ってうなずいた。

「では、そろそろ失礼して、トッドにわたしの家まで送ってもらうことにします」とドゥサンダーはいった。「彼には勉強があるでしょうから」

「トッドは優秀な生徒ですの」だが、モニカのその口調はほとんど機械的で、トッドをながめる目には当惑のいろがあった。「いつもはAとBばっかりなんですけどね。先学期はCがひとつあったんです。でも、三月の通知票では、きっとフランス語の成績をよくしてみせると約束してくれました。そうよね、トッド・ベイビー？」

トッドはまた奇妙な微笑をうかべて、うなずいた。

「歩いて帰られることはない」ディックがいった。「お宅まで車で送ります」

「せっかくですが、健康のためになるべく歩くことにしていますので」ドゥサンダーはいった。「そうさせてください……トッドさえいやでなければ」

「ううん、いやじゃないよ。ぼく、歩くの好きさ」トッドがそういうのを聞いて、両親はにっこりと彼をながめた。

ふたりがドゥサンダーの家に近い街角まできたとき、ドゥサンダーが沈黙をやぶった。霧雨《きりさめ》が降っていて、老人はふたりの上に傘をさしかけていた。それでさえ、今夜の関節リューマチはおとなしくまどろんでいるらしい。驚くべきことだ。

「きみはわたしの関節リューマチに似ている」と彼はいった。

トッドは顔を上げた。「え？」

「どちらも今夜はばかにおとなしい。だれに舌をとられたんだね、坊や？　猫《ねこ》か、それとも鵜《う》か？」

「べつに」トッドはつぶやいた。ふたりはドゥサンダーの家の通りへと折れた。

「見当はつきそうだ」ドゥサンダーは、悪意のこもっていなくもない口調でいった。「わたしを迎えにきたときのきみは、わたしがなにかのミスをしないかと心配だった……俗にいう『尻尾《しっぽ》を出す』のではないかとね。しかし、きみはなんとか晩餐を切りぬける決心をしていた。これ以上両親の誘いを断わろうにも、言い訳を使いつくしたからだ。ところが、いま万事がうまく運んだことで、きみは当惑している。それが正直なところじゃないかね？」

「どうだっていいだろ」トッドはすねたように肩をすくめた。

「なぜ万事がうまく運んではいけない？」ドゥサンダーは問いつめた。「わたしはきみが生まれる前から変装をつづけている。きみはなかなかうまく秘密を隠した。それは認めよう。大いに認めよう。しかし、今夜のわたしを見たか？　わたしは彼らを魅惑した。魅惑したのだ！」

トッドはだしぬけにさけんだ。「そんなこと、しなくてもよかったんだ！」

ドゥサンダーは急に足をとめ、トッドをまじまじと見つめた。

「しなくてもよかった？　どうして？　きみがそうしてほしいだろうと思ったからだぞ、坊や！　これで両親も、きみがひきつづきわたしのところへきて、本を〝読んであげる〟のに反対を唱えたりしないはずだ」

「ふん、いい気なもんだよ！」トッドは逆上した。「ぼくはもう聞きたい話をぜんぶ聞きだしたかもしれないぜ。だれかからむりやり命令されて、あのうすぎたない家で、駅にうろついてるできものだらけの浮浪者みたいに、あんたがウィスキーをがぶ飲みするのを見にくるとでも思ってるのかい？　ほんとにそう思ってるのかい？」トッドの声はかんだかくふるえ、ヒステリックな調子をおびてきた。「ぼくはだれにも強制なんかされてない。いきたきゃいく。いきたくなきゃいかない」

「声を落とせ。みんなに聞こえるぞ」

「知ったことか！」トッドはいったものの、また歩きだした。こんどはわざと傘の外を歩いた。

「そう、だれもきみに強制してはいない」ドゥサンダーはそういってから、計算ずくのさぐりを入れた。「それどころか、もうこないほうがいいと思うね。信じてくれ、坊や、わたしはひとり酒になんの良心のとがめも感じていない。なにひとつ」

トッドは蔑《さげす》むように彼を見た。「へえ、そうなの？」

ドゥサンダーはあいまいに微笑しただけだった。

「だったら、あてにしないほうがいいね」ふたりはドゥサンダーの家の玄関に通じるコンクリートの小道にやってきた。ドゥサンダーは玄関の鍵《かぎ》を出そうと、ポケットをさぐった。関節リューマチは、指関節の中で鈍赤色《にびあか》の閃光《せんこう》を放ってから、またしずまって、なにかを待ちうけた。いまドゥサンダーは、関節リューマチがなにを待ちうけているのか、理解できた気がした。こっちがひとりになるのを待っているのだ。それからやってくる。

「教えてやろうか」トッドが奇妙に息をはずませた調子でいった。「もしうちの両親があんたの正体を知ったら、もしぼくがそれを教えたら、あのふたりはあんたに唾《つば》を吐きかけて、その痩《や》せたよぼよぼの尻《しり》をけとばすぜ」

ドゥサンダーは霧雨の闇《やみ》の中で、しげしげとトッドを見つめた。少年の顔は挑《いど》むようにこちらを見あげていたが、肌《はだ》は青白く、目の下には黒いくまができていた——ほかのみんなが眠っているときに、長く物思いにふけっている人間の顔色だ。

「たしかに、きみの両親はわたしに対して嫌悪《けんお》しか感じないだろう」ドゥサンダーはそういったものの、内心ではひそかに思った——父親のほうは、いっとき嫌悪を押しころして、すでに息子がたずねたような種類の質問をいろいろとするのではなかろうか。「嫌悪だけだ。しかし、坊や、わたしが真相を話せば、両親はきみに対してどんな気持になるだろうな？　きみがこの八カ月間わたしの正体を知っていたこと……しかも、それをだまっていたことを？」

闇の中で、トッドは言葉もなく彼を見かえした。

「もしその気があるなら、いつでも訪ねておいで」ドゥサンダーはむぞうさにいった。「その気がなければ、家にいたまえ。おやすみ、坊や」

老人は小道を玄関へと歩きだし、おきざりにされたトッドは霧雨の中に立って、わずかに口をあけたまま、うしろ姿を見送っていた。


あくる日の朝食の席で、モニカがいった。「パパはデンカーさんがすごく気にいったみたいよ、トッド。お祖父《じい》さんを思いだすんですって」

トッドはトーストを頬《ほお》ばって、もぐもぐなにかをつぶやいた。モニカは息子を見て、この子は最近ちゃんと睡眠をとっているのかしら、といぶかった。顔色が悪い。それに成績も、あの不可解な急降下。いままでCなんかとったことのない子なのに。

「このごろ、体の調子はだいじょうぶなの、トッド？」

少年は一瞬ぽかんと母親を見つめたが、すぐにあの明るい微笑が顔にひろがり、彼女を魅惑し……彼女を元気づけた。少年のあごにはいちごジャムがくっついていた。「あったりまえさ」と少年はいった。「カンペキ」

「トッド・ベイビー」

「モニカ・ベイビー」少年が応じるのといっしょに、母と子は笑いだした。

9

一九七五年三月。

「猫《ねこ》ちゃん」とドゥサンダーはいった。「こっちだよ、猫ちゃん。おいでおいで。おいでおいで」

彼は裏庭のステップに腰かけ、ピンクのプラスチックのボウルを右足のそばにおいていた。ボウルの中にはミルクがたっぷりはいっていた。午後の一時半で、もやの出た暑い日だ。西のほうのやぶ火事が、カレンダーとはそぐわない秋のにおいをあたりに漂わせていた。もし、あの少年がくるとしたら、あと一時間ぐらいでやってくるだろう。しかし、最近ではいつもやってくるとは限らなかった。週に七日きていたころとはちがって、四日か五日しかこないことが多い。老人の心の中では、ひとつの直観がすこしずつ形づくられ、その直観が、あの少年も自分の悩みをかかえているのだ、と告げていた。

「猫ちゃん」とドゥサンダーは誘惑した。のら猫は裏庭のいちばん端にいて、ドゥサンダーの家の柵《さく》ぎわの雑草の縁《へり》にすわっていた。雄猫で、それがすわっている雑草とおなじぐらいぼさぼさの毛なみだった。老人が呼びかけるたびに、猫の耳はピンと立った。

猫の目は、ミルクのはいったピンクのボウルからいっときも離れない。

もしかして、とドゥサンダーは考えた。あの子は成績のことで悩んでいるのかもしれない。それとも悪夢で。それとも、その両方で。

最後の考えで、老人はにっこりした。

「猫ちゃん」彼は優しく呼んだ。猫の耳がまたピンと立った。まだ動くようすはなかったが、ミルクをじっとながめつづけた。

ドゥサンダーも、たしかに自分の問題に悩まされていた。ここ三週間かそこら、ＳＳの制服を奇怪なパジャマ代わりにしてベッドにはいり、その制服が不眠症や悪夢をはらいのけてくれた。最初のうちは木こりのようにぐっすり眠れた。ところが、やがて悪夢がもどってきた。ぽつぽつとではなく、いっきょに復活して、しかも前以上にひどくなった。たくさんの目の夢だけでなく、走っている夢も。濡《ぬ》れた、見えないジャングルを走りつづける夢、そこでは重たい葉や湿った葉が顔をたたき、なにかのしたたりを顔に残していくが、それは樹液かもしれず……血かもしれない。どこまでもどこまでも走りつづけ、いつもまわりをとりまく光った目に、魂のない感じで見つめられて逃げまわるうち、林間の空地《あきち》に出る。暗闇の中で、空地の奥からけわしい上り坂がはじまっているのを見てとるというより、体で感じる。その上り坂のてっぺんがパティンだ。低いセメントの建物と広場が鉄条網と高圧電線の柵にとりかこまれ、『宇宙戦争』のさし絵から火星人の戦闘機械が抜けでてきたように、監視塔がそそり立っている。そしてその中央には巨大な煙突から空に向かって煙がもくもく吹きだし、そのレンガ作りの円柱の下には、点火されて用意のととのった焼却炉が、獰猛《どうもう》な魔物の目玉のように闇の中であかあかと輝いている。地元の住民には、パティンの囚人たちが衣服やろうそくを作っているという説明がされていたが、もちろん住民はそんなことを信じはしなかった。ちょうどアウシュヴィッツの周囲の住民が、収容所をソーセージ工場と信じなかったように。まあ、それはどうでもいい。

夢の中でうしろをふりかえった彼は、とうとうやつらが隠れ家から出てきたのを見てとった。平安のない死者たち、ユダヤ人どもが、いっぱいに前にのばした鉛色の腕から青い番号をぎらつかせ、両手をかぎ爪《づめ》のように折り曲げ、もはや無表情ではなくなり、憎悪によみがえり、復讐《ふくしゅう》に生気づき、殺人にうきうきした顔で、よろよろとこっちへ近づいてくる。よちよち歩きの幼児が母親たちのそばを走り、祖父たちが中年の息子たちに運ばれてくる。そして、やつらみんなの顔にあるいちばん支配的な表情は、絶望だ。

絶望？　そうだ。なぜなら、夢の中では、もしその丘を登りきれば助かるのをこっちが知っている（そしてやつらも知っている）からだ。この湿った沼沢性の低地、夜に花咲く植物が樹液の代わりに血を分泌《ぶんぴつ》するこのジャングルでは、自分は追われるけものの……餌食《えじき》だ。しかし、あそこまで登れば、こっちが支配権を握れる。もし、これがジャングルだとすれば、丘の上にあるあの収容所は動物園だ。すべての野獣が安全な檻《おり》の中に閉じこめられ、園長である自分の仕事は、どの動物に餌《えさ》をやり、どれを生かし、どれを生体解剖者にひきわたすか、どれを移動車で畜殺業者のところへ届けるかを決めることだ。

彼はその丘を駆け登りはじめる。悪夢特有のじれったい速度で走りつづける。やがて、骸骨《がいこつ》のように痩せた最初の手に首すじをつかまれ、つめたくて臭い彼らの息を感じ、その腐敗臭をかぎとり、鳥に似た勝利のさけびを聞きながら、地面にひき倒される。救済がそこに見えているだけでなく、あとすこしで手が届きそうなのに――

「おいで」とドゥサンダーは呼びかけた。「ミルクだよ。おいしいミルクだよ」

猫はとうとうやってきた。裏庭を半分横ぎったところでまた腰をおろしたが、軽くおろしただけで、尻尾《しっぽ》を気がかりそうにピクピクふるわせている。そう、こっちを信用していないようすだ。しかし、猫がミルクのにおいをかぎつけたことを知っていたので、ドゥサンダーには自信があった。いずれはこっちへやってくる。

パティンでは、禁制品持ちこみの問題は最初からなかった。囚人の中には、貴重品を小さなセーム革の袋に入れ、肛門《こうもん》の奥に隠してくるものがいた（そして、その貴重品が蓋《ふた》をあけてみればそれほど貴重でないことがどれほど多かったことか――写真、一房の頭髪、人造宝石）。棒を使ってうんと奥へ押しこんでいるので、〝臭い親指〟とあだ名のついた囚人頭《カポー》の長い指でさえ届かない。ひとりの女は、小さいダイヤを隠していた。よく見ると傷があって、たいして値打ちのあるしろものではない――しかし、母親から長女へと六世代にもわたって伝えられた家宝だ（と女はいうが、もちろんユダヤ人のいうことだから嘘《うそ》っぱちにきまっている）。彼女はパティンに入れられる前にそれをのみこんだ。ダイヤが便にまじって出てくると、またそれをのみこんだ。これを何度もつづけていたが、そのうちにダイヤが内臓を切り裂きはじめ、出血がとまらなくなった。

ほかにもいろいろな手口があったが、たいていはひそかに溜《た》めたタバコとか、一、二本のヘアリボンといったケチな品物だった。そんなことはどうでもいい。ドゥサンダーが囚人の尋問室に使っていた部屋には、電熱器と、いま自分のキッチンにあるのとおなじような赤いチェックのテーブルクロスをかけた質素な食卓があった。電熱器の上には、いつもラム・シチューの鍋《なべ》がぐつぐつと柔らかな音を立てていた。禁制品持ちこみの疑いが発生すると（そうでないときがあるだろうか？）容疑者グループのひとりがその部屋に連れてこられる。ドゥサンダーは、シチューの香ばしいにおいがただよってくる電熱器のそばに相手を立たせる。そして、優しい口調で、だれだね、とたずねる。だれが金《きん》を隠しているのか？　だれが宝石を隠しているのか？　だれがタバコを持っているのか？　だれがギヴェネット夫人に赤ん坊の病気の薬をやったのか？　だれだ？　いえばシチューを食べさせるという約束は、けっしてしたことがない。だが、やがてその香りは例外なく相手の堅い口をゆるめてしまう。もちろん、棍棒《こんぼう》でもおなじ効果は得られたろうし、銃の台尻を彼らのきたない股《また》ぐらへこじいれる手もあるが、シチューは……実にエレガントだ。そう。

「猫ちゃん、おいで」ドゥサンダーは呼びかけた。猫の耳がピンと立った。腰をうかせかけてから、遠いむかしのけとばされた記憶か、ひげを焦《こ》がしたマッチのことをなかば思いだしたのか、またうずくまった。だが、まもなくやってくるだろう。

ドゥサンダーは自分の悪夢をなだめる方法を見つけたのだ。ある意味で、それはSSの制服を着ることと変わらない……だが、それを何倍にも増幅したものだ。ドゥサンダーは自分に満足していた。もっと早く思いつかなかったことだけが残念だった。自分の心を静めるこの新しい方法については、あの少年に感謝してもいいと思った。過去の恐怖をひらく鍵《かぎ》は、頭から拒否することでなく、それを熟考し、むしろ友人のように抱きしめてやることの中にある、と教えてくれたのだから。去年の夏にあの少年がふいに現われるまで、長いあいだ悪夢を見たことはなかったのは事実だ。しかし、いまの彼はこう信じていた。あれは臆病者《おくびょうもの》がやる過去との和解だった。自分の一部をむりやりに放棄させられていた。いまの自分はそれをとりもどしたのだ。

「猫ちゃん、おいで」ドゥサンダーは呼びかけて、にっこり微笑した。温かい微笑、親切そうな微笑、残酷な人生行路をなんとか切りぬけて、まだわりあい無傷で、すくなくともいくらかの知恵を残して、安全な場所にたどりついたすべての老人と共通する微笑だった。

雄猫はやっと腰を上げ、もう一瞬ためらったのちに、しなやかで優雅な動きで、裏庭の残りを小走りに横ぎった。ステップを登り、もう一度だけドゥサンダーを不信の目つきで見やってから、嚙《か》みちぎられ、かさぶたのできた耳を寝かした。そしてミルクをのみはじめた。

「すてきなミルクだよ」ドゥサンダーはそれまで膝《ひざ》の上にのせていた緑色のプレイテックスのゴム手袋をはめた。「すてきな猫ちゃんのすてきなミルク」その手袋はスーパーで買った。レジの急行専用レーンに並んでいると、中年婦人たちから賛嘆の目つき、それとも下心のあるような目つきを浴びたものだ。その手袋は、テレビで宣伝している商品だった。腕まわりがついていた。非常に柔軟なので、はめたままでコインがつまめるというふれこみだった。

ドゥサンダーは緑色の指で猫の背中をなでながら、なだめるように話しかけた。猫は彼の指先のリズムに乗って背をまるめはじめた。

ボウルがからになる寸前、彼は猫をつかんだ。

力をこめた両手の中で、猫は電撃をくらったように暴れだし、身をよじり、じたばたしながら、ゴムをひっかいた。胴体がしなやかな鞭《むち》のように前後に跳ねた。もし猫の歯か爪がこっちに食いこんだら、むこうの勝ちになることを、ドゥサンダーは疑わなかった。こいつは海千山千の古つわものだ。達人は達人を知る――ドゥサンダーはそう考えて、にやりとした。

用心ぶかく猫を自分の体から遠く離して持ちあげ、苦しそうなにやにや笑いを顔に貼《は》りつけたまま、ドゥサンダーは裏口のドアを足で押しあけてキッチンにはいった。猫がもの悲しい鳴き声を上げ、身をよじって、ゴム手袋をひき裂いた。とがった凶暴な頭がさっとおそいかかって、緑色の親指に食いついた。

「いけない猫ちゃん」ドゥサンダーは非難がましくいった。

オーブンのドアは開いたままだった。ドゥサンダーはその中に猫を投げこんだ。かぎ爪がキーッ、ピチピチと音を残して、手袋から離れた。ドゥサンダーがオーブンのドアを片膝で荒っぽく閉めたとたん、関節リューマチの苦痛がおそってきた。それでもにやにや笑いをやめなかった。はあはあ荒い息をつきながら、しばらく頭を垂れてレンジによりかかった。それはガス・オーブンだった。だが、冷凍のテレビ・ディナーを料理する以外に、めったに使ったことはない。それとのら猫を殺す以外には。

かすかにガス・バーナーの中から物音が伝わってきた。猫が爪を立て、外へ出してくれと悲しげに訴えている。

ドゥサンダーはオーブンのダイアルをひねって二百五十度に合わせた。ボッと音がして、オーブンの種火が二列に並んだ火口《ほくち》から吹きだすガスに点火した。猫はニャーニャー鳴くのをやめ、悲鳴をあげはじめた。その声は……そう……幼い少年のようだった。ひどい苦痛におそわれている幼い少年。そう考えて、ドゥサンダーの笑顔はいっそうひろがった。心臓が胸の中でとどろきを上げていた。猫はオーブンの中をガリガリひっかき、まだ悲鳴を上げつづけながら、めちゃくちゃに走りまわった。まもなく、熱い、毛と肉の焦げるにおいがオーブンから部屋の中に漂ってきた。

それから半時間後に、ドゥサンダーはオーブンの中から猫の死骸をかきだした。それに使ったバーベキュー・フォークは、一キロ半離れたショッピング・センターのグランツで、二ドル九十八セント出して買ったものだった。

猫の丸焼けになった死骸は、小麦粉の空袋《あきぶくろ》に詰めこまれた。彼はその袋を地下室へ運びおろした。地下室の床はセメントでなく、土のままだ。まもなくドゥサンダーは上にひきかえした。キッチンが人工の松の芳香でプンプンするまで、グレードをスプレーした。窓をぜんぶあけはなった。バーベキュー・フォークはよく洗って、穴あきボードにぶらさげた。それから椅子《いす》に腰をおろして、少年がやってくるのを待つことにした。笑いがこみあげてきて、とまらなかった。

トッドがやってきたのは、きょうはこないらしいとドゥサンダーがあきらめた五分後のことだった。少年は学校のマーク入りのトレーニング・ジャケットを着ていた。サンディエゴ・パドレスの野球帽をかぶり、教科書を小脇《こわき》にかかえていた。

「うっ、くせえ」トッドはキッチンにはいってくると、鼻にしわをよせた。「なに、このにおい？　どぐさいよ」

「オーブンを使った」ドゥサンダーはタバコをつけながらいった。「夕食を黒焦げにしてしまってな。捨てなければならなかった」


おなじ月のある一日、少年はいつもよりずっと早く、ふだんならまだ学校が終わらない時間にやってきた。ドゥサンダーはキッチンにすわって、エンシェント・エイジのバーボンを、縁の欠けた、色のはげたカップで飲んでいた。カップの縁のまわりには、『かあちゃんのコーヒーだべ、ホー！　ホー！　ホー！』と文字がはいっていた。いまのドゥサンダーは揺り椅子をキッチンに持ちこみ、飲みながら体を揺らし、体を揺らしては飲み、色あせたリノリウムを上靴《うわぐつ》でたたいていた。すっかりごきげんだった。つい昨夜まではまったく悪夢を見なかったのだ。あの耳を嚙みちぎられた雄猫を殺してからは。しかし、昨夜の夢はことのほか恐ろしいものだった。それは否定できない。丘を半分登ったところでやつらにひきずりおろされ、そのあと必死で目をさますまでに、言語に絶する仕打ちを受けた。とはいえ、のたうちながらもああして現実世界へもどってきて以来、ドゥサンダーは自信たっぷりになっていた。悪夢はいつでも好きなときに終わらせることができる。ひょっとすると、こんどは猫ではきかないかもしれない。しかし、野犬収容所がある。そう。野犬収容所はつねにある。

トッドがだしぬけにキッチンにはいってきた。少年の顔は青ざめ、汗で光り、ひきつっていた。たしかに体重が減ったようだ。白目をむいたような少年の奇妙な表情が、ドゥサンダーには気に入らなかった。

「あんたはぼくを助ける責任がある」とつぜんトッドが挑戦《ちょうせん》口調でいった。

「そうかね?」ドゥサンダーは穏やかに問いかえしながら、ふと懸念《けねん》におそわれた。しかし、トッドが教科書を乱暴にテーブルへたたきつけるのを見ても、顔色は変えなかった。中の一冊がくるくるまわってオイルクロスの上をすべり、ドゥサンダーの足もとの床にうつぶせに落ちて、テントの形になった。

「そうさ、あったりまえだろ!」トッドはかんだかい声でいった。「本気なんだぜ! これはあんたのせいだからね! みんなあんたのせいだ!」猩紅熱《しょうこうねつ》のような赤い斑点《はんてん》が両頰《りょうほお》にうかんできた。「でも、あんたはなんとかしてぼくを助けなくちゃならない。だって、ぼくは秘密を握ってるからね! あんたのいちばん痛いところを握ってるんだから!」

「わたしにできることなら、どんなことをしてもきみを助けるよ」ドゥサンダーは静かに答えた。自分では意識していないのに、しぜんと両手を前に組んでいるのがわかった――ちょうど、むかしとおなじように。老人は、その組んだ両手の真上にあごがいくように、揺り椅子の上で前かがみになった――ちょうど、むかしとおなじように。その顔は穏やかで、したしみぶかく、いぶかしげだった。しだいに強まる懸念は、すこしも顔に出ていなかった。そんなふうにしてすわっていると、うしろのレンジでラム・シチューの鍋が煮えている音が、いまにも聞こえそうだった。「どういう悩みか話してみなさい」

「これだ、くそったれな悩みは」トッドは荒々しくいうと、ドゥサンダーにホルダーを投げつけた。ホルダーは胸にあたって、膝の上に落ち、老人は一瞬自分の内部にわきあがった怒りの激しさに驚きを感じた。立ちあがって、少年を手の甲でひっぱたきたい衝動だ。しかし、ドゥサンダーは穏やかな表情をくずさなかった。それが学校の通知票なのはわかったが、学校はその事実を隠すために、ばかばかしい手数をかけているようだった。通知票とか、成績表とか書く代わりに、『学期末経過報告』という名がついていた。老人は鼻を鳴らしてから、中をひらいた。

タイプで打ったメモが下に落ちた。それはあとで調べることにしてわきへどけ、まず少年の成績に目をとおした。

「きみはどん底に落ちたようだな、坊や」ドゥサンダーはいくばくかの快感をこめてそういった。少年が合格点をとったのは、英語とアメリカ史だけだ。あとの科目はどれもFだった。

「ぼくのせいじゃないやい」トッドは恨みをこめていった。「あんたのせいだ。あんな話をするからだ。おかげで悪夢にうなされてるんだぜ、知ってるのか？　すわって教科書をひろげると、とたんにあんたがその日に話したことを考えはじめてさ、つぎに気がつくと、おふくろがもう寝る時間ですよといってる。だけど、それはぼくの責任じゃない！　ちがう！　聞こえたか？　ちがうんだ！」

「よく聞こえた」ドゥサンダーは答えると、トッドの通知票の中にはさんであったタイプのメモを読みはじめた。

親愛なるボウデン夫妻――

御子息の第二、第三学期の成績について父兄懇談会を開きたいと存じ、本状をさしあげるしだいです。本校での過去のトッドの優秀な成績に照らしてみても、最近の成績低下はなんらかの個人的問題があり、それが彼の勉学にきわめて有害な影響をおよぼしているかに思われます。こうした問題は、しばしば率直、かつ開放的な討論によって解決するものであります。

ここで指摘しておきますと、トッドは学年の中間試験をパスしましたが、四学期で成績が極端に向上しないかぎり、最終成績では数科目に落第点をとるおそれがあります。落第点をとった場合は、留年を避けるため夏期補習を受けることになり、スケジュール面で非常な不便をもたらすことになります。

もうひとつ申しそえたいのは、トッドが大学進学組であり、しかもこれまでの成績が大学入学許可水準をはるかに下まわっていることであります。また、大学進学適性試験の学習能力のレベルにも達しておりません。

当方では、なるべくご希望の日時に懇談を行うつもりですので、どうか遠慮なくご相談ください。こうした問題は、通常、早いほうが好結果を生みます。

誠意をこめて、
エドワード・フレンチ

「このエドワード・フレンチとは何者だね？」ドゥサンダーはそのメモを通知票の中へはさみこみながらたずね（内心の一部は、まだアメリカ人の専門用語癖に感嘆していた。息子が落第しかけていることをその両親に知らせるためだけに、こんなもったいぶった公文書をよこすとは！）、そしてもう一度両手を組んだ。災厄《さいやく》の予感は前以上に強くなっていたが、それに屈服する気はなかった。これが一年前なら、そうしていたかもしれない。一年前のドゥサンダーは、いつでも災厄を迎えたい気分だった。いまはちがう。だが、どうやらそれはこのいまいましい少年がもたらしてくれたものらしいのだ。「きみの学校の校長か？」

「ゴム靴エドが？　冗談じゃない。ガイダンス・カウンセラーさ」

「ガイダンス・カウンセラー？　なんだね、それは？」

「考えりゃわかるだろ」トッドはヒステリーの一歩手前だった。「そのくそったれなメモを読んだくせに！」トッドはせかせかと部屋の中を歩きまわりながら、鋭い目でドゥサンダーをちらちらとうかがった。「とにかく、こんなことさせてたまるか。冗談じゃない。ぼくは夏期補習なんか行かないぞ。今年の夏はパパとママがハワイへ行く予定で、それについていくんだ」トッドはテーブルの上の通知票を指さした。「パパがこれを見たら、どうするかわかるかい？」

ドゥサンダーはかぶりをふった。

「ぼくに洗いざらい白状させるさ。洗いざらい。そしたら、あんたのせいだってことがバレる。ほかに原因があるはずはない。ほかのものはなんにも変わってないんだから。パパはぼくに根掘り葉掘り聞いて、洗いざらい白状させる。そしたら……そしたら、ぼくは……もう信用ゼロだ」

トッドは敵意の目をドゥサンダーに向けた。

「両親はぼくを監視する。それとも、ぼくを医者に連れていくかな。わからない。そこまでどうしてわかる？　でも、そんなヘマはするもんか。くそったれな夏期補習になんか行かないぞ」

「それと少年院にもな」ドゥサンダーはごく穏やかにそういった。

トッドは部屋を歩きまわるのをやめた。顔が凍りついたようになった。すでに青ざめていた頬とひたいが、いっそう蒼白《そうはく》になった。少年はドゥサンダーを見つめ、二度ここころみてからやっと声を出した。「なに？　いま、なんていった？」

「なあ、坊や」ドゥサンダーはきわめてしんぼう強い口調をとった。「この五分間、わたしはきみがぎゃあつく泣きわめくのを聞いていたが、その騒々しい泣き言は煎《せん》じつめればこういうことだ。きみはトラブルをかかえている。きみのしていたことが露見するかもしれない。きみは不都合な立場におかれるかもしれない」少年の注意を――やっとのことで――完全にひきつけたのを知って、ドゥサンダーはカップからちびりと一口飲んだ。

「なあ、坊や」と彼はつづけた。「きみがそんな態度をとるのは非常に危険だ。それに、わたしにとっても危険だ。潜在的な危険は、わたしにとってははるかに大きい。きみは通知票のことで心配している。ぷっ！　きみの通知票など、こんなものだ」

タバコの脂《やに》の黄色くしみついた指で、ドゥサンダーはテーブルから通知票をはじきとばした。

「わたしの心配は、自分の命だぞ！」

トッドは返事をしなかった。白目をむいた、かすかに狂気じみた目つきで、ドゥサンダーを見つめつづけた。

「イスラエル人どもは、わたしが七十六歳だという事実にためらったりはしない。あそこではまだ死刑が幅をきかせている。とくに、被告席にいる男が強制収容所に関係のあるナチの戦犯だときてはな」

「あんたはアメリカ国民だ」トッドがいった。「アメリカはあんたを引き渡したりしないよ。本で読んだんだ。本には――」

「本は読んでも、かんじんのところを聞いておらん！　わたしはアメリカ国民ではない！　わたしの証明書はコーザ・ノストラ製だ。それがわかれば国外追放になる。どこで飛行機を下りても、モサドのエージェントが待ちかまえているだろう」

「そしたら、絞首刑になりゃいいんだ」トッドは両手をにぎりしめ、拳《こぶし》を見つめながらつぶやいた。「あんたと掛かりあいになったのがまちがいだった」

「ちがいない」ドゥサンダーはうすく微笑した。「しかし、きみは現にわたしと掛かりあいになっている。われわれは現在に生きなければならんのだよ、坊や、『あのときああしなければよかった』という過去ではなしに。きみの運命とわたしの運命が、ほどきようもないほどしっかりからみあっていることを忘れるな。もしきみがわたしに、俗にいう『猟犬をけしかけた』場合、わたしがきみに猟犬をけしかけるのをためらうと思うかね？　パティンでは七十万人が死んだ。全世界から見て、わたしは犯罪者であり、怪物であり、アメリカの赤新聞にいわせれば、大量虐殺者《ぎゃくさつしゃ》だ。きみはそのすべてに対する事後従犯者だぞ、坊や。きみは不法入国の外国人がいることを知っていながら、それを報告しなかった。それに、もしつかまったら、わたしはきみのことを洗いざらい世界にしゃべってやる。レポーターからマイクをつきつけられたら、なんべんもなんべんもきみの名前をくりかえしてやる。『トッド・ボウデン、そう、それがあの子の名前です……どれぐらいのあいだ？　一年近くです。あの子はすべてを知りたがりました……ぞくぞくするような話をぜんぶ。そう、あの子がそういったんです。〝ぞくぞくするような話をぜんぶ〟と』」

トッドはさっきから息を殺していた。皮膚が透明になったようだった。ドゥサンダーは少年に笑いかけた。バーボンをちびりと飲んだ。

「きみは刑務所へぶちこまれる。呼び名は少年院かもしれんし、矯正《きょうせい》施設かもしれん――この〝学期末経過報告〟とおなじで、しゃれた名前がついていることだろう」――唇《くちびる》をゆがめて――「しかし、呼び名がなんであろうと、そこの窓には鉄格子《てつごうし》がはまっている」

トッドは唇をなめた。「あんたのことを嘘《うそ》つきだといってやるさ。ぼくはただ正体を見つけただけですっていう。みんなはあんたじゃなく、ぼくを信用するね。それを忘れないほうがいいぜ」

ドゥサンダーの淡い微笑は消えなかった。「さっきのきみは、父親に洗いざらい白状させられるといったように思ったが」

トッドはゆっくりとしゃべった。認識と言語表現が同時に起こっている人間のしゃべりかただ。「どうかな。うまくいくかもしれないよ。石を投げて窓を割るのとは問題がちがうもん」

ドゥサンダーは内心で顔をしかめた。少年の判断のほうが正しいように思えた――これだけ大きな賭《か》けを目の前にすれば、この少年は本当に父親をうまく丸めこんでしまうかもしれない。早い話、そんな不愉快な真相に直面したときに、丸めこまれるのをいやがる両親がどこにいるだろう？

「うまくいくかもしれん。いかないかもしれん。しかし、目の不自由なデンカーさんに読んであげたという、あのたくさんの本をどう説明するつもりだ？　わたしの視力は以前ほどではないが、まだメガネなしで細かい活字が読める。証明もできる」

「あんたがぼくをだましたといってやる！」

「ほう？　で、わたしがどういう理由できみをだましたというつもりだ？」

「それは……友だちになってほしかったからさ。あんたが淋《さび》しかったからだ」

ドゥサンダーは考えた——真実にある程度近いだけに、これは信憑性《しんぴょうせい》がある。最初のうちなら、この少年もそんな言い訳で切りぬけられたろう。しかし、いまのこの子はやつれきっている。寿命のきたコートのように縫い目がほつれて、ばらばらになりかけている。もし、幼い子供が通りのむこうでおもちゃのピストルを撃っても、それだけでこの少年はぎくりととびあがって、女の子のように悲鳴をあげるだろう。

「きみの通知票もわたしの主張を裏づけるはずだ」ドゥサンダーはいった。「きみの成績がこれほどひどく落ちこんだのが、『ロビンソン・クルーソー』のせいだというのかね、ええ？」

「うるさい、だまってられないのか！　もうだまっててくれ！」

「いや、だまらない」ドゥサンダーはマッチをガス・オーブンのドアでこすって、タバコに火をつけた。「きみに単純な真理をさとらせるまではな。沈むにしろ、泳ぐにしろ、われわれはおなじ運命だ」彼はタバコの煙ごしに、トッドをながめた。その年老いた、爬虫類《はちゅうるい》を思わせる顔は、もう微笑してはいなかった。「わたしはきみをいっしょにひきずりこむぞ、坊や。それだけは約束する。もし、なにかが暴露したら、すべてを暴露してやる。それがきみに対するわたしの約束だ」

トッドはふくれっつらで彼を見つめ、返事をしなかった。

「さて」とドゥサンダーは、不愉快な用件を片づけた男のように、きびきびした態度で言葉をついだ。「問題はだ、いったいわれわれはこの状況にどんな手を打つべきか？　きみになにか考えがあるか？」

「通知票はこれで直せるさ」トッドはジャケットのポケットから新しいインク消しの瓶《びん》を出した。「そっちのくそったれなメモのほうは知らないけど」

ドゥサンダーは、満足そうにインク消しをながめた。自分もむかしはいくつかの報告書を偽造したことがある。割当てが空想的な数字に……そして、さらにそのはるか彼方《かなた》にまで達したときに。そして……いま、ふたりのおかれた状況とよく似ているのは――送り状の問題だった……戦利品をかぞえあげる送り状だ。毎週、たくさんの宝石箱をチェックした。そのすべては、車輪つきの大型金庫を連結したような特別仕立ての列車で、ベルリンへ送り返されることになっていた。どの金庫の側面にもマニラ封筒が添付され、その封筒の中には、金庫の中身に関する確認ずみの送り状がはいっていた。指輪、ネックレス、チョーカーがそれぞれいくつ、金が何グラム。しかし、ドゥサンダーは自分だけの宝石箱を持っていた――それほどの貴重品ではないが、といって、まんざらの安物でもない。翡翠《ひすい》。電気石《せき》。オパール。きずのある二、三粒の真珠。工業用ダイヤモンド。ベルリンへの送り状に記入された品目の中によさそうな投資と思われるものがあると、それを失敬し、自分の宝石箱の中のなにかととりかえてから、インク消しを使って送り状の品目を訂正しておくのだった。これをくりかえしているうちに、偽造者としてはかなりの腕になった……この才能は、戦争が終わったあともたびたび役立ってくれた。

「よろしい」と彼はトッドにいった。「もうひとつの問題だが……」

ドゥサンダーは、バーボンをちびちびやりながら、ふたたび体を揺らしはじめた。トッドはテーブルのそばへ椅子《いす》を持ってきて、無言で通知票を拾いあげると、作業にとりかかった。ドゥサンダーのうわべの冷静さに感化されたらしく、いまの少年は通知票に顔をくっつけるようにして、熱心に黙々と手を動かしていた。その仕事が、トウモロコシの植えつけであろうと、リトル・リーグのワールド・シリーズで相手をノーヒットに抑えることであろうと、通知票の成績を偽造することであろうと、神かけてベストをつくすと誓ったアメリカ少年そのままに。

髪の生えぎわとTシャツのまるい襟《えり》のあいだにくっきりと露出した、軽く日焼けしている少年のうなじを、ドゥサンダーは見るともなくながめた。彼の視線はそこを離れて、肉切り包丁のしまってあるカウンターのいちばん上の引き出しへとさまよった。すばやい一突き——急所はわかっている——それで少年の脊髄《せきずい》は切断されるだろう。少年の唇は永久に閉ざされるだろう。ドゥサンダーは残念そうにほほえんだ。もし少年が行方不明になれば、警察の捜査がはじまる。よけいな質問がはじまる。そのうちの一部はこの自分に向けられる。たとえ少年が友人に宛《あ》てた手紙はなくても、こっちは綿密な取調べに耐えられる立場ではない。残念だ。

「このフレンチという男だが」と老人はメモを指ではじいた。「かれはきみの両親とふだんの交際があるのかね？」

「あいつが？」トッドは軽蔑《けいべつ》をまじえて、その言葉を吐きだした。「うちのママとパパが行くような場所には、あいつなんかはいることもできないよ」

「彼はこれまで職能的な資格できみの両親と会ったことがあるかね？　つまり、前にふたりと懇談をしたことは？」

「ない。ぼくはいつもクラスの上位だったもの。いままでは」

「すると、彼はきみの両親についてなにを知っている？」ドゥサンダーは夢見るような目つきで、もうからになりかけたカップの中をのぞきこんだ。「そう、彼はきみのことなら知っているだろう。きみについて参考になるような記録は、ぜんぶ持っているにちがいない。きみが幼稚園の運動場でやらかしたけんかのことまでな。しかし、きみの両親については、なにを知っている？」

トッドは万年筆とインク消しの小瓶をわきにどけた。「えーと、名前は知ってるよ。もちろん。それに年齢。うちがメソジストってことも知ってる。宗派の欄はあけといてもいいのに、うちの親はいつも書きこむんだ。あんまり教会へは行かないけど、うちの宗派がそれだってことは知ってると思うな。パパの職業がなにかってことも知ってるはずだよ。調査票にその欄があるからね。毎年新しく書きこんで出すんだ。でも、たしかそれだけさ」

「もし、家庭内できみの父母のあいだにトラブルがあるとしたら、彼はそれに気づくだろうか？」

「どういう意味？」

ドゥサンダーはカップの底に残ったバーボンをぐっとあけた。「口論だよ。夫婦げんか。きみのとうさんが長椅子の上で眠るとか。きみのかあさんが酒をのみすぎるとか」老人は目を光らせた。「離婚話が持ちあがっているとか」

かっとして、トッドはいいかえした。「そんなことがあるもんか！　ぜったいにないよ！」

「いつそんなことがあったといった？　しかし、考えてごらん、坊や。かりに、きみの家庭の中が、俗にいう『坂をころげ落ちる』ような状態だったとすれば？」

トッドは眉根《まゆね》をよせて、彼を見つめるだけだった。

「きみは両親のことが心配になる」ドゥサンダーはいった。「心配でたまらなくなる。食欲がなくなる。夜も眠れなくなる。なにより悲しいことに、勉強が手につかなくなる。そうだろう？　子供にとってはとても悲しいことだ。夫婦の不和はね」

少年の目に理解の光がやどった――理解と、無言の感謝に似たもの。ドゥサンダーは満足した。

「そう。家庭が崩壊の危機にさらされるというのは、実に不幸な状況だ」ドゥサンダーはバーボンをつぎながら、もったいぶった口調でいってのけた。すっかり酔いがまわっていた。「昼のテレビ・ドラマを見たまえ、このことがいやおうなくはっきりする。とげとげしい空気。中傷と嘘。なによりも、そこには苦痛がある。苦痛だよ、坊や。きみは両親がどんな地獄を経験しているか、想像もつかないだろう。あのふたりは自分たちのトラブルにすっかりのみこまれた結果、かわいい息子の悩みをかえりみる余裕もない。息子の悩みは、自分たちの悩みに比べると、小さいものに思えるのだ、ちがうか《ハイン》？　いつかそのうち、心の傷が癒《い》えはじめたときには、両親も息子のことにもっと関心を持つようになるだろう。しかし、いまふたりにできる唯一《ゆいいつ》の歩み寄りは、優しい祖父をフレンチ先生のところへ送りだすことだ」

　トッドの目はしだいに輝きをとりもどし、いまや白熱に近い光を放っていた。「うまくいくかもしれないな」とつぶやいた。「うん、ひょっとしたらね、ひょっとしたらうまくいくかも――」少年はとつぜん黙りこんだ。また目の輝きが薄れた。「だめだ、うまくいきっこない。あんたはぼくに似てないもん。ちっとも似てない。ゴム靴《ぐつ》エドはだまされないよ」

「ばかな《ヒンメル》！　なんたるたわごとだ《ゴット・イン・ヒンメル》！」ドゥサンダーはそうさけんで立ちあがると、キッチンを（ややふらついた足どりで）横ぎり、地下室のドアをあけ、新しいエンシェント・エイジの瓶をひっぱりだした。栓《せん》をひねって封を切り、なみなみとついだ。「利口な少年にしては、どうしようもない石《ドゥームコープフ》あたまだな。いつから祖父が孫に似るようになった？　ええ？　わたしは白髪《しらが》だ。きみに白髪があるか？」

ふたたびテーブルに近づくと、彼は意外な敏捷《びんしょう》さで手をのばし、トッドのゆたかな金髪をつかんで、ぐいとひっぱった。

「やめろってば！」トッドはそうさけんだが、いくらか笑顔がもどってきた。「その上」ドゥサンダーは揺り椅子にもどって、あとをつづけた。「きみは金髪で青い目をしている」わたしの目は青いし、この髪が白くなる前は金髪だった。いまから、きみの一族の歴史を話してみなさい。叔父さん叔母さんたちのこと。きみのとうさんが働いている仲間のこと。きみのかあさんの趣味のこと。わたしはそれをおぼえる。勉強しておぼえる。二日後にはすっかり忘れているだろうがね――近ごろのわたしの記憶力ときたら、布袋に水を入れたようなもんだ――しかし、しばらくはおぼえていられる」老人は不気味に笑った。「これでも若いころにはヴィーゼンタールの裏をかき、ヒムラーその人をさえころりとだましたよ。アメリカ公立学校の教師ひとりだませないぐらいなら、経かたびらを体に巻きつけて、自分の墓へ這《は》いおりていったほうがましだ」

「うまくいくかもね、たぶん」トッドがゆっくりといった。ドゥサンダーは、相手がすでに承諾したのを知った。少年の目は安堵《あんど》に輝いていた。

「ちがう――かならずだ」ドゥサンダーはさけんだ。

老人は揺り椅子を前にうしろにきしませながら、ケッケッと笑いはじめた。トッドはふしぎそうに、いくらか怖《お》じ気《け》づいて彼をながめていたが、そのうちに自分も笑いだした。ドゥサンダーのキッチンで、ふたりは笑いに笑った。ドゥサンダーのそばの開いた窓からは、暖かいカリフォルニアのそよ風がはいってきた。そして、トッドはキッチンの椅子をうしろにかたむけ、椅子の背をオーブンのドアによりかからせていた。その白いエナメルに、焦《こ》げたような黒っぽい線が縦横に走っているのは、ドゥサンダーがそこでマッチをすった跡だった。

ゴム靴エド・フレンチ（このあだ名は、トッドがドゥサンダーに説明したところによると、雨降りにいつもスニーカーの上にゴムのオーバーシューズをはくことからついたらしい）は、やせっぽちで、いつもわざとケッズのスニーカーをはいて学校にやってきた。そういうくだけたなりをすることで、カウンセリングの対象である十二歳から十四歳までの百六人の生徒に慕われるだろうと考えたのだ。彼は〈ファースト・トラック・ブルー〉から〈スクリーミング・イエロー・ゾンカーズ〉まで、色とりどりの五足のケッズをそろえていたが、陰で自分がゴム靴エドだけでなく、スニーカー・ピートとか、

『ケッドマン・カムズ』をもじってケッドマンとか呼ばれていることをまったく知らなかった。彼は大学でヘナチョコというあだ名をつけられていたのだが、その恥ずかしい事実さえもがどういうわけでか漏れていることを知ったら、きっとひどい屈辱にかられたにちがいない。

彼はめったにネクタイを締めず、タートルネックのセーターを好んだ。六〇年代のなかばに、デイヴィッド・マッカラムが『ナポレオン・ソロ』でタートルネックを流行させて以来、ずっとそれを着ていた。大学時代には、中庭を横ぎってくる彼を見て、クラスメートたちがこういったものだ――「ヘナチョコがアンクルのセーターでやってきたぞ」。彼は教育心理学を専攻し、内心では自分のことを、これまでにめぐりあったただひとりの優秀なガイダンス・カウンセラーだと考えていた。自分は子供たちと真の信頼《ラポ》関係《ール》を持っている。自分は子供たちとマジにつっこんだ話しあいができる。自分は子供たちとばっちし気が合うし、もし相手が思いっきり荒れて、スカッとしたがってるときには、無言で同情を示してやることもできる。自分は彼らの悩みにトコトンつきあえるが、それは十三歳の年ごろで、だれかになめたまねをされて、自分の思いどおりにならないのが、どんなにトサカにくるものかを、ちゃんと理解しているからだ。

実をいうと、彼は自分が十三歳のときにどんな子供であったかを、なかなか思いだせなかった。それは五〇年代に育ったものが支払わなければならない究極の代償だと思っていた。それと、ヘナチョコとあだ名されて、六〇年代のすばらしい新世界を旅したことの。

いま、トッド・ボウデンの祖父がオフィスにはいってきて、小石模様のガラス戸をしっかりうしろで閉めたとき、ゴム靴エドは尊敬を示して立ちあがったが、わざわざデスクのむこうへまわって老人にあいさつしようとはしなかった。自分のスニーカーが気になった。往々にして老人たちは、スニーカーが教師コンプレックスのある子供たちへの心理的救助策であることを理解してくれない――ということは、一部の老人が、ケッズをはいたガイダンス・カウンセラーを支持してくれないということだ。

これはたいしただて男だな、とゴム靴エドは思った。老人の白髪は、ていねいにブラシでうしろになでつけられている。三つ揃《ぞろ》いのスーツは、しみひとつなく清潔だ。鳩羽《はとば》鼠《ねずみ》のネクタイの結び目も、間然するところがない。たたんだ黒い傘《かさ》を（外では、週末からずっと霧雨《きりさめ》が降りつづいている）ほとんど軍隊式な感じで左手にかかえている。二、三年前にゴム靴エドとその妻は、ドロシー・セイヤーズに凝って、あの偉大な女流探偵《たんてい》作家が書いたものを、手にはいるかぎり片っぱしから読んだことがある。いま、彼はふと思った。この老人は、セイヤーズの創造した名探偵、ピーター・ウィムジー卿《きょう》に生き写しだ。ただし、執事のバンターにも妻のハリエット・ヴェーンにもずいぶん前に先立たれた、七十五歳のウィムジーだが。家に帰ったら、さっそくサンドラに話してやろう、と彼は心に書きとめた。

「ボウデンさん」彼はうやうやしく片手をさしだした。

「はじめまして」ボウデンはその手を握りかえした。ゴム靴エドは、父親たちと握手するときとちがって、あまり力をこめないように気をつけた。老人がおずおずと手をさしだしたようすからも、関節リューマチをわずらっていることは明らかだった。

「はじめまして、フレンチさん」ボウデンはくりかえし、椅子《いす》に腰をおろしてから、注意ぶかくズボンの膝《ひざ》をひっぱりあげた。両足のあいだに傘を立て、それによりかかったところは、老《ふ》けてはいるがすごく垢《あか》ぬけたハゲタカが、ゴム靴エドのオフィスにやってきて、止まり木にとまった感じだった。すこし言葉になまりがあるな、とゴム靴エドは思った。だが、ウィムジーならそうであるはずの、イギリスの上流階級のきびきびした抑揚ではない。もっと大まかなヨーロッパなまりだ。とにかく、トッドと似ていることは驚くほどだった。とりわけ、鼻と目のあたりが。

「よくいらっしゃいました」ゴム靴エドは自分も椅子にすわった。「もっとも、こうしたケースでは、生徒の母親か父親が――」

これが話の糸口をつけるためなのはいうまでもない。十年近いカウンセラーとしての経験から確信が持てるのは、父兄懇談に叔父や叔母や祖父母が現われた場合、たいていは家庭にトラブルがあること――しかも、その種のトラブルは例外なく問題の根だと判明する。ゴム靴エドはいくらか気が軽くなった。家庭崩壊も世話が焼けるが、トッドほどの知能を持った少年の場合、習慣性麻薬のトリップのほうが、もっともっと世話が焼けたことだろう。

「そう、もちろんです」ボウデンは、悲しみと怒りの両方を顔に表わした。「息子と嫁は、自分らの代理になってくれ、この悲しい問題を、フレンチさん、あなたと話しあってくれ、とわたしにたのみました。トッドはいい子です、信じてください。学校の成績が落ちたのは、ほんの一時的現象です」

「まあ、われわれもそうであることを願ってはいるんですがね。ちがいますか、ボウデンさん？　あ、タバコでしたらご自由に。校内では禁煙という建前ですが、わたしが黙っていればすむことですから」

「ありがとう」

ボウデン氏はひしゃげたキャメルの箱を内ポケットからとりだし、ジグザグに曲がった残り二本しかないタバコの一本を口にくわえ、ダイヤモンド・ブルー・マッチをとりだして、黒靴の踵《かかと》でそれをこすって火をつけた。最初の一口で、老人特有の湿った咳《せき》をしてから、マッチをふって火を消し、ゴム靴エドがさしだした灰皿《はいざら》に、黒くなったマッチの燃えがらを入れた。ゴム靴エドは、相手の靴とおなじようにフォーマルに見えることの儀式を、興味を隠そうともせず、魅せられたように見まもった。

「どこからはじめますかな」心労の刻まれたボウデンの顔が、渦巻《うずま》く紫煙の中からゴム靴エドを見つめた。

「そうですね」ゴム靴エドは優しく答えた。「あなたがトッドの両親の代わりにここへ見えたということから、ある程度察しはつくような気がします」

「うん、そうでしょうな。なるほど」老人は両手を組んだ。キャメルが右手の人差し指と中指のあいだから突きだしている。老人は背中をピンとのばし、あごを引いた。この老人の単刀直入な話の切りだしかたは、プロイセン流儀に近いな、とゴム靴エドは思った。子供のときによく見た戦争映画が、なんとなく連想された。

「息子と嫁は、家庭の中に悩みをかかえているのです」ボウデンは一語一語を区切って、吐きだすようにいった。「かなり深刻な悩みといえましょう」老人にしては驚くほどの光をおびたその目は、ゴム靴エドがデスク・ブロッターの中央においたホルダーをひらくのを、じっと見つめていた。ホルダーの中には書類が何枚かはいっていたが、数はそう多くなかった。

「で、その悩みがトッドの学業成績に影響しているとお考えですか？」

ボウデンは十五センチほど身を乗りだした。その青い瞳《ひとみ》は、ゴム靴エドの茶色の瞳から、いっときも離れなかった。思い入れたっぷりの沈黙があってから、ボウデンがいった。

「あの子の母親は酒を飲むのです」

老人はさっきまでの棒をのんだような姿勢にもどった。

「ははあ」とゴム靴エドはいった。

「そうです」ボウデンはきびしくうなずいた。「あの子がわたしに話してくれたところによると、学校から帰って、キッチンのテーブルの上に泥酔《でいすい》して寝ている母親を見つけたことが、二度もあったそうです。父親が母親の飲酒癖をどう思っているかをあの子は知っていましたから、そういうときには自分で夕食をオーブンに入れて温め、母親にブラック・コーヒーをたくさんのませて、ディックが帰ってくるまでにはすくなくとも目をさましているようにさせたそうですが」

「それはまずい」そういったものの、ゴム靴エドはこれまでにもっと厄介《やっかい》な悩みを聞かされたことがあった――ヘロインの習慣のついた母親たち、とつぜん自分の娘を……あるいは自分の息子を、犯したいという考えにとりつかれた父親たち。「ボウデン夫人は、ご自分の悩みを専門家に相談しようと考えてみられたのでしょうか？」

「あの子もそれがいちばんいい方法だと、母親に説得をこころみたようです。嫁は非常に自分を恥じているようですよ。いましばらく時間をかしてやれば……」老人がタバコを持った手を雄弁に動かすと、消えていく煙の輪が空中に残った。「おわかりですな？」

「ええ、もちろん」ゴム靴エドはうなずきながら、いまの煙の輪を作りだした手ぎわをひそかに嘆賞した。「あなたの息子さん……トッドのおとうさんは……」

「あいつにも一半の責任はあります」ボウデンはきびしい口調でいった。「残業で遅くなる、食事をすっぽかす、夜もとつぜん出勤しなければならない……ここだけの話ですがね、フレンチさん、あいつはモニカよりも仕事と結婚したようなものです。わたしは、男にとって家族がなによりも優先する、という育てかたをされました。あなたもおなじじゃありませんか？」

「まったくです」ゴム靴エドは心から答えた。父親はロサンジェルスの大きなデパートで夜警をしていたので、彼がパパに会えるのは週末と休暇だけだったのだ。

「それが問題のもう一面です」とボウデンはいった。

ゴム靴エドはうなずいて、しばらく考えた。「あなたのもうおひとりの息子さんはいかがですか、ボウデンさん？　あー……」ホルダーに目をやって、「ハロルドさんですね。トッドの叔父さん」

「ハリーとデボラはいまミネソタです」ボウデンは完全な真実を答えた。「あいつはこの医科大学に職を持っています。しかし、あいつがそこを離れるのはたいへんむずかしくもあるし、また、それを要求するのは酷だと思いますよ」老人の顔は公正な表情をおびた。「ハリーとあの嫁は実に円満な結婚生活を送っていますからな」

「わかりました」ゴム靴エドはもう一度ファイルに目をやって、表紙を閉じた。「ボウデンさん、率直に話していただいて、たいへん助かりました。わたしのほうも率直なところを申しあげましょう」

「ありがとう」ボウデンは堅苦しく答えた。

「カウンセリング部門のわれわれは、思ったほど生徒に充分なことがしてやれません。ここには六人のカウンセラーがいますが、それぞれが百人以上の生徒をかかえているわけです。いちばん新任のヘバーンなどは、百十五人も担当しています。この時代、この社会の中では、すべての子供が助力を必要としているんです」

「そうでしょうとも」ボウデンは灰皿に荒々しくタバコを押しつけて、また両手を組んだ。

「ときには、深刻な問題がわれわれのそばを素通りしていくことがあります。最も多いのは、家庭環境と麻薬のふたつです。すくなくともトッドは、スピードや、メスカリンや、ＰＣＰ（訳注　鎮静剤フェンシクリディンの商標名）にかかわりあってはいない」

「とんでもない話だ」

「ときには」とゴム靴エドはつづけた。「われわれにも手の打ちようがないことがあります。気の重いことですが、しかし人生の事実のひとつです。ふつう、ここでわれわれが動かしている機械から最初にはねのけられるのは、クラスのトラブルメーカーです。すねた、うちとけない子供、努力しようとさえしない子供です。彼らはここのシステムが成績で自分をふりおとすのを待っているか、それとも、両親の許可なしに学校を中退できる年齢、つまり、陸軍に志願するか、スピーディー・ボーイ洗車場で働くか、ボーイフレンドと結婚できる年齢に達するのを待っているだけの落ちこぼれにすぎません。おわかりですか？　歯に衣《きぬ》着せずに申しあげました。われわれのシステムは、はっきりいって、評判ほどのものではないんですよ」

「率直にいってもらってありがたい」

「しかし、その機械がトッドのような生徒を挽《ひ》きつぶしかけるのを見ると、心が痛みます。彼の昨年の成績は平均九十二点で、上位五パーセントにはいっていました。英語の成績はさらに優秀です。彼には文章の才能がありますが、これは近ごろではめずらしいことですよ。いまの世代の子供たちときたら、文化はテレビの前ではじまり、近所の映画館で終わると思っていますからね。去年、作文のクラスでトッドを担当していた女性教師と話しあってみました。彼女がいうには、トッドの提出した学期末レポートは、二十年間の教師生活で見た最高のものだったそうです。第二次世界大戦でのドイツの強制収容所がテーマでした。彼女は作文のクラスで空前絶後のAプラスという点を与えたそうですよ」

「わたしもあれを読みました」ボウデンはいった。「みごとなものです」

「彼は生命科学でも社会科学でも、平均以上の能力を示していますし、今世紀有数の大数学者にはなれそうもないとしても、けんめいに努力していました……去年まではです。

去年までは。それがすべてですよ、煎《せん》じつめれば」

「そうですな」

「ボウデンさん、わたしはトッドが坂道をころげおちるのをほっとけません。それに夏期補習は……そう、率直に申しあげる約束でしたね。夏期補習は、トッドのような少年にとって、むしろ有害無益です。中学校の夏期補習ときたら、まるっきり動物園でしてね。教室の中のエテ公や笑いハイエナが勢ぞろいするだけでなく、ドードー鳥の一群も加わります。トッドのような少年にとっては、よくない仲間です」

「たしかに」

「ですから、ぶっちゃけたところを申しあげましょう。わたしの提案はこうです。ボウデン夫妻に、ダウンタウンのカウンセリング・センターへ何回か通っていただく。むろん、すべては内密です。あそこの主任をしているハリー・アッカーマンは、わたしの親友ですから。ただし、トッドから両親にそれをすすめてはよくない。あなたがそうなさるべきです」ゴム靴《ぐつ》エドはにっこり笑った。「そうすれば、六月までにはみんながもとの軌道にもどれるかもしれません。けっして不可能じゃない」

しかし、ボウデンはこの提案に強く反発したようだった。

「いや、もしその提案を持ちだしたものなら、ふたりはあの子を恨むかもしれません。状況は実に微妙でしてな。どちらへ動くかわからんのです。あの子は、これからもっと勉強に精を出すから、とわたしに約束しました。あの子自身、成績が下がったことにひどくショックを受けているのですよ」老人の淡い微笑は、エド・フレンチが解釈に苦しむ微笑だった。「あなたが想像されるよりもずっと強いショックをね」

「しかし――」

「おまけに、ふたりはわたしを恨むでしょう」ボウデンはすばやく追いうちをかけた。「それは神かけてまちがいない。モニカはすでにわたしをおせっかい焼きとみなしている。そうならないようにわたしも努力はしていますが、状況はおわかりですな。だから、万事をそっとしておくのが最善だと思うのです……さしあたりは」

「わたしはこうした問題に長い経験があります」ゴム靴エドは、トッドのファイルの上で両手を組み、老人をひたと見すえた。「やはり、ここではカウンセリングが必要ですよ。息子さん夫婦がかかえておられる家庭内の問題に関するわたしの関心が、トッドに対する影響の面だけに限られていることは、ご理解いただけますね……ところが、いま現在、その問題はトッドに重大な影響をおよぼしているわけでして」

「こちらから反対提案をさせていただこう」ボウデンがいった。「たしかこの学校には、成績不良の場合、両親に警告するシステムがありましたな？」

「あります」ゴム靴エドは用心ぶかく答えた。「ＩＯＰカード――学習状況説明カードというものです。もちろん、子供たちは落第カードと呼んでいますがね。生徒がこのカードをもらうのは、ある科目で成績が七十八点以下に落ちたときだけです。つまり、ある科目でDまたはFをとった生徒にだけ、ＩＯＰカードを渡すわけです」

「なるほど」ボウデンはいった。「では、わたしの提案はこうです。もしあの子がそのカードを一枚でも……たとえ一枚でももらったら」――節くれだった指を一本つきたてて――「わたしが息子と嫁に会って、あなたのカウンセリングのことを話します。いや、それだけではない。もしあの子が四月にその落第カードとやらを一枚でももらったら――」

「五月に渡すんですよ、実際には」

「ほう？　もしあの子がそのときに一枚でもカードをもらったら、両親にカウンセリングの提案を承諾させることを、このわたしが保証しましょう。あのふたりも自分たちの息子のことは気にかけているのですよ。ただ、いまは自分たちの問題で頭がいっぱいで……」老人は肩をすくめた。

「わかります」

「だから、ふたりが自力で問題を解決するまで、すこし時をかしてやろうじゃないですか。自力で事をなす……それがアメリカ人のやりかただ、ちがいますか？」

「そうですね、たしかに」ゴム靴エドはしばらく考えてから……そして、ちらと壁の時計を見てからいった。あと五分で、つぎの面接の約束がある。「その提案を受けましょう」

彼が立ちあがると、ボウデンも立ちあがった。ふたりはもう一度握手し、こんどもゴム靴エドは老人の関節リューマチに気をくばった。

「しかし、公平な見解を申しあげると、残りわずか四週間の授業で、十八週間のきりもみ降下から脱出できる生徒は、ごくわずかですよ。基礎からすっかりやりなおさなくてはなりません——その基礎がたいへんな量です。わたしの予想では、あなたの保証のほうに期待をかけるしかなさそうですよ、ボウデンさん」

ボウデンは例の淡い、謎《なぞ》めいた微笑をうかべた。「そうですかな？」それしかいわなかった。

この面接のあいだじゅうずっと、ゴム靴エドはなにかがなんとなく気になっていたのだが、その原因をつきとめたのは、それから一時間あまりもあと、カフェテリアで昼食をとっているときだった。

トッドの祖父との話しあいは、すくなくとも十五分、おそらくは二十分近くもつづいたのに、エドの記憶するかぎり、老人は一度として孫のことを名前では呼ばなかったのだ。

トッドは息を切らしてドゥサンダーの家の小道に自転車を乗りいれると、スタンドを立てた。学校は十五分前に終わったばかりだった。少年は玄関のステップをひとつ跳びでまたぎ越え、鍵《かぎ》でドアをあけ、廊下を足早に歩いて、日のあたるキッチンへはいった。希望の日ざしと陰気な雲のまじったような顔だった。少年はみぞおちと声帯にしこりを感じながら、つかのまキッチンの入口に立って、ドゥサンダーが膝《ひざ》の上にバーボンのカップをかかえ、椅子《いす》を揺らしているのを見まもった。老人は、ネクタイの結び目を五センチほど下にずらし、ワイシャツの襟《えり》のボタンをはずしてはいるが、まだ一張羅《いっちょうら》を着こんだままだった。トカゲに似た半眼をひらいて、無表情にトッドを見あげた。

「どうだった？」トッドはやっと声をしぼりだした。

ドゥサンダーはもうしばらく少年をじらした。トッドにとっては、すくなくとも十年間の長さに思える一瞬だった。それから、ドゥサンダーはおもむろにカップをおいた。テーブルのエンシェント・エイジの瓶《びん》の隣に。

「あのまぬけは、すべてを信じこんだ」

ほっとしたトッドは、こらえていた息をいっきに吐きだした。

少年がつぎの息を吸いこまないうちに、ドゥサンダーはつけたした。「彼はきみのあわれな、悩みをかかえた両親に、ダウンタウンにいる彼の友人のところへカウンセリングに行くことをすすめた。なかなか強硬だった」

「まいったなあ！　それで……なんて……どうやってその場を切りぬけたの？」

「とっさにわたしは考えた。サキの短編に出てくるあの少女のように、即席の作り話をでっちあげるのはわたしの特技だ。そこでこう約束したよ。もし、きみが五月に一枚でも落第カードをもらえば、きみの両親をカウンセリングに通わせる、とね」

トッドの顔から血の気がさっとひいた。

「なにを約束したって？」その声は絶叫に近かった。「採点期間がはじまってから、代数のテストで二回、歴史のテストで一回、もう落第点をとってるんだぜ！」青ざめた顔を汗で光らせて、少年は部屋の中にはいってきた。「きょうの午後はフランス語のテストがあって、あれもだめだった……だめにきまってる。頭の中がいっぱいで、なにも考えられやしない。ゴム靴エドのことだとか、あんたがうまくあいつをまるめこんでるかどうかが気になってさ。うまくまるめこんだが聞いてあきれら」にがにがしそうにつけたした。「一枚でも落第カードを？　五、六枚はまちがいないや」

「そのへんが、疑惑をかきたてないせいいっぱいの限度だった」ドゥサンダーは答えた。「あのフレンチは、まぬけかもしれんが、ちゃんと自分の仕事をやっている。こんどはきみが自分の仕事をする番だ」

「どういう意味だよ？」トッドの顔は険悪で、声は反抗的だった。

「勉強してもらうのさ。これからの四週間、きみは生まれてはじめての猛勉強をしなくてはならん。それだけではない。月曜日には、それぞれの科目の先生に会って、これまでの不成績を詫《わ》びるのだ。これからは――」

「不可能だよ。わかってねえんだ、あんたは。不可能だよ。科学と歴史なんか、すくなくとも五週間は遅れてるんだぜ。代数なんか十週間」

「とにかくやれ」ドゥサンダーはバーボンのお代わりをついだ。

「自分が利口な気でいるんだろう、ええ?」トッドは老人にどなった。「だけど、あんたの命令なんか聞かないぞ。あんたが命令を出す時代はとっくにおわったんだ。わかったか?」少年は声をひそめた。「いまじゃ、この家にあるいちばん危険な凶器は、シェルの殺虫テープぐらいのもんだ。あんたは、タコスを食べてくさったタマゴのような屁《へ》をこく、よぼよぼ爺《じじ》いさ。きっと寝小便ももらすんだろう」

「わたしの話を聞け、鼻たれ小僧」ドゥサンダーは静かにいった。

いわれて、トッドは憤然と向きなおった。

「きょう以前なら」とドゥサンダーは慎重な口ぶりでいった。「おまえがわたしを訴えて、自分だけ無傷で抜けだすことも可能だった。かろうじて可能だった。いま現在の神経質な状態では、その仕事がやってのけられるとは思えないが、それはおこう。いちおう技術的には可能だった。だが、いまは万事が変わった。きょう、わたしはおまえの祖父、ヴィクター・ボウデンになりすました。だれが見ても、わたしがそれを……なんという言葉だったかな?……おまえの黙認のもとにやったことには、すこしの疑いもない。

もし、それがいま暴露されたら、坊や、おまえは前以上に立場が悪くなる。しかも、弁解のしようがない。その点は、きょう念をいれておいた」

「できたら――」

「できたら！　できたら！」ドゥサンダーはどなりつけた。「おまえの希望なんぞ知ったことか。おまえの希望を聞いていると吐き気がする。おまえの希望など、溝《みぞ》の中の犬のクソにすぎん！　わたしが要求しているのは、いまわれわれのおかれた状況をはっきり認識しろということだけだ！」

「認識してるよ」トッドはつぶやいた。ドゥサンダーにどなられているあいだ、少年は両手を堅く握りしめていた――どなりつけられるのに慣れていないのだ。いま、両手をひらいてみて、少年は掌《てのひら》に食いこんだ爪跡《つめあと》から半月形に血がにじんでいるのに気づいた。ここ四カ月かそこらの爪をかむ癖がなければ、もっとひどい傷ができていたろう。

「よろしい。では、先生たちにうまく詫びをいい、それから勉強するのだ。学校の休憩時間にも勉強しろ。昼休みにも勉強しろ。放課後はここへきて勉強し、週末もここへきて勉強しろ」

「ここはいやだ」トッドはいそいでいった。「うちでやる」

「だめだ。うちにいれば、これまでとおなじようにぐうたらして、白昼夢にひたるだろう。ここにくれば、必要な場合にはわたしが監督して、気合を入れることができる。そうやって、この問題での自分の権益を守れる。なんならテストもしてやろう。勉強を見てやろう」

「ぼくがここへくる気がなけりゃ、強制はできないぜ」

ドゥサンダーはバーボンを飲んだ。「それは事実だ。その場合、万事は以前と同様につづいていく。おまえは落第点をとる。あのガイダンス係のフレンチは、わたしが約束を果たすものと期待している。その約束が果たされなければ、彼は両親を呼ぶだろう。そこで、あの好々爺《こうこうや》のデンカーさんがおまえのためのみで祖父に化けたことが明るみに出る。おまえが成績を書きなおしたことも明るみに出る。おまえが――」

「うるさいな。わかった。くるよ」

「もうきているじゃないか。さっそく代数からはじめろ」

「いやなこった！　金曜の午後だぜ！」

「何曜日の午後でも、これからは勉強だ」ドゥサンダーは穏やかにいった。「代数からはじめろ」

トッドは彼を見つめた――すぐに目を伏せて、カバンから代数の教科書をひっぱりだすまでの、ほんの一瞬だった。が、ドゥサンダーは少年の目に殺意を見てとった。比喩《ひゆ》的な殺意ではなく、現実の殺意だ。あの暗い、燃えるような、危険な目つきを囚人たちの目に見てから何年もたっているが、永久にそれを忘れることはない。ドゥサンダーは思った。あの日、少年の白く無防備なうなじを見つめたときに、もし手もとに鏡があったら、わたしは自分の瞳《ひとみ》の中にそれを見いだしていただろう。

これは自分を守る必要があるな、と老人はいくばくかの驚きを感じながら思った。相手を見くびるのは怪我《けが》のもとだ。

老人はバーボンをのむと、椅子を揺らしながら、少年の勉強ぶりを見まもった。

トッドが自転車で帰宅したのは五時近かった。すっかりバテていた。目はしょぼつき、体じゅうの力が抜け、やり場のない怒りがこみあげてきた。教科書のページから――わけのわからない、しゃくにさわる、ばかばかしい集合や、部分集合や、順序対《つい》や、デカルト座標系の世界から――ほかへ目をさまよわせるたびに、年老いたドゥサンダーの鋭い叱声《しっせい》が飛ぶ。それ以外のときは、いっさい無言……ただ、床をパタパタたたく、気が変になりそうな上靴《うわぐつ》の音と、揺り椅子のきしみだけだ。ドゥサンダーは、獲物が死ぬのを待っているハゲタカのように、そこにすわっていた。なぜぼくはこんなことに足をつっこんでしまったんだ？　どうしてこんなことに足をつっこんでしまったんだ？　これは泥沼《どろぬま》だ、ひどい泥沼だ。きょうの午後でいくらか先には進めた――クリスマス休暇の前にはぜんぜん歯が立たなかった集合論が、カチッと耳に聞こえるほどの音を立てて、ひとつにまとまってきた――しかし、この調子で一夜づけの勉強をいくらやったところで、来週の代数のテストにはDもとれそうにない。

世界の終わりまであと四週間。

四つ角へきて、トッドは歩道の上にアオカケスがころがっているのを見つけた。くちばしがゆっくりと開閉している。細い足でなんとか立ちあがって、その場を逃れようと、むだな努力をしているようだった。片方の羽がひしゃげているのを見たトッドは、通りがかりの車にひかれて歩道の上へはねとばされたのだろう、と想像した。鳥は片目で彼を見あげた。

トッドは自転車の変形ハンドルを軽く握ったまま、その鳥を長いこと見つめた。昼間の暖かさはもうかなり薄れて、風は肌寒《はだざむ》いほどだった。友だちはみんな、午後いっぱい、ウォルナット通りのベーブ・ルース・ダイヤモンドで遊び暮らしたのだろうな、とトッドは思った。定員不足の草野球か、いやそれよりも、たぶんトス・バッティングや、フライ三回ゴロ六回か、ローリー・バットをやったんだろう。ちょうどいまの季節は、ぼつぼつ野球に体を慣らしていく時期だ。今年は自分たちの草野球チームを作って、非公式のシティー・リーグに参加しようという話がある。みんなをしごいてコーチしてくれる父親の数もそろっている。もちろん、ピッチャーはトッドだ。去年、シニア・リトル・リーグを卒業するまでは、ずっとリトル・リーグのエースだったんだから。ピッチャーはぼくにきまってる。

それがどうした？　あいつらには都合がわるいといえばいい。こういえばいいんだ――おい、みんな、ぼくはドイツの戦犯と腐れ縁ができちゃってよ。やつのきんたまをつかんだと思ってたら、そこで――ハッハッ、ここからが大笑いだぜ、みんな――むこうがぼくのきんたまをしっかりつかんでることがわかってさ。いやな夢は見るし、冷や汗はかくし。成績はガタ落ちで、親にバレないように通知票を書きなおしたのが運のつき、生まれてはじめてガリ勉をする羽目になっちゃった。でも、べつに落第がこわいんじゃないぜ。少年院へほうりこまれるのがこわいんだ。というわけで、今年はみなさんと草野球ができません。わかってくれよ、みんな。

ドゥサンダーのそれに似た、これまでのトッドの明るい微笑とはまったくちがう淡い微笑が、彼の唇《くちびる》にうかんだ。そこには日ざしのかけらもなかった。影の濃い微笑だった。そこには明るさもなく、自信もなかった。それはただこういっているだけだった――わかってくれよ、みんな。

トッドがアオカケスの上に自転車をごくゆっくりと押しだすと、鳥の翼が新聞をたたむような音を立て、うつろな小さい骨の折れる音がした。トッドはあともどりして、もう一度ひきなおした。鳥はまだピクピク動いていた。トッドがもう一度自転車を押しだすと、血まみれの羽根が一枚、前輪にくっつき、ぐるっと上がっては下り、またぐるっと上がっては下りた。しかし、そこで鳥の動きがとまった。鳥は完全にくたばり、息の根がとまり、天の大きな鳥舎へ去ったのだ。しかし、トッドはひきつぶされた死骸《しがい》の上で何度も自転車を前後に動かしつづけた。およそ五分近くそうしているあいだ、さっきの淡い微笑は一度も彼の顔から消えなかった。わかってくれよ、みんな。

10

一九七五年四月。

老人は構内通路の途中に立って、ニコニコ笑っていた。デイブ・クリンガーマンは相手を迎えにそこまで足を運んだ。老人は、あたりに充満した、耳をろうするばかりの犬の鳴き声にも、平然としていた。毛皮や尿のにおいも、百ぴきもの犬がそれぞれの檻《おり》の中で走りまわったり、金網にとびついたり、吠《ほ》えたり唸《うな》ったりしているのも、まったく気にしてないようすだった。クリンガーマンは、一目でその老人を犬好きとにらんだ。老人の笑顔は優しく、人なつっこかった。関節リューマチで腫《は》れた手をそうっとさしだしてきたので、クリンガーマンもそうっと握りかえした。

「こんにちは！」クリンガーマンが口を切った。「すごくやかましいでしょう、ええ？」

「いやいや」老人は答えた。「ぜんぜん気になりませんよ。わたしはアーサー・デンカーです」

「クリンガーマンです。デイブ・クリンガーマン」

「どうかよろしく。新聞で読んだのですが——信じられません——ここでは無料で犬をくださるとか。たぶん、わたしの思いちがいでしょう。いや、思いちがいにきまっています」

「いや、本当に無料でおわけしてるんです」デイブはいった。「飼い主が見つからないと、処分しなけりゃなりません。六十日。州が認めてくれる期間はそれだけなんで。ひどい話ですよ。ま、こっちのオフィスへどうぞ。いくらか静かです。それに、においもあんまりひどくない」

オフィスの中で、デイブはよくある話を（だが、やはり感動的な話を）聞かされる。アーサー・デンカーはいま七十代。妻が亡《な》くなったあと、このカリフォルニアにやってきた。裕福ではないが、わずかばかりの財産をだいじに運用している。身寄りがなくて淋《さび》しい。ただひとりの友だちは、ときどき訪ねてきて本を読んでくれる少年だけだ。ドイツにいたころは、美しいセント・バーナードを飼っていた。いまのサント・ドナートの家には、かなり広い裏庭がある。裏庭は柵《さく》でかこってある。ところで、新聞で見たのだが……もしかしてここには……。

「あいにく、セント・バーナードはいません」とデイブはいった。「子供のいい遊び相手になるんで、ひっぱりだこでしてね」

「なるほど、わかりました。べつにその——」

「——しかし、シェパードの子犬なら一ぴきいますよ。いかがです?」

デンカー氏の目は輝きをおび、いまにもうれし涙にうるみそうだった。「すばらしい。それはすばらしい」

「犬そのものは無料ですが、ほかにちょっと料金がかかります。ジステンパーと狂犬病の予防注射代。市の飼犬登録料。ふつうだとぜんぶで二十五ドルぐらいですが、六十五歳以上の方は州が半分を負担してくれます——カリフォルニア州の熟年優遇計画の一部で」

「熟年……それがわたしのことですか?」デンカー氏は笑いだした。つかのま——おかしな話だが——デイブは一種のさむけを感じた。

「えー……まあ、そういうことです」

「たいへん親切な制度ですな」

「ええ、そう思います。おなじ犬をペット・ショップで買えば、百二十五ドルはとられる。ところが、たいていの人はここへこないで、そういう店へ行ってしまう。結局は、犬じゃなく、血統書に高い金をはらってるわけです」デイブは悲しそうに首をふった。「毎年、どれだけたくさんのすてきな動物が捨てられているかを、みんながわかってくれればね」

「もし、六十日以内に適当な飼い主が見つからないと、その動物は処分されるわけですか?」

「そう、眠らせます」

「眠らせる……? すみません、わたしの英語は――」

「市の条例でしてね」デイブはいった。「野犬の群れが街路をうろつくことになってはまずいですから」

「射殺するのですか?」

「いや、ガスをかがせます。非常に人道的ですよ。犬はなにも感じません」

「なるほど」とデンカー氏はいった。「きっとそうでしょうね」


代数初歩でのトッドの席は、二列目の前から四番目だった。そこにすわった彼は、つとめて無表情な顔を作りながら、ストールマン先生が試験の答案を返してくれるのを待った。しかし、かみすぎて短くなった指の爪《つめ》はまた掌《てのひら》に食いこんでいたし、全身からはじくじくと腐食性の汗がにじみでている感じだった。

空だのみなんかするな。おまえも往生ぎわがわるいぜ。合格するわけがないじゃないか。だめだとわかってるくせに。

とはいうものの、その愚かしい希望を完全に押しつぶすことはできなかった。ここ何週間かのうち、ちんぷんかんぷんで書かれていない代数の問題が出たのは、こんどの試験がはじめてだったのだ。あのときの神経質な状態では（神経質？　いや、はっきり本音をいえよ――正真正銘の恐怖だろうが）うまく答案が書けたはずはないが、でもひょっとしたら……だけど、ほかの先生ならともかく、ストールマンじゃだめだ、心臓の代わりにシリンダー錠のついてる男だから……。

やめろ！　自分にそう命令したあと、一瞬、ぞっとするような一瞬、トッドは自分がそのひとことを教室の中で絶叫したという確信にとらえられた。おまえは失敗したんだ、わかってる、この世界でなにが起こってもそれは変わらない。

ストールマンは無表情でトッドに答案を返し、また歩きつづけた。トッドは裏返しになった答案を、イニシアルのごちゃごちゃ彫りつけてある机の上にのせた。一瞬、それを表に向けて結果を知るだけの意志力さえないような気がした。とうとうめくるにはめくったものの、発作的に力をいれたので、答案用紙がびりっとやぶけた。舌を口蓋《こうがい》に貼《は》りつけたまま、それを見つめた。心臓がとまったような気持だった。

答案のいちばん上には、丸でかこんだ83という数字があった。その下にはC＋と評点がついていた。評点の下には短い感想がつけたしてあった――『大進歩！　先生はきみの二倍も安心した。うっかりミスに気をつけること。すくなくとも中の三つは、考え方でなく、計算のまちがいだ』

心臓の鼓動が三倍の速さでもどってきた。安堵《あんど》の思いが全身を浸したが、それはすずしい波ではなかった——熱く、複雑で、奇妙な感情だった。トッドは目を閉じた。クラスの連中が試験の結果にざわめき、余分な点数をもらおうと先生相手に勝ち目のない戦いをくりひろげるのも聞いてはいなかった。心臓のリズムといっしょに、その感情は血流のように脈うちはじめた。その瞬間、彼はドゥサンダーをこれまでのいつよりも激しく憎んだ。両手を強く握りしめ、ただやみくもに願い、願い、願った。この両手のあいだにドゥサンダーのやせこけたニワトリのような首があればいいのに。どんなにかいいのに。

ディックとモニカ・ボウデンの寝室にはツイン・ベッドがあって、ナイト・テーブルとその上におかれたイミテーションの美しいティファニー・ランプで境を隔てられていた。寝室の壁は本物のレッドウッド張りで、そこにゆとりを持って本が並んでいた。部屋のむこう、象牙《ぞうげ》のブックエンド（後足で立った二頭の雄象）のあいだには、まるっこいソニーのテレビがあった。ディックはイヤホーンをつけてジョニー・カースンをながめ、モニカはその日ブッククラブから届いたマイクル・クライトンの新作を読んでいるところだった。

「ディック？」彼女はクライトンの小説にしおりを（そのしおりには、『ここで眠った』

と書いてある）はさみ、本を閉じた。

テレビでは、バディー・ハケットがみんなを笑わせたところだった。ディックもにっこりした。

「ディック？」妻は声を大きくした。

夫はイヤホーンをはずした。「なんだい？」

「ねえ、トッドはだいじょうぶかしら？」

夫は眉根《まゆね》をよせて妻の顔を見てから、首を軽く横にふった。「知らないよ《ジュ・ヌ・コンプラン・パ》、シェリー」彼のあやしげなフランス語は、夫婦のあいだだけのギャグだった。学生時代にフランス語で落第点をとったとき、父親が家庭教師を雇えと、二百ドル送ってきたのだ。彼は学生クラブの掲示板に貼ってあるカードをあてずっぽうに選んで、モニカ・ダーロウをひきあてた。その年のクリスマスには、彼女はもう彼の友愛会バッジをつけていた……そして、彼のほうはフランス語でなんとかCがとれた。

「でも……あの子、体重が減ったわ」

「うん、たしかに痩《や》せたようだな」ディックが膝《ひざ》にのせたテレビのイヤホーンからは、小さいキイキイ声が聞こえていた。「あれはおとなになりかけた証拠だよ、モニカ」

「もう？」妻は不安そうにたずねた。

夫は笑いだした。「もう。ぼくなんか、ティーンエイジャーのときに十八センチも背がのびた――十二歳のときは百六十七センチのチビ助だったのが、あっというまに、いまきみの前にいる百八十五センチの美丈夫に生まれかわったんだ。母がいったよ。十四のときのぼくは、夜中に背丈の伸びる音が聞こえたって」

「どこもかしこもそんなふうに伸びなくてよかったわね」

「まあ、すべては使いかたしだいだからね」

「今夜、使ってみたい？」

「こりゃまた大胆な仰《おお》せだな」ディック・ボウデンは、イヤホーンを部屋のむこうにほうり投げた。


そのあと、夫がうとうとと眠りに落ちかけているときに――

「ディック、あの子は夢でうなされてるらしいのよ」

「悪夢か？」夫はつぶやいた。

「悪夢。夜中にトイレに立ったときに、二、三度あの子が寝言でうめいてるのを聞いたわ。でも、起こしたくなかった。迷信かもしれないけれど、うちのお祖母《ばあ》さんがよくいってたのよ。悪夢を見てる最中に起こすと、気が狂うことがあるって」

「お祖母さんはポーラック（訳注　ポーランド系人への蔑称）だったよな」

「ポーラックか。ええ、たしかにポーラックよ。お悪うございましたわね」

「ぼくのいう意味はわかるだろう。だったら、二階のトイレを使えばいいじゃないか」

そっちは彼が二年前にとりつけたものだった。

「水洗の音でいつも目がさめるっていったくせに」

「だから、流さなきゃいい」

「ディック、下品ね」

夫はためいきをついた。

「ときどきようすを見にいくと、あの子、寝汗をかいてるのよ。シーツもぐっしょり」

夫は暗闇《くらやみ》でにやっと笑った。「だろうな」

「それ、どういう……？　この〜」妻は夫を軽くぶった。「ほんとに下品ね。おまけに、あの子はまだ十三」

「来月で十四だ。いつまでも子供じゃない。ちょっとませてるかもしれないが、もう子供じゃない」

「あなたはいくつで？」

「十四か十五のときだ。はっきりおぼえてない。おぼえてるのは、目がさめたときに、自分は死んで天国へいったんじゃないかと思ったことだけだな」

「でも、いまのトッドよりは年がいってたわ」

「こういうことは、だんだん年齢が下がってるんだよ。きっとミルクか……それともフッ素のせいだ。知ってるかい、去年ジャクスン・パークに建てた学校の女子手洗所には、生理用ナプキンの販売機がちゃんとおいてある。小学校でだよ。いまのふつうの六年生といえば、まだ十一歳だ。きみはいくつではじまった？」

「おぼえてないわ」妻はいった。「ただ、わかってるのは、トッドの夢がどう見ても……死んで天国へいったようには思えないこと」

「あの子にたずねてみたのか？」

「一度だけ。六週間ほど前。あなたはゴルフにでかけて留守だったわ、あのいやったらしいアーニー・ジェイコブズと」

「あのいやったらしいアーニー・ジェイコブズは、一九七七年までにぼくを共同経営者にしてくれるはずなんだぜ。それまでに、あの半黒の女秘書とやりすぎて、腹上死でもとげないかぎりは。それに、いつもグリーン・フィーをはらってくれるしさ。で、トッドはなんていった？」

「なにもおぼえてないって。でも、なんていうか……さっと顔に影がさしたわ。あの子、おぼえてるんだと思う」

「モニカ、ぼくは遠くに去った自分の青春のことをぜんぶおぼえてるわけじゃないが、ひとつだけよくおぼえてるのは、夢精がいつも愉快なものとはかぎらなかったことだ。というより、ときにはひどく不愉快なのもあった」

「どうしてかしら？」

「罪悪感だよ。ありとあらゆる罪悪感。その一部は、ひょっとしたら幼い子供のころからきたものかもしれない。おねしょはいけないことだと、叱《しか》られたときの。それにセックスの要素もある。なにが夢精の原因になったか、だれにわかる？　バスの中でチカンしたことか？　自習室でスカートめくりをしたことか？　わからない。ただひとつぼくがおぼえているのは、ＹＭＣＡのプールで、男女共用の日に高飛込みをやって、水にはいった瞬間にパンツがぬげたことさ」

「それで、うまくごまかせたの？」妻はクスクス笑いながらきいた。

「ああ。だから、あの子が自分のジョン・トマスの問題を話したがらなくても、むりやりに聞きだしちゃいけない」

「そういう不必要な罪悪感を持たせずに育てようと、ずいぶんがんばってきたつもりなのに」

「人間、罪悪感からは逃れられないさ。一年のころによくもらってきたカゼといっしょで、あの子は学校からそれを家へ持ち帰ってくる。友だちからとか、先生たちの臭いものにふたをするようなしゃべりかたとか。おそらく、ぼくのおやじからもなにかいわれてるな。『あれを夜中にいじるんじゃないぞ、トッド。そんなことをすると、手に毛が生えてくるし、目が見えなくなるし、ものおぼえも悪くなる。そのうちに、おまえのあそこが黒くなって腐れおちる。だから、気をつけるんだぞ、トッド』」

「ディック・ボウデン！　おとうさまがそんなことをおっしゃるはずは――」

「はずはない？　ところが、げんにそういったんだ。ちょうどポーラックのお祖母さんがきみに教えたのといっしょさ。悪夢を見てる最中に起こすと頭がへんになるというのと。おやじはそのほかにも、公衆便所の便座はかならずよく拭《ふ》いてからすわれ、と教えたよ。『ほかの人のバイキン』がうつるからって。あれはおやじ流に梅毒のことをいったんだな。きみのお祖母さんも、きっときみにそう教えたろう」

「いいえ、母だわ」妻はうわの空で答えた。「それと、使ったあとはかならず水を流しなさいって。だから、下のトイレへ行くのよ」

「それでも目がさめるんだよな」ディックはつぶやいた。

「え？」

「なんでもない」

　こんどは本当に眠りの国の入口をくぐりかけたとき、また妻が彼の名を呼んだ。

「なんだ？」夫はすこし苛立《いらだ》っていた。

「もしかして……うううん、もういいの。眠ってちょうだい」

「いや、しまいまでいえよ。目がさめちゃった。もしかして、なに？」

「あのお爺《じい》さん。デンカーさん。ねえ、トッドはあの人のところへ行きすぎると思わない？　ひょっとしたら彼が……これはたんなる想像だけど……トッドにいろいろ怖い話を吹きこんだりして」

「すごい怪談をね」ディックはいった。「エッセンの自動車工場の生産が、ノルマ以下に落ちた日の話とか」鼻を鳴らした。

「ただの想像だっていったじゃない」妻はすこしむっとしたようだった。むこうを向くのといっしょに、上掛けが軽い音を立てた。「起こしてごめんなさい」

夫は妻のむきだしの肩に手をおいた。「まあ聞いてくれ、ベイビー」そういってから、しばらく間《ま》をおいて、言葉を慎重に選んだ。「ぼくもトッドのことが心配になることがある。ときどきはね。きみの心配とはちょっと性質がちがうようだが、心配であることはおんなじだ、そうだろう？」

妻は夫に向きなおった。「どんなことで？」

「つまりだね、ぼくはあいつとはずいぶんちがう育てられ方をした。うちのおやじは小さい店をやっていた。雑貨屋のヴィック、みんなにそういわれていた。おやじは、つけにしてある人たちの名前と、つけがいくら溜《た》まっているかを、一冊の帳簿にぜんぶ書きこんでいた。おやじがその帳簿をなんと呼んでたか知ってる？」

「いいえ」ディックは自分の少年時代のことをめったに話さない。きっとあまりたのしい時代ではなかったからだろう、とモニカはいつも思っていた。いま、彼女は真剣に聞きいった。

「おやじはそれを〈左手の帳簿〉と呼んでいた。右手は商売だが、右手は左手のしていることを知るべきじゃないというんだ。もし右手がそれを知ったら、おそらく肉切り包丁をつかんで、左手をたたっ切るだろう、といった」

「そんな話、いまはじめて聞いたわ」

「なんていうかな、きみと結婚したころはおやじのことがあまり好きじゃなかったし、正直いって、いまでもなかなか好きになれない。あのころのぼくには、とても理解できなかったんだ。マザースキーのおばさんが、来週主人が仕事にもどりますからというカビの生えた口実で、ハムをつけで売ってもらえるのに、なぜぼくが慈善箱からもらってきたズボンをはかなくちゃいけないのか。だって、あのアル中のビル・マザースキーがやる仕事ときたら、十二セントのマスカテルの酒瓶《さかびん》を、飛んでいかないようにしっかり握ってることだけなんだからね。

「あのころのぼくが考えることといったら、早くこの界隈《かいわい》から脱出しておやじの人生におさらばしたい、ということだけだった。そこでせっせと勉強し、そんなに好きでもないスポーツにうちこみ、ＵＣＬＡの奨学金をとった。クラスの上位十パーセントをいつでもキープするように気をつけた。当時の大学の〈左手の帳簿〉には、戦争から帰ってきたＧＩの名前しかなかったからね。おやじも教科書代だけは送ってくれた。それ以外におやじから金をもらったのは、たった一度だけ。フランス語で落第しかけて、あわてて家に手紙を書いたときだ。それできみと知りあった。あとになって、うちの近所のヘレックさんから聞いたんだが、おやじはあの二百ドルを工面するために、車を担保に入れたんだって。

「まあそんなわけで、ぼくはきみを手にいれ、ふたりでトッドを手にいれた。ぼくはいつもあいつのことをすごく出来のいい子供だと思ってきたし、あいつに必要なものはなんでも与えるように気をくばってきた……あいつが一人前のりっぱなおとなに育つのに役立つものならね。親は息子が自分よりもりっぱな人間になってほしがるものだというあの古い格言、むかしは笑いとばしていたんだが、年をとるにつれて、滑稽《こっけい》どころか、だんだん真理に思えてきたよ。どこかのアル中の男の奥さんがハムをつけで買ったからといって、自分の子供に慈善箱のズボンをはかせるような、そんな目にぜったいトッドをあわせたくない。わかってくれるね？」

「ええ、もちろんよ」モニカは静かにいった。

「ところが、十年ほど前だったかな、おやじが都市再開発の地上げ屋を追い返すのに疲れてとうとう引退する直前に、軽い心臓発作を起こしたことがある。十日間、入院したんだよ。すると、近所の連中が、イタリア系もドイツ系も、それに一九五五年ごろから引越してきた黒人たちまで……みんな借りをはらったんだ。最後の一セントまできっちりと。ぼくは信じられなかったよ。それに、留守中もみんなが店をやってくれた。ファイオナ・カステラーノが、失業中の友だち四、五人と誘いあわせて、交代で働いてくれたんだ。おやじが退院してもどってきたときは、帳尻《ちょうじり》が一セントまできっちり合ってたそうだよ」

「うわあ」モニカは小さくつぶやいた。

「それでぼくになんといったか知ってるかい？　おやじが？　自分はいつも年をとるのが心配だったというんだ——怖《お》じ気《け》づいたり、体が痛くなったり、ひとりぼっちになること。入院しなくちゃならなくなって、店がやっていけなくなること。死ぬこと。ところが心臓発作を起こしてから、もう怖くなくなったというんだ。うまく死ねる気がしてきた、とね。『というと、幸福に死ねるっていうことかい、とうさん？』とぼくは聞いた。『ちがう』というんだ。『幸福に死ぬ人間なんて、だれもおらんよ、ディッキー』おやじはいつもぼくをディッキーと呼んでいた。いまでもそうだ。それも好きになれない原因のひとつだと思う。おやじは、だれも幸福には死ねないが、うまく死ぬことはできる、といったんだ。あれには感動したね」

ディックはかなりのあいだ、思案ぶかげに黙りこんだ。

「この五、六年、ぼくはおやじについていくらか客観的な見方ができるようになった。むこうがサンレモにいて、うるさく口を出さないからかもしれない。とにかく、あの

〈左手の帳簿〉というのもまんざら悪い考えじゃないな、と思いはじめたんだ。そときだよ、トッドのことで心配になってきたのは。あの子にこう話したくてたまらなくなった。ひょっとしたら、ぼくが家族みんなを一カ月ハワイに連れていけるとか、慈善箱のナフタリンのにおいのしないズボンをトッドに買ってやれるとか、そんなのよりもだいじなことが人生にはあるんじゃないかなって。ところが、そのへんのことをあの子にどう話したらいいのか、見当がつかないんだ。でも、あの子はたぶんわかってるんだと思う。おかげでこっちも気が軽くなった」

「デンカーさんに本を読んであげてる、あのこと？」

「そうだ。あの子はなんの報酬ももらってない。デンカーにそんな金はない。あの老人は、まだ生きているかもしれない友人や親戚《しんせき》から何千キロも離れたところで、ひとり生きてる。うちのおやじが怖がっていたとおりの人生だ。ところが、そこにトッドがいる」

「いままでそんなふうに考えたことはなかったわ」

「あの老人の話が出るたびにトッドがどんな態度をとるか、気がついたかね？」

「とても無口になるわ」

「そうさ。困った顔をして、舌がまわらなくなる。まるでなにか悪いことをしているみたいにだ。うちのおやじも、だれかから勘定を待ってくれた礼をいわれると、やっぱりそんなふうだった。ぼくたちはトッドの右手だ。それだけのことだよ。きみも、ぼくも、そのほかぜんぶ——この家も、タホーへのスキー旅行も、ガレージのサンダーバードも、あの子のカラーテレビも。みんなあの子の右手だ。そして、あの子は、自分の左手がなにをしているかを、ぼくたちに見せたがらないんだよ」

「じゃ、あの子がデンカーさんにしょっちゅう会いすぎるとは思わないわけ？」

「ハニー、あの子の成績を見てごらんよ！　もし成績が落ちてるなら、ぼくが最初にどなりつけるよ。おい、もうたくさんだ、いいかげんにしろって。学校の成績は、いちばん最初にトラブルが顔を出すところなんだ。ところが、どうだった？」

「優秀そのものよ、最初のちょっとしたつまずきのあとは」

「だから、なにを心配することがある？　ねえ、九時から会議があるんだよ。すこし眠っとかないと、頭がまわらない」

「そうね、眠ってちょうだい」妻は甘い口調で答え、彼がむこうを向きおわるのを待って、片方の肩甲骨《けんこうこつ》に軽くキスをした。「愛してるわ」

「ぼくもだ」夫は気持よさそうにいって、目を閉じた。「万事は順調だよ、モニカ。きみは心配のしすぎだ」

「そうみたいね。おやすみなさい」

ふたりは眠りにおちた。

「窓の外を見るな」ドゥサンダーがいった。「なにもおもしろいものはない」

トッドはふくれっつらで相手をながめた。テーブルの上には歴史の教科書がひろげられ、カラーのさし絵で、テディー・ローズヴェルトがサンファン・ヒルの頂上に立っている場面が出ていた。キューバ軍は手も足も出ずに、テディーの馬のひづめから逃げ散っていくところだった。テディーは明るいアメリカ的な笑顔をうかべていた。神が天国にあり、万事は順調だと信じている人間の笑いだ。トッド・ボウデンは笑っていなかった。

「あんたは奴隷《どれい》監督が好きなんだ、そうだろう？」

「わたしは自由の身でいるのが好きだ」ドゥサンダーは答えた。「勉強しろ」

「ちぇっ、まらでもなめやがれ」

「わたしが子供のころには、そんなことをいうと、洗濯石鹸《せんたくせっけん》でうがいさせられたものだ」

「時代は変わる」

「そうかな？」ドゥサンダーはバーボンをなめた。「勉強しろ」

トッドはドゥサンダーをにらんだ。「あんたはただのくそったれな大酒飲みだ。わかってんのか？」

「勉強しろ」

「うるせえ!」トッドは教科書を荒っぽく閉じた。ドゥサンダーのキッチンで、それはライフルの発射音のようにひびいた。「どのみち、追いつけるもんか。テストには間に合わない。まだ五十ページも残ってる。こんなたわごとが第一次世界大戦までつづいてんだぜ。明日は第二自習室でカンニングしてやる」

きびしい声でドゥサンダーはいった——「そんなことをしてはならん!」

「どうしてだよ? だれがとめられる? あんたか?」

「坊や、きみはまだわれわれが賭《か》けているものの大きさがわかってないようだな。わたしがその鼻水だらけの鼻を教科書に押しつける役をたのしんでいると思うのか?」老人の声は高まり、凄味《すごみ》をおび、苛酷《かこく》になり、威圧的になった。「わたしがおまえのかんしゃく、おまえの乳くさい悪態を聞くのをたのしんでいると思うのか? 『まらでもなめやがれ』」ドゥサンダーがかんだかい裏声をまねするのを聞いて、トッドの顔は赤黒くなった。「『まらでもなめやがれ。どうなったってかまうもんか。明日やるってば。まらでもなめやがれ!』」

「ふん、やっぱり好きなんじゃないか!」トッドはどなりかえした。「そうさ、好きでやってるんだ! あんたがゾンビみたいな気分にならずにすむのは、ぼくをガミガミどなりつけるときだけなんだ! すこしは休ませてくれよ!」

「もしカンニングが見つかったら、なにが起こると思う？　まっさきに連絡がいくのはだれのところだ？」

かみすぎてギザギザになった指の爪《つめ》をながめて、トッドはだまりこんだ。

「だれのところだ？」

「ちえっ、知ってるくせに。ゴム靴《ぐつ》エドさ。それからうちの両親」

ドゥサンダーはうなずいた。「それに、わたしのところだ。勉強しろ。カンニング・ペーパーは、頭の中へしまっておけ。本来の場所へ」

「大嫌《だいきら》いだ」トッドはにぶい声でいった。「あんたなんか大嫌いだ」しかし、少年はまた教科書をひらいた。テディーがサーベルを手に、二十世紀に向かって馬をギャロップさせ、キューバ軍はその前で散り散りに逃げまどっていた――それは、ひょっとしたらテディーの強烈なアメリカ的微笑の力によるのかもしれなかった。

ドゥサンダーはまた椅子《いす》を揺らしはじめた。両手はバーボンのはいったティーカップをかかえていた。「いい子だ」と彼は優しいほどの声でいった。

トッドは四月最後の夜にはじめての夢精を体験し、窓の外の枝葉を通してささやきかけている雨の音に目ざめた。

夢の中で、彼はパティンの実験室にいた。細長く低い台の一端に立っているところだった。驚くほど美しい豊満な若い娘が、台の上に金具で固定されていた。ドゥサンダーがトッドの介添えだった。白い肉屋のエプロンのほかに、ドゥサンダーはなにも身につけていなかった。彼が検査機械のほうに向きをかえると、瘦《や》せこけた尻がぶかっこうな白い石のようにすれあうのが、トッドの目に映った。

老人はなにかをトッドにさしだした。実際に見るのははじめてだが、それがなんであるかはすぐにわかった。張形《はりかた》だ。その先端は磨《みが》きぬかれた金属で、真上の蛍光灯《けいこうとう》を反射して、冷たいクロムのように光っている。張形は中空だった。そこから黒い電気のコードがのびて、端に赤いゴム球がついていた。

「はじめろ」とドゥサンダーがいった。「総統はそうしてよろしいとおっしゃっている。おまえの勉強ぶりに対する褒美《ほうび》だとおっしゃっている」

トッドは下に目をやり、自分が裸なのを知った。小さいちんぽこは完全に勃起《ぼっき》して、桃のうぶ毛のように薄い陰毛の中からピョコンと斜めに突きだしていた。彼は張形をはめた。かなりきゅうくつだが、中になにか潤滑剤が塗ってあるようだった。その摩擦はいい気持だった。いや、いい気持どころじゃない。すてきな気持だった。

トッドは台の上の若い娘を見おろし、自分の思考が奇妙に変化するのを感じた……まるで思考がすんなり溝《みぞ》にはまったようだ。だしぬけに、すべてが正しく思えた。ドアが開かれたのだ。それをくぐるだけでいい。左手に赤いゴム球を握り、台の上に両膝《りょうひざ》をあて、ちょっと間をおいて角度を計算した。張形のほうは、少年らしいきゃしゃな肉体からわがままな角度で外に突きだしていた。

ぼんやりと、どこか遠くで、ドゥサンダーが読みあげているのが聞こえた――「実験第八十四回。電流、性的刺激、新陳代謝。負の強化に関するティッセン説にもとづくもの。被験者は若いユダヤ娘、年齢十六歳ぐらい、傷痕《しょうこん》なし、身体的特徴なし、疾病《しっぺい》なし――」

娘は張形の先端がふれたとき、さけびを上げた。そのさけびがトッドに快感をもたらした。そして、自由になろうともがく彼女のはかない抵抗も、それがむだと知って、せめて両脚をくっつけようとする努力も。

これが戦争雑誌には載ってなかった部分なんだ、とトッドは思った。だが、それがここにはちゃんとある。

トッドはだしぬけにスラストし、容赦なく彼女の中に分けいった。彼女は半鐘のような絶叫を上げた。

彼女をはねのけようとする最初のあがきや努力のあと、彼女はじっと動かなくなり、ひたすら耐えしのんだ。潤滑剤を塗った張形の内側が、トッドの怒張したものをこすりあげ、こすりおろした。すばらしい気分。天国の気分。左手の指がゴム球をいじりまわした。

遠くのほうでは、ドゥサンダーが数字を読みあげていた。脈搏《みゃくはく》、血圧、呼吸、アルファ波、ベータ波、往復運動。

クライマックスが体内にわきあがりはじめるのを感じて、トッドは完全に静止し、ゴム球を握りしめた。いましがたまで目をつむっていた娘が、ふいにぎょろっと目を開いた。ピンク色の口蓋《こうがい》の中で舌がふるえた。両手と両足がけいれんした。しかし、いちばん活動しているのは、彼女の胴体だった。それは上下し、振動していた。あらゆる筋肉が。

（おおあらゆる筋肉あらゆる筋肉がひきつり閉まりあらゆる）

あらゆる筋肉と感覚がクライマックスに

（エクスタシー）

ああこれは、これは

（世界の終わりだ外でとどろいている）

その音と雨音に彼は目をさました。気がつくと、暗いボールのように身をちぢめて横向きになり、心臓がスプリンターのようにどきどき鼓動をうっていた。下腹部は、なま温かい、ねばねばした液体におおわれていた。一瞬、出血で死にかけているのではないかと、うろたえ、恐怖にかられた……そこで、やっとその正体に気づき、気が遠くなるほどの、吐き気をともなった嫌悪《けんお》感におそわれた。精液。ザーメン。淫水《いんすい》。ジャングル・ジュース。そこらの塀《へい》とか、ロッカー・ルームやガソリンスタンドのトイレの壁に落書きしてある言葉。こんなものはほしくない。

トッドの両手は、力なく握りしめられた拳《こぶし》になった。いまの夢のクライマックスが頭によみがえったが、いまでは色あせ、無意味で、ただ恐ろしかった。しかし、神経終末はまだピリピリしながら、とがった先端からゆっくり後退していた。いま薄れつつあるあの最後の場面は、不快でありながら、なんとなく強制力があった。ちょうど、なにも考えずに熱帯の果物を一口かじって、それが驚くほど甘いのは、腐っているからだと（一瞬遅く）気づいたときのように。

そのとき、その考えがやってきた。自分がなにをしなければならないかが。自分自身をとりもどす方法はひとつしかない。ドゥサンダーを殺すのだ。それしか方法はない。遊びは終わった。お話の時間は終わった。これが生存だ。

「あいつを殺せば、ぜんぶ片がつく」トッドは暗闇《くらやみ》に向かってささやいた。外では雨が枝葉をたたき、腹の上では精液が乾きかけていた。ささやくことで、それが現実味を備えてきたように思われた。

ドゥサンダーはいつもエンシェント・エイジの瓶《びん》を三、四本、地下室の急な階段の上にある棚《たな》にしまっている。ドゥサンダーはそのドアに近づき、それをあけ（たいていの場合、すでに足もとがふらふらだ)、二歩階段を下りる。それから身を乗りだして、片手で棚につかまり、もう片手で新しい酒瓶をつかむ。地下室の床はセメントでなく、たたきのままだ。いまではトッドもドイツ流というよりプロイセン流と感じるようになった機械のような能率性で、ドゥサンダーは二カ月に一度、石油をそこにふりまく。ゴキブリが土の中で繁殖しないようにだ。セメントがあってもなくても、老人の骨は簡単に折れやすい。それに、老人はよく事故を起こすものだ。検死の結果、〝デンカー氏〟は〝転落〟したとき大量の酒を飲んでいたことがわかる。

——なにがあったんだね、トッド?

——呼鈴を鳴らしても出てこないから、前にもらった鍵《かぎ》でドアをあけてみたんだよ。ときどき、あの人、居眠りしちゃうことがあるんだ。キッチンにはいったら、地下室のドアがあけっぱなしだった。それで階段を下りてみたら、そこにあの人が……あの人が……。

そして、もちろん、涙。

きっとうまくいく。

それで自分自身をとりもどせる。

長いあいだ、トッドは暗闇の中で横になったまま目をあけ、雷が西のほうへ、太平洋の上空へとしりぞいていくのを聞き、雨のひそやかな音に耳をかたむけていた。朝までこうして目をさましたまま、何度も何度もおなじことを考えるのだろうな、と思った。しかし、そう思った直後に眠りにおち、片方の拳をあごの下にあてたまま、ぐっすりと熟睡した。目がさめると五月一日、数カ月ぶりに完全に休息のとれた気分だった。

11

一九七五年五月。

トッドにとっては、人生最長の金曜日だった。一時限も二時限も、なにひとつ耳にはいらず、最後の五分間、教師が落第カードの小さい束をとりだして、配るのだけを待ちうけた。教師がカードの束を持ってトッドの席へ近づくたびに、背すじが寒くなった。教師が彼のところで足をとめずに通りすぎてくれると、目まいと半ヒステリーの波が押しよせるのだった。

代数は最悪だった。ストールマンが近づいてきて……足をためらわせ……この調子なら通りすぎてくれるとトッドが確信を持ったその瞬間に、落第カードを裏向きにしてトッドの机の上においていった。トッドはなんの感情もなく、冷淡にそれを見つめた。いまそれが起こってしまった以上、あるのは冷淡な気持だけだった。とうとうきたか、と彼は思った。ポイント、ゲーム、セット、そしてマッチ。ドゥサンダーがなにか名案を思いついてくれないかぎり。それもこんどはむりらしい。

たいした関心もなく、トッドは落第カードを表に向け、自分がどれほどCをはずれたかを見ようとした。惜しいところだったにちがいないが、石のストールマンが手心を加えてくれるはずはない。トッドは成績の欄が完全に空白なのを見てとった——ABCの評点の欄も、点数の欄も。感想の欄にはこんな一言《ひとこと》が記されていた——『本物のこいつをきみにわたさずにすんで、実にうれしい！　チャス・ストールマン』

また目まいがおそってきた。こんどは前より激しく、頭の中がガーンとして、ヘリウム・ガスでふくらんだ気球みたいだった。彼は机の両脇《りょうわき》にしっかりつかまり、執念にとりつかれたように、ただひとつのことだけを考えつづけた——おまえは気絶なんかしない、気絶なんかしない、気絶なんかしない。すこしずつ、すこしずつ目まいの波が去っていったあとは、ひとつの衝動を抑えつけるのに必死だった。立ちあがってストールマンのあとを追いかけ、こっちに向きなおらせ、先をとがらせたばかりの鉛筆で目玉をほじくりだしてやりたい。だが、その時限が終わるまで、彼の顔は用心ぶかい空白にたもたれていた。その裏で起こっているものの唯一《ゆいいつ》の徴候は、片方のまぶたの軽いチックだけだった。

その十五分後に学校はひけ、一週間の休暇がはじまることになった。トッドはゆっくりと校舎の横をまわって、自転車置場に向かった。頭を垂れ、両手をポケットにつっこみ、教科書を右の小脇にはさみ、走ったり、さけんだりしている級友たちも目にはいらなかった。彼は教科書を自転車のバスケットにほうりこみ、シュウィンの鍵をあけ、ペダルをこぎはじめた。ドゥサンダーの家に向かって。

きょうだ、とトッドは思った。きょうが運命の日だぜ、爺《じい》さん。

「おやおや」とドゥサンダーは、トッドがキッチンへはいってくるのをながめて、自分のカップにバーボンをついだ。「被告が法廷からもどってきたか。で、囚人よ、判決はどうだった?」ドゥサンダーはいつものバスローブに、すねの半分まで届くモコモコしたウールのソックスをはいていた。あんなソックスだと、足は滑りにくいな、とトッドは思った。ドゥサンダーがついでいるエンシェント・エイジの瓶にちらと目をやる。指の幅三つぐらい底に残っているだけだった。

「Dもなし、Fもなし、落第カードもなし」とトッドはいった。「六月にはまた通知票を何カ所か書きなおさなくちゃいけないだろうけど、たぶん学年平均だけだ。もしいまの調子で勉強をつづければ、今学期はぜんぶAかBがとれる」

「ああ、もちろん勉強はつづけるさ。手を抜かないように、わたしが見届ける」ドゥサンダーはカップをぐっとあけて、またバーボンをついだ。「これはお祝いするだけの値打ちがあるな」ドゥサンダーの舌はいくらかもつれていた——それと気がつくほどではないが、この老人がすっかり酔っぱらっているのをトッドは知っていた。そう、きょうだ。決行の日はきょうしかない。

だが、トッドは冷静だった。

「お祝いなんてくそくらえだ」彼はドゥサンダーにいった。

「あいにく、キャビアとトリュフを届けてくれるはずの出前がまだこない」ドゥサンダーは少年を無視していった。「近ごろのサービスは本当にあてにならん。待つあいだ、リッツのクラッカーと、ヴェルヴィータのチーズでもどうだね？」

「いいさ」トッドはいった。「なんだってかまうもんか」

ドゥサンダーは立ちあがり（片方の膝がテーブルにぶつかって、痛そうに顔をしかめて）、冷蔵庫のドアをあけた。チーズをとりだし、引き出しからナイフを、戸棚から皿《さら》を、そしてパン入れからリッツのクラッカーをとりだした。

「どれにもこっそり青酸を注射してあるよ」ドゥサンダーはチーズとクラッカーをテーブルに並べてから、トッドにそう教えた。老人がにやっと笑うと、きょうもまた入れ歯をはずしているのが見えた。それでもトッドは微笑をかえした。

「きょうはえらく無口じゃないか！」ドゥサンダーがさけんだ。「廊下を腕立て宙返りでとびまわるのかと思ったが」最後のバーボンをカップにつぎ、一口飲んで舌つづみをうった。

「まだボーッとしてるんだよ」トッドはクラッカーをかじった。ずっと前から、少年はドゥサンダーのすすめる食べ物を断わらなくなっていた。ドゥサンダーは、トッドが友だちに預けた手紙があると思っている――もちろん、そんなものはない。トッドには友だちがいるが、それだけ信用している友だちはひとりもいない。たぶん、ドゥサンダーもそれぐらいはとっくに見ぬいているだろうが、だからといって、そんな推測だけをたよりに危険をおかして殺人を実行するとは思えない。そうトッドはたかをくくっていた。

「きょうはなにを話そうか?」ドゥサンダーは最後の一口を飲みほしてたずねた。「きょう一日だけ勉強をお休みにしようか、どうだね、うん? うん?」酒を飲むと、ドゥサンダーのドイツなまりはひどくなった。このところ、トッドはそれが憎たらしくてしかたがなかった。ところが、いまはそのなまりも気にならなかった。なにもかも許せた。自分がおそろしくクールなのが感じられた。両手に目をやる。もうじき相手をつきとばす手だ。しかし、いつもとちがったところはなにもない。ふるえてもいない。クールそのもの。

「どっちでもいいよ」トッドはいった。「好きなようにして」

「では、われわれの作った特製石鹸《せっけん》のことを話そうか? 同性愛の強制実験のほうがいいかな? それとも、わたしが愚かにもベルリンに舞いもどったあと、どんなふうに脱出したかを聞きたいか？　あれはきわどいところだった」ドゥサンダーは、パントマイムで無精ひげの生えた頬《ほお》を剃《そ》るまねをして、笑いだした。

「なんでもいいよ。ほんとに」トッドは、ドゥサンダーが空き瓶を見つめ、それを片手にさげて立ちあがるのを見まもった。ドゥサンダーはそれを屑《くず》かごまで持っていって捨てた。

「いや、そんな話はよそう。きみはそんな気分じゃなさそうだ」ドゥサンダーはしばらく屑かごの前で考えこんでから、キッチンを横ぎって、地下室のドアに向かった。ウールのソックスが、でこぼこのあるリノリウムの床とすれあって、シュッシュッと音を立てた。「きょうはその代わりに、怖がりの老人の話をしよう」

ドゥサンダーは地下室のドアをあけた。いまや老人はテーブルに背中を向けていた。トッドはそうっと立ちあがった。

「その老人が怖がっていたのは」とドゥサンダーは話をつづけた。「奇妙な意味で彼の友だちでもあったひとりの少年だ。利口な少年だ。母親はこの少年を〝優秀な生徒〟と呼んでいたし、老人はすでにこの少年が優秀な生徒であることを発見していた……もっとも、少年の母親が考えている意味とはちがっていたかもしれない」

ドゥサンダーはこぶになった無器用な指で壁の旧式なスイッチを入れようと、しばらくもたついた。トッドはリノリウムの上を――滑るように――歩きだした。きしんだり鳴ったりするような場所は避けて歩いた。いまではここのことを、自分のうちのキッチンとおなじぐらいよく知っていた。いや、それ以上に。

「最初のうち、その少年は老人の友だちではなかった」ドゥサンダーはようやくスイッチを入れるのに成功した。年期のはいった酒飲み特有の用心ぶかさで、一段目を下りた。「最初のうち、老人はその少年に非常な反感を持っていた。ところがしだいに……少年との交際をたのしむようになった。もっとも、まだ強い反感が一部に残ってはいたがね」いま、ドゥサンダーは棚に目をやったが、まだ手すりを握っていた。トッドはクールに――いや、いまの彼は氷のように冷たかった――老人のうしろに近づき、強い一突きで、ドゥサンダーの手を手すりからもぎ離せるだろうかと、可能性を計算した。そして、老人が前に身を乗りだすまで待つことにした。

「老人のたのしみの一部は、平等感を味わえることにあった」ドゥサンダーは考えぶかげに言葉をついだ。「わかるかね、少年と老人は、おたがいを死神のようにしっかりつかんでいた。どちらも相手の秘密を知っていた。ところがやがて……やがて老人は状況の変化に気づきはじめた。そうとも。老人の支配力は衰えていた――その一部か、それとも全部か、それは少年がどれほど追いつめられているか、また、どれほど利口かにかかっている。眠れない長い一夜を過ごすあいだに、この老人は少年の上に新しい支配力を作りだす方法を思いついた。身の安全のためにだ」

いま、ドゥサンダーは手すりを離し、地下室の急な階段の上に身を乗りだしたが、トッドはじっと動かなかった。骨のずいまでの冷たさがいつしか溶けだして、怒りと混乱の赤い波に変わっていた。ドゥサンダーが新しい酒瓶をつかんだとき、トッドは荒々しい気分で考えた。この地下室のどぐさいことときたら天下一品だ。石油をまいてもまかなくても。まるでなにかが死んでるみたいなにおいがする。

「そこで老人はさっそくベッドから起きだした。老人にとって睡眠がなんだろう？　ささいなことだ。小さなデスクに向かって、自分がどれほど巧妙にその少年をある犯罪の中へ巻きこんだかを考えた。その犯罪とは、とりもなおさず、少年が暴露するぞと老人をおどしているものだった。少年が学校の成績を回復するために、どれほど懸命に、どれほど必死になって勉強したかを、老人は考えた。成績がもとどおりになったとき、少年にとってはもう老人を生かしておく必要性がなくなる。もし老人が死ねば、少年は自由になれる」

ドゥサンダーは、新しいエンシェント・エイジの瓶をつかんで、向きなおった。

「ちゃんと聞こえていたよ」と老人はむしろ優しい口調でいった。「きみが椅子《いす》をうしろにずらして立ちあがったときからね。坊や、きみは自分で思っているほど静かじゃなかった。まだ修業がたりん」

トッドは無言だった。

「そう！」ドゥサンダーはさけんで、キッチンへひきかえすと、地下室のドアをきちんと閉めた。「老人は一部始終を書きとめた、ちがうかね？　最初から最後までをもれなく書きとめた。書きおわったときはもう夜明けに近く、右手は関節リューマチで――あのいまいましい関節リューマチで――うずいていたが、何週間かぶりにいい気分だった。安全な気分だった。老人はベッドにもどり、午後までぐっすり眠った。実際、もしそれ以上寝過ごしたら、大好きな番組を見逃したことだろう――『総合病院』をね」

　ドゥサンダーは揺り椅子にもどった。腰をおろし、黄色い象牙《ぞうげ》の柄《え》のついた、古びたジャックナイフをとりだして、バーボンの瓶の口をおおったシールをていねいに切りとりはじめた。

「その翌日、老人は一張羅《いっちょうら》を着て、ささやかな預金口座のある銀行にでかけた。銀行の係員に相談すると、むこうは老人の質問に実に親切に答えてくれた。老人は貸金庫を借りることにした。銀行の係員は、お客様が鍵《かぎ》をひとつ、銀行が鍵をひとつ持つことになります、と老人に説明した。両方の鍵がないと、金庫はあかない。老人自身が一筆書いて署名した許可証を持っていないと、ほかのだれもその鍵を使えない。ただし、例外がひとつある」

　ドゥサンダーは歯のない笑いをうかべて、トッド・ボウデンの蒼白《そうはく》にひきつった顔を見やった。

「その例外は、貸金庫の借り主が死亡した場合に適用される」まだトッドを見つめ、まだ微笑をうかべたまま、ドゥサンダーはジャックナイフをバスローブのポケットにしまい、バーボンの栓《せん》をねじって、新しい一杯をカップについだ。

「そのときはどうなる？」トッドはかすれ声できいた。

「そのときは、金庫の中身が銀行の職員と、国税局の代表者の立ち会いのもとで開かれる。金庫の中身は目録に記載される。この場合、彼らが見つけるのは十二ページ分の書類だけだ。税金の対象にはならないが……きわめて興味ぶかい書類だよ」

トッドの両手の指はおたがいに這《は》いより、そしてしっかりと組み合わされた。「むちゃくちゃだ」信じられないように、啞然《あぜん》とした声でいった。天井を歩いている人間を目の前にしたような声だった。「そんなことを……されてたまるか」

「坊や」ドゥサンダーは優しくいった。「わたしはもうそうしたんだよ」

「しかし……ぼくは……あんたは……」少年の声はとつぜん苦しそうな絶叫になった。「あんたは年寄りだ！　自分が年寄りだってことを知らないのか？　死んだらどうする！　いつ死ぬかもしれないのに！」

ドゥサンダーは立ちあがった。キッチンの戸棚《とだな》に歩みよって、小さなグラスをとりだした。もとはゼリーのはいっていたグラスだった。縁のまわりには、アニメのキャラクターが踊りまわっていた。トッドはそのぜんぶに見おぼえがあった——『強妻天国』のフレッドとウィルマ・フリントストーン、バーニーとベティー・ラブル、ペブルズとバムバム。少年は、それを見て育った世代だった。彼はドゥサンダーが儀式的な手つきでふきんをとり、そのゼリー・グラスを拭《ふ》くのを見まもった。ドゥサンダーがそれを自分の前におくのを見まもった。ドゥサンダーが指の幅ひとつだけバーボンをつぐのを見まもった。

「なんのつもりだ?」トッドはつぶやいた。「ぼくは酒なんか飲まないぞ。あんたみたいなのんだくれじゃない」

「グラスを持て、坊や。きょうは特別なお祝いだ。きょうだけは飲め」

トッドはじいっと相手を見つめてから、グラスをとりあげた。ドゥサンダーは自分の小さな陶器のカップをカチンとグラスに合わせた。

「乾杯だ、坊や——長寿を祈って! われわれふたりの長寿を祈って! おめでとう《プロージット》!」

ドゥサンダーはバーボンをいっきにあけて、とつぜん笑いだした。椅子を前後に揺らしながら、ソックスをはいた足でリノリウムの床をたたいて笑いつづけた。きょうはいままでのいつよりもハゲタカに似ている、とトッドは思った。バスローブにくるまったハゲタカ、腐肉をあさるおぞましい生き物。

「大嫌《だいきら》いだ」トッドが小声でそういったとき、ドゥサンダーは笑いすぎて息をつまらせはじめた。顔がどすぐろいレンガ色になった。まるで咳《せき》こむのと、笑うのと、息をつまらすのを、ぜんぶ同時にやっているようだった。怖じ気《おけ》づいたトッドはいそいで立ちあがり、咳の発作がおさまるまで、老人の背中をさすりつづけた。

「ダンケ・シェーン」と老人がいった。「酒を飲みたまえ。気分がよくなる」

トッドはのんだ。ひどくまずいカゼ薬の味がして、腹の中が火のついたように熱くなった。

「こんなひどいものを一日じゅう飲んでるなんて、信じられない」トッドはグラスをテーブルの上にもどして、身ぶるいした。「やめなくちゃだめだよ。酒とタバコはやめてくれ」

「わたしの健康をおもんぱかるきみの気持は、感動的だ」ドゥサンダーは、ジャックナイフが消えたのとおなじバスローブのポケットから、よれよれのタバコの箱をとりだした。「わたしもそれに劣らずきみの生命《いのち》を案じているよ、坊や。混雑した交差点で自転車乗りが車にはねられたという記事を、毎日のように新聞で見るにつけてもね。もう、自転車はやめるべきだ。歩いたほうがいい。それとも、わたしのようにバスに乗りたまえ」

「自分とファックでもしてろ」トッドはわめいた。

「坊や」ドゥサンダーはバーボンをカップについで、また笑いだした。「われわれはおたがいにファックしあっているのだ——それを知らなかったのかね？」

それから約一週間後のある日、トッドは見捨てられた鉄道の駅で、使われていない郵便用プラットホームにすわっていた。赤錆《あかさ》び、雑草におおわれた線路の上に、炭殻《たんがら》をひとつまたひとつと投げつけた。

なぜあいつを殺しちゃいけないんだ?

トッドは論理的な少年だったから、まず論理的な答が出てきた。理由はなにもない。遅かれ早かれドゥサンダーは死ぬ。ドゥサンダーの不摂生ぶりから見ても、おそらくその時期は早いだろう。自分が老人を殺しても、ドゥサンダーが入浴中に心臓発作で死んでも、すべてが明るみに出るのはおなじだ。すくなくともあのハゲタカの首を絞める満足だけは得られる。

遅かれ早かれ——その言葉は論理を受けつけなかった。

ひょっとしたら、遅かれのほうかもしれない、とトッドは考えた。いくらタバコを吸っても、いくら大酒をくらっても、あいつはしぶとい爺《じじ》いだ。あれでここまで長生きしたんだから……だから、ひょっとしたら、遅かれのほうかもしれない。

背後からくぐもった鼻息が聞こえた。

トッドは思わず立ちあがり、手に持っていたひとつかみの炭殻を下に落としてしまった。鼻息のような音がまた聞こえた。

いまにも逃げだしそうになって、トッドはやっと踏みとどまったが、もう鼻息は聞こえてこなかった。八百メートルむこうに、八車線のフリーウェイが地平線を横ぎって、この雑草とゴミの散らばった袋小路と、見捨てられた建物と、錆びた鉄網《かなあみ》フェンスと、ひび割れ、ゆがんだプラットホームを下に見おろしている。フリーウェイを走る車は、堅い甲羅《こうら》を持つ異国のカブトムシのように日ざしにきらめいている。むこうには八車線の車の流れがあり、こっちにはトッドと、二、三羽の鳥と……それに、さっき鼻息を鳴らしたものしかいない。

トッドは両手を膝《ひざ》に当ててそろそろと身をかがめ、郵便用プラットホームの下をのぞいてみた。そこにはひとりの浮浪者が、黄色い雑草と空き缶《かん》とほこりだらけの空き瓶《びん》の中に寝そべっていた。男の年齢はよくわからなかった。三十歳から四百歳までのどこか中間だと、トッドは見当をつけた。男の着ているよれよれのTシャツには乾いたへどがこびりつき、緑色のズボンはだぶだぶで、灰色の革の作業靴《ぐつ》は百カ所も割れ目ができていた。その割れ目が苦痛にゆがむ口のようにぱっくりひらいていた。おまけにドゥサンダーの地下室のように臭い、とトッドは思った。

浮浪者の赤くただれた目がのろのろとひらき、驚きもせずにわびしくトッドを見つめた。見つめられたとたん、トッドはポケットにある魚釣《つ》り用のスイス・アーミー・ナイフを思いだした。一年近く前に、レドンド・ビーチのスポーツ用品店で買ったものだ。

そのときの店員の言葉が、いまでも頭の中にはっきり残っていた——これ以上のナイフはどこをさがしてもないよ、坊や——そのうちいつか、命を救ってくれるナイフだ。この店だけで、年に千五百挺《ちょう》ものスイス・ナイフをさばいてるんだよ。

トッドはポケットに手をいれ、ナイフをつかんだ。心の中の目で、ドゥサンダーのジャックナイフがバーボンの瓶の封をゆっくり切りとるところをながめた。一瞬後、少年は自分が勃起《ぼっき》しているのに気づいた。

年に千五百挺。

冷たい恐怖が身内にしのびこんだ。

浮浪者はひび割れた唇《くちびる》を手の甲でこすり、ニコチンで陰気な黄色に変色した舌で唇をなめた。「ボク、十セント持ってないか？」

トッドは無表情に相手を見つめた。

「ＬＡへ行きたいんだ。バス代が十セントたりなくてよ。おれな、約束があんだよ。仕事をくれるって。ボクみたいないい子なら、きっと十セント持ってる。いや、二十五セントかもしれねえ」

そうとも、このナイフがあればクロマスだって腸抜きできる……いや、その気になりゃ、マカジキだって腸抜きできる。こいつを年に千五百挺も売ってるんだ。アメリカじゅう、どこのスポーツ用品店でも、軍の放出物資販売店でも、こいつを売ってる。だから、もしかりにだ、こいつでそこいらのきたならしい、クソまみれの浮浪者の腸抜きをしたところで、絶対に足はつかないよ、絶対にな。

浮浪者の声が低くなった。秘密めかした、陰気なささやきになった。「一ドルくれたら、尺八でめっぽういい気持にしてやるぜ、ボク。脳みそがとびでるほどいい気持に――」

トッドはポケットから手をひきぬいた。掌《てのひら》をひらくまで、中身がよくわからなかった。二十五セントのコインが二枚。五セントが二枚。十セントが一枚。一セントがすこし。トッドはそれを浮浪者に投げつけて、逃げだした。

12

一九七五年六月。

十四歳になったトッド・ボウデンは、自転車でドゥサンダーの家の小道をやってきて、スタンドを立てた。ステップのいちばん下の段には〈LAタイムズ〉がのっかっていた。彼はそれを拾いあげた。呼鈴に目をやる。その下には、『アーサー・デンカー』と『勧誘、セールス、押売りお断わり』というふたつの表札がまだそれぞれの場所を占めている。もちろん、いまでは呼鈴を押す必要はなかった。合鍵《あいかぎ》がある。

どこか近くで、ローン・ボーイのはじけるような、げっぷするような音がした。少年はドゥサンダーの芝生をながめ、草が伸びているのを見てとった。だれか芝刈り機を持った子供を見つけるように、老人に教えてやらなくてはだめだ。ドゥサンダーは最近とみにこうしたささいなことを忘れがちになった。ひょっとすると老人ボケのはじまりかもしれない。ひょっとすると、エンシェント・エイジが脳をアルコール漬《づ》けにしている影響かもしれない。十四歳の少年にしてはおとなびた考えだったが、そうした考えはもうトッドにとってめずらしくなくなっていた。近ごろは、おとなびた考えがしょっちゅううかぶ。その大部分は、あんまりぞっとしない考えだ。

トッドは家の中にはいった。

キッチンにはいって、ドゥサンダーがやや横向きに揺り椅子《いす》の上でぐったりしているのを見たとき、いつものように一瞬背すじが寒くなった。テーブルの上にはカップがあり、半分空《から》になったバーボンの瓶がそのそばにある。いくつかの吸いがらがもみ消してあるマヨネーズの蓋《ふた》の上で、一本のタバコが燃えつきて長い灰のひもになっている。ドゥサンダーの口は半びらきのままだ。顔は黄ばんでいる。大きな両手は揺り椅子の肘《ひじ》かけからだらんと垂れている。呼吸しているように見えない。

「ドゥサンダー」思わず声が荒々しくなった。「起床だ、ドゥサンダー」

老人がピクッとけいれんし、まばたきし、ようやく起きなおるのを見て、トッドは安《あん》堵《ど》の波を感じた。

「きみか？　こんなに早く？」

「終業式で早くおわったんだ」トッドはマヨネーズの蓋の上にある吸いがらを指さした。「こんなことをしてたら、いまに火事になる」

「だろうな」ドゥサンダーは無関心に答えた。もぞもぞとタバコを出し、箱から一本ふりだして（タバコがころころ転がって、あやうくテーブルの縁からころげ落ちそうになるのをつかまえ）、ようやく火をつけた。そのあとに長い咳の発作がつづき、トッドはうんざりしたように顔をしかめた。老人の咳がひどくなると、トッドはいまにも相手が灰色がかった黒い肺組織の塊をテーブルの上に吐きだすんじゃないかと思う……この老人は、そうしながらおそらくにやりと笑うことだろう。

ようやく咳がいくらかおさまって、ドゥサンダーは口がきけるようになった。「そこに持っているのは？」

「通知票だよ」

ドゥサンダーはそれを手にとり、中をひらいて、文字が読めるように手をいっぱいに伸ばした。「英語……A。アメリカ史……A。地学……Bプラス。地域社会ときみ自身……A。初等フランス語……Bマイナス。代数初歩……B」老人は通知票を下においた。「たいへんけっこう。スラングでなんといったかな？　きみのベーコンは残ったよ、か。

いちばん下の学年平均の欄は書きなおす必要があるのかね?」

「フランス語と代数だけだ。でも、ぜんぶで八点か九点ぐらいですむ。バレる気づかいはないよ。それだけはあんたのおかげだと思うんだ。自慢にはならないけど、本当だ。だから、ありがとう」

「なんという感動的なスピーチだろう」ドゥサンダーはそれだけいって、また咳こんだ。

「これからは、もうそんなにしょっちゅう会いにこないと思うよ」トッドがいったとたん、ドゥサンダーはとつぜん咳をやめた。

「そうかね?」穏やかにききかえした。

「そうさ」とトッドは答えた。「六月二十五日から、家族で一カ月ハワイへゆくんだ。九月には、町の反対側の学校へかようようになる。強制バス通学で」

「ああ、なるほど、黒人《シュヴァルツェン》か」ドゥサンダーは赤白格子《ごうし》のオイルクロスの上を這《は》い歩くハエを、ぼんやりながめた。「二十年間、この国はシュヴァルツェンのことで悩み嘆いてきた。しかし、われわれは解決法を知っている……ちがうかな、坊や?」老人は歯のない微笑をトッドに向け、トッドは例の不快な胃袋の上下を感じてうつむいてしまった。恐怖と、憎悪《ぞうお》と、欲望がおそってきた。夢の中でしかちゃんと考えられないような、恐ろしいことをやりたい欲望が。

「ねえ、知らないんならいっとくけど、ぼくは大学へ進学するつもりなんだ。ずいぶん先のことなのはわかってるけど、いまから予定を立ててる。専攻科目も決めたんだよ。歴史」

「りっぱなものだ。過去からまなぼうとしない人間は――」

「ちぇっ、だまっててくれ」トッドはいった。

ドゥサンダーは聞きわけよくそうした。彼は少年の話がまだ終わっていないのを知っていた……まだ、あとがある。そこで両手を組み、相手を見つめた。

「ぼくは友だちからあの手紙をとりかえすよ」トッドはだしぬけに口走った。「わかるだろ？　あんたにそれを見せてから、目の前で燃やしてもいい。もし――」

「――もし、わたしが貸金庫の中からある書類をとり除けば、かね？」

「まあ……そういうこと」

ドゥサンダーは長嘆息した。「坊や、きみはまだ状況がよくわかってないようだ。前からそうだった、最初からな。その理由の一部は、きみが年端《としは》のいかない少年だからだが、それだけではない……最初から、きみはとてもおとなびた少年だった。そう、真の悪玉は、以前もいまも、きみの滑稽《こっけい》なアメリカ的自信なのだ。その自信が災いして、きみは自分のしていることがどんな結果をもたらすか、その可能性を考えようとしなかった……いまになってもそうだ」

トッドがいいかえそうとすると、ドゥサンダーは世界最年長の交通巡査のように、きびしく片手を上げた。

「いや、口答えするな。これは事実だ。もしそうしたければ、出ていくがいい。この家から出ていって、二度ともどってくるな。わたしにきみを止めることができるか？　いや。できはしない。ハワイでせいぜいたのしんでくるがいい。そのあいだ、わたしはこの暑くて油臭いキッチンにすわり、ワッツ地区のシュヴァルツェンが今年も警官を殺して安アパートを焼きはらうかどうか、期待して待つだけだ。わたしはきみを止められない。ちょうど、一日ずつ自分が年をとるのを止められないようにな」

老人はトッドを見つめ、その目に射すくめられてトッドは目をそらした。

「心の奥底では、きみが好きではない。なにをもってしても好きにはなれないだろう。きみは強引にわたしの生活に割りこんできた。この家の招かれざる客となった。きみがわたしに開かせた納骨堂は、たぶん閉じたままのほうがよかったろう。なぜなら、その死骸《しがい》のいくつかが生埋めになっていること、その中のいくつかはまだ息があることが発見されたからだ。

「きみ自身もその中に巻きこまれたわけだが、そうなったからといってわたしがきみに同情するか？　とんでもない！　きみは自分で自分のベッドを作った。そのベッドでよく眠れないと聞いて、わたしが同情すべきか？　いや……わたしはきみに同情《ゴット・イン・ヒンメル》はせんし、きみが好きでもない。しかし、ちょっぴりきみを尊敬するようにはなった。だから、この説明を二度くりかえせとせがんで、わたしの忍耐に負担をかけないでくれ。われわれふたりは自分の文書をとりもどし、このキッチンで焼きすてることができる。だが、それでも問題は解決しない。それどころか、いまこの瞬間と比べて、状況がみじんも改善されはしないのだ」

「よくわからない」

「だろうな。それはきみが自分の始動させた事柄《ことがら》の結果を、すこしも考えようとしないからだ。よく聞きたまえ、坊や。かりにわれわれが、おたがいの手紙を、ここで、この瓶《びん》の蓋の上で焼きすてたとしよう。きみがその手紙の写しをべつに作っていないと、どうしてわかる？　それとも二通？　それとも三通？　図書館にはゼロックスの機械があって、五セント出せば、だれでもコピーがとれる。一ドル出せば、きみはわたしの死刑執行令状を、ここから二十ブロックにわたって、どの四つ角にも貼《は》りだせる。三キロもの死刑執行令状の行列だぞ、坊や！　それを考えてみろ！　きみがそんなことをしていないという保証がどこにある？」

「ぼくは……だって、ぼくは……そんな……」トッドは言葉がつっかえているのを自覚して、むりやり口を閉じた。とつぜん全身の皮膚が熱くてたまらなくなり、なんの理由もなく、七つか八つのときに経験した出来事が心によみがえってきた。友だちといっしょに、町はずれにある古い貨物用のバイパス道路で、その下を横ぎる暗渠《あんきょ》の中をくぐり抜けようとしたところだった。友だちはトッドより痩《や》せているので、なんの問題もなかった……しかし、トッドは途中でつっかえてしまった。頭の真上にある何メートルかの厚みの石と土、その暗い重量がだしぬけに意識され、そしてＬＡ行きのセミトレーラーが上を通過して、大地をゆるがし、波形パイプが低く、単調な、それでいてなんとなく不気味な音を立てて振動をはじめたとき、トッドはわんわん泣きだし、手をじたばたさせ、両足をピストンのように動かしながら、前に進もうとして、大声で助けをもとめた。やっとのことで体が動きだし、とうとうパイプの外に抜けだしたとたんに、気絶してしまった。

ドゥサンダーがいま説明したイカサマは、あまりにも基本的なものなので、かえって一度も頭にうかばなかったのだ。トッドは自分の皮膚がますます熱くなるのを感じながら、こう考えた——こんどはぜったいに泣かないぞ。

「それに、きみのほうも、これで安全だという保証がどこにある？　わたしも貸金庫のために二通の写しを作っているかもしれない……その片方だけを焼きすて、もう片方を残していないと、どうしてわかる？」

罠《わな》にはまった。あのときのパイプの中みたいに、ぼくは身動きがとれない。こんどはだれに助けを求めればいい？

トッドの心臓は、胸の中で早鐘を打ちはじめた。手の甲とうなじに汗が吹きだしてくるのが感じられた。あのパイプの中がどんなだったかを思いだした。よどんだ水のにおいと、つめたい、うねになった金属の感触、頭上をトラックが通過したときにあらゆるものが震えだしたありさま。あのときの涙がどんなに熱く、やけくそだったかを思いだした。

「たとえ、われわれがたよりにできる公平な第三者がいたとしても、やはり疑惑はつねに残る。この問題は解決不能だよ、坊や。嘘《うそ》ではない」

罠にはまった。パイプの中で身動きがとれない。ここからは出口がない。

トッドは世界が灰色になるのを感じた。ぜったい泣かないぞ。ぜったい気絶しないぞ。むりやりに自分をひきもどした。

ドゥサンダーはカップからぐっと一口のみ、その縁ごしにトッドをながめた。

「さて、これからもうふたつのことを話そう。その一。もしこの事件におけるきみの役割が暴露されても、きみの受ける罰はごく小さなものだろう。たぶん――というより十中八九――新聞にはまったく出ないですむだろうな。前にわたしは少年院のことを持ちだしてきみを怖じ気《おけ》づかせたが、あのときはきみの神経がまいって、すべてをしゃべってしまうのではないかと、ひどく心配だったからだ。いったい、わたしがあんなことを本気で信じていると思うか? いや――あれは、子供を暗くならないうちに家に帰らせるために、父親が〝子取り鬼《ブギーマン》〟の話をして怖がらせるようなものだった。きみが少年院送りになるとは思えない。なにしろこの国は、人殺しに対しても手首をぶつだけで、刑務所の中で二年間カラーテレビを見せてやってから、また自由の身にして人殺しをさせるぐらいだからな。

「しかし、それでもやはりきみの人生はだいなしになるだろう。まず記録が残る……それに世間の口がうるさい。つねにうるさい。これだけの汁気《しるけ》たっぷりなスキャンダルが忘れられるはずはない。ワインのように瓶詰めで保存される。それに、いうまでもないが、年月がたつにつれ、きみといっしょにその罪も育っていく。きみの沈黙が長ければ長いほど、よけいに恐ろしい罪になっていく。かりに、きょう真相が明るみに出ても、世間の人びとは、『でも、子供のしたことだから！』というだろう……わたしのように、きみがどれほどおとなびた子供であるかを知らないからだ。だが、坊や、もしきみが高校にはいったあとで、わたしに関する真相と、併せてきみがすでに一九七四年からわたしの正体を知っていながら黙っていた事実が暴露されてみたまえ、世間がなんというと思う？　ひどいことになるだろうな。もし大学にはいったあとで暴露されたら、それこそ大災厄《だいさいやく》だ。そして事業をはじめたばかりの青年の場合には……ハルマゲドンだ。第一の問題は理解できたかな？」

トッドは黙っていたが、ドゥサンダーは満足したらしい。こっくりうなずいた。

まだうなずきながら、老人はいった。「その二。わたしはきみのいう手紙があるとは思わない」

　トッドはポーカー・フェイスをたもとうとしたが、自分の目がショックでまんまるくなったのではないかと、心配でならなかった。ドゥサンダーにしげしげと見つめられて、トッドはだしぬけに、赤裸々に認識した。この老人は何百人、いや、何千人もの人間を尋問したことがある。専門家だ。トッドは自分の頭蓋骨《ずがいこつ》が窓ガラスに変わり、その中ですべての考えがネオンサインのように光っているような気分がした。

「きみがそれほど信用しているのはだれだろう、とわたしは自問してみた。きみの友だちはだれだれか……いつもだれと遊んでいるか？　この少年、このうぬぼれの強い、冷静に気持をコントロールできる少年が、それほど信用をおくような友人はいるか？　その答は――だれもいない」

　ドゥサンダーの目が黄色に光った。

「何度となくわたしはきみを観察し、その確率を計算した。わたしはきみを知っているし、きみの性格の大部分を知っている――いやいや、ぜんぶではない。どんな人間も、他人の心の中のすべてを知ることはできない。わたしはこの家の外できみがしていることや、きみのつきあう相手のことを、ほとんどまったく知らない。そこで、こう思った。『ドゥサンダー、おまえがまちがっている可能性もあるぞ。これだけの年月のあとで、ひとりの少年を見くびったために捕えられ、殺されるような目にあいたいのか？』たぶん、もっと若ければ、その確率に賭《か》けただろうな——配当率はいいし、はずれる目はすくない。わたしにはふしぎでならないのだよ——人間は年をとるにつれて、生と死の問題で失うものがすくなくなる……にもかかわらず、ますます保守的になっていく」

老人はトッドの顔をじっと見つめた。

「あとひとつだけ話しておくことがある。それがすんだら、好きなときに帰っていい。それはこういうことだ。わたしはきみの手紙の存在を疑《うたぐ》ってはいるが、自分の手紙の存在はついぞ疑ったことがない。きみに話した文書はまさしく実在する。もしかりにわたしがきょうにも……それとも明日にも……死ねば、すべては明るみに出る。すべてがだ」

「じゃ、ぼくにはなんの未来もないわけだ」トッドは呆然《ぼうぜん》として小さな笑い声を上げた。

「そうだろう？」

「そんなことはない。歳月は過ぎ去っていく。それとともに、きみがわたしの上におよぼしている支配力はどんどん価値が減っていく。なぜなら、どれほどわたしにとって生命と自由が重要でありつづけても、アメリカ人が——そう、あのイスラエル人さえもが——それを奪うことにしだいに興味をなくしていくからだ」

「そうかな？　じゃ、どうしてヘスは釈放されない？」

「もしヘスの身柄を預かっているのがアメリカ人だけなら——そう、殺人犯でも手首をぶつだけで放免するアメリカ人だけなら——とっくに彼は釈放されていたろう。アメリカ人は、八十歳の老人をイスラエルに引き渡して、彼らがアイヒマンにそうしたように、ヘスを絞首刑にすることを許すだろうか？　そうは思わない。木に登って下りられなくなった子猫《こねこ》を消防夫が救助している写真が、大都市の新聞の第一面に掲載されるこの国ではね。

「そう。きみのわたしに対する支配力は、わたしのきみに対する支配力が強まっていくのと反対に、どんどん弱まっていく。どんな状況も、じっと静止していることはない。そして、わたしがそれまで長生きできればの話だが、いまにある時期がやってくる——きみの知っている秘密がもはや重要ではない、とわたしが判断する時期がだ。そのときがくれば、あの遺言状を破棄しよう」

「だけど、そのあいだにあんたの身になにが起こるかしれたもんじゃない！　事故だの、病気だの——」

ドゥサンダーは肩をすくめた。「『神のおぼしめしにより水わきいで、神のおぼしめしによりわれらそれを見いだし、神のおぼしめしによりわれらそれを飲む』われわれの力ではどうにもならん」

トッドはじっと長いこと老人を見つめた——非常に長い時間だった。ドゥサンダーの主張にはどこか穴がある——きっとあるはずだ。なにかの抜け道、ふたりのどちらか、それとも片方、それともトッドだけにとっての脱出口が。言い訳ですべてを解消する方法が——おーい、ちょっとタンマ、足をけがしちゃったんだ、かくれんぼやーめた。行く手にある歳月の暗い予感が、彼の目の奥のどこかでふるえていた。それが意識的な思考として生まれるときを待っているのを、そこに感じることができた。自分がどこへ行っても、なにをしても——

トッドは頭の上にかなてこがぶらさがったアニメのキャラクターのことを考えた。自分が高校を卒業するころには、ドゥサンダーは八十一。それでもまだ終わらない。自分が学士号をとるころには、ドゥサンダーは八十五だが、それでもまだ充分に高齢とは思わないだろう。修士論文を書きおえ、大学院を卒業する年には、ドゥサンダーは八十七……それでもまだドゥサンダーは安全と思わないかもしれない。

「だめだ」トッドは不明瞭《ふめいりょう》な声でいった。「あんたのいってることは……とても認める気がしない」

「わたしの坊や」ドゥサンダーが優しく呼びかけるのを聞いて、はじめてトッドは恐怖の芽ばえとともにさとった。老人が最初の一語に軽く強調をこめたことを。「わたしの坊や……きみはそうするしかないのだよ」

トッドは相手を見つめた。口内で舌が大きくふくれあがり、のどがふさがって息がつまりそうな気がした。いきなり少年は身をひるがえし、どたどたとその家から逃げだした。ドゥサンダーはそのすべてをまったくの無表情でながめ、ドアがばたんと閉まって、少年のあわただしい足音がやみ、自転車にまたがったことがわかってから、タバコに火をつけた。もちろん、貸金庫など存在しないし、文書も存在しない。しかし、あの少年はそれが存在すると信じこんだ。完全に信じこんだ。わたしは安全だ。これでけりがついた。

しかし、けりはついていなかった。

その晩はふたりともが殺人の夢を見、そしてふたりともが恐怖と快感のいりまじった中で目をさました。

トッドは目ざめて、いまではなじみぶかいものになった下腹部のべとつきに気づいた。そうなるには年をとりすぎたドゥサンダーは、SSの制服を着こみ、もう一度横になって、どきどきする心臓が静まるのを待った。仕立てのお粗末な制服は、もうあっちこっちがほつれはじめていた。

夢の中で、ドゥサンダーはやっと丘のてっぺんの収容所にたどりついたところだった。広い門が彼を迎えて両横に開き、いったん中にはいると、鋼鉄のレールの上をごろごろ音を立てて閉まった。門にも、収容所をとりまく柵《さく》にも、電流が通じていた。痩《や》せおとろえた裸の追手は、寄せ波のようにつぎつぎとその柵に体当たりした。ドゥサンダーは彼らをあざ笑い、胸を張り、帽子を正しい角度にかたむけて、歩調をとりながら歩きまわった。肉の焦《こ》げる、どぎついワインのような臭気が黒い空気をみたし、目ざめるとそこは南カリフォルニアで、彼はカボチャちょうちんと吸血鬼が青い炎をさがす夜のことを考えていた。


　ボウデン一家がハワイへ出発する予定の二日前、トッドは見捨てられた鉄道の駅にもどってみた。むかしはみんながここからサンフランシスコや、シアトルや、ラスベガス行きの列車に乗ったのだ。もっと年とった人たちは、その前にここからロサンジェルス行きの電車に乗ったこともある。

　トッドがそこへ着いたのは、もうたそがれどきだった。八百メートル先のフリーウェイのカーブでは、たいていの車が駐車灯をつけている。まだ気温はあたたかいが、トッドは軽いジャケットをはおっていた。その下のベルトには、古いタオルに包んだ肉切り包丁がはさんである。トッドはその包丁をディスカウント・ショップで買ったのだ。何エーカーもの駐車場にかこまれた、例の大型店のひとつで。

　一カ月前に浮浪者のいたプラットホームの下を、少年はのぞきこんだ。彼の頭の中はぐるぐる回転していたが、なにも出てこなかった。その瞬間の彼の頭の中のすべては、黒に黒を重ねた闇《やみ》だった。

彼が見つけたのはあのときの浮浪者かもしれないし、べつの浮浪者かもしれなかった。どのみち、だれもがよく似て見える。

「おーい！」とトッドは呼びかけた。「おーい！　お金がほしいかい？」

浮浪者は目をしばたたきながら、寝返りを打った。トッドの明るい笑顔を見て、にやりと笑いかえそうとした。その一瞬後にはピカピカの肉切り包丁がふりおろされて、無精ひげの生えた右の頬《ほお》をずばっと切った。血が噴きだした。トッドの目の前で、浮浪者があけかかった口の中に包丁の刃がのぞき……つぎに刃先がつかのま浮浪者の唇《くちびる》の左隅《ひだりすみ》にひっかかり、ひっぱられた口がひどくいびつなニタニタ笑いになった。そのあとは、包丁がその笑いをさらにひろげた。トッドはその浮浪者の顔を、ハロウィーンのカボチャのように切り裂いた。

トッドはその浮浪者を三十七回にわたって刺した。回数をかぞえていた。三十七回――浮浪者の頬を切り裂いて、おずおずした微笑を身の毛もよだつ大きなニタニタ笑いに変えた、最初の一撃も含めてだ。四回刺されたあと、浮浪者は声もあげなくなった。六回刺されたあとは、トッドから逃げようともしなくなった。そこでトッドはプラットホームの下にもぐりこみ、最後のとどめをさした。

家へ帰る途中で、トッドは包丁を川に投げこんだ。ズボンに血のしみがついていた。

それを洗濯機《せんたくき》にほうりこみ、水洗いにセットした。洗濯のすんだズボンにはまだ薄くしみが残っていたが、トッドには気にならなかった。そのうちに消えるだろう。翌朝になって、右腕が肩までしか上がらないのに気づいた。父親には、公園でみんなとトス・バッティングをしているときに筋をちがえたらしい、と説明しておいた。

「ハワイへ行けばよくなるよ」ディック・ボウデンはトッドの髪をもみくしゃにしながらいった。そのとおりだった。家に帰る日がくるまでに、腕はすっかりよくなっていた。

13

七月がまためぐってきた。

ドゥサンダーは、三着のスーツのうちのひとつ（一張羅《いっちょうら》でないやつ）をきちんと着こみ、停留所に立って、家に帰ろうと終発のバスを待っていた。午後十時四十五分。今夜は映画を見た帰りだった。軽い浅薄なコメディーで大いにたのしめた。その朝の郵便を受け取ったときから、老人はいい気分だった。あの少年からの絵ハガキが届いたのだ。骨のように白い高層ホテルが背景に並んでいるワイキキ・ビーチのカラー光沢写真。裏の通信欄には、こんな短いメッセージがあった。

親愛なるデンカーさん――

やっぱし、ここはすてきなとこです。ぼくは毎日泳いでます。パパは大物を釣《つ》ったし、ママはたまった本を読んでます（これジョーダン）。明日は火山を見にいきます。落っこちないように気をつけなくちゃ！　お変わりありませんか。

いつまでもお元気で

トッド

最後の一句の意味を味わってまた思いだし笑いをしているとき、だれかの手が肘《ひじ》にふれた。

「だんな？」

「え？」

ドゥサンダーは用心しながらふりかえり――このサント・ドナートでさえ、路上強盗は皆無ではない――そして、相手の臭気にひるんだ。ビールと、口臭と、乾いた汗と、それにおそらくは肩こり軟膏《なんこう》のいりまじったにおいだった。男は――いや、その生き物は――フランネルのシャツと、きたならしいガムテープでつぎを当てた古いローファーをはいていた。その雑多な服装の上ににょっきり出た顔は、まるで神の死のようだった。

「十セント貸してくれんかね、だんな？　おれ、ＬＡへ行きたくてよ。仕事の口があっって。だけど急行バスに乗るのに、あと十セントたりねえ。いいにくいんだが、おれにとっちゃ大きなチャンスだもんで」

はじめむずかしい顔だったドゥサンダーだが、いまや微笑がもどってきた。

「本当にバスに乗りたいのかね?」

浮浪者は意味をはかりかねて、ゆがんだ笑みをうかべた。

「それなら、バスに乗って、わたしの家へこないか」ドゥサンダーは提案した。「酒と、食事と、フロと、ベッドを提供しよう。お返しにはちょっとした会話しか求めない。わたしは老人だ。ひとり暮らしだ。ときには話し相手がひどくほしくなる」

状況が明らかになるのといっしょに、のんだくれの笑顔はとつぜんもっと健康なものになった。こいつはスラムのぞきの趣味のある、金持のホモ爺《じい》さんだ。

「ひとり暮らしか! そいつは淋《さび》しいよ、なあ?」

ドゥサンダーは、こびるような相手の笑顔に、礼儀正しい微笑で応じた。「ただ、バスに乗るときは、わたしから離れた席にすわってくれんか。きみの体臭はかなり強いんでな」

「じゃ、そんな臭いやつが自分のうちへきたら迷惑だろうが」のんだくれは、ほろ酔い気分の中でとつぜん威厳を見せた。

「まあまあ。もうすぐバスがくる。わたしが下りたら、そのつぎの停留所で下りて、二ブロックひきかえしてくれ。通りの角できみを待っている。明日の朝になったら、どれぐらいきみに分けてやる金があるか、考えてみよう」

「ひょっとしたら五ドルかもな」のんだくれはほがらかにいった。ほろ酔いにしろ、なんにしろ、ついさっきの威厳はどこかに忘れられていた。

「かもしれん、かもしれん」ドゥサンダーは苛立《いらだ》たしげにいった。近づいてくるバスの低いディーゼルの唸《うな》りが聞こえたのだ。バス料金の二十五セントを浮浪者の垢《あか》じみた掌《てのひら》に押しつけると、あとをふりかえりもせずに二、三歩離れた。

浮浪者は、路線バスのヘッドライトが坂の上を照らす中で、どうしようかと迷いながら立っていた。まだそこに立ったまま、二十五セント硬貨を見つめて考えこんでいるうちに、ホモ老人があともふりかえらず、さっさとバスに乗りこんでしまった。浮浪者はいったん歩きだそうとして、そこで――最後の瞬間に――方向を変え、ドアが閉まる寸前にバスに乗りこんだ。大穴に百ドルを張る男のような表情で、さっきの二十五セントを料金箱にいれた。ドゥサンダーにちらと目をやっただけでその前を通りすぎ、バスのいちばんうしろの席にすわる。そこでうつらうつらと居眠り、目をさましたときには、あの金持のホモ爺さんはいなかった。そこでいいのかどうかよくわからずに、つぎのバス停でおりたが、もうどっちでもいい気分だった。

浮浪者が二ブロック歩いてひきかえしてくると、街灯の下にぼんやり人影が見えた。

たしかにあのホモ爺さんだ。老人は彼が近づくのを見まもりながら、まるで不動の姿勢をとるようにして立っていた。

一瞬、浮浪者は不吉な予感におそわれた。まわれ右して、なにもなかったことにしたい衝動がわいた。

そのときには、老人が彼の腕をつかんでいた……しかも、意外に強い握力で。

「よかった」と老人はいった。「きみがきてくれてうれしいよ。わたしの家はこの先だ。そんなに遠くない」

「ひょっとしたら十ドル」と浮浪者は導かれるままにいった。

「ひょっとしたら十ドル」ホモ爺さんは同意してから、笑いだした。「だれにわかる?」

14

一九七六年、建国二百年祭の年がやってきた。

トッドは一九七五年夏のハワイ旅行から帰ったあと、鼓笛隊や、国旗の波や、大型帆船見物がそのクライマックスに近づいているさなか、両親といっしょにローマへ旅立つまでに、五、六回ドゥサンダーを訪れた。

いつの訪問も穏やかな雰囲気《ふんいき》で、けっして不愉快ではなかった。ふたりともが、けっこう礼儀正しく時間を過ごせることに気づいた。言葉でよりも、むしろ沈黙で語りあうことが多く、実際の会話は、もしＦＢＩの局員が聞いていていても居眠ってしまうたぐいのものだった。トッドは老人に、最近はアンジェラ・ファーロウという娘とつきあっている、と話した。べつに彼女に夢中なわけではないが、母親の友人の娘なのだ、と。老人はトッドに、関節リューマチにいいと聞いたので、ブレイディング・ラグ（訳注　三つ編みしたひもを円形や長方形に巻いたじゅうたん）を作っている、と話した。トッドはその作品をいくつか見せられて、如才なくその出来をほめた。

きみはずいぶん背が高くなったようだ、ちがうかね？（まあね、五センチほど）。もうタバコはやめたの？（いや。しかし、量を減らすことにしたよ。咳《せき》がひどいのでな）。学校の勉強は、その後どんなぐあいだ？（むずかしいけど、おもしろいよ。成績はＡとＢばかりだし、科学フェアの太陽熱研究コンテストでは、州の最終予選まで残った。大学にはいったら、歴史じゃなしに、人類学を専攻しようかと思ってる）。ここの芝生は、今年だれに刈らせてるの？（この通りのすぐ先にいるランディー・チェンバーズだ――いい子だが、太っているせいか仕事がのろいな）。

その年、ドゥサンダーは自分のキッチンですでに三人の浮浪者を始末していた。ダウンタウンのバス停で二十回ほど声をかけ、応じた相手を七回、酒と夕食と入浴とベッドで釣ってみた。断わられたのが二回、そしてあと二回は、ドゥサンダーがバス代として与えた二十五セントをそのまま持ち逃げされてしまった。しばらく知恵をしぼったすえに、老人はその対策を思いついた。回数券を買えばいい。二ドル五十セントで十五回乗れる上に、どこの酒屋でも受け取ってくれない。

つい最近、ごく暖かい日になると、地下室から不快な臭気がただよってくるのにドゥサンダーは気づいていた。そんな日は、ドアと窓をぴったり閉ざすことにした。

トッド・ボウデンは、シェイナーガ通りの空地《あきち》の奥で、使われなくなった下水のトンネルをねぐらにしている浮浪者を見つけた——十二月のクリスマス休暇中のことだった。トッドは両手をポケットにつっこんで、しばらくそこに立ったまま、身ぶるいしながら浮浪者を見つめた。それからの五週間に六度もその空地に足を運んだが、いつも薄地のジャケットを着てジッパーを半分引きあげ、ベルトにはさんだクラフツマンのハンマーを隠していた。とうとうその浮浪者にめぐりあえたのは——あのときとは別人かもしれないが、知ったことか——三月一日だった。トッドはまず金槌《かなづち》のほうを使いはじめ、途中で（それがはっきりいつだったかは思いだせない。あらゆるものが赤いもやの中で泳いでいたからだ）くぎ抜きのほうに切り替えて、浮浪者の顔を見分けのつかないほどにしてしまった。

クルト・ドゥサンダーにとっては、浮浪者狩りこそ、彼がついに認識した——それとも再認識した——神々との、なかば皮肉な和解だった。しかも、浮浪者狩りはたのしかった。生きかえった気分になれた。サント・ドナートで過ごした歳月——あの少年が、大きな青い瞳《ひとみ》とあの明るいアメリカ的な笑顔で、はじめて玄関に現われる以前の歳月——は、自分にとって早く老《ふ》けこみすぎた歳月ではなかったかと、ドゥサンダーは考えはじめていた。はじめてここへきたときは、六十のなかばをすぎたばかりだった。いまはあのころよりはるかに若返った気がする。

神々をなだめるというこの考えをもしトッドが聞いたとしたら、最初はきっとびっくりしたろう——しかし、いずれはそれを受けいれたかもしれない。プラットホームの下で浮浪者をめった切りにしたあと、トッドは悪夢がいっそう強まるだろう——ひょっとすると気が狂うかもしれない——と予想していた。心身が麻痺《まひ》するような罪悪感の波がたてつづけにやってきて、最後には耐えきれなくなって告白するか、それとも自殺することになるだろう、と。

ところが、そうしたことが起こるどころか、両親といっしょにハワイへでかけ、いままでで最高の休暇をたのしんだのだ。

去年の九月、トッドは奇妙に新鮮な、すっきりした気分で高校生活にはいった。まるでトッド・ボウデンの皮膚の下に別人がはいりこんだようだった。物心ついてからこのかた、なんの特別な印象もなかったいろいろなこと——夜明けの直後の日ざしや、釣り突堤から見る沖の海や、ちょうど街灯のつくたそがれどきにダウンタウンの街路をいそぎ足で行きかう人びとの光景――これらのものが、いまでは彼の頭の中に一連の輝かしいカメオのようにふたたび印象づけられた。電気めっきのようにくっきりしたイメージだった。瓶《びん》からラッパ飲みしたワインのように、彼は人生の味を舌に感じていた。

しかし、下水のトンネルの中であの浮浪者を見つけたあと、その男を殺すまでは、また悪夢が復活していたのだ。

いちばんよく見るのは、見捨てられたプラットホームで刺し殺したあの浮浪者の夢だった。学校から帰ってきて、家に駆けこみ、元気よく、『ただいま、モニカ・ベイビー！』とさけぼうとする。だが、一段高い朝食コーナーにいる死んだ浮浪者を見たとたん、その言葉は口の中で凍りついてしまう。浮浪者は、あのゲロのにおいのするシャツとズボンを着て、寄せ木のテーブルの上に大の字になっている。血が清潔なタイルの床の上に縞《しま》を作っている。ステンレスのカウンターの上では血が乾きかけたところだ。本物の松の食器戸棚《とだな》の上には、鮮血の手形がいくつもついている。

冷蔵庫のそばの伝言板には、母親からのことづけがある。『トッドへ――ストアで買物。三時半までに帰ります』ジェン・エアーのレンジの上にかかっているしゃれた日輪型の時計の針はもう三時二十分をさしているのに、浮浪者は古物屋の地下室から出てきたおぞましい、じくじくした遺物のように、そこにだらんとのびていて、あたりは血だらけだ。トッドはそれを掃除しはじめる。あらゆる表面を拭《ふ》き清め、そのあいだも死んだ浮浪者に向かって、早く出ていってくれ、ほっといてくれ、とわめきつづけるが、浮浪者はぐったりと死んだままで、ニタニタ笑いを天井に向け、きたならしい皮膚にできたナイフの傷口からはまだ血がしたたり落ちている。トッドは、クローゼットからオーシーダーのモップを持ってきて、狂ったように床の上を往復させるが、血はたいして拭きとれないのがわかる。むしろ血を薄めて、まわりにひろげるだけの効果しかないが、それでもやめられない。ちょうど母親のタウン・アンド・カントリー・ワゴンが私道へはいってくる音が聞こえたとき、その浮浪者がドゥサンダーであることに気づく。こんな悪夢から、トッドはぐっしょり汗をかき、息をあえがせ、上掛けを両手につかんで目をさますのだった。

しかし、下水のトンネルの中でとうとうあの浮浪者を——それとも、別人を——見つけ、ハンマーでなぐり殺してからは、そうした悪夢も遠のいた。いずれはまた殺さなくてはならないだろうこと、それも一度ではすまないだろうことは、トッドにもわかっていた。それは残念だが、もちろん、彼らが人間として有用だった時期は終わったのだ。もちろん、トッドに対する有用性だけを除いて。しかも、トッドは、ほかのみんなとおなじように、成長するにつれて自分のライフスタイルを自分の特殊な欲求に合わせているだけだった。ありていにいえば、ほかのだれともちがっているわけではない。この世の中では、人間は自分の生き方を決めなければならない。もし、うまくやっていきたいなら、それを自分の手でやらなくてはならない。

15

高校二年の秋、トッドはサント・ドナート・クーガーズのテールバックをつとめ、リーグの優秀選手に選ばれた。その年の二学期、一九七七年一月末で終わる学期には、在郷軍人会主催の愛国的論文コンテストで優勝した。このコンテストは、アメリカ史の課程を選択している全市の高校生を対象にしていた。トッドの論文は『一アメリカ人の責任』という題だった。その年の野球シーズンには、高校チームのエースとして四勝一敗の成績をあげ、打つほうでも三割六分一厘《りん》の打率を残した。六月の表彰式では年度の最高運動選手に選ばれて、ヘインズ・コーチから盾を贈られた（このヘインズ・コーチは、前に彼をわきに呼びよせて、カーブを練習しろ、『なぜっていうとだな、ボウデン、ニガーどもはからっきしカーブが打てないからだ、ただのひとりもだぞ』といったことがある）。モニカ・ボウデンは、トッドが学校から電話をして、その賞をもらえると知らせたとき、わっと泣きだした。ディック・ボウデンは、表彰式のあとも二週間ほどオフィスで仕事が手につかず、人に自慢したいのを抑えるのに苦労していた。その夏、一家はビッグ・サーでキャビンを借りて、二週間そこに滞在し、トッドは脳みそがはじけるほどスノーケルで潜りまくった。おなじ年にトッドは四人の浮浪者を殺した。刺し殺したのがふたり、なぐり殺したのがふたり。いまでは、自分でも狩猟遠征だと認め、それにでかけるときは二枚のズボンをはいていくきまりだった。ときには市バスに乗って、よさそうな猟場を物色することもあった。彼が見つけた最高の場所はふたつあって、ダグラス通りのサント・ドナート救貧事業団と、ユークリッド通りの救世軍本部からひとつ離れた街角だった。トッドはこうした界隈《かいわい》をゆっくりと通り抜け、金の無心をされるのを待ちうけた。浮浪者がせびりにくると、トッドはこう提案する。ウィスキーを一瓶買いたいのだが、もし未成年の自分の代わりに酒屋へ行ってくれるなら、買った酒をふたりで分けよう。いい場所を知ってるから、そこへ行かないか。もちろん、そのたびにちがう場所を使うことにしていた。あの廃駅や、シェイナーガ通りの空地の奥にある下水のトンネルにもどってみたいという衝動は強かったが、それを抑えつけた。むかしの犯罪現場へ舞いもどるのは賢明ではない。

おなじ年、ドゥサンダーはタバコを減らし、あいかわらずエンシェント・エイジのバーボンを飲み、テレビを見て暮らした。ときたまトッドが訪ねてきたが、ふたりの会話はますます無味乾燥なものになっていた。おたがいのあいだに距離ができたようだった。その年、ドゥサンダーは七十九回目の誕生日を祝ったが、それはトッドが十六歳になった年でもあった。若者の人生で最高の年齢は十六歳、中年の最高の年齢は四十一歳、老人の最高の年齢は七十九歳だ、とドゥサンダーは感想を述べた。トッドは礼儀正しくうなずいた。ドゥサンダーはかなりきこしめしており、ケッケッという笑い声にトッドはすくなからず不安だった。

一九七六年から七七年にかけてのトッドの一学年のあいだに、ドゥサンダーはふたりの浮浪者を始末した。二度目の男は見かけよりもずっと頑強《がんきょう》だった。ドゥサンダーがすでにへべれけに酔わせてあったはずなのに、首のうしろへステーキ・ナイフが刺さったまま、シャツの前と床の上におびただしい量の血を流して、よたよたとキッチンの中を歩きまわった。よろめきながらキッチンを二周したのち、浮浪者は玄関のありかを再発見して、もうすこしで家から逃げだすところだった。

ドゥサンダーはキッチンの中に立って、信じられない驚きに目をまるくしたまま、浮浪者がうめきとあえぎをもらしながら玄関をめざし、廊下の壁から壁へとはねかえされて、カーリア・アンド・アイブズの石版画の安い複製を床に落っことすのをながめていた。麻痺状態からようやく解けたのは、浮浪者が実際にドアの取手をさぐりはじめたときだった。その瞬間、ドゥサンダーはいそいで部屋を横ぎり、引き出しをあけて、ミート・フォークをひっつかんだ。それを前に構えて廊下を駆けだし、はずみをつけて浮浪者の背中にフォークを突き刺した。

ドゥサンダーは倒れた相手のそばに立って、息をあえがせた。年老いた心臓は、怖くなるほどのスピードで空転していた……ちょうどあの心臓発作の患者、土曜の夜にいつも見るテレビ番組の『緊急事態！』に出てきた患者のように。しかし、ようやくのことで心臓はふだんのリズムにもどり、彼は自分が生きながらえたのを知った。

なによりもまず、大量の血を拭きとらねばならなかった。

それが四カ月前のこと。それ以来ドゥサンダーは、ダウンタウンのバス停での獲物あさりをふっつりとやめた。最後の獲物をあやうく仕留めそこなったことで、弱気がさしていた……しかし、最後の瞬間に自分が万事をうまく処理したことを思いだすと、誇りが胸にこみあげた。結局、あの浮浪者は玄関から一歩も外に出られなかった。かんじんなのはその点なのだ。

16

一九七七年の秋、高校三年の一学期に、トッドはライフル・クラブに入会した。一九七八年の六月には、二級射手の資格をとった。この年度もまたフットボール・リーグの優秀選手に選ばれ、野球シーズンにはピッチャーとして五勝一敗の成績を残し（唯一《ゆいいつ》の黒星は、ふたつのエラーと、自責点ではない一失点がからんだ結果だった）、メリット奨学金の試験では、その高校で史上三位の好成績をとった。トッドはカリフォルニア大学のバークリー校に志願し、ただちに入学を許可された。四月には、卒業の夜に総代としてスピーチするか、それとも次席卒業生として来賓にあいさつするか、どちらかだということがわかっていた。ぜがひでも総代になりたかった。

三学年の後半になって、ある奇妙な衝動が訪れた――トッドにとって、それは不合理である以上に、恐ろしいものだった。いまのところ、明らかにその衝動はしっかり抑えつけられている。すくなくともそれだけは慰めになったが、かりにもそうした考えがうかんだということは、うす気味がわるかった。トッドはすでに人生とある取り決めを結んでいる。万事とうまく折り合いをつけている。彼の人生は、たとえてみれば母親の明るいピカピカのキッチンのようなものだ。そこではすべての表面が、クロムや、耐熱プラスチックや、ステンレスでおおわれている――ボタンを押すだけで、あらゆるものがきちんと動く。もちろん、このキッチンの中にも奥深く暗い食器戸棚はあるが、その戸棚にはたくさんの物がしまっておけるし、しかも、戸はまだ閉まったままだ。

この新しい衝動は、例の悪夢、家に帰ってきて、母親の清潔で明るいキッチンに死んだ血まみれの浮浪者を見つける、あの悪夢を連想させた。まるでそれは、トッドが念いりに作りあげた輝かしい人生設計、頭の中のきちんと整理整頓《せいとん》されたキッチンに、暗い血まみれの侵入者がいまやよたよたと歩きまわり、いちばん目につく死に場所をさがしているようだった……。

ボウデン家から四百メートルの距離に、八車線のフリーウェイがある。草の生い茂った堤防の急な下り斜面が、このフリーウェイの壁につづいている。前年のクリスマスに、トッドは父親からウィンチェスター三〇－三〇を買ってもらい、それには取りはずしのできる照準眼鏡《テレスコープ》もついていた。ラッシュアワーのさなか、八車線がぜんぶ渋滞しているときに、あの堤防の上で適当な場所を選べば……うん、そうだ、簡単に……。

なにをするつもりだ？

自殺したいのか？

この四年間、そのために努力してきたことぜんぶをぶちこわすのか？

どういうつもりだ？

ちがう、ちがう、そんなことできゃしないよ。

ただの……ほら、笑い話さ。

たしかにそうだ……しかし、その衝動は去らなかった。

高校の卒業式があと半月ほどにせまったある土曜日、トッドは注意ぶかく弾倉を空《から》にしたあとで、ウィンチェスター銃をケースにおさめた。そのライフルを父親の新しいおもちゃ――中古のポルシェ――の後部席につっこんだ。それから、フリーウェイに向かって急勾配《きゅうこうばい》で下りている草の斜面の上まで車を運転していった。父母はステーション・

ワゴンでＬＡにでかけ、この週末は帰ってこない。念願の共同経営者になったディックは、新しくリノに建てるホテルのことで、いまごろハイアット・チェーンのお偉がたと打ち合わせをしているところだろう。

ケースにはいったままのライフルを両手にかかえて、斜面をおりていく途中、トッドの心臓は肋骨《ろっこつ》にぶつかるほど高鳴り、口のなかは酸《す》っぱくて電気をおびた唾《つば》でいっぱいになった。倒木のそばまでくると、あぐらを組んでそのうしろにすわった。ライフルをケースから出し、枯れ木のなめらかな幹の上に横たえる。斜めに張りだした枝が、かっこうな銃身の支えになってくれた。床尾板を右肩に当てると、テレスコープをのぞいた。

ばかやろう、と彼の心は自分をどなりつけた。おい、ほんとにどうかしてるぞ！　もしだれかに見られたら、銃に弾がはいってるかどうかなんて問題じゃなくなる！　おまえはとんでもないトラブルに足をつっこんで、あげくの果てにどこかのヤク中から逆に撃たれてもしかたないんだぞ！

まだ正午には間《ま》があり、土曜日の車の流れはまばらだった。彼は青いトヨタのハンドルを握った女に十字線を合わせた。女の横の窓は半びらきで、袖《そで》なしブラウスの丸襟《まるえり》が風に揺れていた。トッドは十字線の中央を女のこめかみに合わせ、空撃ちをした。撃針のためにはよくないが、知ったことか。

「バーーン」小声で唱えるうちに、トヨタはトッドのいる場所から八百メートルほど離れたアンダーパスにはいって見えなくなった。くっつきあったコインの塊のような味のするのどのつかえを意識しながら、彼は唾をのみこんだ。

こんどは、スバル・ブラットのピックアップに乗った男がやってきた。この男はむさくるしい灰色のあごひげを生やし、サンディエゴ・パドレスの野球帽をかぶっていた。

「きさまは……きさまはけがらわしいドブネズミだ……おれの兄弟を撃ったドブネズミ野郎め」トッドはそうささやいて、クスクス笑いながら、また三〇－三〇を空撃ちした。

トッドはさらに五人を撃ったが、どの〝殺し〟の結末でも、撃鉄の無力な音が幻想をそこなった。それをしおに、彼はライフルをケースにおさめた。人に見られないように低く身をかがめて、斜面の上までもどった。ライフルをポルシェの後部席にしまう。乾いた熱い脈搏《みゃくはく》が、こめかみにひびいていた。彼は家まで車をころがした。階上の自分の部屋にもどって、マスをかいた。

17

その浮浪者は、ほころびのきた、いやに厚手のトナカイ模様のセーターを着ていた。彼のはこの南カリフォルニアでは、ほとんど超現実的に見える異様なしろものだった。彼のはいている水兵用のブルージーンズは、両膝《りょうひざ》に穴があき、そこから毛むくじゃらの白い皮膺と、はがれかけたかさぶたがいくつものぞいていた。浮浪者はゼリー・グラスを持ちあげ——グラスの縁では、『強妻天国』のフレッドとウィルマ、バーニーとベティーが、なにか奇怪な豊饒《ほうじょう》の儀式らしいものを踊っている——エンシェント・エイジをいっきにあけた。そして、この世で最後の舌つづみを打った。

「だんな、この味は極楽だねえ。まったくの話が」

「わたしも晩酌《ばんしゃく》がたのしみでな」ドゥサンダーはその男の背後からそう答えておいて、肉切り包丁を相手の首すじに突き立てた。軟骨の裂ける音がひびいた。まるでローストしたてのチキンのすねを勢いよくちぎったようだった。ゼリー・グラスが浮浪者の手からテーブルの上に落ちた。ころころと縁までころがっていったが、その動きで、アニメのキャラクターが踊っているという幻想がいっそう強まって見えた。

　浮浪者は首をのけぞらせて、悲鳴を上げようとした。だが、不気味なささやき声のほかはなにも出てこなかった。男の両眼が見ひらかれ、見ひらかれ……つぎに頭がキッチン・テーブルの赤と白のオイルクロスの上ににぶい音でぶつかった。浮浪者の上の入れ歯がはずれ、取りはずしのきく笑いのように口からとびだしかけた。

　ドゥサンダーは包丁をひきぬいて——そうするには両手の力が必要だった——流しへ近づいた。そこは熱湯と、レモン・フレッシュ・ジョイの洗剤と、夕食の汚れ皿《ざら》でいっぱいだった。包丁はレモンの香りのする泡《あわ》の中に消えていった。ちょうど、超小型戦闘機が雲の中へ急降下したように。

ドゥサンダーはもう一度テーブルのそばにもどり、そこで立ちどまった。片手を浮浪者の肩においたまま、しばらく激しく咳《せき》こんだ。尻《しり》ポケットからハンカチをとりだし、茶褐色《ちゃかっしょく》の痰《たん》をそこに吐いた。最近はまたタバコを吸いすぎている。新しい殺しを決意する前には、いつもそうなるのだ。しかし、この殺しはうまくいった、実にうまくいった。実はこの前の失敗のあと、もう一度あんなことを試みるのは運命の神にさからうものではないかと恐れていたのだ。

これで、手早く後始末をやれば、まだ『ロレンス・ウェルク・ショー』の後半に間にあうかもしれない。

ドゥサンダーは足早にキッチンを横ぎり、地下室のドアをあけ、電気のスイッチを入れた。流しにとってかえし、その下の戸棚《とだな》から緑色のプラスチックのゴミ袋のパックをとりだした。その中の一枚をふりだして、倒れている浮浪者のそばにもどった。血がオイルクロスの上から四方八方に流れおちていた。浮浪者の膝の上と、色あせたでこぼこのリノリウムの上には血だまりができていた。椅子《いす》の上にも流れおちているにちがいないが、そんなものは拭《ふ》けばきれいになる。

ドゥサンダーは浮浪者の頭髪をつかんで、ぐいと引きあげた。ぐにゃりと簡単に頭が持ちあがり、まもなく浮浪者は、ちょうど理髪店で洗髪を受ける男のように、仰向《あおむ》けに椅子によりかかった。ドゥサンダーはゴミ袋を浮浪者の頭にかぶせ、両肩から腕、さらには肘《ひじ》までひきおろしていった。そこまでしか届かない。つぎに相手のベルトのバックルをはずし、すりきれたベルト通しからひきぬいた。そのベルトをゴミ袋の上からまわし、両肘の六、七センチ上で締めつけて、しっかりバックルをとめた。プラスチックがカサカサいった。ドゥサンダーは低くハミングをはじめた。

浮浪者の両足は、すりへってよごれたハッシュパピーの靴《くつ》をはいていた。ドゥサンダーがベルトをつかんで死体を地下室のドアのほうにひきずっていくと、その両足が床の上で力のないVの字を作った。なにか白いものがゴミ袋の中から床にころがり落ち、小さい音を立てた。それが浮浪者の上の入れ歯であることを、ドゥサンダーは見てとった。それを拾いあげて、浮浪者のジーンズの前ポケットにつっこんだ。

ドゥサンダーは浮浪者を地下室の入口に横たえた。いまや下になった浮浪者の頭は二段目の高さで仰向けにおちついた。ドゥサンダーは死体をよけて階段を登り、上から三回にわたって、思いきりけとばした。最初の二回で死体はかすかに動き、三回目でずるずると階段をすべり落ちはじめた。半分までずり落ちたところで、両足が頭の上にはねあがり、死体はアクロバットのような後転をやってのけた。地下室のたたきの床の上に腹で着地するのといっしょに、大きな音がひびいた。ハッシュパピーの片方が遠くへぬげおち、ドゥサンダーはそれをあとで拾おうと頭にメモをした。

彼は階段を下り、死体の横を迂回《うかい》して、作業台に近づいた。作業台の左側には、シャベルと熊手《くまで》と鍬《くわ》がきちんと並べて壁に立てかけてあった。ドゥサンダーはシャベルをえらんだ。軽い運動は老人の体にいい。軽い運動は気分を若返らせてくれる。

ここのにおいはけっしていいものではないが、彼にはさほど気にならなかった。一月《ひとつき》に一度（浮浪者を〝始末〟したあとは三日に一度）石灰をまいているし、階上には扇風機を入れて、暖かくて風のない日に家に充満するにおいを散らすようにしてある。ヨゼフ・クラマーが口癖にしていた文句を、老人は思いだした。死人が語る声を、われわれは鼻で聞く。

ドゥサンダーは地下室の北の隅《すみ》をえらんで、作業にとりかかった。墓の寸法は、幅八十センチ、長さ百八十センチ。必要な深さの半分の六十センチまで掘ったとき、最初の激痛がまるで散弾銃で撃たれたように胸をおそい、全身が痺《しび》れた。かっと目を見ひらき、背をのばそうとした。そのとたん、苦痛が腕にころがりおりてきた……信じられないほどの激痛、見えない手がそこにあるすべての血管をつかんで、ひきちぎろうとしているようだ。シャベルが横に倒れ、両膝がくずおれるのがわかった。恐ろしい一瞬、自分がその墓の中へころがりこみそうな気がした。

どこをどうしたか、よろよろと三歩さがって、作業台の上にどすんとすわった。その年老いた顔には間のぬけた驚愕《きょうがく》の表情があり――自分でもそれが感じられる――きっとあのサイレント映画のコメディアンたちが自在ドアにぶつかったり、牛糞《ぎゅうふん》をふんづけたときに見せたような顔をしているにちがいない、という気がした。老人は両膝のあいだに顔をうずめて、息をあえがせた。

のろのろと十五分がたっていった。苦痛はいくらかおさまったが、立ちあがれるような気がしなかった。これまで自分だけは免除されていた老齢の真実が、いまはじめて理解できた。もうすこしでべそをかくほど、ドゥサンダーは怖《お》じ気《け》づいていた。この湿った臭い地下室のなかで、死神とすれちがったのだ。死神の長い衣の裾《すそ》が触れていった。ひょっとしたら、死神はまた舞いもどってくるかもしれない。だが、そのとき自分はもうここにいないだろう。もし、そうできるなら。

ドゥサンダーは立ちあがっても、まだこわれやすい機械を支えるように両手で胸を押さえていた。作業台と階段のあいだに横たわる空間をよろよろと横ぎった。左足が死んだ浮浪者の投げだした脚にひっかかり、小さいさけびをもらして両膝をついた。緩慢な苦痛が胸にふくれあがった。彼は階段を見あげた——けわしい、けわしい階段。ぜんぶで十二段ある。そのてっぺんにある光の四角形は、あざ笑うように遠い。

「一《アイン》」クルト・ドゥサンダーはそう唱えて、一段目の高さまで必死に体を引きあげた。

「二《ツヴァイ》。三《ドライ》。四《フィアー》」

キッチンのリノリウムの床までたどりつくのに二十分かかった。階段の途中で二度、あの激痛がよみがえりそうになり、二度とも、ドゥサンダーは目をつむり、つぎに起こることを待ちうけた。もし、それが最初のときほど強烈なら、おそらく死ぬだろうことはよくわかっていた。だが、二度とも苦痛はまた薄れていった。

ドゥサンダーは四つんばいになって、すでに凝固のはじまった血だまりや血の流れをよけながら、キッチンの床をテーブルまで横ぎった。ようやくエンシェント・エイジの瓶《びん》を手にとり、一口らっぱ飲みして目をつむった。胸のなかで堅いしこりになっていたなにかが、すこしゆるんでくれたようだった。苦痛がまたすこし薄れた。さらに五分が過ぎたところで、ゆっくりと廊下を歩きはじめた。電話機は、廊下の途中にある小さなテーブルの上だった。

ボウデン家の電話が鳴ったのは、九時十五分過ぎだった。トッドは長椅子の上にあぐらをかいて、三角法の最終試験のためにノートを読みかえしていた。三角法は苦手だった。数学はどれも苦手だし、おそらくこれからもそうだろう。父親は部屋のむこう側で電卓を膝に小切手帳の控えを寄せ算しながら、どうも信じられないといいたげな表情をうかべていた。いちばん電話に近いモニカは、トッドが二日前の晩に有線テレビから録画したジェイムズ・ボンド物の映画を見ていた。

「もしもし?」モニカは耳をすました。かすかに眉《まゆ》をよせて、受話器をトッドにさしだした。「デンカーさんよ。なんだか興奮なさってるみたい。それとも、あわててらっしゃるのかしら」

心臓がのど元までとびあがったが、トッドは表情を変えなかった。「ほんと?」電話機に近づいて、受話器をうけとった。「こんばんは、デンカーさん」

ドゥサンダーの声はかすれて、無愛想だった。「すぐにきてくれ、坊や。心臓発作が起きた。かなり重症だと思う」

「へーえ」トッドは飛び去りそうな考えをまとめよう、いま自分の心のなかに大きく座を占めた不安の裏を見とどけようとした。「それは気になるけど、もう時間も遅いし、それに勉強が——」

「きみが話しにくいのはわかっている」ドゥサンダーは、あらあらしい、吠《ほ》えるような声でいった。「しかし、聞くことはできるだろう。救急車を呼ぶことも、222をダイアルすることもできんのだ……すくなくとも、いまはな。ここがひどくとりちらかっている。わたしには助力が必要だ……ということは、きみも助力が必要だということになる」

「そうか……まあ、そういうことだったら……」トッドの脈搏は毎分百二十まで上昇したが、顔つきは穏やかなままでにおちついていた。こんな夜がいずれやってくるのは、わかっていただろうが? ああ、もちろん、わかっていた。

「きみの両親には、わたしに手紙が届いたといってくれ」ドゥサンダーはいった。「重要な手紙だ。わかるな？」

「ああ、わかりました」とトッドはいった。

「さて、これで見せてもらえそうだな、坊や。きみの底力を」

「うん」トッドは、母親が映画ではなくこっちを見つめていることにとつぜん気づいて、こわばった笑顔をむりに作った。「じゃ、あとで」

　ドゥサンダーはまだなにかしゃべっていたが、トッドはかまわず電話を切った。

「ちょっとデンカーさんのところへ行ってくるよ」ふたりに向かって話しかけながらも、トッドの目は母親に向けられていた——あのちょっぴり気がかりな表情は、まだそこに残っている。「なにかストアで買ってくる？」

「わたしにはパイプ・クリーナー、おかあさんには経済観念の小箱」とディックが皮肉をいった。

「おもしろいジョークだこと」モニカが応じた。「トッド、デンカーさんはなにを——」

「いったいまた、なにをフィールディングズで買ったんだ？」ディックが割りこんだ。

「クローゼットのあの小物棚。そのことはいったはずよ。ねえ、トッド、デンカーさんがどうかしたの？　なんだか声がおかしかったわよ」

「小物棚なんてしろものが実在するのかね？　イギリスの探偵《たんてい》小説を書いている、頭のおかしいおばさん連中の創作かと思ってた。犯人が、そこで鈍器を見つけられるようにさ」

「ディック、一言《ひとこと》さしはさんでよろしいかしら？」

「どうぞどうぞ。クローゼットにかね？」

「あの人はだいじょうぶだと思うよ」トッドは運動部のジャケットをはおり、ジッパーを引きあげた。「でも、たしかに興奮してた。ハンブルクだか、デュッセルドルフだかにいる甥《おい》から手紙がきたんだって。ほら、身内からはもう何年も音沙汰《おとさた》がないって前にいってたじゃない？　いま、手紙が届いたには届いたんだけど、目がわるくて読めないんだってさ」

「ふうん、そりゃきのどくに」とディックがいった。「行ってあげろよ、トッド。早く行って、気をらくにしてあげろ」

「だれか代わりに読んでくれる子がいたんじゃなかったの？」モニカがいった。「新しい子が」

「いるよ」トッドはだしぬけに母親を憎み、母親の目のなかでゆれ動いている生はんかな直感を憎んだ。「たぶん、その子が留守なのか、それとも夜遅くだからきてくれないんじゃないかな」

「そうなの。じゃ……いってあげなさい。でも、気をつけてね」

「うん。ストアで買ってくるものはなにもないんだね？」

「ないわ。微積分の試験勉強のほうはだいじょうぶ？」

「三角だよ」トッドは答えた。「だいじょうぶだと思う。今晩はもうそろそろ終わりにするつもりだったんだ」これはかなり大きな嘘《うそ》だった。

「ポルシェを使うか？」父親がきいた。

「いや。自転車にするよ」よぶんにかかる五分間に、頭の中を整理し、感情を静めたかった——すくなくとも、その努力をしてみたかった。いまの状態でポルシェを運転すれば、おそらく電柱へもろにぶつけるだろう。

「膝《ひざ》の上に反射マークをつけていくのよ」と母親がいった。「それと、デンカーさんによろしくね」

「わかった」

例の疑惑はまだ母親の目にあったが、さっきほど露骨ではなかった。トッドは母に投げキスをしてから、自転車のおいてあるガレージにむかった——いまではもうシュウィンでなく、イタリア製のレーサーだ。心臓はまだ胸の中で疾走をつづけており、彼はひとつの狂おしい衝動を感じた。ウィンチェスター銃を持って家の中にもどり、両親を射殺してから、フリーウェイを見おろすあの斜面に出てみたい。そうすれば、もうドゥサンダーのことでくよくよ悩まなくてもすむ。そうすれば、もう悪夢も、浮浪者もない。

一発だけを最後にとっておいて、撃って撃って撃ちまくればいい。

そこで理性がもどってきて、トッドはドゥサンダーの家へと自転車を走らせはじめた。反射マークは膝のすぐ上でぐるぐると昇り降りをくりかえし、長い金髪がひたいからうしろになびいていた。


「ああ、神様！」トッドはもうすこしで大声を出しそうになった。

彼はキッチンの入口に立っていた。ドゥサンダーは両肘《りょうひじ》をつき、その中間に陶器のカップをおいて、ぐったりすわっている。ひたいは玉の汗だ。しかし、トッドが見つめているのはドゥサンダーではなかった。血。血がいたるところにある——テーブルの上や、あいた椅子《いす》の上や、床の上に血だまりができている。

「どこから出血してるんだ？」トッドはそうさけんで、凍りついた両足をようやく動かした——すくなくとも千年は戸口で立ちつくしていた気がした。もうおしまいだ、と彼は思った。気球がのぼって、天までのぼって、大騒ぎが起きて、それでさよならだ。だが、それにもかかわらず、血を踏まないように気をつけて歩いた。「心臓発作だなんていいやがって！」

「これはわたしの血じゃない」ドゥサンダーはつぶやいた。

「なに？」トッドは足をとめた。「なんていった？」

「地下室へ行け。そうすれば、なにをしなければならんかがわかる」

「これはどういうことなんだ？」だしぬけに恐ろしい考えが頭にひらめいた。

「時間をむだにするな、坊や。地下室でなにを見つけても、きみはたいして驚くまい。この地下室にあるようなものは、すでに経験しているだろう。直接体験で」

トッドは信じられない面持《おもも》ちで、もう一瞬だけ老人を見つめてから、地下室の階段を二段ずつ駆けおりた。ひとつしかない電球の弱々しく黄色い明かりで最初にそれを見たときは、ドゥサンダーが袋いっぱいの生ゴミを運びおろしたのかと思った。つぎに、袋からにゅっと突きでている両脚と、ベルトで体の脇《わき》に締めつけられたきたない両手が目にはいった。

「ああ、神様」トッドはそうくりかえしたが、こんどはその言葉になんの力もなかった——骸骨《がいこつ》のささやきがかすかにもれただけだった。

トッドは右手の甲をサンドペーパーのように乾ききった唇《くちびる》に押しつけた。しばらく目をつむった……もう一度目をあけると、ようやくおちつきがもどってきた。

トッドは動きはじめた。

奥の片隅《かたすみ》でシャベルの柄《え》が浅い穴から突きだしているのを見つけたトッドは、ドゥサンダーが心臓発作に見舞われたときなにをしていたかをさとった。つぎの瞬間には、地下室の強い悪臭をはっきり意識した——腐ったトマトのような悪臭。そのにおいははじめてではないが、階上ではもっとかすかだった——それに、もちろん、ここ二年ほどはあまりこの家を訪ねていない。いまトッドは、その臭気の正体がなんであるかに気づき、しばらくのあいだ吐き気とたたかった。のどを詰まらせたような音が、鼻と口を押さえた手の下からくぐもって聞こえてきた。

じょじょに、彼はまたおちつきをとりもどした。

トッドは浮浪者の両脚をつかむと、穴の縁までひきずっていった。いったん手を放し、ひたいの汗を左手ではらいおとしてから、つかのま微動もせずにたたずんで、これまでの人生のいつよりも真剣に考えをめぐらした。

それからシャベルをつかんで、穴を深く掘りさげはじめた。一メートル半まで掘ると、穴から出て、浮浪者の死体を足で押しやった。トッドは墓の縁に立ち、穴の中を見おろした。ぼろぼろのブルージーンズ。きたならしい、かさぶただらけの両手。まちがいなく浮浪者だ。この皮肉は滑稽《こっけい》なぐらいだった。滑稽なあまり、大声で笑いだしたいほどだった。

トッドは階上へ駆けもどった。

「ぐあいはどう?」とドゥサンダーにきいた。

「だいじょうぶだ。あれの始末はしてくれたか?」

「いまやってるさ」

「早くしろ。まだここがある」

「あんたをブタの餌《えさ》にしてやりたいよ」トッドはそういうと、ドゥサンダーにいいかえすひまを与えず、地下室へもどっていった。

浮浪者を九分どおり埋めおわってから、なにかがおかしいのに気づいた。トッドはシャベルの柄を片手でつかんで、墓穴の中をのぞきこんだ。浮浪者の両脚がなかば土の中からのぞいていて、足先が見える――片足はハッシュパピーらしい古ぼけた靴《くつ》、もう片足は、タフトが大統領だったころには白かったかもしれない、よごれたスポーツ・ソックス。

ハッシュパピーが片方？　片方？

トッドはボイラーのまわりを小走りに、階段の下までひきかえした。あたりを必死に見まわす。こめかみに頭痛が脈を打ち、頭の中からにぶいドリルの先が外へ穴をくりぬきはじめる。二メートルたらずの先、ほったらかしの材木の陰に、ひっくりかえった古い靴の片方が見つかった。トッドはそれをつかんで墓穴のそばにひきかえし、中へ投げこんだ。それからまたシャベルで土をかけた。靴と、両足と、あらゆるものを土でおおった。

穴の上にすっかり土をもどしおわってから、上を平らにしようとなんべんもシャベルでたたいた。それから鋤《すき》を持ってきて上をならし、新しく掘りかえされた事実をごまかそうとした。あまり効果はなかった。うまいカムフラージュでもないかぎり、掘りかえして埋めたばかりの穴は、やはり掘りかえして埋めたばかりの穴に見える。しかし、ここへ下りてくる用のある人間はだれもいないはずだ、ちがうか？　トッドも、ドゥサンダーも、それをあてにするしかない。

　トッドは階上に駆けもどった。肩で息をしはじめていた。

　ドゥサンダーの両肘は大きくひろがって、顔がテーブルにくっついていた。目は閉ざされ、まぶたはあざやかな紫色になっている――アスターの色だ。

「ドゥサンダー！」トッドはさけんだ。口の中に、熱く汁気《しるけ》の多い味がひろがった――アドレナリンと、熱く脈うつ血、それに恐怖のまじりあった味だった。「死んだら承知しないぞ、この老いぼれ！」

「声が高い」ドゥサンダーは目を閉じたままでいった。「このブロックのみんなが目をさますぞ」

「洗剤はどこだ？　レストオイル……トップ・ジョブ……なんでもいい。それに雑巾《ぞうきん》。雑巾がたくさんほしい」

「ぜんぶ流しの下にある」

　大部分の血はすでに乾いていた。ドゥサンダーは頭をもたげ、トッドが四つんばいになって床を掃除するのをながめた。まずリノリウムの上の血をこすりとり、つぎに浮浪者のすわっていた椅子の脚をつたいおちた血を拭《ふ》きとった。少年は、まるで馬がくつわのはみを噛《か》むように、唇を必死にかみしめていた。ようやく掃除はおわった。洗剤のきついにおいが部屋にたちこめていた。

「階段の下にぼろを入れた箱がある」とドゥサンダーはいった。「血だらけの雑巾はその底に隠しておけ。手を洗うのを忘れずに」

「あんたの忠告なんかお呼びじゃない。こんなことに巻きこみやがって」

「そうかな？　しかし、きみはなかなかおちついていた」つかのま、いつもの冷笑がドゥサンダーの声にこもったが、そこでおそった苦痛が老人の顔を新しい形にひきゆがめた。「いそげ」

トッドは雑巾を始末し、それを最後に地下室の階段を駆けのぼった。しばらく神経質に階段の下を見おろしてから、電灯を消し、ドアを閉めた。流しのそばへ行って、袖《そで》をまくりあげ、がまんできるいちばん熱い湯でごしごし手を洗った。その手を泡《あわ》の中につっこみ……そして、ドゥサンダーが使った肉切り包丁をひっぱりあげた。

「こいつでそののどをかき切ってやりたいよ」トッドは陰気な声でいった。

「そう、そのあとはブタに食わせるか。気持はわかる」

トッドは包丁をゆすぎ、水気をふきとって、引き出しにしまった。よごれ皿《ざら》も手早く片づけ、流しの水を落として中をきれいに洗った。手をふきながら時計を見ると、十時二十分だった。

トッドは廊下の電話機に近づき、受話器をとりあげて、思案げにそれを見つめた。不快な考えがちくちくと心をつついた。なにかを——浮浪者のあの靴とおなじぐらいにぶっそうな証拠を——忘れているような気がする。なにを？　それがわからない。この頭痛さえなければ、きっと思いだせるのに。くそいまいましい頭痛。物忘れはめったにしないたちなので、よけいに不気味だった。

トッドが222をダイアルすると、一回の呼びだし音ですぐに相手が出た。「サント・ドナート救急センターです。患者の容体は？」

「ぼくはトッド・ボウデンです。いま、クレアモント通り九六三番地にいます。救急車をよこしてください」

「どういう容体だね？」

「ぼくの友だちのドゥ——」強く唇をかみしめすぎて血がふきだし、一瞬、脈うつ激しい頭痛の中で自分を見失いそうになった。ドゥサンダー。声しか聞こえない救急センターのだれかに、あやうくドゥサンダーの本名を告げそうになったのだ。

「おちつきたまえ」と声がいった。「ゆっくり話せばだいじょうぶだよ」

「ぼくの友だちのデンカーさんが」とトッドはいいなおした。「心臓発作を起こしたようなんです」

「症状は？」

トッドは症状を説明しはじめたが、胸の痛みが左腕に移動したと聞いただけで、先方はなっとくしたようだった。すぐに救急車をまわすと約束してくれた。道路のこみぐあいによるが、十分から二十分でそちらへ行けるだろう、と。トッドは電話を切り、両手を両眼に押しあてた。

「たのんだか？」ドゥサンダーが弱々しくたずねた。

「たのんだ！」とトッドはさけんだ。「たのんでやったよ！　このくそったれ！　たのんだたのんだたのんだ！　だまっててくれ！」

トッドがいっそう強く両眼を押しつけると、星ぼしのような閃光《せんこう》がとりとめもなく爆発し、それがいちめんの真紅に変わった。おちつけ、トッド・ベイビー。おちつくんだ、クールにいこうぜ、クールに。わかってるよな。

トッドは目をあけて、また受話器をとりあげた。これからがむずかしい。こんどは家にかけなくては。

「もしもし？」モニカの物やわらかで上品な声が耳にとびこんだ。一瞬――ほんの一瞬――トッドは自分が母親の鼻の穴に三〇‐三〇の銃口をつっこみ、引き金をひくところを、そして最初の血のほとばしりを想像した。

「トッドだよ、ママ。パパに代わってよ、いそいで」

最近のトッドは、母親をママと呼ばなくなっている。相手にはその信号がなによりも早くつうじるだろうと考えたのだが、そのとおりだった。「どうしたの？　なにがあったの、トッド？」

「それより、パパを出してくれ！」

「でも、いったい――」

受話器にガチャガチャと雑音がはいった。母親が父親になにかいっているのが聞こえた。トッドは身構えた。

「トッド？　なにがあったんだ？」

「デンカーさんが病気なんだよ、パパ。つまり……心臓発作らしくて。たぶんまちがいない」

「なんてこった！」父親の声がしばらく小さくなり、その情報を妻に伝えているのが聞こえた。それから、また声がもどってきた。「まだ生きてはいるんだな？　おまえの見たところでは？」

「生きてるよ。意識もある」

「よかった、そいつはよかった。救急車を呼べ」

「いま呼んだばっかりだ」

「２２２を？」

「うん」

「えらいぞ。容体はよほどひどいのか?」

「よくわからないよ、パパ。救急車はすぐにきてくれるそうだけど……なんだか怖くて。ここへきて、いっしょにいてくれる?」

「いいとも。四分でいく」

母親がなにかしゃべっている声が聞こえ、そこで父親が電話を切った。トッドは受話器をもとにもどした。

四分。

四分のあいだに、やり残したことをやらなければならない。四分のあいだに、忘れていることがなんであろうと、それを思いださなければならない。それとも、本当に忘れたのだろうか? ひょっとしたら、ただの神経では? くそ、おやじに電話なんかするんじゃなかった。だけど、そうするほうが自然なんだ、そうだろう? そうさ。なにか自然なことで、やり残したことがあったかな? なにか——?

「ああ、この低能!」だしぬけにうめきをもらし、いそいでキッチンにとってかえした。ドゥサンダーはテーブルの上に頭をのせ、半びらきの目は生気がない。

「ドゥサンダー!」トッドはさけんだ。ドゥサンダーを手荒にゆさぶると、老人はうめきをもらした。「目をさませ! 目をさますんだ、この酒くさい老いぼれ!」

「なんだ？　救急車がきたのか？」

「手紙だよ！　いま、ぼくのおやじがやってくる、まもなくここへくる。あのくそったれな手紙はどこなんだ？」

「なんの……なんの手紙？」

「だいじな手紙がきたことにしろと、いったじゃないか。だから、うちの親たちに……」地面にひきずりこまれるような気持だった。「海外からの……ドイツからの手紙だといったんだ。くそっ！」トッドは頭をかきむしった。

「手紙か」ドゥサンダーは、苦しそうにのろのろと頭をもたげた。しわだらけの頰《ほお》は不健康な黄ばんだ白、唇は紫色だった。「ヴィリからのだな、きっと。ヴィリ・フランケル。なつかしい……なつかしいヴィリ」

　腕時計に目をやったトッドは、電話を切ってからすでに二分がたったのを知った。父親がいくら飛ばしても、家からここまでは四分ではこられないし、また、そんなむちゃはしないだろう。しかし、ポルシェならずいぶんはやい。それだ。なにもかも、動きがはやすぎる。なのに、まだここにはなにかしっくりこないところがある。違和感がある。しかし、それがなんなのか、ゆっくりさがしているひまがない。

「よし、わかった。ぼくが読んで聞かせていたら、あんたは急に興奮して、心臓発作を起こした。それでいい。どこにある？」

ドゥサンダーはぽかんと彼を見つめた。

「手紙だよ！　どこにある？」

「なんの手紙？」ドゥサンダーはぼんやりとききかえし、トッドの両手はこの酔いどれの老怪物を絞め殺したさにうずいた。

「ぼくが読んでやっていた手紙だ！　ヴィリなんとかの手紙だ！　それはどこにある？」

ふたりは同時にテーブルを見やった。まるでその手紙がそこに実体化するのを期待したように。

「二階だ」ドゥサンダーがようやく答えた。「ドレッサー。三つ目の引き出し。その引き出しの底に小さな木箱がある。こじあけてくれ。鍵《かぎ》はずっと前になくした。友人からの古い手紙が何通かはいっている。どれにも署名はない。日付もない。みんなドイツ語だ。一、二枚あれば、俗にいう目くらましには役立つ。はやく——」

「頭がおかしいんじゃないのか？」トッドはどなった。「ぼくはドイツ語を知らないんだぞ！　それがドイツ語の手紙をどうやって読んでやれる、このまぬけ！」

「ヴィリがわたしに英語の手紙をよこす理由がどこにある？」ドゥサンダーは大儀そうに反論した。「きみがドイツ語の手紙を朗読すれば、たとえきみには意味がわからなくとも、わたしにはわかる。もちろん、きみの発音はひどいものだろうが、それでも

――」

ドゥサンダーが正しい――こんども正しい。トッドは終わりまで聞こうとしなかった。心臓発作のあとでさえ、この老人はこっちの一歩先を読んでいる。トッドは廊下を階段の下まで走り、玄関のそばでちょっと立ちどまって、父親のポルシェの音がしないかと耳をすました。まだ音はしない。だが、腕時計の針は、どれだけ時間が切迫しているかを知らせていた。もうあれから五分たっている。

トッドは階段を二段ずつ駆けのぼって、ドゥサンダーの寝室にとびこんだ。この部屋には一度もきたことがなかったし、好奇心さえいだいたことがない。つかのま、なじみのない領域の中で、きょろきょろあたりを見まわすだけだった。と、ドレッサーが目にはいった。トッドの父親が〝現代ディスカウント・ショップ様式〟と呼んでいるスタイルの安物だ。トッドはその前に膝《ひざ》をついて、三つ目の引き出しをぐいとひっぱった。引き出しは半分ほど前に出てから、溝《みぞ》の中でつっかえたのか、それ以上動かなくなった。

「くそったれ」トッドは引き出しに向かって小さく毒づいた。その顔は死人のように蒼《そう》白《はく》で、ただ両頰にだけ血紅色の斑点《はんてん》が燃え、青い瞳《ひとみ》は大西洋のしけ雲のように暗かった。

「このくそったれ、出てきやがれ！」

あんまり強くひっぱったので、ドレッサーぜんたいが前によろけ、もうすこしで彼の上へ倒れそうになってから、やっとおちついた。引き出しはすごい勢いでとびだして、トッドの膝の上におさまった。ドゥサンダーの靴下や下着やハンカチがあたりに散らばった。トッドはまだ引き出しに残っている品物の中をひっかきまわし、長さ二十センチあまり、深さ八センチほどの木箱を見つけた。蓋《ふた》をあけようとした。ぜんぜんだめ。ドゥサンダーのいったとおり、鍵がかかっている。今夜はなにもかもツイてない。

トッドは散らばった衣類を引き出しにもどしてから、その引き出しを長方形の穴の中にもどした。またつっかえた。それを前後に揺すってなんとか動かそうとしているうちに、汗が顔にだらだら流れてきた。ようやく引き出しが音をたてて閉まった。トッドは木箱を持って立ちあがった。いまのでどれぐらい時間を食ったろう？

ドゥサンダーのベッドは、裾《すそ》の両脇《りょうわき》に柱のあるタイプだった。トッドは木箱の錠のついた面を思いきりその柱に打ちつけて、両手から肘《ひじ》までビリビリ走った痛みに歯をむきだした。錠を調べてみる。すこしへこんだように見えるが、まだこわれない。トッドはいっそう力をこめ、苦痛をものともせず、また柱の上にふりおろした。こんどは柱から木の破片がちぎれ飛んだが、錠はまだ開かない。トッドは小さな悲鳴ににた笑い声をもらし、木箱をベッドのもう一端に持っていった。頭上に大きくふりかぶって、ありったけの力でふりおろした。こんどは錠がはじけとんだ。

トッドが蓋をひらくのといっしょに、車のヘッドライトがドゥサンダーの窓にしぶきを上げた。

トッドは箱の中をひっかきまわした。ロケット。折り目のついた女の写真。フリルのついた黒いガーターのほかはなにも身につけていない。古い札入れ。幾組かの身分証。からっぽの革のパスポート入れ。そして、いちばん底に手紙の束。

ヘッドライトはしだいに明るくなり、いまではポルシェ独特のエンジン音が聞こえた。その音がますます大きくなり……そして、だしぬけにやんだ。

トッドは両面にびっしりドイツ語が書きこまれたエアメール用の便箋《びんせん》を三枚ひっつかみ、部屋から駆けだした。階段のそばまできて、こじあけた箱がドゥサンダーのベッドの上にほったらかしなのを思いだした。ひきかえしてそれをつかむと、三つ目の引き出しをあけた。

引き出しがまたひっかかり、木と木のこすれあう鋭い音がした。

表では、ポルシェの補助ブレーキを引く音が聞こえた。つづいて、運転席のドアがひらき、バタンと閉まる音。

自分がかすかにうめきをもらしているのに、トッドは気づいた。斜めになった引き出しの中に箱を押しこみ、立ちあがってから、足でけとばした。引き出しはうまく閉まってくれた。つかのま、目をパチパチさせてそれをながめてから、脱兎《だっと》のように廊下へ駆けだした。階段を飛んでおりた。途中まで下りたとき、ドゥサンダーの家の小道を足早に歩いてくる父親の靴音《くつおと》が聞こえた。トッドは階段の手すりを跳びこえ、身軽に着地して、キッチンに駆けこんだ。エアメールの便箋が手の中ではためいた。

玄関のドアを激しくたたく音。「トッド？　トッド、おとうさんだ！」

そのとき、遠くで救急車のサイレンが聞こえはじめた。ドゥサンダーは、また意識のもうろうとした状態にもどっていた。

「いまいくよ、パパ！」トッドはさけんだ。

エアメールの便箋をテーブルの上にのせ、あわててそこへ落としたようにすこし扇形にひろげてから、玄関へひきかえして、父親を中に入れた。

「彼はどこだ？」ディック・ボウデンは肩でトッドを押しのけながらきいた。

「キッチン」

「おまえはなにもかもりっぱにやってのけたよ、トッド」父親はいって、ちょっと照れたように荒っぽく息子を抱きしめた。

「なにかを忘れてなきゃいいんだけどね」トッドは謙虚に答えてから、父親のあとについて廊下をキッチンに向かった。


ドゥサンダーをいそいで家から運びだすためのてんやわんやで、手紙はほとんど完全に無視されたかっこうだった。トッドの父親はいったんそれをとりあげてから、救急隊員が担架を持ってはいってくるのを見て、またもとにもどした。トッドは父親といっしょに救急車のあとを追って病院まで行き、ドゥサンダーを担当した医師は、なにが起きたかについての彼の説明を、なんの質問もせずに受けいれた。〝デンカーさん〟はなんといっても八十歳の高齢であり、節制ぶりも完全とはいえない。トッドのすばやい判断と行動を、医師はぶっきらぼうな口調で賞賛した。トッドは力なく礼をいってから、父親にもう家へ帰ってもいいのだろうかとたずねた。

帰宅する車の中で、父親は、どれほどわが子を誇りに思っているかを、ふたたび彼に告げた。トッドはほとんど聞いていなかった。またウィンチェスター銃のことを考えているところだった。

18

そのおなじ日に、モリス・ハイゼルは背骨を折った。

モリスはべつに意図して背骨を折ったわけではなかった。彼が意図したのは、自分の家の西側に面した雨樋《あまどい》の角を、釘《くぎ》でうちつけてやることだけだった。背骨を折るなんてまっぴらだった。それでなくても、これまでの人生にはいやというほど悲しいことがあった。もうたくさんだ。最初の妻は二十五歳の若さで亡《な》くなり、妻とのあいだにできたふたりの娘も亡くなった。弟も、一九七一年に、ディズニーランドからそう遠くない場所で起きた悲惨な自動車事故で命を落とした。モリス自身もまもなく六十で、関節リューマチがひどくなる一方だった。それに両手のイボが、医者に焼きとってもらうはしからまた大きくなってくる。それに偏頭痛もよく起きるし、隣のいまいましいローガンのやつには、〝猫《ねこ》のモリス〟と呼ばれている。モリスはひとりごとのような調子で、二度目の妻のリディアにこうたずねたことがある。もし〝痔《じ》持ちのローガン〟と呼んでやったら、あいつはどんな顔をするだろうな。

「よしなさいよ。モリス」リディアはそんなとき、いつも答える。「あなたって人はなんでも本気にとるんだから。ジョークのわからない人なんだから。ときどき、なんだってこんなユーモアのかけらもない人と結婚したのかって、ふしぎになるわ。ふたりでラスベガスへ行ったとしましょうか」とリディアはからっぽのキッチンに向かって、まるで彼女にしか見えない透明な聞き手が集まっているかのように話しかける。「バディー・ハケットのショーを見たって、モリスは笑わないわ。ただの一度も」

関節リューマチとイボと偏頭痛のほかに、モリスにはリディアがいて、この後添えも、ここ五年かそこら、いやに口やかましい女になってしまった……あの子宮摘出手術をしてからだ。というわけで、モリスは、このうえ背骨まで折らなくても、悲しみや悩みをたっぷりかかえていた。

「モリス！」──リディアが裏口から出てきて、泡《あわ》だらけの両手をふきんで拭《ふ》きながらわめいた。「モリス、いますぐその脚立《きゃたつ》から下りてらっしゃい！」

「なに？」モリスは彼女のほうに首をねじ曲げた。いまいる場所はアルミの脚立のてっぺん近くだった。その踏み段にはよく目立つ黄色のステッカーが貼《は》ってある――『危険！　この段から上はバランスが急に変わることがあります！』モリスの大工用エプロンの大きなポケットは、片方が釘、もう片方が大型のステープルでふくらんでいた。脚立の足もとの地面はちょっとでこぼこがあるので、彼が動くたびにすこし揺れる。首すじが痛くなってきた。偏頭痛の不快な前ぶれだ。モリスは苛立《いらだ》っていた。「なに？」

「下りてらっしゃい、はやく。背骨を折らないうちに」

「あとすこしだ」

「ボートに乗ったみたいにぐらぐら揺れてるわよ、モリス。下りてらっしゃい」

「終わったらさっさと下りる！」憤然とどなった。「ほっといてくれ！」

「いまに背骨を折るわよ」リディアは悲しそうにいいかえしてから、家の中にもどっていった。

十分後、モリスがめいっぱいに上体をそらして最後の釘を雨樋にうちこんでいるとき、猫の鳴き声と、それにつづいて、激しく吠《ほ》える声が聞こえた。

「なんだなんだ――？」

モリスがうしろを見まわすのといっしょに、脚立があぶなっかしく揺れた。その瞬間、ふたりの飼い猫が――モリスではなく、ラバーボーイという名前だったが――ガレージの角から、毛を逆立て、緑の目を燃えたたせて、必死にとびだしてきた。ローガン家のコリーの子犬が、舌を垂らし、革ひもをひきずって、そのあとを追いかけてくる。ラバーボーイは迷信家でないらしく、さっさと脚立の下を駆けぬけた。コリーの子犬もそのあとにつづいた。

「むちゃをするな、むちゃをするなって、このばか犬！」モリスはさけんだ。

脚立が揺れた。子犬の脇腹《わきばら》がぶつかったのだ。脚立はぐらっと傾き、モリスもそれと同時に傾いて、絶望のさけびを上げた。釘とステープルが大工用のエプロンからとび散った。モリスはコンクリートの私道のなかば上、なかば外に落下して、ものすごい苦痛が背中に燃えあがった。背骨の折れる音を聞くというより、体で感じた。それから、世界がしばらく灰色にかすんでいった。

ふたたびすべてのものにじわじわと焦点がもどってきたとき、モリスはまだ私道のなかば上、なかば外に横たわり、まわりには釘とステープルがちらばっていた。リディアがわきにうずくまって泣いていた。隣の家のローガンも、まっさおな顔でそこにいた。

「だからいったのに！」リディアは泣きわめいた。「脚立から下りなさいっていったのに！　見てちょうだい！　これを見てちょうだい！」

モリスはなにも見たくなかった。脈うつ苦痛の帯がまるでベルトのように腰を締めつけていて、いまにも息が詰まりそうだ。それだけでもまずいのに、もっとまずいことがあった。その苦痛の帯から下はなんの感覚もない——完全な無感覚。

「泣くのはあとだ」かすれ声でいった。「医者を呼んでくれ」

「おれが呼ぶよ」ローガンがいって、自分の家に駆けもどった。

「リディア」モリスはそこで唇《くちびる》をなめた。

「なに？　なんなの、モリス？」リディアが身を乗りだすのといっしょに、彼の頬《ほお》にひとしずくの涙が落ちた。感動的だな、とモリスは思いながらも、その瞬間に顔をしかめ、顔をしかめたことで痛みがいっそうひどくなった。

「リディア、おまけに偏頭痛までするんだ」

「ああ、かわいそうに！　かわいそうなモリス！　でも、いったでしょ——」

「この頭痛は、あのいまいましいローガンのワン公が、夜どおしキャンキャン鳴いて一睡もできなかったからだ。きょうはあのワン公め、うちの猫を追っかけて脚立をひっくりかえしやがった。どうも背骨が折れたらしい」

リディアが金切り声を上げた。その声でモリスの頭はガンガンした。

「リディア」そういって、また唇をなめた。

「なあに、モリス？」

「長年、そうじゃないかと疑っていたことがある。いま、それがはっきりした」

「かわいそうなモリス！　どういうこと？」

「神様はいない」モリスはそういうと、気を失った。

モリスは救急車でサント・ドナート総合病院に運ばれ、いつもならリディアの作るまずい夕食を食べている時間に、もう二度と歩けない体になったことを医師から知らされた。このときには、すでに全身にギプスをはめられていた。血液と尿のサンプルも採取されていた。ケメルマン医師は彼の両眼をのぞきこみ、小さいゴムのハンマーで彼の膝《ひざ》をたたいた――しかし、両足はまったく反応しなかった。そして、いつ見てもそこにはリディアがいて、涙をポロポロこぼしながら、ハンカチをつぎからつぎへ取り替えていた。ヨブと結婚した女であるこのリディアは、どこへでかけるのにも、なにか長い愁嘆場があることを見越して、小さなレースのハンカチをしこたま準備していくのだ。リディアは自分の母親にも連絡したから、もうじきここへやってくるはずだといった（「そりゃありがたいな、リディア」――とはいうものの、もしこの地上でモリスがだれよりも嫌《きら》いな人間がいるとすれば、それはリディアの母親だ）。ラビにも連絡したから、やはりおっつけここへくるはずだ、とリディアはいった（「そりゃありがたいな、リディア」――とはいうものの、モリスはこの五年間、一度も教会堂《シナゴーグ》へ足を運んだことがなく、ラビの名前すらよくおぼえていない）。会社の社長にも連絡したところ、すぐに見舞いにはこられないが、心から同情するといってくれた、とリディアはいった（「そりゃありがたいな、リディア」――とはいうものの、もしリディアの母親に匹敵するほど嫌いなやつがいるとしたら、それこそシガーをくわえたあのくそ野郎、フランク・ハスケルだ)。ようやく医師はモリスに精神安定剤のベイリウムをよこし、リディアを帰らせてくれた。その後まもなく、モリスはふわふわと眠りにおちた――悩みもなく、偏頭痛もなく、なにもない。最後に頭にうかんだのは、こんな考えだった――もし、あのブルーの錠剤をいつもくれるのなら、もう一度あの脚立にのぼって背骨を折るのもわるくないぞ。

目がさめたとき――それとも、意識をとりもどしたときというほうが正しいかもしれない――夜明けがはじまったばかりで、病院の中はモリスの想像以上に静かだった。気分はとても穏やかで……平和といってもいいほどだ。苦痛はまったくなかった。全身が包帯でぐるぐる巻きにされ、重さがなくなったような感じだった。ベッドのまわりを、リスかごのような仕掛けがとりまいている――ステンレス・スチールの棒と、ワイヤと、滑車でできあがったしろものだ。両脚は、この機械から出たワイヤで吊《つ》りあげられている。背中はなにか下から弓なりに持ちあげられているらしいが、よくわからない――自分の視角の範囲でしか判断できないからだ。

もっと運のわるい人間もいる、とモリスは思った。この世界には、おれよりもっと運のわるい人間がおおぜいいる。イスラエルでは、映画見物に町へ行くという政治的犯罪をおかした農民たちが、乗ったバスごとパレスチナ人に殺された。イスラエル人は、この不法行為に立ちむかうために、パレスチナ人の上に爆弾を落として、そこにいるかどうかわからないテロリストの巻きぞえに、子供たちまで殺した。おれより不運な人はおおぜいいる……といっても、誤解しないでくれ、べつにこれで幸福だといってるんじゃない。しかし、もっと不運な人がおおぜいいるんだ。

モリスはいくばくかの努力で片手を持ちあげ——どこか体のなかに痛みが走ったが、ごくかすかな痛みだ——目の前で弱々しくこぶしをまるめた。ほら。手はどこもわるくない。腕だってどこもわるくない。腰から下の感覚がぜんぜんないからといって、それがなんだ？　この世界には、首から下が麻痺《まひ》してしまった人たちだっている。ハンセン病の人たちだっている。梅毒で死にかけている人たちだっている。いまこの瞬間にだって、世界のどこかでは、搭乗橋《ジェットウェイ》をくぐって、まもなく墜落する運命の旅客機に乗りこんでいる人たちがいるかもしれない。そう、べつにこれが幸運ってわけじゃないが、この世界にはもっと不運なことだってある。

それに、むかしむかし、これよりもっともっと不運なことがあったんだ。

モリスは左腕を持ちあげた。腕だけが体から切り離されて、目の前にふわふわうかんでいるように思えた——筋肉が衰えて、骨ばった老人の腕。病院のガウンを着せられていたが、袖《そで》が短いので、前腕部に色あせた青インクで刺青《いれずみ》された番号を読むことができた。P四九九九六五二一四。もっと不運なこと、そう、郊外の家の脚立から落ちて、背骨を折り、清潔で衛生的な都市病院に運びこまれ、すべての悩みを解消してくれること保証つきのベイリウムを飲まされるよりも、もっともっと不運なこと。

まずシャワー室、あれはひどかった。最初の妻のルートは、あのくそったれなシャワー室の中で死んだのだ。掘った溝《みぞ》がそのまま墓穴にかわることもあった――目をつむると、ぱっくり口をあけた溝の前に並ばされた人たちの姿がいまでもまぶたにうかぶし、ライフルの一斉《いっせい》射撃音が聞こえるし、撃たれた人たちが出来のわるいあやつり人形のようにうしろへひっくりかえって、穴へ落ちこむありさまが思いだされる。それに死体焼却炉、あれもひどかった。死体焼却炉から出る煙は、だれにも見えないたいまつのように燃えるユダヤ人たちの甘いにおいを、ひっきりなしに空へ送りだしていた。古くからの知りあいや親戚《しんせき》の恐怖にうちのめされた顔……消えかけのろうそくのように溶けていく顔、自分の目の前で溶けていくように思える顔――痩《や》せて、痩せこけて、痩せさらばえて。そしてある日、彼らはいなくなる。どこへ？　つめたい風に吹き消されたとき、たいまつの火はどこへいくのか？　天国。地獄？　闇《やみ》のなかの光、風の中のろうそくの炎。ヨブがとうとうがまんしきれなくなって質問したとき、神様は逆にこうたずねられた――「わたしがこの世界を作ったとき、おまえはどこにいたのか？」もしモリス・ハイゼルがヨブだったら、たぶん、こう答えるだろう――「わたしのルートが死にかけているとき、あなたはどこにいたんだ、ええ、この脳なし野郎？ ヤンキースとセネタースの試合でも見物していたのか？ 自分の仕事をこの程度にしかやれないんだったら、さっさとわたしの前から消えてくれ」

そう、背骨を折るよりももっと不運なことはある、それにはなんの疑いもない。しかし、自分の妻が死に、娘たちが死に、友人たちが死ぬのをこの目で見てきた男に、その上まだ背骨を折らせ、下半身不随のまま一生を送らせるというのは、いったいどういう種類の神様だろう？

神様なんかいない、そういうことだ。

ひとしずくの涙が目の隅《すみ》からこぼれて、ゆっくりとこめかみから耳へ伝いおりた。病室の外で、ベルが小さく鳴りだした。看護婦がひとり、クレープ底の靴《くつ》をキュッキュッと鳴らして、通りすぎていった。病室のドアは半びらきなので、外の廊下の突きあたりの壁の『中治療』という掲示の文字が読める。きっと『集中治療室』だ、と思った。

病室の中で動きがあった――ベッドの上掛けがガサゴソ音を立てる。

ごくごく慎重に、モリスはドアのほうを向いていた顔を右にめぐらした。すぐ隣に小さいテーブルがあって、水差しがおいてあるのが見えた。テーブルの上には呼びだしボタンがふたつ並んでいた。そのむこうにはもうひとつのベッドがあり、そのベッドの上にはモリスよりもいっそう年とって、病気の重そうな男が寝ていた。むこうはモリスのように巨大なリスかごにくっつけられてはいないが、ベッドのそばに点滴台があり、その下になにかのモニター装置がおいてある。男の皮膚はしなびて黄色だ。口と目のまわりには深いしわが刻まれている。つやのないぼさぼさの髪の毛は、黄ばんだ白髪《しらが》。薄いまぶたはあざができたように光っていて、大きな鼻には、年期のはいった酒飲み特有の破裂した毛細管が目につく。

モリスは目をそらし……そしてまたふりかえった。夜明けの光が強まり、病院が目ざめるにつれて、ひどく奇妙な気分になりはじめた。自分はこの相部屋の男を知っている。そんなことがありうるだろうか？　年かっこうからすると七十五から八十ぐらいだが、そんな老人の知りあいはない――あるとすれば、リディアの母親ぐらい。モリスがときおり、スフィンクスよりも年とっているのではないかと思うぐらいの、事実スフィンクスによく似た怪物だ。

ひょっとすると、むかしの知りあいかもしれない。ひょっとすると、この自分がアメリカへ渡る前の知りあい。そうかもしれない。ちがうかもしれない。だが、なぜ急にそんなことが気になりだしたのだ？　そういえば、なぜあの強制収容所の、パティンの思い出が、今夜にかぎってどっとよみがえってくるのだ？　いつもは心の奥に埋めようと努力して——そしてたいていの場合は成功していたのに。

ふいに全身が総毛立った。まるで心の中の幽霊屋敷にさまよいこんだようだった。そこでは古い死体が身動きし、古い亡霊がうろつきまわる。この清潔な病院の中でいまこうしていても、あの暗黒時代が終わってから三十年たったいまでも、そんなことがありうるのか?

モリスは隣のベッドの老人から目をそらし、まもなくふたたび眠気におそわれはじめた。

あの老人に見おぼえがあるように思うのは、おまえの心の錯覚だ。おまえの心が、精いっぱいおまえをたのしませるため、あのころそうしていたように——

しかし、モリスはそんなことを考えたくなかった。あのころのことを自分に考えさせたくなかった。

眠りにさまよいこみながら、モリスはむかしルートに自慢したことを思いだしたた(リディアにはそんな自慢をしたことがない。リディアにそんな自慢をしてもはじまらない。たわいのない自慢やだぼらをいつも優しい微笑で聞いてくれたルートとはちがう)——「おれは一度見た顔は忘れないよ」。果たしていまもそうなのか、それを確認するチャンスだ。もしいつかどこかで隣のベッドの男と本当に知りあったのなら、たぶん思いだせるだろう。それがいつだったかを……そしてどこでだったかを。

眠りのまぎわまできて、その入口をいったりきたりしながら、モリスは思った――ひょっとしたら、収容所での知りあいじゃないかな。

これは実に皮肉な話だった――みんなのいう〝神様のいたずら〟ってやつだ。

どの神様だ？　モリス・ハイゼルは自分にそう問いかえして、眠りにおちた。

19

トッドの卒業成績は次席にとどまった。ひょっとすると、あの三角法、ドゥサンダーが心臓発作を起こした晩に勉強していた最終試験のひどい点数が原因かもしれなかった。それに足をひっぱられて、三角法の学期末成績は、Ａマイナスの平均より一点低い八十九点だったのだ。

卒業式の一週間後、ボウデン一家は、サント・ドナート総合病院へデンカー氏を見舞いにでかけた。トッドは十五分間のきまりきった口上と、「ありがとう」や「ぐあいはいかがですか」のくりかえしを聞きながら、もぞもぞとおちつかなかったので、隣のベッドの病人から、ちょっとこっちへきてくれないかとたのまれたときには、ほっとした気持になった。

「勘弁してくれよ」とその病人はすまなそうにいった。年とったその病人は巨大なギプスでかためられていて、どういうわけか、真上の滑車とワイヤの仕掛けにつながれていた。「わたしはモリス・ハイゼルというんだ。背骨を折ったんだよ」

「それはまずかったですね」トッドは重々しくいった。

「あーあ、それはまずかった、か！　この子は控え目な表現の才能がある！」

トッドは詫《わ》びをいおうとしたが、ハイゼルはかすかに笑って、片手を上げた。青ざめて疲れたその顔は、この病院にいるほかの老人とおなじだった。すぐ先に待ちうけている人生の大きな変化と直面した顔——その変化がいい方向であることはめったにない。その点ではこの男もドゥサンダーも似たようなもんだ、とトッドは思った。

「いいんだよ」モリスはいった。「無作法な感想には返事しなくていい。きみは赤の他人だ。赤の他人が、わたしの悩みを押しつけられるいわれがあるかい？」

「『人間は孤島ではない。だれも自分だけでは——』」トッドがいいかけると、モリスは笑った。

「ジョン・ダンか。こんどは引用ときたな。利口な子だ！　そっちのベッドにいるきみの知りあいは、ずいぶん病気が重いのかい？」

「いや、先生がたは経過が順調だといってます。年を考えるとね。もう八十ですから」

「そんな年なのか！」モリスはさけんだ。「わたしにはあんまり話しかけてこないんでね。しかし、あの言葉のなまりからすると、外国から帰化したんじゃないかと思ってさ。

このわたしみたいに。わたしはポーランド人なんだよ。つまり、もとはね。ラドムの生まれだ」

「ほんとに？」トッドは調子を合わせた。

「そうさ。オレンジ色のマンホールの蓋《ふた》のことを、ラドムではなんというか知ってる？」

「いいえ」トッドはにっこりして答えた。

「ハワード・ジョンソン」モリスはそういって笑いだした。トッドも笑った。ドゥサンダーがその声にびっくりしたようすで、けげんそうにこっちをながめた。そこでモニカがなにかいったので、ドゥサンダーはまた彼女に視線をもどした。

「きみの知りあいも、やっぱり帰化したのかい？」

「ええ、そうです」トッドは答えた。「ドイツの生まれですよ。エッセン。その町、知ってますか？」

「いや。ドイツへいったのは一度きりだから。あの人も戦争にいったのかな？」

「よく知りません」トッドは遠くを見るような目になった。

「そう？　まあ、いいんだ。むかしのことだもんな、戦争は。あと三年すれば、戦争が終わるころにはまだ生まれてなかった連中にも、この国の憲法で大統領になれる資格ができる――大統領！　あの連中にとっては、ダンケルクの奇跡もハンニバルのアルプス越えも、たいしてちがいはないように思えるだろうな」

「おじさんは戦争にいったんですか?」

「まあいったようなもんさ、ある意味ではね。きみは優しい子だな、あんな年寄りを見舞いにくるなんて……いや、わたしを入れたら、ふたりの年寄りか」

トッドはつつましく微笑した。

「もう疲れた」モリスはいった。「すまんが眠らせてもらうよ」

「早くよくなってください」トッドはいった。

モリスはうなずき、ほほえみ、目をつむった。トッドがドゥサンダーのベッドにもどると、ちょうど両親がいとまを告げているところだった——父親はしきりに腕時計を見ては、さも驚いたように、すっかり遅くなったと大声を出していた。

その二日後に、トッドはひとりで病院へ見舞いにきた。きょうは、隣のベッドのモリス・ハイゼルが、ギプスのなかに閉じこめられてこんこんと眠っていた。

「よくやってくれた」とドゥサンダーは静かにいった。「あれからあの家にもどってみたか?」

「うん。あのくそったれな手紙は焼いたよ。あの手紙にはだれもたいして興味がなさそうだけど、心配だったんだ……よくわからない」トッドは肩をすくめた。自分があの手紙のことで迷信的な恐怖をいだいていることを、ドゥサンダーにうまく話せなかった——ひょっとして、ドイツ語の読めるだれかがあの家に立ちよって、十年も、ことによったら二十年も時代遅れのことが書いてあるのに気がついたら……。

「つぎにくるときには、なにかアルコールをこっそり持ちこんでくれ」ドゥサンダーはいった。「タバコはなくてもがまんできるが、どうも——」

「もうここへはこない」トッドはにべもなく答えた。「絶対にこない。これで終わりだ。ぼくらはこれで縁切りだ」

「縁切りね」ドゥサンダーは胸の上で両手を組んで微笑した。優しい微笑ではなかった……しかし、ドゥサンダーとしては、それが精いっぱいのところかもしれない。「そういうことになると思ったよ。来週にはこの墓場から出してもらえそうだ……ともかく、医者はそう約束した。医者のいうには、わずかな年数だが、この体にはまだ寿命が残っているそうだ。何年ぐらいかときいたら、笑ってとりあわなかった。ということは、三年以上ではなさそうだし、おそらく二年以上でもないだろう。それでも、まだあの医者を驚かせてやれるかもしれん」

トッドはだまっていた。

「しかしな、坊や、ここだけの話だが、生きて世紀の変わり目を見る希望だけはあきらめかけたよ」

「あんたにききたいことがある」トッドはひたとドゥサンダーを見つめた。「きょうはそのためにきたんだ。ぼくがききたいのは、前にあんたがいったことだ」

トッドは隣のベッドの病人をちらとふりかえってから、ドゥサンダーのベッドのそばへ椅子《いす》をひきよせた。ドゥサンダーのにおいは、博物館のエジプト室のようにひからびていた。

「では、きくがいい」

「あの浮浪者。あんたはぼくにも体験があるようなことをいった。直接体験が。あれはどういう意味なんだい？」

ドゥサンダーの微笑はすこしひろがった。「坊や、わたしは新聞を読む。老人はいつも新聞を読むが、若い連中の読みかたとはちがう。南米のある空港の滑走路の端には、いつもハゲタカが集まるのを知っているかね？　そこは横風があって、事故が起こりやすいからだよ。老人の新聞の読みかたはそういうものだ。ひと月ほど前にある記事が日曜版に出た。一面の記事じゃない。浮浪者やアル中が死んでも、みんなは冷淡だから、そんな記事は一面に載らない。だが、これは特集ページのトップ記事だった。『殺人鬼、サント・ドナートの場末をうろつく？』――そんな見出しだ。俗悪そのもの。イエローー・ジャーナリズム。きみたちアメリカ人はそれで名高い」

トッドの両手はかたく握りしめられ、嚙《か》んで短くなった爪《つめ》を隠していた。トッドは日曜版を読んだことがない。その時間で、ほかのもっとましなことができる。もちろん、あのささやかな冒険のたびに、そのあと最低一週間は毎日のように新聞を調べたが、浮浪者殺しが三面より前にきたことは一度もなかったのだ。だれかが、自分の知らないうちに、そのつながりに気づいていたと知って、むらむらと怒りがわいた。

「その記事には、数件の殺人が言及されていた。きわめて残虐《ざんぎゃく》な殺人だ。刃物で刺し殺したり、鈍器でなぐり殺したり。〝人間離れした残虐さ〟と筆者は書いていたが、なにしろ新聞記者はおおげさだからね。その悲しむべき記事の筆者は、こうした恵まれない人びとの死亡率が高いこと、近年サント・ドナートにも浮浪者が急増したことを認めていた。どの年をとっても、これらの浮浪者のみながみな自然死をとげたり、あるいはまた、泥酔《でいすい》して事故死をとげるわけではない。殺人もひんぱんにある。しかし、たいていの場合、犯人は、死んだ浮浪者の仲間で、その動機も、はした金を賭《か》けたカード・ゲームや、一本のマスカテルをめぐっての口論であることが多い。犯人はたいてい進んで自白する。後悔の念でいっぱいだ。

「ところが、最近の一連の浮浪者殺しは、まだ解決されていない。このイエロー・ジャーナリストの頭に――それとも、彼が頭と称しているものに――それ以上に不気味に思えるのは、ここ二、三年の高い失踪率《しっそうりつ》だ。もちろん、記者も認めるように、彼らはむかしの流れ者と大差がない。ふらりときてはふらりと去っていく。ところが、彼らの一部は、金曜日にしか支払われない生活保護手当や、労務斡旋所《あっせんじょ》からの日雇い賃金も受けとらずに姿を消しているのだ。ひょっとして彼らは、このイェロー・ジャーナリストが名づけた〝浮浪者《ワイノー》キラー〟の犠牲者ではないのか、と彼はたずねる。まだ発見されない犠牲者ではないのか、と。ぷっ！」

ドゥサンダーは、とほうもない無責任ないいがかりをはらいのけるように、片手をふった。

「もちろん、ただのくすぐりにすぎん。日曜の朝、大衆に快いささやかな戦慄《せんりつ》を与えようというだけの記事さ。筆者はすりきれてはいるがまだ有効な、古いお化けを呼びだした――クリーブランドのバラバラ殺人、ゾーディアック、ブラック・ダリアを殺した謎《なぞ》のミスターX、スプリングヒール・ジャック。なんたるたわごとだろう。しかし、わたしは考えた。むかしの友人たちがもう訪ねてこなくなったとき、考える以外に老人のすることがあるだろうか？」

トッドは肩をすくめた。

「わたしは考えた――『かりにわたしがこの不快なイェロー・ジャーナリストに力を貸してやりたいと、そんなことはけっして思わないけれども、かりにそう思ったとしたら、数件の行方不明を説明できそうだ。めった突きにされたり、めったうちにされた死体のほうは知らないが――神よ、彼らの魂をみそなわせたまえ。しかし、行方不明のほうは説明できる。なぜなら、失踪した浮浪者のうち、すくなくとも何人かはわたしの家の地下室にいるからだ」

「何人ぐらい？」トッドは小声できいた。

「六人」ドゥサンダーは悠然《ゆうぜん》と答えた。「きみがてつだって始末してくれた男を含めて六人」

「あんたは完全に気がふれてる」トッドはいった。ドゥサンダーの下まぶたが白く光っていた。「途中のどこかで、頭のヒューズがぜんぶ飛んじゃったんだ」

「〝頭のヒューズが飛ぶ〟か。なんという魅力的なイディオムだろう！　たぶん、当たっているよ！　しかし、そこでわたしは自分にこういった――『このハイエナ記者は、殺人と失踪の両方の犯行を、おなじ人間に――彼の仮定した〝ワイノー・キラー〟に――押しつけたがっている。だが、わたしにはそれが真相と思えない。

「そこで、わたしは自分にこういった――『いったいわたしは、そんなことをやりそうなだれかを知っているだろうか？　この二、三年、わたしと似たようなストレスを感じているだれかを？　わたしとおなじように、古い亡霊が鎖を鳴らすのに耳をすませているだれかを？』その答はイエスだ。坊や、わたしはきみを知っている」

「ぼくはだれも殺してない」

その瞬間、頭にうかんだイメージは、浮浪者のそれではなかった。彼らは人間じゃない、本当の人間とはいえない。そこでうかんだイメージは、自分が倒木のうしろにうずくまり、三〇‐三〇のテレスコープをのぞき、むさくるしいあごひげを生やした男、ブラットのピックアップを運転している男のこめかみに十字線を合わせているところだった。

「そうかもしれん」ドゥサンダーは鷹揚《おうよう》にうなずいた。「しかし、あの晩のきみの平静さは見あげたものだった。きみの驚きの大部分は、老人の急病のためにああした危険な立場におかれたことへの怒りだったと思う。見当ちがいかね？」

「いや、見当ちがいじゃない」トッドは答えた。「ぼくはあんたにむちゃくちゃ腹が立った。いまもそうだ。それでも、ああやって後始末をしたのは、あんたが貸金庫のなかに、ぼくの一生を破滅させるものを持っているからなんだ」

「いや、持ってはいない」

「なんだって？　なにをいってるんだよ？」

「あれはきみのいう〝友だちに預けた手紙〟とおなじように、ただのはったりだ。きみはそんな手紙を書いたこともなければ、そんな友だちもいない。わたしも、われわれの……関係と呼ぼうか？……そのことについて、ただの一語も紙に書きしるしたことはない。さあ、これで手札をテーブルにさらけだしたわけだ。きみはわたしの命を救ってくれた。それが自分の身を守るための行動にすぎなかったことは、このさい問うまい。きみの行動の迅速さと効率のよさが、それですこしも割り引かれるわけではない。わたしには、きみを傷つけるようなことはとてもできないよ、坊や。それだけははっきりいえる。わたしは死を目の前にして怖《お》じ気《け》づいたが、自分の予想していたほどは怖じ気づかなかった。そんな遺言状はない。きみのいうとおりだよ――われわれはこれで縁切りだ」

トッドは微笑した――唇《くちびる》が不気味なコルク抜きのように上にねじれた。少年の瞳《ひとみ》には、異様で冷笑的な光がちらちらと踊っていた。

「ヘル・ドゥサンダー」と少年はいった。「それが信じられたらどんなにいいでしょうね」

その夕方、トッドはフリーウェイを見おろす斜面まで歩き、倒木のところまで下りて、その上に腰をかけた。ちょうどたそがれも終わろうとしていた。暖かな宵《よい》だ。車のヘッドライトが、長い黄色のひとつながりになって、薄闇《うすやみ》を切りさいている。

遺言状はない。

トッドはそのあとの議論がはじまるまで、この状況ぜんたいがどれほど取り返しのつかないものであるかを認識していなかった。ドゥサンダーは、そんなに疑うなら、貸金庫の鍵《かぎ》があるかどうか家捜しをしてみればいい、といった。もし見つからなかったら、それで貸金庫がないこと、したがって、遺言状もないことが証明されるだろう、と。しかし、鍵はどこにでも隠せる――クリスコのショートニングの缶《かん》に入れて土に埋めることもできるし、スクレッツの咳止《せきど》めの平たい缶に入れて、羽目板の隅《すみ》をうかせた奥へさしこんでおくこともできる。ひょっとしたら、バスでサンディエゴの動物園へでかけ、放し飼いのクマをかこったきれいな石塀《いしべい》で、よさそうな石をえらんでそのうしろへ隠したかもしれない。その気になれば、とトッドはつづけた。ドゥサンダーが鍵を捨てたことだってありうる。そうしてどこがわるい？　鍵が必要なのは、最初に遺言状を箱のなかに入れるときだけだ。もし彼が死ねば、ほかのだれかがそれをとりだすのだから。

ドゥサンダーはこれを聞いてしぶしぶうなずいたが、しばらくしてから新しい提案を持ちだした。ここを退院して家に帰ったら、トッドにサント・ドナートの銀行へかたっぱしから電話をさせよう。銀行の係員には、祖父の代理で電話をかけているといえばいい。かわいそうな祖父は二年ほど前からボケがひどくなっていたが、とうとうこんどは貸金庫の鍵までなくしてしまった。もっとわるいことに、もうどの銀行の貸金庫だったかもおぼえていない。だから、そちらにミドル・ネームなしのアーサー・デンカーのファイルがあるかどうか、調べてもらえないだろうか？　こうして市内のどの銀行に問い合わせても、ないという返事がかえってくれば――

トッドはすでに首を横にふっていた。第一に、そんな口実では、先方がまず確実に疑惑を持つだろう。話ができすぎている。先方はおそらく信用詐欺《さぎ》を警戒して、警察に連絡するだろう。かりに、どの銀行もひとつ残らずその口実をうのみにしてくれたとしても、やはりどうにもならない。サント・ドナートの百軒近い銀行にデンカー名義の貸金庫がないとしても、サンディエゴや、LAや、その中間のどこかの町の銀行で、ドゥサンダーが貸金庫を借りていないとはいいきれない。

とうとうドゥサンダーは説得をあきらめた。

「坊や、きみはすべての答を用意しているようだ。すくなくともひとつの答を除いてはな。いったい、わたしがきみに嘘《うそ》をついてなんの得がある？　わたしがこの話を創作したのは、きみから自分を守るためだった——それが動機だ。いま、わたしはその創作を解消しようとしている。そうすることでわたしになんの得がある？」

ドゥサンダーは片肘《かたひじ》をついて、やっこらさと体を起こした。

「ついでにいえば、この時点で、なぜわたしに遺言状の必要があるだろう？　もしきみの一生を破滅させるのが目的なら、この病院のベッドの上でもそれはできる。最初に通りかかった医師を呼びとめて、告白すればいい。彼らはみんなユダヤ人だから、わたしのことは、いや、すくなくとも以前のわたしのことは知っているだろう。しかし、なぜわたしがそうする理由がある？　きみは優等生だ。前途は洋々たるものだ……あの浮浪者どものことで不注意にさえならなければ」

トッドの顔は凍りついた。「いっただろう――」

「わかっている。きみは浮浪者が存在することさえ知らないし、彼らのフケだらけの、シラミのたかった髪の毛一本にもふれたことがない。よろしい、それならなおけっこう。これ以上そのことはいうまい。ただ、答えてくれ、坊や――なぜわたしがこのことで嘘をつく理由がある？　われわれはこれで縁切りだ、ときみはいう。だが、わたしはいいたい。おたがいに相手を信頼しないかぎり、縁は切れないよ」

いま、フリーウェイを見おろす斜面の倒木に腰かけて、無名の車のヘッドライトがまるで低速の曳光弾《えいこうだん》のようにつぎつぎに消えていくのをながめながら、トッドは自分がなにを恐れているかをはっきりとさとった。

ドゥサンダーが信頼のことを口にする。それが恐ろしいのだ。

ドゥサンダーが、心の奥底に小さいが激しい憎悪《ぞうお》の炎を燃やしつづけている可能性、それが恐ろしいのだ。

若くて、ハンサムで、しわひとつないトッド・ボウデンに対する憎悪。優秀な生徒で、行く手にひろがる輝かしい人生を前にしたトッド・ボウデンに対する憎悪。

だが、なによりも恐ろしいのは、ドゥサンダーがけっしてトッドを名前で呼ぼうとしないことだった。

トッド。その名前のどこがいいにくい？　いくら入れ歯の老いぼれドイツ人でも？　トッド。わずか一シラブル。簡単じゃないか。舌を口蓋《こうがい》にくっつけて、口をちょっとあけてから舌をもとにもどせば、それで終わり。だが、ドゥサンダーはいつも〝坊や〟としか呼ばない。それだけだ。侮辱をこめて。無名。そう、それだ。無名。強制収容所の囚人番号のように無名。

ひょっとすると、ドゥサンダーは真実を話していたのかもしれない。いや、ひょっとしてじゃない。おそらくだ。しかし、まだいくつか不安がある……その中で最悪なのは、ドゥサンダーがけっして名前を呼ばないことだ。

そして、すべての根っこには、むずかしい最後の決断をくだせない自分の迷いがある。すべての根っこには、悲しい事実がある——ドゥサンダーの家を訪ねはじめてから四年たったいまでも、自分はまだあの老人の頭のなかがよくわからない。ひょっとすると、自分はそれほど優秀な生徒でなかったのかもしれない。

車、車、車。トッドの指はライフルを恋いこがれた。いったい何人ぐらいを仕留められるだろう？　三人？　六人？　それとも、パン屋の一ダースで十三人？　バビロンまでは何マイル？

トッドはそわそわと、おちつかなげに身じろぎした。

結局、最後の真実はドゥサンダーが死んでみなければわからない、とトッドは思った。

これからの五年間のいつか。もしかしたら、それより早く。三年から五年……。まるで刑期の宣告みたいだ。トッド・ボウデン、当法廷は、著名な戦争犯罪人と関係した罪により、被告に三年以上五年以下の懲役刑を宣告する。三年以上五年以下の悪夢と冷や汗の刑。

遅かれ早かれ、ドゥサンダーはくたばる。そこから、待機期間がはじまる。電話や呼鈴が鳴るたびに、みぞおちにしこりができるだろう。

それに耐えられる自信はない。

ライフルに恋いこがれる指をもてあまして、トッドは両手を握りしめ、ふたつの拳《こぶし》で股《また》ぐらをなぐりつけた。吐き気のするような苦痛が下腹部をのみつくした。しばらくのあいだ体をまるめて、身もだえしながら草の上にころがり、無言の悲鳴に唇をふるわせた。苦痛は強烈だったが、おかげで果てしない妄想《もうそう》の行列は消えてくれた。

すくなくとも、しばらくは。

20

モリス・ハイゼルにとって、その日曜は奇跡の一日だった。

ごひいきの野球チーム、アトランタ・ブレーブスが強豪シンシナティー・レッズとのダブルヘッダーに、七対一と八対〇で快勝した。いつも自分の用心ぶかさを自慢し、『予防は治療にまさる』ということわざを口癖にしているリディアが、友だちのジャネットの家の濡《ぬ》れたキッチンの床で足をすべらせ、腰を捻挫《ねんざ》した。リディアは家で寝こんでいる。捻挫そのものはたいしたことがなく、それは神様（どの神様？）のおかげだが、そのためにすくなくとも二日、ことによれば四日ぐらいは、病院へ見舞いにこられない。

リディアのいない四日間！　これで四日間、あれほど脚立《きゃたつ》がぐらぐらだといったのにとか、おまけにあんなに高く登りすぎるからいけないのよ、といった小言を聞かなくてすむ。これで四日間、だから、ローガンの家の子犬がラバーボーイをいつも追いかけて、いまにきっとなにか不幸を呼びこむわといったのに、とくりかえされなくてすむ。これで四日間、わたしがあの保険の申込書を早く送るようにとさいそくしたからよかったのよ、もしそうしてなければ、いまごろはふたりで救貧院入りだったわ、ねえ、それがうれしくないの、ときかれずにすむ。これで四日間、腰から下が麻痺《まひ》しても、ふつうの人とまったく変わりのない――というか、ほとんど変わりのない――生活を送っている人はおおぜいいるんだし、それに、この町のどの博物館やギャラリーにも車椅子《くるまいす》用の斜路があるし、特別のバスさえあるのよ、とリディアに説明されなくてすむ。そのあとで、リディアはいつもけなげに微笑してから、かならず、わっと泣きだすのだ。

モリスは満ちたりた気分で、うとうとと遅い午睡にはいった。

つぎに目ざめたときは、夕方の五時半だった。相部屋の老人は眠っていた。まだデンカーのことが思いだせなかったが、この男と前にどこかで知りあったことには確信があった。そこで一、二度、デンカーに身の上をたずねようとしかけたが、なにかが気になって、ごくあたりさわりのない会話ですませてしまう——お天気のこととか、この前の地震のこととか、つぎの地震のこととか、それに、そうそう、〈TVガイド〉で見たんだが、この週末には、ロレンス・ウェルク・ショーにアコーディオン奏者のマイロン・フローレンが特別ゲストでカムバックするらしい、とか。

そうやって質問を控えているのは、そのほうが頭の体操になるからだ、とモリスは自分にいいきかせた。肩から腰まですっぽりギプスにくるまれているときには、頭の体操がいちばんいい。もし、頭のなかでちょっとした問題を解いていれば、これからどうなるのか、死ぬまでカテーテルで小便をとられなくてはいけないのか、などとよぶんなことを考えないですむ。

もし正面からデンカーに質問すれば、頭の体操はたぶんあっというまに、不満足な結末を迎えるだろう。ふたりの過去をなにか共通の経験にしぼっていくわけだ——列車の旅とか、船の旅とか、ひょっとすると収容所とか。デンカーはパティンにいたのかもしれない。あそこにはドイツ系のユダヤ人がおおぜいいたから。

とはいうものの、看護婦の話では、デンカーは一、二週間で退院できるらしい。もし、それまでに答が出てこなければ、このゲームは負けと自分に宣言して、あの男に正面からたずねるしかないだろう——つかぬことをきくけど、あんたには前にどこかで会ったような——

しかし、問題はそれだけじゃない、とモリスは内心で認めた。この気分にはなんとなくいやな後味、あの『猿《さる》の手』という小説を思いだすようなところがある。運命がどんどんわるいほうへころんだ結果、すべての願いがかなう話だ。その猿の手を偶然に手にいれた老夫婦が百ドルほしいと願うと、ひとり息子が工場の恐ろしい事故で亡《な》くなった弔慰金として、それだけの金額が送られてくる。つぎに母親は息子が生きかえることを願う。するとまもなく、ずるずるひきずるような足音が近づいてくる。玄関のドアにノックの音がする。母親は狂喜して階段を駆けおり、ひとり息子を迎えにいく。父親は恐怖で気もくるいそうになり、闇《やみ》のなかをさぐってようやくひからびた猿の手を見つけ、息子をもう一度死なせてくれと願う。その直後に母親が玄関のドアを開けはなつと、ポーチにはだれの姿もなく、夜風だけが吹きつけている……。

なんとなくモリスは感じた。ひょっとすると、自分にはどこでデンカーと知りあったかがわかっているのかもしれないが、その知識は、あの話に出てくる老夫婦の息子のようなものではなかろうか——墓から帰ってくるにはきたが、それは母親の記憶にある息子ではなく、回転する機械に巻きこまれて、ふためと見られないほど押しつぶされ、血みどろになった息子だった。モリスは、デンカーについての自分の知識が、心の奥底の領域と、理性的な理解や認識の領域との境にあるドアをたたいて、中に入れてくれとせがんでいる、潜在意識の怪物ではないかと感じた……そしてまた、自分のべつの部分は、猿の手を、それとも、心理的なそれに相当するもの、その知識を永久に去らせてほしいと願う護符をさがしているのではないか、とも。

いま、彼はふしぎそうにデンカーをながめた。

デンカー、デンカー、どこでおれはあんたと知りあったんだ、デンカー？　パティンか？　だから、知りたくない気がするのか？　しかし、共通の恐怖を生きのびたふたりの人間が、おたがいを恐れあう理由はどこにもない。ただし、もちろん……

モリスは眉《まゆ》をよせた。とつぜん、解答の間近まできたような気がしたが、両足の先がピリピリしはじめ、それが気になって、精神集中ができない。ちょうどしびれていた手足に血行がもどってきたときピリピリする、あの感じに似ている。このいまいましいギプスさえなければ、起きあがって、ピリピリする感じが消えるまで足をさするところだ。そうすれば――

モリスは目をまんまるくした。

長いあいだ、彼はリディアのことを忘れ、デンカーのことを忘れ、パティンのことを忘れて、身動きもせずじっと横たわった。両足のピリピリする感覚のほかは、すべてのことを忘れた。そう、両足だが、右足のほうがその感じが強い。そんなふうに足がピリピリするとき、ふつうみんなは、「足がしびれて眠っていた」という。

しかし、正確には、「足が目ざめかけている」というべきだ。

モリスは呼びだしボタンをもぞもぞとさぐった。そして、看護婦がきてくれるまで、何度も何度もボタンを押した。


看護婦はモリスの訴えをあっさりしりぞけようとした――患者の空だのみには、これまでさんざんつきあわされている。それに担当医は帰ったあとで、看護婦は医師の家に電話をかけたくなかった。ケメルマン先生はかんしゃく持ちで有名だ……とりわけ、家に電話をかけられると腹を立てる。しかし、この患者は頑《がん》としてあとにひかなかった。いつものモリスはおとなしい男だが、いまは騒ぎを起こしてもいいと腹をくくっているようだった。もし必要なら、大騒ぎを起こしてもいいと決心していた。ブレーブスが連勝した。リディアは腰を捻挫した。だが、いいことは三度つづくものだ。それぐらいはだれでも知っている。

とうとう看護婦はインターンを連れてきた。ティンプネルという若い医師で、刃のなまったローン・ボーイで刈ったような頭をしていた。ティンプネル先生は白いズボンのポケットからスイス・アーミー・ナイフをとりだし、それについたプラスねじまわしの先で、モリスの右足の裏を爪先《つまさき》から踵《かかと》へとなでてみた。足の裏がまるまりはしなかったが、指がピクピクした——見逃しようのない、はっきりした動きだった。モリスはわっと泣きだした。

ティンプネルはちょっとめんくらった顔になってから、ベッドの端に腰かけて、彼の手を優しくさすった。

「こういったことはときどきあるんです」とティンプネルは（たぶん、過去六カ月におよぶ豊富な実地の経験を踏まえて）いった。「どんな医者にも予測はつきませんが、こういったことはあるんです。どうやらそれがあなたに起こったらしい」

モリスは涙のなかでうなずいた。

「明らかに、すっかり麻痺してはいないようです」ティンプネルはまだ彼の手をさすっていた。「しかし、これからの回復がわずかなものか、部分的なものか、完全なものかという予測は、ぼくにはつきません。ケメルマン先生にも、たぶんつかないでしょう。あなたはこれからいろいろの物理療法を受けることになるが、そのすべてが愉快なものとはかぎりません。しかし、結果的には、そのほうがずっと愉快なんです……なんに比べてかはわかりますね」

「はい」モリスは涙にむせんで答えた。「わかります。神様のおかげです！」神様などいないとリディアにいったことを思いだし、顔から火の出る思いだった。

「じゃ、ぼくからケメルマン先生に知らせておきますから」ティンプネルは最後にモリスの手を軽くたたいてから、立ちあがった。

「家内にも知らせてやってもらえますか？」とモリスはたずねた。あんなふうにめそめそ泣かれるのはやりきれないが、それでも彼女に対しては一種の感情があるからだ。ひょっとすると、それは愛かもしれない。その感情は、ときどき妻の首を絞めあげたくなることと、あまり関係がないようだ。

「いいですよ、それも手配しておきましょう。きみ、すまないけど——？」

「はい、先生、承知しました」と看護婦はいい、ティンプネルは笑いをこらえるのに苦労した。

「ありがとう」モリスは小テーブルの上の箱からクリネックスをとって、目がしらをぬぐった。「ほんとにありがとう」

ティンプネルは出ていった。さっきの議論のあいだに、デンカー氏は目をさましていた。モリスはいまの騒ぎや、自分が泣きだしたことで、ひとこと詫《わ》びをいおうかと考えたが、その必要はなさそうだ、と思いなおした。

「これはおめでたいことだね」とデンカー氏がいった。

「まだわからないよ」モリスはそう答えたものの、ティンプネルとおなじように、笑いをかみころすのに苦労した。「まだなんともいえない」

「物事はひとりでに解決していくものさ」ドゥサンダーはあいまいに答え、リモコンでテレビをつけた。もう六時十五分前で、ふたりはそれからカントリー音楽のお笑い番組『ヒー・ホー』の残りを見た。そのあとには夕方のニュースがつづいた。失業率はさらに悪化している。インフレは小康状態。ビリー・カーターはビール製造業への進出を考えている。新しいギャラップ調査の結果では、もし大統領選挙がいまおこなわれた場合、四人の共和党候補がビリーの兄ジミーをうち負かせるだろう。マイアミ州の黒人の子供が殺された事件につづいて、人種間紛争がつづいている。「暴力の夜」とニュースキャスターはそれを呼んだ。ローカル・ニュースでは、四十六号線のハイウェイわきの果樹園で、身元不詳の男が刃物で刺され、鈍器でなぐられて死んでいるのが見つかった。

リディアが六時半ちょっと前に電話をかけてきた。ケメルマン先生が電話をくれて、若いインターンの報告をもとに慎重な楽観論を述べたという。リディアの喜びようも慎重だった。明日は、たとえ腰がどうなっても見舞いにいくわ、と誓った。モリスは、愛しているよ、と彼女に告げた。今夜はだれに対しても愛を感じた――リディアにも、芝刈り頭のティンプネル先生にも、デンカー氏にも、モリスが電話を切りかけたときに夕食のトレーを運んできた若い看護婦にも。

夕食は、ハンバーガーと、マッシュポテトと、ニンジンとグリンピースの取り合わせで、小皿《こざら》にデザートのシュークリームがついていた。それを給仕してくれたのは、フェリスだった。はたちぐらいの内気な金髪の娘だ。彼女もいいニュースをたずさえていた——ボーイフレンドがＩＢＭのコンピューター・プログラマーに就職して、正式に求婚してくれたという。

いつもある種の洗練された魅力で若い看護婦たちをとりこにしていたデンカー氏が、大喜びした。「本当かね、それはすばらしい。まあ、ここへすわってすっかり話してごらん。なにもかも話すのだよ。なにひとつ抜かさずに」

フェリスは顔を赤くしてにっこり笑い、それはむりだといった。「まだＢ病棟《びょうとう》の残りがあるし、そのあとはＣ病棟の患者さんが待ってるんです。それに、ほら、もう六時半！」

「では、明晩かならず。ぜひお願いするよ……そうだね、ハイゼルさん？」

「ああ、そうだとも」モリスはつぶやいたが、心は百万キロの彼方《かなた》にあった。

(まあ、ここへすわって、すっかり話してごらん。)

これとそっくりおなじのからかうような口調。前にどこかで聞いたことがある。そのことは疑う余地がない。しかし、その言葉をいったのはこのデンカーだったか？　この男だったか？

(なにもかも話すのだよ。)

都会的な男の声。教養のある声。だが、その声には威嚇《いかく》が含まれている。ビロードの手袋をはめた鋼鉄の手。そうだ。

　どこで？

（なにもかも話すのだよ。なにひとつ抜かさずに。）

（？パティン？）

　モリス・ハイゼルは夕食に目をやった。デンカー氏はすでにパクパク食べはじめている。フェリスとの会話ですっかり上機嫌《じょうきげん》になったらしい――ちょうどあの金髪の少年が見舞いにきたあとのように。

「いい娘《こ》じゃないか」デンカーがいったが、ニンジンとグリンピースを頬《ほお》ばっているので、言葉はくぐもっていた。

「ああ――」

（まあ、ここへすわって）

「――フェリスのことかい。あれは――」

（すっかり話してごらん。）

「とてもよくできた娘だ」

（なにもかも話すのだよ。なにひとつ抜かさずに。）

　モリスは自分の夕食に目をやり、しばらくしてからふいに、収容所ではどんなふうだったかを思いだした。最初のうちは、一切れの肉が口にはいるなら、人殺しでもする気になる。どんなに蛆《うじ》がわいて、緑色に腐りかけた肉でもいい。しかし、やがてその狂気じみた飢餓感も去って、腹が体のまんなかで小さい灰色の石ころのように縮かんでしまう。もう二度と空腹を感じることはない、と思うようになる。

だれかから食べ物を見せられるまでは。

（「すっかり話してごらん、きみ。まあ、ここへすわって、なーにもかーも話すのだよ」）

病院のプラスチック・トレーに載ったモリスの夕食はハンバーガーだった。なぜそれを見て、きゅうにラムのことを思いだしたのか？　マトンでも、チョップでもなしに――マトンはたいていすじが多いし、チョップはたいてい堅い。古い切り株のように歯が抜けおちた人間は、マトンやチョップにはあまり誘惑を感じないものだ。ちがう、いまモリスの頭にうかんだのは、グレービーも野菜もたっぷりの香ばしいラム・シチューだった。なぜラム・シチューのことなんかを？　なぜだ、もしかして――

ドアが威勢よくあいた。満面に笑みをたたえたリディアだ。アルミの松葉杖《まつばづえ》を腋《わき》の下にあてがい、『ガンスモーク』のディロン保安官の助手チェスターのように、片脚をひきずってやってくる。「モリス！」とかんだかい声でさけんだ。そのあとから、おなじように喜色満面でくっついてきたのは、隣の家のエマ・ローガンだった。

デンカー氏は、ぎくりとしてフォークをとり落とした。小さく悪態をついてから、顔をしかめて、床からフォークを拾いあげた。

「ほんとによかったわ！」リディアは興奮をこらえきれない声だった。「エマに電話して、明日といわず、今夜いっしょにきてくれないってきいたの、もう松葉杖はできてるからって。こういったのよ。『エマ、この痛さぐらいモリスのためにしんぼうできないようなら、わたしはそれでもあの人の妻といえて？』そう、一言一句このとおり。ねえ、そうだわね、エマ？」

エマ・ローガンは、自分の家の飼犬にすくなくともいくぶんの責任があることを思いだしたのか、熱心にうなずいた。

「そこで、病院に電話したの」リディアはコートをぬいで、ゆっくり腰をおちつけにかかった。「そしたら、もう面会時間は終わったけれど、奥さんの場合は特に例外を認めましょうといってくれてね。ただ、デンカーさんにご迷惑になるといけないから、あまり長居をしないようにって。わたしたち、ご迷惑でしょうかしら、デンカーさん？」

「いや、そんなことはありませんよ、奥さん」デンカー氏の口調にはあきらめがこもっていた。

「エマ、あなたもおすわんなさいよ。デンカーさんの椅子《いす》を拝借すればいいわ。お使いになっていないから。ねえ、モリス、そんなふうにアイスクリームを食べちゃだめ。赤ちゃんみたいにそこらじゅうにこぼしてるじゃない。いいわ、いまにちゃんと起きられるようになりますからね。わたしが食べさせたげる。はい、あーん。お口を大きくあけて……歯を越えて、歯ぐきを越えて……さあ、気をつけてよ、胃袋ちゃん、いま下りていきますよう！……だめ、だまっててちょうだい、ママにまかせといて。エマ、見てちょうだいよ、この人。髪の毛がもうあらかたなくなったのもむりはないわ。もう二度と歩けないのかと思って。ほんとにこれこそ神様のお慈悲だわ。あの脚立《きゃたつ》はぐらぐらするからって、くどいほどこの人に念を押したのよ。『モリス』とわたしはいったの。『早くそこから下りてらっしゃい、でないと——』」

リディアはアイスクリームを彼に食べさせ、それからの一時間、しゃべりにしゃべりまくってからやっと引きあげた。エマに片腕を支えられて、松葉杖でよたよたと立ち去るころには、ラム・シチューのことも、歳月を越えてこだましてくる声も、モリス・ハイゼルの心から遠いものになっていた。彼は疲れきっていた。いそがしい一日だったというのは、控え目すぎる表現だ。モリスはこんこんと眠りにおちた。

午前三時から四時のあいだのどこかしらで、モリスは悲鳴を唇《くちびる》の奥に閉じこめて目がさめた。

いま、彼はさとった。隣のベッドの男と正確にどこで、正確にいつ知りあったかをさとった。ただし、そのころの相手の名前はデンカーではなかったのだ。そうだ、ぜんぜんちがう。

モリスはこれまでの人生でいちばん恐ろしい悪夢から目ざめた。だれかが彼とリディアに猿《さる》の手をくれ、ふたりはお金がほしいと願ったのだ。すると、どういうわけかヒトラー・ユーゲントの制服を着たウェスタン・ユニオンのボーイが、部屋に現われた。ボーイはモリスにこんな文面の電報を渡した――『ゴ令嬢フタリノ死ヲオ悔ヤミ申シアゲル　ぱてぃん強制収容所　コノ最終的解決ハハナハダ遺憾ナリ　マモナク司令官ヨリ続報ヲ送ル　ナニモカモ話シナニヒトツ抜カサズニ　明日貴銀行口座ニ百らいひまるくヲ振込ム　受ケ取ラレヨ　総統あどるふ・ひとらー』

リディアが大声で泣きさけび、モリスの娘たちを見たこともないのに、猿の手を高くかかげて、娘たちが生きかえることを願う。するとだしぬけに、ひきずるような、よろめくような足音が外から聞こえてくる。

モリスは、とつぜん煙とガスと死のにおいがたちこめた暗闇《くらやみ》のなかで、四つんばいになる。猿の手をさがしているのだ。まだ、ひとつの願いが残っている。もし猿の手が見つかれば、この恐ろしい夢が消えてなくなることを願おう。案山子《かかし》のように痩《や》せさらばえ、深い傷口のように目が落ちくぼみ、わずかな肉のついた腕に番号を燃えたたせている娘たちの姿を、なんとか見ないですまそう。

ドアに荒々しいノックの音がする。

悪夢のなかで、必死に猿の手を見つけようと焦《あせ》るが、その努力はむなしい。もう何年もさがしつづけているような気がする。そのあげくに、背後でドアがはじけるように開く。いやだ、と彼は思う。こんりんざい見ないぞ。目をつむろう。もしそれが必要なら、自分の目をえぐりだしても、絶対に見ないぞ。

しかし、やっぱり見てしまう。見ないわけにはいかない。夢のなかで、巨大なふたつの手に頭をつかまれ、むりやりにねじ曲げられたように。

戸口に立っているのは、娘たちではない。デンカーだ。いまよりずっと若いデンカー、ナチのSSの制服を着ているデンカーだ。髑髏《どくろ》の記章のついた帽子が、小粋《こいき》にすこし傾けられている。ボタンは非情なまでに輝き、ブーツはうっとりするほど磨《みが》きぬかれている。

デンカーが両手にかかえているのは、ぐつぐつと煮えている巨大なラム・シチューの深鍋《ふかなべ》だ。

そして夢のなかのデンカーは、陰険でいんぎんな微笑をうかべながらいう――「まあ、ここへすわって、すっかり話してごらん――友だちが友だちに話すようにだ、ハイン？われわれは金《きん》が隠されていると聞いている。タバコが隠されていると聞いている。シュナイベルのあれは食中毒ではなく、二日前の夕食にガラスの粉を混ぜたのだと聞いている。なにも知らないようなふりをして、われわれの知能を侮《あなど》ってはいけない。きみはすべてを知っている。だから、なにもかも話すのだよ。なにひとつ抜かさずに」

そして暗闇のなか、気も狂わんばかりのシチューの香りをかぎながら、なにもかもしゃべってしまう。小さい灰色の石ころであった胃袋は、いまや貪欲《どんよく》な虎《とら》に変わっている。なすすべもなく言葉が口からあふれだしてくる。狂人の意味不明な説教のように、真実と嘘《うそ》をごったまぜにして、言葉がとびだしていく。

ブローディンは母親の指輪をきんたまの下に絆創膏《ばんそうこう》でとめています！

（「まあ、ここへすわって」）

ラースロとヘルマン・ドークシーは第三監視塔をおそおうと相談していました！

（「すっかり話してごらん」）

ラーヒエル・タンネンバウムの亭主《ていしゅ》はタバコを持ってます。ツァイカートのあとにきた看守にタバコを渡してました。いつも鼻をほじくって、その指をくわえるもんだから、鼻くそ食《ぐ》らいとあだ名がついたんですが、タンネンバウムはそれを鼻くそ食らいにやって、女房《にょうぼう》の真珠のイアリングをとられないようにしたんです！

（「ふむ、なんのことかわからん、さっぱりわからん、きみはふたつの話をごっちゃにしているらしい、だがかまわん、それでよろしい、ふたつの話をごっちゃにするほうがひとつの話を完全に抜かすよりはましだ、なにひとつ抜かさずに！」）

死んだ息子の名をかたって、食糧の割当てを二人分もらってる男がいます！

（「その男の名前をいいなさい」）

名前は知りませんが、顔は知ってます、ほんとです、あの男だと教えられます、きっときっときっと

（「なにもかも話すのだよ」）

きっときっときっときっときっときっと

そのあげくに、火のような絶叫をのどに感じて、目がさめたのだった。

わななわなと震えながら、モリスは隣のベッドで眠っている男を見やった。なによりも目が吸いつけられるのは、しわだらけの落ちくぼんだ口だった。歯のない老虎《ろうこ》。年老いて片方の牙《きば》を失い、もう一本の牙も腐ってぐらついている凶暴なはぐれ象。よぼよぼの怪物。

「ああ、神様」とモリス・ハイゼルはささやいた。かんだかくてかぼそいその声は、自分の耳にしか聞こえなかった。涙がすじを引いて両頰から耳へと向かった。「ああ、神様、わたしの妻とふたりの娘を殺した男が、いまこの部屋で隣に眠っております。神様、ああ、ありがたい神様、あいつはいまこの部屋で眠っているんです」

涙が滂沱《ぼうだ》とあふれてきた――怒りと恐怖の涙、熱く痛切な涙が。

モリスは身ぶるいしながら朝がくるのを待ったが、朝は永劫《えいごう》とも思えるあいだやってこなかった。

21

その翌日の月曜、トッドが朝の六時に起きて、自分で作ったいりタマゴをわびしげにつついているところへ、父親がモノグラム入りのバスローブにスリッパというなりで下りてきた。

「むふん」父はトッドに声をかけ、横を通りぬけて、冷蔵庫へオレンジ・ジュースをとりにいった。

トッドも口の中で返事をして、本から目も上げなかった。87分署物のミステリだった。運よく夏休みのアルバイト先に、パサデナ郊外で営業している造園会社が見つかったのだ。ふつうなら、かりに夏休みのあいだ両親のどちらかが車を貸してくれても（結局、どちらも貸してくれなかった）通勤には遠すぎるが、父親がそこからあまり遠くない現場で働いているので、出勤のときにトッドを途中のバス停まで乗せていき、帰りにはまたおなじバス停でトッドを拾うことができた。トッドはこの取り決めがあまりうれしくなかった。父親といっしょに家へ帰ってくるのも好きではないが、朝、父親の横に乗って仕事にでかけるのは、いやでいやでしかたがない。朝という時間は、自分がいちばんむきだしにされ、自分の実像と虚像をへだてる壁がいちばん薄くなっているように思える。悪夢にうなされた翌朝はとりわけひどいが、べつにその前夜に夢を見なくても、やはり気がふさぐ。ある朝などは、はっとわれに返ったとたん、恐怖に近い不安を感じた。そのしばらく前から、父の書類カバンのむこうに手をのばしてポルシェのハンドルをつかみ、ふたつの高速レーンの中を蛇行《だこう》運転して、朝の通勤者の群れに破壊の帯を作りだしてやろうか、と真剣に考えていたのだ。

「タマゴをもうひとつどうだ、トッド・オー」

「ううん、もういいよ」ディック・ボウデンはいつも目玉焼を食べる。よく目玉焼なんか食えるものだ、とトッドは思う。ジェン・エアーのグリルで二分間、それから軽くもう片面を焼く。その結果、皿《さら》に盛られたものは、白内障で濁りのきた巨大な死人の目に似ている。そいつをフォークで突き刺すと、その目からオレンジ色の血がどろっと出てくる。

トッドはいりタマゴの皿を押しやった。ほとんど手がついてない。

父親は料理を終わり、グリルの火を消して、テーブルにやってきた。「けさは腹がへってないのかい、トッド・オー？」

もう一度そんな呼びかたをしやがったら、ナイフをその鼻の穴へつっこんでやるからな……ダディー・オー。

「あんまり食欲がないんだ」

ディックは愛《いと》おしそうにわが子を見て、にやりと笑った。少年の右の耳には、シェービング・クリームがちょっぴりくっついていた。「ベティー・トラスクに食欲を盗まれたな。どうだ、図星だろう」

「うん、そうかもしれない」トッドがうかべてみせたわびしい微笑は、父親が朝食コーナーから階段を下りて朝刊をとりにいくと、たちまち消えた。あの女がどれほどのあばずれだか教えてやったら、あんたも目がさめるかい、ダディー・オー？　おれがこういったらどう思う、「ああ、そういえば、知ってるかな、パパの親友のレイ・トラスクの娘がサント・ドナートでも有数の淫売《いんばい》だってこと？　あの女は、もし関節が自由に曲がるなら、自分のあそこにだってキスするやつだぜ、ダディー・オー。それぐらい自尊心ってものがないんだ。ただの小便くさい淫売さ。コカイン二本とひきかえに、一晩はその男のものになる。たまたま相手がコカインを持ってなくても、やっぱりその男のものになる。もし男がいなけりゃ犬とでもファックする女だよ」これで目がさめたかい、ダディー・オー？　一日の好調なスタートが切れるかい？

トッドはつぎつぎにうかんでくる考えをじゃけんにむこうへ押しやったが、どいてくれないことはわかっていた。

父親が朝刊を手にもどってきた。トッドは見出しをちらとながめた――『スペースシャトルは飛べない。専門家語る』

ディックは腰をおろした。「ベティーは美人だ。はじめて会ったときのおかあさんを思いだすよ」

「ほんと？」

「かわいくて……若くて……フレッシュで……」ディック・ボウデンの目はぼんやり遠くを見ていた。その視線がいまもどってきて、やや心配そうに息子の上に焦点を結んだ。「誤解しないでくれ、かあさんはいまでも美人だよ。ただ、あの年ごろの娘には、なんていうか……一種の輝きがある。その輝きはしばらくつづいてから、消えてしまう」肩をすくめ、新聞をひろげた。「それが人生さ《セ・ラ・ヴィー》」

あの女はさかりのついた牝犬《めすいぬ》だ。ひょっとしたら、その輝きじゃないの。

「おまえ、彼女をちゃんと扱ってるだろうな、トッド・オー？」父親はいつものようにスポーツ欄までの急行の旅にとりかかった。「あんまりなれなれしいことはしてないよな？」

「うまくいってるよ、とうさん」

（いいかげんに黙ってくれないと、おれはほんとになんかしでかしそうだ、大声でさけぶか、コーヒーを顔へぶっかけるか、そんなことを。）

「レイもおまえのことを褒《ほ》めていたよ」ディックがうわの空でいった。やっとスポーツ欄にたどりついたのだ。熱心に読みはじめる。朝食のテーブルにやっとありがたい沈黙がおりた。

ベティー・トラスクは、最初のデートのときからべたべたしてきた。トッドは映画を見たあと、彼女を恋人たちの小路《こみち》へ連れていった。男ならそうするだろうと期待されていることを知っていたからだ。そこで半時間かそこいら唾液《だえき》を交換したあと、翌日めいめいの友だちに体裁のいいことをしゃべればいい。女の子のほうは天を仰いで、どれほど彼のアタックを撃退したかを話す――男の子ったらほんとにしつこいんだから。でも、あたしは最初のデートでファックなんかしない、そんな女じゃないもんね。彼女の友人たちはそれに賛成し、それからみんなで女子更衣室へくりこんで、女の子たちがすることをする――化粧を直すとか、タンパックスをとりかえるとか。

そして男のほうは……とにかく塁に出なくちゃならない。すくなくともセカンド・ベースまでたどりついて、サードを狙《ねら》わなくちゃならない。でないとあとの口コミがいろいろうるさい。トッドはべつにゼツリンだという評判などほしくなかった。正常だという評判がほしいだけだった。だが、すくなくとも手を出さないと、たちまち噂《うわさ》が立つ。みんなが、こいつはまともなのかとふしぎがりはじめる。

そこで、男はデートの相手をジェーンズ・ヒルへ連れていき、まずキスをし、おっぱいにさわり、女の子がそれでも文句をいわなければ、もうすこし先に進む。それでおひらきだ。女の子はそこでストップをかけ、男はいちおうすねてみせてから、女を家まで送る。これなら、翌日の女子更衣室の噂を心配する必要はない。だれかにトッド・ボウデンは正常じゃないと思われる心配もない。ただ——

ただ、ベティー・トラスクは、最初のデートでいきなりファックする女の子だった。しかも、どのデートでも。そして、その合い間にも。

最初のデートは、あのくそったれなナチが心臓発作を起こす一カ月ほど前のことで、トッドは童貞にしてはわれながら上出来だと思ったものだ……ひょっとすると、それは新人の投手がなんの前ぶれもなしにいきなりシーズン最大のゲームに起用されたときに、けっこういいピッチングをするのとおなじ理由かもしれない。いろいろ気をもんで、かんじんのときにビビったりするひまがないからだ。

それまでのトッドは、相手がつぎのデートには行くところまで行こうと決心するのを、いつも感じとることができた。自分が人好きのするたちで、ルックスも将来性も抜群なのを意識していた。計算高い母親たちから見れば〝絶好の獲物〟だ。そこで相手の肉体的降伏が間近になったのを見ると、トッドはいつもほかの女とデートをはじめることにしていた。それが自分の性格をどう物語っていようと、トッドは自分自身に対する口実をちゃんと用意していた。もし、本当に冷感症の女の子とデートをはじめたら、おそらくそれから何年も彼女とデートをつづけるだろう。ひょっとすると、結婚するかもしれない。

しかし、ベティーとの最初のセックスはけっこううまくいった。トッドは童貞でも、彼女はバージンではなかった。彼女はトッドのものに手をそえて導かなければならなかったが、それを当然のことと思っているようだった。行為そのものの途中で、彼女はふたりが敷いている毛布の上でのどをゴロゴロ鳴らした――「わたしはファックが大好き！」その口調ときたら、ほかの女の子がストロベリー・アイスクリームへの嗜好《しこう》を表現するような調子だった。

それからのデートは――ぜんぶで五回（もし、ゆうべのを勘定に入れれば五回半だ、とトッドは思った）――最初ほどうまくいかなかった。というより、急激な下降線を描いて悪化していた……もっとも、いまでさえベティーがそれに気づいているとは思えなかった（すくなくとも、昨夜までは）。事実、その逆だった。ベティーはどうやら夢にまであこがれた破城槌を見つけたと信じているらしかった。

トッドは、男がそういうときに感じるはずの快感を、なにひとつ感じなかった。彼女の唇《くちびる》にキスするのは、温かいが未調理のレバーとキスするようだった。彼女に舌をさしこまれると、どんなバイキンがくっついているだろうかと気になり、ときには歯の詰め物のにおいがするように思えた――クロムに似た、不快な金属臭だった。彼女の乳房は袋入りの肉、それ以上のなにものでもなかった。

ドゥサンダーが心臓発作を起こす前に、トッドは彼女ともう二回セックスをした。そのたびに、勃起《ぼっき》させるのが苦労になってきた。二度とも、空想を利用してようやく成功した。彼女はクラスメートたちの見まもる前で、すっぱだかにされている。泣いている。トッドは、彼女をみんなの前で右に左に歩かせながら、こう命令する――おっぱいを見せろ！　おまえのけつをみんなにみせるんだ、この淫売！　股《また》をひらけ！　そうだ、前にかがんで股をひろげろ！

ベティーの賞賛はべつに意外ではなかった。トッドは問題があるのにすばらしい男性なのではなく、問題があるからこそすばらしい男性なのだ。立たせることじたいは第一歩にすぎない。いったんエレクトしてしまえば、絶対にオルガスムがくるのだから。四回目にふたりがまじわったとき――ドゥサンダーの心臓発作の三日後だった――トッドは十分以上も彼女を攻めまくった。ベティー・トラスクは死んで天国へ行ったような感覚を味わった。彼女が三度も絶頂に達して、四度目をもとめているとき、トッドはむかしの幻想を思いだした……それこそ、実をいうと、〈最初の幻想〉だった。台の上で手足を固定されている無力な娘。巨大な張形《はりかた》。手に握りしめたゴム球。ただし今回は、早く射精してこの不愉快な経験を終わらせたいと汗だくになり、気も狂わんばかりの必死の願いで、台の上の娘の顔がベティーの顔になった。そのおかげで、すくなくとも表面的にはオルガスムといえそうな、喜びのない、機械的なけいれんが起きてくれた。その一瞬後には、ベティーがジューシー・フルーツ・ガムのにおいのまじった生温かい息を耳に吐きかけて、こうささやいていた――「ねえ、したいときはいつでもいいのよ。電話でそういって」

そのときは、あやうくうめき声をもらしそうになったものだ。

トッドのジレンマの要点はこういうことにつきる。もし、これほど寝たがっているのがミエミの女の子と交際をやめた場合、自分の評判は傷つくだろうか？　みんながその理由を怪しむだろうか？　内心の一部で、そんなことはない、という声がした。一年生のときに、ふたりの二年生のあとから廊下を歩いていて、その話を立ち聞きしたのを思いだしたのだ。ひとりのほうが、あのガールフレンドとは切れた、と話していた。もうひとりはその理由を知りたがった。「あいつをやりつくしたからさ」と聞かれたほうは答え、ふたりとも助平《すけべ》ったらしい笑い声を上げた。

もしだれかにどうして彼女をすてたんだと聞かれたら、もうやりつくしたからだといってやろう。だけど、もし彼女が五回だけだといったら？　それで充分か？　それとも？……ふつうはどれぐらい？……何回ぐらい？……だれがしゃべるだろう？……なんというだろう？

こうしてトッドの心は、解けない迷路のなかの飢えたラットのように堂々めぐりをするのだった。トッドは自分がささいな問題を大問題に仕立てあげているのを、そしてその問題を解決できない自分のふがいなさが、いまの不安な心境と多分に関係があるのを、ぼんやり意識していた。しかし、それがわかったとしても、自分の行動を変えるような新しい能力は生まれてこずに、気持が暗くおちこんでいくだけだった。

大学。大学がその解答だ。大学へ行けば、だれにも不審がられずにベティーと縁を切る口実ができる。だが、九月は遠い遠い先に思える。

五回目のときは、堅くなるまでに二十分近くかかったが、ベティーにいわせればじらされがいのある経験だった。ところが、ゆうべのトッドは、まったく物の役に立たなかった。

「いったいどうしたっていうの？」ベティーは不機嫌《ふきげん》にきいた。二十分もトッドのへなちんをふるい立たせようとした結果、彼女は身なりが乱れ、しびれを切らしていた。「あなた、ひょっとして交直両用なんじゃない？」

トッドはその場で彼女を絞め殺してやりたくなった。もしここにウィンチェスター銃があれば――

「いや、こいつはぶったまげた。おい、おめでとう！」

「はあ？」トッドは暗い思案から顔を上げた。

「おまえは南カリフォルニア地区高校オールスターに選ばれたんだよ！」父親が誇りと喜びに相好をくずしていた。

「ほんと？」一瞬、父親がなんの話をしているのかよくわからなかった。その言葉の意味を手さぐりしなければならなかった。「あ、そうか。ハインズ・コーチが学年末にそんなことをいってたっけ。ぼくとビリー・ディライアンズを推薦するとかって。でも、ぜんぜんあてにしてなかったよ」

「なんだなんだ、おまえはちっとも興奮しないんだな」

「なんだか、まだ
(それがどうしたってんだ?)

実感がわかないんだよ」非常な努力で、やっと笑顔をこしらえた。「その記事、見せてくれる?」

父親はテーブルごしに新聞をよこして、立ちあがった。「モニカを起こしてくるよ。でかける前にぜひとも見せてやらなくっちゃ」

やめてくれ――ふたりを前にするなんて、けさはまっぴらごめんだ。

「ああ、それだけはやめてよ。ママをいま起こしたら、もう眠れなくなるのは知ってるじゃない。よく見えるようにテーブルの上においとこうよ」

「そうか、その手があったな。おまえはほんとに思いやりのある子だよ、トッド」父親に背中をどやされて、トッドはぎゅっと目をつむった。同時に、ちぇっ、からかわないでくれよ、というように肩をすくめて、父親を大笑いさせた。トッドはもう一度目をあけ、新聞をながめた。

『南加オールスターズに四選手』という見出しだった。その下に、ユニホームを着た四人の写真が出ている――フェアビュー高校のキャッチャーとレフト、マウントフォード高校のサウスポー、それにトッドが右端で、野球帽のひさしの下から世界に向かってにこにこ笑いかけている。トッドはその記事を読んで、ビリー・ディライアンズが二軍に選ばれたのを知った。すくなくとも、それだけは喜んでよさそうだ。ディライアンズが、自分はメソジストだと舌がすりきれるほどくりかえすのは勝手だが、トッドはだまされない。ビリー・ディライアンズがなんなのかはちゃんと知っている。なんなら、あいつをベティー・トラスクに紹介してやるべきかもしれない。彼女もユダ公だ。そのことはずいぶん前から気になっていたが、ゆうべはっきりわかった。トラスク一家は白人のふりをしている。しかし、ベティーのあの鼻とオリーブ色の肌《はだ》を一目見れば――彼女のおやじときたら、もっとひどい――すべては明らかだ。たぶん、自分が立たなかったのはそれだろう。簡単なことだ――ペニスのほうが脳より先にそのちがいを知っていたのだ。トラスクだなんて名乗りやがって、いったいだれをごまかしてるつもりだ?

「もう一度お祝いをいわせてもらうよ」

トッドは顔をあげ、まず父親がさしだした手を、つぎに父親のまのぬけた笑顔を目にいれた。

あんたの親友のトラスクはユダ公だぜ！　自分が父親の顔に向かってそうわめいてい

る声が聞こえるようだった。だからなんだ、ゆうべあのあばずれ娘の前でインポになったのは！　それが原因なんだ！　そして、そのあとにつづいて、ときたまこうした瞬間に訪れるあの冷静な声が心の奥底からわきあがり、非理性的な考えの洪水《こうずい》をまるで

（おちつけ、しっかりしろ）

ダムのように堰《せ》きとめた。

トッドは父親の手を握りかえした。父親の誇らしげな顔へ無邪気にほほえみかえしていった。「わあ、どうもありがとう、パパ」

ふたりはそのページを上にして新聞をたたみなおし、モニカへのメモをくっつけた。ディックのしつこいすすめで、トッドはこう書いたのだ——『オールスター級の息子、トッドより』

22

エド・フレンチ、別名ヘナチョコのフレンチ、別名スニーカー・ピートまたはケッドマン、別名ゴム靴《ぐつ》エドは、ガイダンス・カウンセラーの大会で、海辺の小さな美しい町サンレモにきていた。大会は、これ以上もない時間の浪費だった——すべてのガイダンス・カウンセラーの一致した意見は、どんなことにも意見が一致するはずがない、とい

うことだから——一日目が終わったところで、彼は報告書にもセミナーにも、討論時間にも退屈してきた。二日目のなかばには、サンレモにも退屈していることがわかり、海辺の、小さな、美しい、という三つの形容のなかで、たぶんいちばん重要なのは〝小さい〟であることがわかってきた。すばらしい景色とレッドウッドの森をべつにすると、サンレモには一軒の映画館もボウリング場もない上に、エドはこの町唯一《ゆいいつ》のバーにもはいる気がしなかった——未舗装の駐車場にはピックアップ・トラックがいっぱいで、たいていのトラックのほこりまみれのバンパーやうしろのドアには、レーガンのステッカーが貼《は》ってある。からまれるのはべつに怖くないが、カウボーイ・ハットの連中をながめながら、ジュークボックスのロレッタ・リンを聞いて夜を過ごすのは願いさげにしたい。

というわけで、いまは四日間という信じられない長期の大会の三日目。彼は妻と娘を家に残し、ホリデイ・インの二一七号室で、こわれたテレビと、バスルームに漂う不快な臭気を友に、ぽつねんとすわっていた。水泳プールがあるにはあるが、今年の夏は湿疹《しっしん》がいつにもましてひどいので、水泳着姿を人に見られたくなかった。すねから下はきたないおできだらけだ。つぎの研究集会がはじまるまでにまだ一時間あったので（『発声に負担のある子供たちの指導』——というのは、どもる子供や、みつくちの子供になにかをしてやることだが、正面切ってはそういえない。くわばらくわばら、そんなことをいったら、減俸処分にされるおそれがある)、サンレモ唯一のレストランで昼食をとってきたものの、昼寝をする気分ではないし、テレビにはいる唯一のチャンネルは『奥様は魔女』の再放送だった。

そこでエドは腰をかけ、手に持った電話帳をべつにあてもなくめくりはじめた。自分がなにをしているのか、ほとんど意識がなく、ただ、サンレモの美しさや、小ささや、海辺のどれかが気にいって、ここに住んでいる酔狂な連中のだれかを知っているだろうかと、ぼんやり考えただけだった。たぶん、世界中のホリデイ・インで、退屈した人びとが最後にやることはこれだろう、という気がした——だれか電話に呼びだせるような、古い友だちや親戚《しんせき》がいないかとさがすか。それとも、『奥様は魔女』か、ギデオン聖書か。ところで、もし電話の相手がつかまったら、いったいなんというのだろう? 「フランク! その後どうしてる? ところで、きみはこの三つの中のどれが気にいったんだ——美しいか、小さいか、それとも海辺か?」そう。正解。そのお客に葉巻をさしあげて、下から火をつけろ。

だが、ベッドに寝そべって、サンレモの薄い電話帳をぱらぱらめくり、ならんだ名前を走り読みしているうちに、自分がたしかにサンレモのだれかを知っているような気がしてきた。本のセールスマン? サンドラのやたらに数の多い甥《おい》か姪《めい》のひとり? 大学時代のポーカー仲間? 生徒の身内? それで記憶のベルが鳴ったような気がしたが、それ以上はつきとめられなかった。

ページをめくりつづけるうちに、本当は眠いことに気づいた。うとうとしかけたとき、とつぜん記憶がよみがえって、はっと起きなおった。完全に目がさめていた。

ピーター卿《きょう》だ！

ごく最近になって、PBSではウィムジー物の再放送をはじめている――『目撃者の群れ』『殺人も広告が肝心』『ナイン・テイラーズ』……。エドもサンドラも病みつきになった。イアン・カーマイケルという俳優がウィムジーを演じていて、サンドラは彼にのぼせてしまった。あまりのぼせあがっているので、カーマイケルがピーター卿にぜんぜん似ていないと思っているエドは、頭にきたぐらいだ。

「サンディー、彼の顔のかたちはぜんぜんちがうよ。それに入れ歯とくる、冗談じゃない！」

「プー」サンドラは長椅子《ながいす》の上にまるくなったまま、あっさりと答えたものだ。「あなたやいてるのよ。彼があんまりハンサムだから」

「パパがやいてる、パパがやいてる」幼い娘のノーマが、アヒルのパジャマで居間のなかをピョンピョンはねまわりながら、歌うようにいった。

「おまえは一時間前にベッドへはいってるはずだろ」エドはこわい目で娘をにらみながらいった。「いつまでもここにいると、パパはおまえがあそこにいないのを思いだすぞ」

幼いノーマは一瞬あっけにとられたようだ。エドはサンドラをふりかえった。

「三、四年前のことなんだがね。トッド・ボウデンという生徒がいてさ、そのお祖父《じい》さんが父兄懇談にやってきた。ところが、この老人が実にウィムジーによく似ていたんだな。うんと年とったウィムジーだが、顔の形といい――」

「ウィムジー、ウィムジー、ディムジー、ジムジー」と幼いノーマは歌った。「ウィムジー、ビムジー、ドゥードル・ウードル・ウー――」

「うるさいわね、ふたりとも」サンドラはいった。「わたしにいわせれば、彼は最高にきれいな男だわ」いまいましい女！

しかし、トッド・ボウデンの祖父はサンレモに引退したのではなかったか？　そうだ。調査票にそう書いてあった。トッドはあの年の生徒のなかでもいちばん優秀な少年だった。ところが、だしぬけに成績がひどく落ちた。そこであの老人がやってきて、よくある夫婦不和のいきさつを物語り、エドにしばらく状況を静観して、問題がひとりでに解決するのを待ってくれ、とたのんだ。エドの観点では、こうした放任主義がうまくいったためしはない――ティーンエイジャーに、自力で這《は》いあがれ、いやなら落ちるところまで落ちろといったら、たいていは落ちるところまで落ちてしまう。しかし、あの老人は不気味なほど説得力があったので（もしかするとウィムジーに似ていたせいだろうか）、エドもトッドにつぎの落第カードの時期まで猶予《ゆうよ》を与えることに同意した。ところが、驚いたことに、トッドはその難局を切りぬけたのだ。あの老人はきっと全家族を集めて雷を落とし、気合を入れたにちがいない。あの老人は、そんなことができるだけではなく、そこからある種の陰気なたのしみを手にいれるようなタイプだった。おまけに、つい二日前、トッドの写真を新聞で見たばかりだ——野球で南カリフォルニア地区のオールスターに選ばれたという。毎年の春、約五百人の少年が候補にのぼることを考えれば、たいしたものだといえる。もしあの新聞を見なかったら、祖父の名前まではとうてい思いだせなかったろう。

エドは、さっきより目的意識を持ってページをめくりはじめた。細かい活字で印刷された列を指でなぞっていくと、やっぱりそこに出ていた。ボウデン、ヴィクター・Sリッジ・レーン四〇三。エドはその番号をまわしたが、何回か呼出し音がつづいても、先方はなかなか出なかった。エドが切ろうとしかけたとき、老人の声がした。「もしもし？」

「こんにちは、ボウデンさん。エド・フレンチです。サント・ドナート中学の」

「はい？」ていねいな口調だが、それだけだ。思いあたったようすはない。まあ、この老人もあれから三つ年をとっているのだし（だれもがそうだろうが！）ときどきは物忘れもするにちがいない。

「わたしをおぼえておいでですか？」

「どこでお目にかかったかな？」ボウデンの声は用心ぶかい。エドは微笑した。この老人はときどき物忘れをするが、できればだれにもそれを知られたくないのだ。うちのおやじも、耳が遠くなりかけたとき、やはりそうだった。

「中学で、お孫さんのトッドのガイダンス・カウンセラーをしていたものです。とりあえずお祝いを申しあげようと思って。高校へ行ってからの彼は、あれよあれよの成績じゃないですか。そこへもってきて、こんどはオールスター。ワーオ！」

「トッド！」老人の声がたちまち明るくなった。「そうそう、あの子はまったくえらいもんだ、ちがうかね？　学年で二番。それに、首席の女の子は就職組だし」老人の声にかすかな軽蔑《けいべつ》がこもった。「伜《せがれ》が電話をよこして、車で迎えにくるからトッドの卒業式に出てくれといいましたがね、わたしはいま車椅子なんだ。この一月に腰骨を折ったもんで。車椅子で出席したかない。しかし、孫の卒業式の写真は、いまこの玄関にちゃーんと飾ってある。トッドのおかげで、あれの両親は鼻高々ですよ。もちろん、わたしもな」

「そうですよ、われわれふたりの苦労が報われたわけで」エドはそういって微笑したが、その微笑はやや当惑ぎみの微笑だった――なんとなくトッドの祖父の口調が前とちがうように思える。もちろん、ずいぶん前の話だが。

「苦労？　なんの苦労です？」

「以前にふたりでかわしたあの相談ですよ。トッドの成績がひどく落ちたときに。あれは三年のときでした」

「よくわからんな」老人はゆっくりと答えた。「ディックの息子のことで、わたしがよけいな口出しなんかするはずがない。そんなことをしたら、たいへんだ……ハッハッ、どんな大騒動になるか、あんたには想像もつくまいが。どうもこれはあんたのまちがいだね」

「しかし――」

「なにかのまちがいだ。ほかの生徒のお祖父さんととりちがえたかな、たぶん」

エドは小さい落雷を食らった気分だった。いうべき言葉がなにひとつ出てこないのは、人生何度目かのめずらしい体験だ。もしとりちがえがあったとしても、それは絶対に自分の側ではない。

「とにかく」とボウデンがあいまいな口調でいった。「電話をくれてありがとう、えーと――」

エドはやっと口がきけるようになった。「ボウデンさん、わたしはいまこの町にきているんです。大会がありまして。ガイダンス・カウンセラーのです。明日は最後の発表がすむと、朝の十時ごろに体があきます。できればそちらへ……」電話帳の住所をもう一度たしかめて、「……リッジ・レーンまでまいりますから、ほんの二、三分でもお目にかかれないでしょうか？」

「いったいどういうわけで？」

「たんなる好奇心、だと思います。もう、あれはとっくに過ぎたことです。しかし、三年ほど前に、トッドの成績がガタ落ちしたことがあるんです。あんまりひどい成績なので、通知票といっしょに、親御さんのどちらか、理想的にはご両親と懇談したい、という手紙を渡しました。父兄懇談に見えたのは、トッドのお祖父さんでした。ヴィクター・ボウデンと名乗る、たいへん感じのいい方でした」

「しかし、いまもいったように――」

「ええ。わかっています。にもかかわらず、わたしはトッド・ボウデンの祖父と名乗る人物と、たしかに話しあったんです。いまとなってはたいした問題じゃないんですが、百聞は一見にしかずってわけで。お手間はとらせません。わたしも夕食までには家に帰るといってあるから、そんなに長くおじゃまはできないんです」

「いまのわたしにあるのは時間だけさ」ボウデンはちょっぴり悲しそうにいった。「わたしは一日じゅう家にいる。いつでも寄ってくれていい」

　エドは礼を述べ、さよならをいって電話を切った。ベッドの端に腰かけたまま、思案げに電話機を見つめた。しばらくして立ちあがり、デスク・チェアーの背にひっかけたスポーツ・コートからフィリーズ・シェルーツの箱をとった。もう行くべきだ。研究集会がはじまるし、出ないとみんなが困るだろう。エドはホリデイ・インのマッチで葉巻に火をつけ、マッチの燃えさしをホリデイ・インの灰皿《はいざら》に捨てた。ホリデイ・インのハドリーに近づき、ホリデイ・インの中庭をぼんやりと見おろした。

いまとなってはたいした問題じゃない、とボウデンにはいったが、自分にとってはたいした問題だった。生徒から一杯食わされることには慣れていないし、この意外なニュースで気が転倒していた。厳密にいえば、老人ボケの結果だと判明する可能性もまだないわけではないが、あのヴィクター・ボウデンはあごひげに涎《よだれ》をたらしているような口ぶりではなかった。それに、くそったれ、だいたい声からしてちがう。

自分はトッド・ボウデンにしてやられたのか？

そうかもしれない、とエドは思った。すくなくとも、理論的には考えられる。トッドのような頭のいい生徒ならなおさらだ。あの子がその気になれば、エド・フレンチにかぎらず、だれだってコロリとだませるだろう。成績が落ちこんだときに渡された落第カードには、父親か母親の署名を偽造したのかもしれない。落第カードを渡されたときに、おおぜいの生徒が、自分の隠れた偽造の才能を発見するものだ。トッドが二学期と三学期の通知票にインク消しを使って、まず両親に見せる前に成績をいいほうに書きなおし、そのあと、ホームルームの担任が通知票を見たときに不審をいだかないように、また成績をもとどおりに書きなおした可能性もありうる。インク消しを二度も使った跡は、よく見れば目につくだろうが、ホームルームの担任は、平均六十人の生徒をかかえている。最初のベルが鳴る前に出席簿の名前を読みおえられたら幸運なぐらいで、返却された通知票の改竄《かいざん》の跡を調べるひまなどあるはずがない。

それに学年末のトッドの成績は、たぶん平均で三点ほどしか落ちなかったろう――ぜんぶで十二学期のうち、落第点がついた学期はふたつだけだ。それ以外の学期の成績はめっぽうよかったから、充分に埋めあわせがついた。それに、どれだけの両親が、わざわざ学校までできて、カリフォルニア州教育局が保存している生徒の記録を見たいというだろうか？　とりわけ、トッド・ボウデンのような優等生の両親が？

ふだんはなめらかなエド・フレンチのおでこに、何本かのしわが刻まれた。

いまとなってはたいした問題じゃない。それはまぎれもない事実だ。トッドの高校の成績は模範的だった。インチキで平均九十四点をとる方法は、この世界のどこにもない。新聞の記事によると、あの少年はバークリーへ進学するらしい。両親もきっと鼻が高いだろう、とエドは思った――鼻を高くして当然だ。最近のエドは、アメリカ人の生活の醜悪な裏面が目についてしかたがない。ご都合主義と、手抜きと、安易なドラッグ、安易なセックスが横行し、年ごとに道徳がぼやけていく転落の坂道。自分の子供がそこをめざましいやりかたで切りぬけたとき、その親は鼻を高くする権利がある。

いまとなってはたいした問題じゃない――だが、あのくそったれな祖父はいったい何者だったんだ？

その疑問が心にとりついて離れなかった。いったいだれだ？　トッド・ボウデンは映画俳優組合の出張所へでも行って、掲示板にこんな広告でも貼《は》りだしたのだろうか――『当方成績低下に悩む少年、老人を求む。年齢七、八十歳、祖父としてアカデミー賞クラスの演技のできる方。報酬は組合規定料金』？　あはん。そりゃないぜ。いったい、どんなおとなが、そんな頭のおかしい計画に加担するだろう？　それにいったいどんな理由で？

エド・フレンチ、別名へナチョコ、別名ゴム靴《ぐつ》エドには、見当もつかなかった。おまけに、いまとなってはたいした問題じゃない。そこで、彼は葉巻をもみ消して、研究集会へとでかけた。しかし、心はうわの空だった。

あくる日、エドはリッジ・レーンまで車をころがし、ヴィクター・ボウデンと長い話しあいをした。ふたりはブドウを話題にし、雑貨小売業を話題にし、大型チェーン店がどんなに零細業者を圧迫しているかを話題にした。南カリフォルニアの政治的風土も話題にした。ボウデン氏はエドにワインをすすめた。エドはよろこんでそれを受けた。たとえ、まだ朝の十時四十分でも、ワインの必要な心境だった。このヴィクター・ボウデンは、機関銃が棍棒《こんぼう》に似ていないのと同様、ピーター・ウィムジーに似ても似つかない。

ヴィクター・ボウデンには、エドのおぼえているあのかすかななまりもなかったし、それにずいぶん太っていた。トッドの祖父と詐称《さしょう》した男は痩《や》せぎすだったのに。

辞去する前に、エドはこういった。「このことは、ボウデン夫妻におっしゃらないでいただけると助かるんですが。このことぜんたいに、なにか完全に筋道だった説明がつくのかもしれません……たとえつかないとしても、もう過ぎたことです」

「ときには」とボウデンはワインのグラスを日にかざして、その豊かな暗い色彩を賞《め》でながらいった。「過去がそんなにあっさり眠ってくれないこともあるがね。でなくて、だれが歴史を勉強するだろう？」

エドは心もとない微笑をうかべて、沈黙を守った。

「だが、心配ご無用。ディックの家庭のことにはいっさい口出しせんことにしてる。それに、トッドはいい子だ。次席卒業生……それからしても、いい子にちがいない。そうだろう？」

「そうですとも」エド・フレンチは心からそういって、ワインのお代わりをたのんだ。

23

ドゥサンダーの眠りは不安だった。彼は悪夢の塹壕《ざんごう》に横たわっていた。

やつらが柵《さく》をこわそうとしている。何万人、ひょっとしたら何百万人。ジャングルの外へ駆けだして、電流のつうじた鉄条網に体当たりしている。いま柵が不気味に内側へ傾いてきた。有刺鉄線の何本かが切れて、練兵場のかたい地面の上でおちつかないとぐろを巻き、青い火花を散らしている。しかも、やつらはあとからあとからやってくる。果てしがない。もし、総統がこの問題に最終的解決があるといま考えているなら――いや、一度でもそう考えたなら――ロンメルの主張通り、総統は気が狂っている。やつらは何億も何兆もいるのだ。やつらは宇宙を満たし、そのぜんぶがわたしを追いかけてくる。

「じいさん。起きろ、じいさん。ドゥサンダー。起きろ、じいさん、起きろ」

最初、彼はそれを夢の中の声と思っていた。ドイツ語の声。夢の一部にちがいない。だからこそ、その声がこんなに恐ろしいのだ。目をさませばその声から逃げられる。彼は水面に向かって泳ぎだした……。

その男はベッドのわきで、逆向きにした椅子《いす》にすわっていた――現実の男だ。「起きろ、じいさん」とその男はくりかえしていた。年はまだ若い――たぶん、三十を出ていないだろう。地味な鉄縁メガネの奥の瞳《ひとみ》は、黒っぽく知的だった。褐色《かっしょく》の髪は襟《えり》までの長髪で、一瞬、頭がこんぐらがったドゥサンダーは、あの少年の変装かと思った。だが、カリフォルニアの気候には暑すぎる古風なブルーのスーツを着たこの男は、あの少年ではなかった。スーツの片方の襟には小さい銀色のバッジがあった。銀、むかし吸血鬼や狼男《おおかみおとこ》を殺すのに使われた金属。それはダビデの星だった。

「わたしにいっているのか?」ドゥサンダーはドイツ語できいた。

「ほかにだれがいる? 相部屋の患者はもういない」

「ハイゼル? そうだ。彼はきのう退院した」

「もう目がさめたか?」

「もちろん。しかし、きみはわたしをだれかとまちがえているらしい。わたしの名はアーサー・デンカーだ。病室をまちがえたのではないかね」

「わたしの名はワイスコップ。おまえの名はクルト・ドゥサンダー」

ドゥサンダーは唇《くちびる》をなめたかったが、そうしなかった。もしかすると、これはまだあの夢のつづきかもしれない——新しい段階、それだけのことかも。ここへ浮浪者とステーキ・ナイフを持ってきてくれ、ダビデの星君、そうすれば、きみを煙のように消してごらんに入れよう。

「ドゥサンダーなどという男は知らんね」彼はその青年にいった。「なんの話かよくわからん。看護婦を呼ぼうか?」

「いや、わかっているはずだ」ワイスコップはわずかに姿勢を変えて、ひたいにたれた髪をかきあげた。そのしぐさの平凡さが、ドゥサンダーの最後の希望をうちくだいた。

「ハイゼル」ワイスコップはいって、空《から》になったベッドを指さした。「ハイゼル、ドゥサンダー、ワイスコップ——どの名前もわたしにはなんの意味もないが」

「ハイゼルは自宅の新しい雨樋《あまどい》を釘《くぎ》でうちつけている最中に、脚立《きゃたつ》から落ちた」ワイスコップはいった。「彼は背骨を折った。もう二度と歩けないかもしれない。不運なことだ。しかし、それが彼の人生の唯一《ゆいいつ》の悲劇ではなかった。むかし、彼はパティンの囚人で、妻とふたりの娘をそこで失った。パティン強制収容所、おまえはそこの司令官だった」

「きみは気が狂っている」ドゥサンダーはいった。「わたしの名前はアーサー・デンカーだ。妻が亡《な》くなってから、この国にやってきた。それ以前のわたしは——」

「作り話は聞きたくない」ワイスコップは片手を上げた。「彼はおまえの顔を忘れていなかった。この顔だ」

ワイスコップは奇術師のような手つきでドゥサンダーの顔の前に写真をさしだした。それはあの少年が何年も前に見せたのとおなじものだった。SSの帽子を小粋《こいき》にかぶり、デスクのうしろにすわっている、若き日のドゥサンダーの写真だ。

ドゥサンダーは英語に切り替え、発音に気をつけながら、ゆっくりしゃべった。

「戦争中のわたしは工場の機械技師だった。わたしの仕事は、装甲自動車やトラックの駆動軸や動力部分の製造を監督することだった。のちには、タイガー戦車の製造にも協力した。わたしの予備軍部隊はベルリン防衛戦に召集され、わたしは短い期間だが勇敢に戦った。戦後はエッセンのメンシュラー自動車工場で働いていたが、やがて——」

「——やがて、おまえにとっては南米へ逃げることが必要になった。ユダヤ人の歯を溶かして作った金塊と、ユダヤ人の装身具を溶かして作った銀塊と、スイス銀行の秘密口座を使った。ハイゼル氏は幸福な気分で退院していったよ。そう、暗闇《くらやみ》のなかで目をさまし、自分がだれと相部屋であるかに気づいたときは、ぞっとしたらしい。しかし、いまは気をよくしている。神様から背骨を折るという最高の恩恵を与えられたおかげで、古今東西を通じて最大の大量殺人鬼のひとりを捕えるのに一役買えた、と感じているようだ」

ドゥサンダーは、発音に気をくばりながら、ゆっくりとしゃべった。

「戦争中のわたしは工場の機械技師で——」

「悪あがきはよしたらどうだね？　おまえの身分証明書類は、本格的な検査を受けたらひとたまりもない。わたしはそれを知っているし、おまえも知っている。もう正体はあばかれたんだ」

「わたしの仕事は、装甲自動車やトラックの駆動軸や動力部分の製造を——」

「死体の製造といえ！　なんらかの方法で、年が明ける前におまえはテルアビブに送られる。今回は当局もわれわれに協力してくれているぞ、ドゥサンダー。アメリカ政府はわれわれを喜ばせたがっている。おまえの引渡しは、われわれが喜ぶもののひとつなんだ」

「――監督することだった。のちには、タイガー戦車の製造にも協力した」

「なぜ手間をとらせる？　なぜひきのばす？」

「わたしの予備軍部隊は――」

「よし、わかった。わたしはもう一度くる。近いうちにな」

ワイスコップは立ちあがった。病室を出ていった。つかのま、彼の影法師が壁の上で上下に揺れてから、それも消えてしまった。ドゥサンダーは目をつむった。ワイスコップがアメリカ政府の協力うんぬんといったのは事実だろうか、と考えた。三年前、アメリカが石油不足だったころなら、とうていそんなことは信じなかったろう。しかし、最近のイランの政変で、アメリカはイスラエル支持を強化したのかもしれない。ありうることだ。それに、たとえ嘘《うそ》だとしてもどうなる？　合法的にしろ、非合法的にしろ、なんらかの方法でワイスコップとその仲間は自分を連れていくだろう。ナチという問題に関しては、やつらはおよそ妥協を知らないし、強制収容所という問題に関しては、狂人同様なのだ。

ドゥサンダーは全身のふるえがとまらなかった。しかし、いまなにをすべきかは知っていた。

24

サント・ドナート中学を卒業した生徒たちの記録は、町の北側にある古いおんぼろの倉庫に保管されていた。そこは鉄道の廃駅からそう遠くなかった。暗い、反響の多い建物で、ワックスと研磨剤《けんまざい》と９９９工業用洗剤のにおいがした――そこはまた教育局の保管倉庫でもあった。

エド・フレンチはノーマを連れて、午後四時ごろにそこに着いた。管理人がふたりを中に入れ、エドがさがしているものは四階にあると答えて、エレベーターの場所を教えた。動きがのろく、けたたましいエレベーターに怖《お》じ気《け》づいて、ノーマはふだんの元気はどこへやら、急にだまりこんでしまった。

ノーマは四階へきて自分をとりもどし、積みあげられた箱や引き出し式のファイルのあいだのうす暗い通路を踊りまわり、走りまわった。そのあいだにエドは求めるものをさがし、やがて一九七五年の通知票をおさめたファイルを見つけた。二番目の引き出しをあけ、Ｂの部をめくっていく。ボーク、ボストウィック、ボズウェル、ボウデン、トッド。そのカードを引きぬいて、暗い照明の中で苛立《いらだ》たしげに首をふり、ほこりまみれの高い窓ぎわへ持っていった。

「ここで走りまわっちゃいけないよ、ノーマ」彼は肩ごしに声をかけた。

「どうして、パパ？」

「人食い鬼にさらわれる」エドはそういって、トッドの通知票を窓にかざした。

それは一目でわかった。三年間ファイルの中に眠っていた通知票は、丹念に、ほとんど専門家のような手ぎわで、改竄《かいざん》してあった。

「なんてこった」エドワード・フレンチはつぶやいた。

「人食い鬼、人食い鬼、人食い鬼！」ノーマはうれしそうにさけびながら、通路をあっちこっちととびまわりつづけた。

25

ドゥサンダーは病院の廊下をそろそろと歩いた。まだすこし足もとがふらついていた。病院の白衣の上に、自分の青いバスローブをはおっている。夜の八時が過ぎ、看護婦の交代がはじまったところだ。これからの半時間はてんやわんやになる——いつの当直交代もてんやわんやになることを、ドゥサンダーは観察してあった。いまの看護婦詰所は、メモの引きつぎと、ゴシップと、コーヒーの時間。その部屋は、水飲み場の角を曲がったところだ。

ドゥサンダーの目当てのものは、水飲み場のすぐ先にある。

広い廊下で彼を見とがめるものはいなかった。この時間の廊下は、旅客列車の出発前の、音の反響する、長い駅のプラットホームを連想させる。外傷の歩行患者が行列を作ってゆっくりと往《ゆ》き来《き》している。なかにはドゥサンダーのようにガウンを着ているものもいるし、一列になって、前にある白衣の背中に順々につかまっているものもいる。半ダースほどの病室の半ダースほどのトランジスター・ラジオから、脈絡のない音楽が流れている。見舞客が行ったりきたりする。ある病室では男が笑い、ある病室からはべつの男の泣き声らしいものが廊下まで聞こえてくる。ひとりの医師がペイパーバック本の小説に読みふけりながら、すれちがう。

ドゥサンダーは水飲み場に近づいて一口飲み、片手で口をぬぐってから、廊下のむかい側をのぞいた。このドアは常時鍵《かぎ》がかかっている――すくなくとも、理論上はそうだ。実際には、ときどき鍵があいたまま、部屋が無人になることがある。いちばんそれが多いのは、当直の交代で看護婦がこの角を曲がった部屋に集まる、あの混乱した半時間だ。長い長いあいだ追われる身だった男の鍛えられた鋭い目で、ドゥサンダーはそうしたことすべてを観察していた。できれば、もう一週間かそこら、その無印のドアを観察して、これまでのパターンになにか危険な例外があるかどうかをたしかめたかった――チャンスは一回しかないだろうから。しかし、一週間はとても待てない。入院中の狼男という身分が知れわたるのは、まだ二、三日先かもしれないが、もしかすると明日ということもありうる。とても待つ勇気はない。それが明るみに出れば、たえず監視されるだろう。

ドゥサンダーはもう一口飲み、また口をぬぐって、廊下の左右に目をやった。それからこそこそせずに、さりげない足どりで廊下を横ぎり、ドアの取手をまわし、薬局にはいった。もし当直の看護婦がデスクのうしろにいたら、近眼のデンカーさんのふりをすればいい。あ、すみません、トイレとまちがえました。うっかりして。

しかし、薬局にはだれもいなかった。

ドゥサンダーは左側のいちばん上の棚《たな》に目を走らせた。目薬と点耳剤だけだ。二番目の棚――下剤、坐薬《ざやく》。三番目の棚にきて、催眠剤が見つかった。セコノールとヴェロナル。彼はセコノールを一瓶《ひとびん》、バスローブのポケットにしのばせた。それから戸口にもどり、廊下に出て、きょろきょろせずに、けげんな微笑だけをうかべた――なんだ、トイレとちがうじゃないか。おや、あそこだ、水飲み場のすぐそばにある。このうっかり屋！

ドゥサンダーは『男子用』と書かれたドアをくぐり、なかで手を洗った。それからいまきた廊下をもとの二人部屋にひきかえした。その部屋は、あの功労者ハイゼル氏が退院して以来、完全な個室になっている。ベッドとベッドのあいだのテーブルの上には、グラスと、水のはいったプラスチックの水差しがあった。バーボンがないのが残念だ。まったく、それだけは心残りだ。しかし、なにを使ってのどへ流しこんでも、この錠剤は自分をふわふわとあの世へ運んでくれるだろう。

「モリス・ハイゼルよ、乾杯《サルード》」ドゥサンダーはかすかな笑みをうかべてそういうと、グラスに水をついだ。この年月、影を見てはおびえ、公園のベンチやレストランやバス・ターミナルでそれらしい顔に出会ってはびくびくしていたすえに、とうとうまったく見おぼえのない男に発見され、密告された。そのことじたいが、ほとんど滑稽《こっけい》だった。あのハイゼルという男には、ろくに目もくれたこともない。ハイゼルと、神から与えられた背骨の骨折。よく考えてみると、ほとんど滑稽ぐらいではなかった。非常に滑稽だ。

ドゥサンダーは三錠を口にふくみ、水で流しこんでから、もう三錠のみ、さらに三錠のんだ。廊下のむかいの病室では、ふたりの老人がベッドのあいだのテーブルの上に身をかがめて、文句の多いクリベッジのゲームをしていた。そのひとりがヘルニアなのを、ドゥサンダーは知っていた。もうひとりはなんだったかな？　胆石？　腎臓《じんぞう》結石？　腫瘍《しゅよう》？　前立腺《せん》炎？　老齢の恐怖。その数はおびただしい。

ドゥサンダーはグラスに水をつぎなおしたが、すぐにはそれ以上の催眠剤をのまなかった。分量が多すぎると、目的をとげられないおそれがある。嘔吐《おうと》でもはじまったらさいご、胃が空《から》になるまでポンプで洗浄されて命をながらえ、アメリカ政府やイスラエル政府のなすがままに恥辱を受ける羽目になる。自分は家庭の主婦《ハウスフラウ》や泣き虫男のように、愚かな自殺をするつもりはない。眠気がさしてきたら、もう何錠かのむ。それでうまくいくはずだ。

クリベッジをしている老人のふるえをおびた声が、かんだかく誇らしげに聞こえてきた——「三枚のランのダブルで八点……フィフティーンがふたつで十二点……それに、おなじスートのジャックで十三点。どうだ、ええ、どう思う?」

「心配するな」ヘルニアを患《わずら》っているほうが自信たっぷりに答えた。「ファースト・カウントはこっちだ。サヨナラ勝ちしてやる」

サヨナラ勝ちか、とそろそろ眠くなった頭でドゥサンダーは考えた。実にぴったりした表現だ。アメリカ人は慣用句をひねりだす才能がある。『ブリキのクソほども気にしない』『なっとくいかなきゃ、出ていきな』『日かげの穴へつっこみやがれ』『金がしゃべると、だれも帰らない』すばらしい慣用句。

やつらはわたしをつかまえたと思っているが、こっちはその目の前でサヨナラ勝ちしてやるぞ。

ドゥサンダーは、なんともばかばかしいことに、あの少年に書きおきを残せたらいいのに、と願っている自分に気づいた。細心の注意をするように、と教えてやりたい。とうとう一歩を踏みはずしてしまった老人のいうことに耳をかたむけるように、と。最後になって、この自分、ドゥサンダーが、あの少年をけっして好きにはなれないにしても、尊敬するようになったこと、そして彼と話をするほうが、自分で自分の果てしない妄想《もうそう》に聞きいるよりはましだったことを、伝えてやりたい。だが、書きおきを残せば、その内容がどんなに無害なものでも、あの少年に疑惑を投げかけるもとになる。ドゥサンダーはそれを望んではいなかった。そう、あの少年は、不安な一、二カ月を過ごすだろう。いつなんどき、どこかの政府のエージェントが現われ、アーサー・デンカーことクルト・ドゥサンダーの貸金庫のなかに発見されたある遺言状について、尋問をするかもしれない、と……しかし、そのうちにはあの少年も、こちらが真実をしゃべっていたことを信じるようになるだろう。こちらが正気を失わないかぎり、あの少年がこのいざこざのとばっちりを受けるいわれはない。

ドゥサンダーは何キロもの先に思えるテーブルに手を伸ばし、グラスをとって、もう三錠をのんだ。グラスをもとにおき、目をつむり、やわらかい、やわらかい枕《まくら》に頭を深く沈めた。これほどの眠気におそわれたことは、いまだかつてないし、こんどの眠りは長いものになる。そして安らかなものに。

あの悪夢さえなければ。

その考えは自分でもショックだった。悪夢？　おお、神よ、それだけはごめんだ。あの悪夢だけは。あれが永劫《えいごう》につづき、目ざめる可能性が皆無だとしたら――

とつぜんの恐怖に、ドゥサンダーは必死で目をさまそうとした。おびただしい手がベッドの中からいっせいに伸びてきて、飢えた指で自分をつかもうとしている。

（！いやだ！）

彼の思考はしだいに勾配《こうばい》を増す闇のらせんの中に砕けちり、ドゥサンダーはまるで油を塗ったすべり台に乗ったように、そのらせんを下へ下へとどこまでも落下していった。どんな悪夢が待ちうけるともしれないどん底にむかって。

ドゥサンダーの過量摂取は午前一時三十五分に発見され、その十五分後に死亡が確認された。当直の看護婦はまだ年が若く、日ごろからデンカー老人のやや皮肉っぽい上品さに魅力を感じていた。彼女はわっと泣きだした。カトリック教徒である彼女には理解できなかった。あんなにすてきな老人が、しかも日に日に病気がよくなっていたのに、なぜ自殺なんかして、不滅の魂を地獄に落としたのだろうか。

26

ボウデン家では、土曜の朝はいつも九時にならないとだれも起きてこない。この朝の九時半、トッドと父親は朝食のテーブルで活字を追い、寝起きのわるいモニカは、まだなかば夢うつつで、ひとこともしゃべらずに、いりタマゴとジュースとコーヒーを食卓に並べていた。

トッドが読んでいるのはSFのペイパーバック本で、ディックは〈建築ダイジェスト〉に読みふけっていたが、そこへ玄関に新聞の配達される音がした。

「ぼくがとってこようか？」

「おれがいく」

ディックが朝刊をとってきて、コーヒーを一口のみかけてから、一面に目をやったとたんに激しくむせてしまった。

「ディック、どうしたの？」モニカがいそいで駆けよってきた。

ディックが咳《せき》こんで、気管にはいったコーヒーを吐きだすのを、トッドはふしぎそうにペイパーバック本ごしにながめ、モニカは夫の背中をさすりはじめた。三度目に彼女の目も新聞の見出しをとらえ、背中をさする手を途中でとめて、まるで彫像のように動かなくなった。モニカの目はまんまるくなって、いまにもテーブルの上に落っこちそうだった。

「そんなばかなことが！」ディック・ボウデンはのどの詰まったような声で、やっとそれだけいった。

「それはあの……まさかひょっとして……」モニカはいいかけてから、はたと言葉を切った。トッドを見つめて、「おお、ハニー――」

父親も彼を見つめていた。

ただならぬようすに、トッドもテーブルをぐるっとまわった。「どうしたの？」

「デンカーさんが」ディックはいった――それだけいうのがやっとだった。

トッドは見出しを一目見て、すべてを了解した。くろぐろとした文字がこう並んでいた――『逃亡中のナチ戦犯、サント・ドナート病院で自殺』その下には二枚の写真が横に並んでいた。どちらもトッドには見おぼえのある写真だ。片方は、いまより六年若く、元気だったころのアーサー・デンカー。ヒッピーの街頭写真家が撮影したのを、なにかの偶然でまちがった人間の手に渡らないように、あの老人がそれを買いとったものだ。もう一枚の写真は、クルト・ドゥサンダーという名のSS将校が、小粋《こいき》に帽子を斜めにかぶり、パティンの所長室のデスクにすわっているところ。

ヒッピーの撮った写真が新聞に出たということは、当局がドゥサンダーの家を調べたということだ。

その記事を走り読みするあいだも、トッドの頭は狂おしく駆けめぐった。浮浪者のことはどこにも出ていない。しかし、死体はいずれ発見されるだろうし、発見されたときには、世界的なニュースになるだろう。『パティン司令官の腕は衰えず』『ナチの隠れ家の地下室の恐怖』『殺人をやめなかった男』

た。「ディック、その子を支えないと！　気絶するわ！」
　トッド・ボウデンはぐらりとよろめいた。どこか遠くで、母の叫び声が鋭くこだまし
　その言葉が
（きぜつきぜつきぜつ）
　何度も何度もくりかえされた。父の腕につかまれるのをぼんやり意識したが、そのあとのトッドは、しばらくのあいだ、なにも感じず、なにも聞こえなくなった。

27

　エド・フレンチはデーニッシュを食べ食べ、新聞をひろげた。彼は激しく咳こみ、窒息しそうな声を出してから、ぐじゃぐじゃになったデーニッシュを朝食のテーブルの上いちめんに吐きだした。

「エディー！」サンドラ・フレンチが驚いて声をかけた。「だいじょうぶ？」

「パパがむせた、パパがむせた」幼いノーマが面白《おもしろ》がってはやしたて、それから母親といっしょになって、うれしそうにエドの背中をたたいた。たたかれても、エドはほとんど感じていなかった。まだ目をまんまるにして新聞を見つめていた。

「どうしたのよ、エディー？」サンドラがたずねた。

「この男だ！　この男だ！」エドはさけびながら指で新聞をつっついたが、あんまり力を入れすぎて、爪《つめ》で第一面をびりっとひき裂いてしまった。

「この男だ！　ピーター卿《きょう》は！」

「いったいなんのこと――」

「トッド・ボウデンのお祖父《じい》さんはこいつだ！」

「え？　その戦争犯罪人が？　エド、そんなばかなことが！」

「でも、まちがいない」エドはうめきをもらしそうになった。「くそ、いったいどうなってるんだ、これはあの男だよ！」

サンドラ・フレンチは、その写真をしげしげとのぞきこんだ。

「ピーター・ウィムジーにはぜんぜん似てないわね」最後にそう宣告をくだした。

28

トッドは、窓ガラスのように青い顔で、父母のまんなかに挟《はさ》まれて長椅子《ながいす》にすわっていた。

三人のむかい側にすわっているのは、リッチラーという白髪《しらが》まじりの、腰の低い警部補だった。父親が警察に連絡するというのを断わって、トッドが自分で電話したのだ。

十四で声変わりしたときのように、かすれた声をふりしぼって。

いま、トッドは説明をしおわった。長くはかからなかった。その機械的で精彩のない声に、モニカは死ぬほどおびえていた。たしかにトッドはもう十七歳だが、まだいろいろの面で子供だ。これはこの子が一生忘れられない心の傷になるだろう。

「ぼくがあの人に読んで聞かせたのは……えーと、なんだったかな。『トム・ジョーンズ』と、それから『フロッス河畔の水車小屋』──あの本は退屈でした。最後まで読みとおせる気がしませんでした。それからホーソーンの短編──あの人が『人面の大岩』と『若いグッドマン・ブラウン』をおもしろがったのをおぼえています。『ピクウィック・クラブ』は読みかけたけど、あの人が好きじゃないといいました。ディッケンズは真剣なときに滑稽なだけで、『ピクウィック・クラブ』はじゃれているにすぎないというんです。じゃれている、そういいました。いちばんうまくいったのは『トム・ジョーンズ』です。ふたりともあの本が好きでした」

「で、それが三年前のことなんだね」とリッチラーはいった。

「そうです。暇を見てはあの人の家へ通ってたんだけど、高校にはいってから町のむこう側までバス通学することになったし……それに、友だちと草野球のチームを作ったり……宿題も多かったり……わかるでしょう……いろいろすることができて」

「前ほど暇がなくなった」

「前ほどね、そうです。高校の勉強は前よりうんとむずかしかったし……大学へ行けるような成績を上げるとなると」

「でも、トッドはとても優秀な生徒でしたのよ」モニカがほとんど機械的に口をはさんだ。「卒業のときは次席だったんです。わたしたち、鼻を高くしました」

「そうでしょうな」リッチラーが温かい微笑をうかべた。「わたしの息子たちはヴァレーのフェアビュー高校にいるんですが、ふたりともスポーツ入部資格の最低基準成績にかつかつでしてね」トッドに向きなおって、「すると、高校へ行ってからは、もう彼に本を読んでやったりすることはなかったわけだね？」

「ええ。ときどき、新聞は読んであげましたが。ぼくが行くと、見出しになんと書いてあるか聞くんですよ。ウォーターゲート事件には関心があったようでした。それから、いつも株式市況を知りたがってましたけど、あの欄のクソ細かい活字で頭にくるらしくて――あ、ごめん、ママ」

モニカは息子の手を優しくなでた。

「なぜ株式市況を気にするのかわからないけど、いつも知りたがってました」

「彼はすこし株を持っていたんだよ」リッチラーはいった。「それを生活のたしにしていたんだ。そのほかにも、五組のちがった身分証をあの家のなかに隠していた。たしかに抜け目のない男だった」

「その株券はどこかの貸金庫に預けてあったんでしょうね」トッドはいった。

「え、なんだって?」

「株券ですよ」トッドはいった。やはりけげんな顔をしていた父親が、リッチラーにうなずいてみせた。

「残されたわずかな株券は、彼のベッドの下の小型トランクにしまってあった」とリッチラーはいった。「例のデンカーになりすました写真といっしょにね。きみ、彼は貸金庫を持っていたのか?　そんなものがあるといっていたか?」

トッドは考えてから、首を横にふった。「いいえ。だれでも株券なんかをよく貸金庫へしまうから、そう思っただけです。この……この事件で……なんていうか……頭がどうかしちゃって」トッドはぼうっとしているように首をふったが、そのしぐさは真に迫っていた。事実、頭がぼうっとしていたからだ。だが、すこしずつ自己保存本能が頭をもたげてくるのが感じられた。しだいに神経が鋭敏になり、最初の自信のうごめきが感じられた。もしドゥサンダーが本当に貸金庫を契約して、自衛のための遺言状をそこに預けたのなら、残っていた株券もそっちへ移すはずではないだろうか?　それにあの写真も?

「われわれはこの事件でイスラエルに協力しています」リッチラーはいった。「ごく非公式にですがね。だから、もしマスコミの連中とお会いになっても、そのことはだまっていてもらえるとありがたい。イスラエル側は本物のプロです。そうそう、ワイスコップという男が、明日きみに会いたがっているんだよ、トッド。もし、きみとご両親の都合がよければだが」

「ぼくはかまいません」トッドはそういったものの、ドゥサンダーの後半生を執念ぶかく追いつめていた猟犬たちに嗅《か》ぎまわられることに、本能的な恐怖をちらと感じていた。ドゥサンダーは彼らに対して充分な敬意をいだいていたし、トッドもそれを心にとどめておいたほうが自分のためだと心得ていた。

「ボウデンさんご夫妻はいかがですか？　トッドがワイスコップと会うことにご異存はありませんか？」

「トッドさえよければね」ディック・ボウデンは答えた。「しかし、わたしも同席したいですな。本などで読むと、モサドの連中は――」

「ワイスコップはモサドじゃありません。イスラエルが特別調査員と呼んでいるものです。実をいうと、彼はイディッシュ文学と英文法の教師なんですよ。それに、小説も二冊書いています」リッチラーは微笑した。

ディックは片手を上げてさえぎった。「彼がどんな人物であろうと、トッドをしつこく苦しめるようなことはわたしがさせません。本で読んだところでは、あの連中は少々プロ意識が強すぎるきらいがある。たぶん、その人はだいじょうぶでしょう。しかし、あなたにも、そのワイスコップにも、トッドがあの老人を善意で助けようとしたことだけは知っておいてほしい。あの老人は正体を偽っていたが、トッドはそれを知らなかったんですから」

「いいんだよ、パパ」トッドは悲しい微笑をうかべた。

「トッド、わたしはきみにできる範囲で協力してほしいだけだよ」リッチラーはディックに向きなおった。「ご心配はもっともです、ボウデンさん。しかし、いずれおわかりになりますが、ワイスコップは感じのいい、ソフトムードの男ですよ。わたしのほうの質問はおわりましたが、ここでイスラエル側がいちばん関心を持っている点をお話ししておきましょうか。ドゥサンダーが心臓発作を起こして病院に運びこまれたとき、トッドがいっしょに――」

「家へきて、手紙を読んでくれとたのまれたんです」トッドはいった。

「わかってるよ」リッチラーが両膝《りょうひざ》の上に肘《ひじ》をついて身を乗りだしたので、ネクタイが垂れさがって、床と垂直線を作った。「イスラエル側は、その手紙について知りたがっているんです。ドゥサンダーは大物だったが、けっして湖中にひそむ最後の魚ではなかった――すくなくとも、サム・ワイスコップはそういっているし、わたしもそれを信じています。ドゥサンダーはほかにもたくさんの魚を知っていたのではないか、と彼らは考えているんです。生き残りの大部分は、おそらくまだ南米にいるだろうが、そのほかにも十数カ国に隠れているものがいるらしい……アメリカを含めてね。ご存じでしょうか、ブーヘンヴァルト収容所の副司令官だった男が、テルアビブのホテルのロビーで捕まったのを?」

「本当に?」モニカが目をまるくしていった。

「本当です」リッチラーはうなずいた。「二年前でした。つまり、要点はですね、ドゥサンダーがトッドに読んでもらいたがった手紙なるものは、その種の魚から届いたものかもしれない、とイスラエル側が考えていることなんです。その考えは正しいかもしれず、まちがっているかもしれない。いずれにしても、彼らはそこを知りたがってます」

あのあと、ドゥサンダーの家に足を運んで、その手紙を焼き捨てておいたトッドは、こう答えた——「リッチラーさん、できたらあなたの——それともそのワイスコップさんの——役に立ちたいと思いますが、あの手紙はドイツ語で書いてあったんです。すごく読みにくくて。まるで自分がばかみたいな気がしました。デンカーさんは……ドゥサンダーは……だんだん興奮してきて、よくわからない単語のスペルをいえ、というんです。つまり、ほら、ぼくの発音がひどいもんだから。でも、だいたいの意味はとれたんだと思います。いまでもおぼえていますが、途中で一度笑いだして、こんなことをいいました。『そうだろう、そうだろう、そうするだろうとも』それから、ドイツ語でなにかいいました。それが心臓発作を起こす二、三分前のことでした。ドゥームコープフがどうだとか。ドイツ語でまぬけのことだと思いますけど」

トッドは自信なさそうにリッチラーを見やったが、内心ではこの嘘《うそ》にすっかり満足していた。

リッチラーは何度もうなずいた。「そう、その手紙がドイツ語だったのはわかっている。病院の担当医もきみから説明を聞いていて、それを裏づけてくれた。さて、その手紙なんだがね、トッド……その手紙がどうなったか、おぼえていないか？」

さあきたぞ、とトッドは思った。いよいよ大ピンチだ。

「救急車がきたときはまだテーブルの上にあったと思います。それからみんなで出ていったんです。法廷で証言できる自信はありませんけど——」

「わたしもテーブルの上に手紙があったと思うな」ディックがいった。「手にとってちらっと見たのをおぼえていますよ。エアメールの便箋《びんせん》のようでしたが、ドイツ語だったかどうかまではよく見なかった」

「すると、まだあそこにあるはずだ」リッチラーがいった。「そこがどうも合点がいかんのですよ」

「ないんですか？」ディックがたずねた。「つまり、なかったんですか？」

「なかったんです。ないんです」

「ひょっとしたら、だれかが錠をこじあけてはいったのかも」とモニカが口をはさんだ。

「錠をこじあける必要はなかったんですよ」リッチラーはいった。「彼を運びだすときの騒ぎにとりまぎれて、あの家は戸締まりがしてなかった。ドゥサンダーも、だれかに戸締まりをたのむことまでは気がまわらなかったようです。彼が死んだとき、玄関の鍵《かぎ》はまだズボンのポケットにはいったままでした。つまり、あの家は、救急車の係員が担架で彼を運びだしたときから、われわれがけさの二時三十分にあそこを立入り禁止にするまで、錠がおりてなかったんです」

「それじゃ、しかたがない」ディックはいった。

「ちがうよ」トッドはいった。「リッチラーさんがどうして頭を悩ましているか、ぼくにはわかる」そうとも、ぼくにはよくわかる。これがわからなきゃ、よほどのばかだ。「ふつうの泥棒《どろぼう》がなぜ手紙だけを盗んだりする？　それもドイツ語の手紙を？　理屈に合わないよ。デンカーさんはたいして盗まれるようなものを持ってなかったけど、せっかく忍びこんだんなら、もっとましなものを盗んでいくはずだ」

「そう、ズバリきみのいうとおりだよ」リッチラーがいった。「おみごと」

「トッドは大きくなったら探偵《たんてい》になろうと思っていたことがあるんです」モニカがいって、トッドの髪の毛をすこしもみくしゃにした。大きくなってから、トッドはそうされるのに文句をいうようになったが、きょうだけは気にしてないようだった。モニカはこんなに青い顔の息子を見るのに耐えられなかった。「最近の志望は歴史のほうに変わったようですけど」

「歴史はいい分野ですな」リッチラーがいった。「歴史探偵になる手もあるよ。きみはジョゼフィン・テイの小説を読んだことがある？」

「いいえ」

「まあいいさ。うちの息子たちも、今年のエンゼルスに優勝させようなんていうのより、もっと大きい野心を持ってくれればな」

トッドはわびしい微笑をうかべて、なにもいわなかった。

リッチラーがまた真剣な口調にもどった。「とにかく、われわれがいまとっている仮説をお話ししておきましょう。われわれの考えはこうです。だれか、それもおそらくこのサント・ドナートにいるだれかが、ドゥサンダーの正体を知っていた」

「本当に？」ディックがいった。

「そうです。だれかが真相を知っていた。ことによると、やはり逃亡中のナチかもしれない。ロバート・ラドラムの小説もどきに聞こえるのは承知していますが、そもそもこんな静かな郊外住宅地に、たとえひとりでも逃亡中のナチがいるなんて、だれが想像します？　そこで、ドゥサンダーが病院へ運ばれていったあいだに、このミスターXはいそいであの家へ忍びこみ、手がかりになるおそれのある手紙を盗んでいった。いまごろはちりぢりになった灰が下水道を流れていることでしょう」

「でも、それはあまり筋がとおりませんよ」トッドがいった。

「どうしてだね、トッド？」

「どうしてって、もしデン……もしドゥサンダーに強制収容所時代の仲間か、それともむかしのナチの仲間がいたとしたら、どうしてわざわざぼくを呼びつけて、あの手紙を読ませたんでしょう？　つまり、あんなにぼくの発音をなんべんも聞きかえしたり、直したりするんだったら……すくなくとも、むかしのナチの仲間なら、ドイツ語がちゃんとしゃべれるわけだし」

「いいところをついたね。ただし、その仲間というのは車椅子に乗っているかもしれないし、目が見えないのかもしれない。ひょっとすると、それこそほかならぬマルティン・ボルマンで、外へ出て人前に顔をさらすことさえ恐れているのかもしれない」

「目が見えなかったり、車椅子に乗ったりしていたら、よその家へ忍びこんで手紙を盗みだすのはむずかしいと思いますけど」トッドはいった。

　リッチラーはまた感嘆の表情になった。「たしかにね。しかし、目が見えない人間でも、手紙を盗みだすことはできる。たとえ読めなくてもね。それとも、だれかを雇って、そうすることもできるわけだ」

　トッドはしばらく考えてうなずいた――しかし、それと同時に肩をすくめて、自分がその仮説をどれほど不自然だと感じているかを明らかにした。リッチラーはロバート・

ラドラムをとっくに通りすぎて、荒唐無稽《こうとうむけい》なサックス・ローマーの世界に足を踏みこんでいる。だけど、その仮説がどれほど不自然かなんてことは、こっちにとって問題じゃない、そうだろう？　そうだ。問題なのは、リッチラーがまだあたりを嗅ぎまわっていることと……それに、あのユダ公のワイスコップもあたりを嗅ぎまわっていることだ。あの手紙、あのいまいましい手紙！　ドゥサンダーのまぬけな、いまいましい思いつき！　だしぬけにトッドは、ケースにはいったまま、涼しく暗いガレージの棚《たな》におさまっている、ウィンチェスター銃のことを考えた。いそいで自分の心をそこからひき離した。両手の掌《てのひら》がぐっしょり湿っていた。

「ドゥサンダーは、きみの知っている範囲で、友だちがいたかね」リッチラーがたずねている。

「友だちですか？　いいえ。前には掃除のおばさんがきてましたけど、むこうが引越していってからは、代わりをさがしもしなかったようです。夏には近所の子供を雇って芝生を刈らせるんだけど、今年はそれもしなかったと思います。草がずいぶん伸びてたでしょう？」

「うん。近所の家をあちこち聞きまわったんだが、だれも雇わなかったようだ。彼のところに電話はかかってきたかね？」

「ええ」トッドはむぞうさに答えた……光がちらっと見えてきたぞ、これがわりあい安全な脱出口かもしれない。実をいうと、ドゥサンダーの電話は、トッドが知りあって以来、通算で五、六回かそこらしか鳴らなかった——セールスマン、朝食用食品のアンケート、あとは番号ちがい。ドゥサンダーが電話を引いていたのは、万一急病になったときの用心だった……そして、とうとうそうなってしまったんだ。あいつの魂よ、地獄で腐れ。「前は、一週間に一回か二回、電話がかかってきました」

「そのときの彼はドイツ語で話していたか？」リッチラーが勢いこんできいた。興奮したようすだった。

「いいえ」トッドは急に用心ぶかくなった。リッチラーの興奮ぶりが気に食わなかった——どうもようすがおかしい、なにか危険なものがある。そう確信を持ったとたん、トッドは汗が吹きだすのを抑えようと必死になった。「あんまり口数をしゃべりませんでした。二回ほど、こんなことをいったのをおぼえています。『いつも本を読んでくれる子が、いまきているんだ。あとでこっちからかける』」

「きっとそいつだ！」リッチラーは両手の掌で自分の太腿《ふともも》を強くたたいた。「二週間分の給料を賭《か》けてもいい、きっとその男だ！」リッチラーは手帳をパタンと閉じて（トッドの見るかぎり、いままで彼がごそごそやっていたのはただのいたずら書きだけだった）、立ちあがった。「みなさん、どうもお忙しい中をありがとうございました。とりわけ、きみのおかげで助かったよ、トッド。この事件はきみにとってひどいショックだったと思うが、まもなく片がつくさ。われわれはきょうの午後にあの家を徹底的に調べるつもりだ――地下室から屋根裏まで、そしてまた地下室まで。特別捜査班も総動員する。ドゥサンダーの電話の相手のことで、なにか手がかりがつかめるかもしれない」

「だといいですね」トッドはいった。

リッチラーはみんなと握手して帰っていった。ディックがトッドに、昼食まで庭でバドミントンでもやらないか、とたずねた。トッドは、バドミントンもしたくないし、昼食もほしくないと答え、肩を落とし、うなだれて二階へもどっていった。両親は、同情のこもった、心配そうな視線をかわした。トッドはベッドに仰向《あおむ》けになって天井を見つめ、ウィンチェスター銃のことを考えた。心の目に、その銃がはっきりと映った。トッドはその青いスチールの銃身を、ユダ公ベティー・トラスクのぬるぬるした割れ目につっこむところを空想した――それこそあの女がほしがってるもの、ぜったいに柔らかくならないペニスだ。いい気持だろうが、ベティー？　トッドは自分がそうたずねている声を聞いた。満足したらそういえよな、いいか？　トッドは彼女の悲鳴を空想した。ようやく、恐ろしい、ひややかな微笑がその顔にうかんだ。そうとも、そういえばいいんだ、このすべた……いいか？　いいか？　いいか？……。

「で、きみの感想は？」ワイスコップは、ボウデン家から三ブロック離れたスナックでリッチラーの車に乗りこむと、警部補にそうたずねた。

「そうだな、あの子はどこかでこれに関係していると思う」リッチラーはいった。「どこかで、なにかしら、ある程度までのつながりがある。しかし、なんてクールなやつだ。口の中へ熱湯をそそぎこんでも、きっと角氷を吐きだしてよこすぜ。二度ほど足をひっかけてやったんだが、法廷で使えそうなものはなにも出てこない。それに、あれ以上やると、たとえなにかの証拠がつかめても、頭の切れる弁護士なら、警察がわなにかけたと申し立てて、一、二年先には無罪放免をかちとるだろう。法廷が、まだ彼を少年とみなすからだよ――あの子はまだ十七歳だ。ある意味では、たぶん八つのときから本当の少年ではなくなっていると思うがね。まったく、不気味といったらない」リッチラーはタバコをくわえて笑いだした――その笑い声はちょっぴりふるえをおびていた。「いや、ほんとに不気味なんだぜ」

「どんなところであの少年は尻尾《しっぽ》を出したのかね？」

「電話の件で。それが第一だな。その餌《えさ》をちらつかせてやると、あの子の目がピンボール・マシンのように光りだした」リッチラーは左に折れて、目立たないシボレー・ノバをフリーウェイの入口のランプに走らせた。二百メートルほど右手には、そう遠くない以前の日曜の朝、トッドがフリーウェイの車をめがけてライフルを空撃《からう》ちしたあの斜面と、倒木があった。

「あの子は心のなかで自分にこういったんだ。『この町にドゥサンダーの仲間がいるなんて考えてるなら、このデカはどうかしてる。だけど、もしそう考えてるなら、こっちは爆心地から逃げられそうだ』そこであの子は、ドゥサンダーのところへ週に一、二回電話がかかってきたといった。実に謎《なぞ》めいた電話がね。『いまは話せない、あとでかける』――そのたぐいのやつ。しかし、ドゥサンダーはこの七年間、〝閑散電話〟の特別割引を受けていたんだ。ほとんど使っていないし、長距離はまったくない。週に一、二回も電話を受けていたはずはないんだよ」

「そのほかには？」

「いきなり、手紙だけがなくなっているという結論に飛躍した。なくなったのが手紙だけだと知っているのは、あとで現場にもどって手紙を始末した当人だからだ」

リッチラーはタバコを灰皿《はいざら》でもみつぶした。

「われわれの見たところ、あの手紙はただの口実だ。われわれの見たところ、ドゥサンダーはあの死体……あのいちばん新しい死体を埋めようとしているときに、心臓発作を起こした。彼の靴《くつ》にも、ズボンの折り返しにも土がついていたから、これはかなり妥当な推測だと思う。とすると、彼があの子を呼びよせたのは心臓発作のあとであって、前ではない。彼は地下室から階段を這《は》いあがって、あの子に電話する。あの子は気が動転して――とにかく、あの子としてはめずらしく動転して――とっさにあの手紙の一件をでっちあげる。上出来の作り話じゃないが、それほど不出来でもない……そのときの状況を考えればね。あの子はでかけていって、ドゥサンダーの代わりに後始末をする。さて、本人はもう極限状態だ。救急車はいまにやってくる、父親もいまにやってくる。だが、その前に小道具として、ぜひとも手紙が要る。そこで二階へいってあの箱をこわし――」

「そのことに裏づけはとれているのかね？」ワイスコップが自分のタバコに火をつけながらきいた。フィルターなしのプレイヤーで、リッチラーには馬糞《ばふん》のにおいとしか思えない。大英帝国が崩壊するわけだ、と彼は思った。みんながこんなタバコをすっていたんじゃな。

「そう、裏づけはばっちりとってある」リッチラーはいった。「あの箱についていた指紋は、学校の記録にある指紋と一致するんだ。しかし、あの子の指紋は、あの家のなかのほとんどあらゆるものについていた！」

「それなら、その事実をぜんぶつきつけてやれば、むこうもうろたえそうなもんだが」ワイスコップがいった。

「そこなんだよ、なあ、いいか、きみはあの子を知らない。さっきクールだといったのは、かけ値なしの意味だぜ。たぶんあの子はこういうさ。ドゥサンダーが週に一、二回、なにかを出し入れするたびに、その箱を持ってきてくれとたのまれた、と」

「彼の指紋はシャベルにもついていた」

「たぶん、それも裏庭にバラを植えるときに使ったというんじゃないかな」リッチラーはタバコをとりだしたが、箱はからっぽだった。ワイスコップがプレイヤーをさしだした。リッチラーは一服すって、咳《せき》こみはじめた。「においも同様、味もひどいもんだ」息をつまらせた。

「きのうの昼食にふたりで食ったハンバーガーとおなじだよ」ワイスコップがほほえみながらいった。「あのマック・バーガー」

「ビッグマックか」リッチラーは笑いだした。「わかった。文化交流がいつもうまくいくとは限らないわけだ」微笑が消えた。「わかるかね、あの子はとても身だしなみがいい」

「うん」

「ヴァスコあたりからやってくる、髪をけつの穴に届くぐらい伸ばして、バイク用のブーツにチェーンをじゃらつかせてるような非行少年とはちがう」

「そう」ワイスコップはまわりの車の流れに目をやり、自分が運転していなくてよかったと心から思った。「彼はふつうの少年だ。育ちのいい白人の少年だ。だから、よけいに信じられないんだが――」

「おや、少年が十八歳になるまでにライフルと手榴弾《しゅりゅうだん》の使いかたを仕込むんじゃなかったのかい？　イスラエルでは」

「そうだ。しかし、このすべてがはじまったとき、彼はまだ十三だった。なぜ十三歳の少年が、ドゥサンダーのような男とかかわりあう気になったのか？　考えても、考えても、その心理がわからない」

「おれはきっかけだけわかればいい」リッチラーはいって、窓からタバコを投げすてた。あれを吸っていると頭痛がする。

「たぶん、かりにそんなことがあったとしたら、ただのまぐれだったんだろう。偶然の一致。思わぬ発見《セレンディピティー》。白いものばかりでなく、黒いものもあるんだな、思わぬ発見《セレンディピティー》には」

「なんの話かよくわからん」リッチラーが陰気につぶやいた。「おれにわかってるのは、あの子が石の下にいる虫より気味がわるいってことさ」

「わたしのいってることは簡単だよ。これがほかの子供なら、意気揚々と両親か警察に話しただろう。こんなふうにね――『ぼくはお尋ね者を見つけたよ。このアドレスに住んでるんだ。うん、まちがいないさ』そして、あとのことは当局にまかせる。それとも、わたしの見かたはまちがっているだろうか？」

「いや、まちがっていない。その子は何日か脚光を浴びるわけだ。たいていの少年なら、それで大喜びさ。新聞の写真、夜のニュースのインタビュー、それにおそらく学校からの表彰状」リッチラーは笑いだした。「いや、それどころか、テレビの『リアル・ピープル』に出演できるかもしれない」

「なんだね、それは？」

「いや、こっちの話」十輪のトレーラーが二台、ノバの両側を追い越しにかかったので、リッチラーは声を大きくしなければならなかった。ワイスコップは不安そうに左右に目をやった。「きみの知りたくないものだ。しかし、子供たちに関するその推測は当たっているよ。一般の子供たちに関してはね」

「だが、この子供はちがう」ワイスコップはいった。「この少年は、おそらくまぐれの幸運で、ドゥサンダーの正体を見ぬいた。ところが、両親にも警察にも知らせずに……なんとドゥサンダーのところへでかけた。なぜだ？　その理由には関心がないというが、実はあると思うよ。わたしとおなじように、きみもその疑問にとりつかれているはずだ」

「強請《ゆすり》じゃないな」リッチラーはいった。「それはたしかだ。あの子はほしいものをなんでも買ってもらっていた。ガレージの中にはデューン・バギーまであった。象撃ちの銃はいうにおよばずだ。それに、たとえ面白半分にドゥサンダーから搾《しぼ》りとろうとしても、なにも出てこなかったろう。あのわずかな株券をべつにすると、ドゥサンダーは小便壺《つぼ》さえ持ってなかったんだから」

「警察が死体を発見したのをあの少年が知らないのは、たしかなのかね？」

「たしかだ。なんなら、午後にもう一度顔を出して、あの子にそいつをぶっつけてみるかな。いまのところ、それがいちばん見込みがありそうだ」リッチラーはハンドルを軽くなぐりつけた。「もしこの一件がもう一日でも早くわかっていたら、捜査令状を請求したんだが」

「あの晩、あの少年が着ていた服か？」

「ああ。もし、あの子の服に付着している土が、ドゥサンダーの地下室の土と一致すれば、口を割らせることもできたろう。しかし、あの晩着ていた服は、その後おそらく六回は洗濯《せんたく》されている」

「ほかの浮浪者殺しはどうなんだね？　警察がこの町の周辺で何度か発見している死体は？」

「あっちはダン・ボーズマンの担当だ。どのみち、関連性があるとは思えないな。ドゥサンダーにはあんなことのできる体力はなかった……それに、もっとはっきりしているのは、彼がすでに巧妙な手口を考えだしていたことだ。浮浪者に酒と食事を約束して、市バスに乗せて連れ帰る――くそったれ、市バスとはな！――それから自分のキッチンで彼らを料理するわけだ」

ワイスコップが静かな口調でいった。「わたしが考えていたのは、ドゥサンダーではないんだよ」

「それはどういう意――」そういいかけて、リッチラーは急に口をぱくっと閉じた。唖《あ》然《ぜん》とした長い沈黙を破るものは、ふたりの周囲の交通の轟《ごう》音《おん》だけだった。やがて、リッチラーが小声でいった。「おいおい、息がとまったぜ。さあ、早いとこ説明――」

「イスラエル政府の調査員として、わたしがボウデンにいだく関心は、もしかして彼がドゥサンダーのナチの地下組織の連絡相手についてなにかを知っているかという、ただそれしかない。だが、ひとりの人間として、わたしはあの少年にますます興味をおぼえてきた。彼を動かしている仕組みがなんであるかを知りたい。理由を知りたい。そこで、そうした質問に自分の満足できる答を出そうとしているうちに、だんだん自分にこう問いかけるようになってきたんだ――ほかになにがある？」

「しかし――」

「わたしは自分にこう問いかけた。かつてドゥサンダーがかかわりあった残《ざん》虐《ぎゃく》行為そのものに、あのふたりをおたがいにひきよせあう基盤があったとは思わないか？　それはけがらわしい考えだ、と自分にいいきかせたよ。強制収容所で起きたことは、いまでも胃袋に吐き気をもよおさせるほどの力を持っている。わたし自身がそれを感じる。もっとも、強制収容所にはいったわたしの身内といえば、祖父だけで、彼はわたしが三つのときに亡《な》くなったんだがね。しかし、ひょっとすると、あのドイツ人どもがやったことには、われわれに恐ろしい魅惑をかきたてるなにかがあるのかもしれない――想像力の地下墓地を開くなにかが。ひょっとすると、われわれの戦慄や恐怖の一部は、ある一組の適当な──いや、不適当な──状況がそろえば、われわれ自身も進んでそうした施設を作り、そこに人員をおくだろうという、ひそかな認識からきているのかもしれない。黒の思わぬ発見《セレンディピティー》だ。ひょっとすると、適当な一組の状況がそろったときに、その地下墓地に住んでいるものが喜んで這いだしてくるのを、われわれは知っているのかもしれない。それがどんな姿をしていると思う？　前髪をたらし、靴墨を塗ったようなチョビひげを生やし、ハイル、ハイルとさけびまくる狂った総統の群れか？　赤い悪魔か、鬼か、それとも臭い爬虫類《はちゅうるい》的な翼で飛びまわるドラゴンか？」

「わからない」リッチラーは答えた。

「その大部分は、ありふれた会計係のような姿をしてるんじゃないか、とわたしは思う」ワイスコップはいった。「グラフや、フローチャートや、電卓を持った、小さい人間たち。それが殺人率を最大にしようと待ちかまえている。つぎのときには、ただの六人でなく、二、三千万の人間を殺せるようにだ。そして、彼らの中のあるものはトッド・ボウデンに似ているかもしれない」

「きみはあの子とおなじぐらいに不気味だな」リッチラーがいった。

ワイスコップはうなずいた。「これは不気味な話題なんだ。ドゥサンダーの地下室で、あの人間や動物の死体を見つけたとき……あれは不気味だった、ちがうかね？　ひょっとするとあの少年も、強制収容所への単純な興味から出発した、とは思えないか？　コインや切手を集めたり、むかしの西部のあらくれ者の話を読みたがる少年たちの興味と、さほど変わりのない興味でだ。それで、彼がドゥサンダーのところへ行ったとは思えないか？　確実な情報を馬の頭からじかに聞くために」

「それをいうなら馬の口だろう」リッチラーは機械的にそう答えてから、「もう、ここまできたら、おれはなんでも信じるよ」

「たぶんね」ワイスコップはつぶやいた。その声は、また十輪のトレーラーが追い越しにかかったので、ほとんどかき消されてしまった。その側面には、二メートルもの高さの文字で『バドワイザー』と書かれている。なんという驚くべき国だろう、とワイスコップは思って、新しいタバコに火をつけた。アメリカ人はわれわれが半分気の狂ったアラブにとりかこまれて、どうして生きていけるのかとふしぎがるが、もしここで二年も暮らしたら、こっちがノイローゼになりそうだ。「たぶんね。それに、ひょっとすると、殺人また殺人のそばに立って、それに汚染されずにいるのは不可能なのかもしれない」

29

警官集合室にはいってきたその小男は、船の航跡のように悪臭をひきずっていた。腐ったバナナと、ワイルドルート・クリーム・ヘヤーオイルと、ゴキブリの糞《ふん》と、いそがしい朝のおわりのゴミ収集車のにおいだった。小男が着ているのは、すりきれた杉綾《すぎあや》のズボンと、かぎざきのあるグレーの施設用のシャツと、色あせたブルーのトレーニング用ジャケット。ジャケットのジッパーの大部分ははずれて、糸につないだピグミーの歯のように垂れさがっている。靴《くつ》の甲はクレイジー・グルーの接着剤で底にくっつけてある。頭には疫病《えきびょう》にかかったような帽子がのっかっている。

「おいこら、出ていけ！」当直の巡査部長がどなった。「おまえは逮捕されてないんだ、ハップ！　冗談じゃない！　ここでうろつかれてたまるか！　早く出ていけ！　息ができん！」

「ボーズマン警部補に会わせてくれ」

「死んだよ、ハップ。ついきのうな。おれたちはみんな気が立ってる。だから、早く出ていけ。おれたちが静かに故人をしのべるように」

「ボーズマン警部補に会わせてくれ！」ハップは声を大きくした。息がたっぷりと口からもれた。ピザと、ホールズのメントール・トローチと、甘ったるい赤ワインのいりまじった、強烈な醱酵臭《はっこうしゅう》だった。

「警部補は事件でタイに出張した。だから、もう帰ったらどうだ？　どこかへ行って電球でも食ってろ」

「ボーズマン警部補に会わせてくれるまで、おら帰らねえ！」

巡査部長は部屋から逃げだした。それから五分後、ボーズマンを連れてもどってきた。

ボーズマンは痩《や》せた、いくらか猫背《ねこぜ》の五十がらみの男だった。

「あんたの部屋へこいつを連れていってくれないか、ダン？」と巡査部長は哀願した。

「なあ、いいだろう？　たのむよ」

「こっちへこい、ハップ」一分後、ふたりは三方が壁の小部屋にはいった。そこがボーズマンのオフィスだった。ボーズマンは大事をとって、まずひとつっきりの窓をあけ、デスクの扇風機をつけてから腰をおろした。「用件を聞こうか、ハップ？」

「あんた、まだ例の殺人事件を追ってるかね、ボーズマンのだんな？」

「浮浪者殺しか？　うん、まだわたしの担当だ」

「おらよ、みんなをバラしたやつを知ってるぜ」

「本当か、ハップ？」ボーズマンはパイプに火をつけるのにいそがしかった。めったにパイプはすわないのだが、扇風機もひらいた窓も、ハップの悪臭にはとてもうちかてない。いまにこの壁のペンキが火ぶくれを起こして剝《は》がれてくるぞ、とボーズマンは考えて、ためいきをついた。

「あんた、おらの話をおぼえてるかね？　ほらよ、ポーリーが下水管の中でめった突きされて見つかったその前の日に、ポーリーがどこかのやつと話をしてたっての。あの話をしたのおぼえてるだろ、ボーズマンのだんな?」

「おぼえているよ」救世軍本部と、そこから二、三ブロック離れた給食施設のあたりにたむろする何人かの浮浪者が、殺されたふたりの仲間、チャールズ〝サニー〟ブラケットとピーター〝ポーリー〟スミスについて、それと似た話をしていた。ひとりの若い男が、サニーやポーリーに話しかけているのを見たというのだ。サニーがその男といっしょにでかけたかどうかは、だれもはっきりとは知らない。だが、ハップともうふたりは、ポーリー・スミスがその男とどこかへ行くところを見た、と主張した。彼らにいわせると、その〝男〟は未成年で、自分の代わりに酒を買ってくれればマスカテルを一瓶《ひとびん》おごると持ちかけたらしい。ほかの何人かの浮浪者も、それと似た〝男〟がうろついているのを見かけたという。その〝男〟の人相特徴がまたとびきりで、これほど申し分のない証人の口から出たとなれば、さぞ法廷で尊重してもらえることだろう。なんと若い金髪の白人とくる。逮捕するのに、あとなにが必要だ?

「それでさ、よんべ、おら公園にいたんだよね」ハップがいった。「そしたら、ちょうど古新聞が――」

「この町には浮浪行為を取り締まる法律があるんだぞ、ハップ」

「古新聞を片づけてただけでさ」ハップは憤然といいかえした。「まったく、どいつもこいつもよくゴミを散らかすこと。おら、社会奉仕をしてたんだよ、だんな。社会奉仕をね。なかには一週間前の新聞までありやがるんで」

「わかったよ、ハップ」ボーズマンはおぼろげに思いだした。さっきまではひどく空腹で、昼飯を待ちわびていたのだ。それが、いまでは遠いむかしに思えた。

「それでさ、目をさましたら、風で飛んだ新聞が顔にひっかかってやがってよ、ひょいと見たらあの顔だ。いや、びっくらこいたぜ。見てくれよ。こいつだ。ここにいるこいつ」

ハップはトレーニング・ジャケットから、しわくちゃの、黄ばんだ、雨のしみのある新聞をとりだし、それをひろげた。ボーズマンはいくらか興味をそそられて、身を乗りだした。ハップがそれをデスクの上にのせたので、見出しが読めた——『南加オールスターに四人選出』見出しの下には四枚の写真があった。

「このなかのどれだ、ハップ？」

ハップは垢《あか》だらけの指をいちばん右の写真につきつけた。「こいつだよ。名前はトッド・ボウデン」

ボーズマンは写真からハップに視線を移し、ハップの脳細胞のうち、まだくたくたに煮えてなくて、ちゃんと働くものはどれぐらいあるだろう、といぶかった。なにしろグツグツ煮立った赤ワインのソースと、ときどき薬味としてはいるスターノとで、二十年間ソテーにされているのだ。

「どうしてそんな確信が持てるんだ、ハップ？　この写真の子は野球帽をかぶってる。金髪かどうかもわからんじゃないか」

「この笑い顔」ハップはいった。「このニカッとした笑い顔。あいつはポーリーといっしょにでかけるときも、ちょうどこんなふうによ、人生はすてきだぜ、みたいにポーリーに笑いかけてた。あのニカッとした笑い顔は、百万年たってもまちがいっこねえ。こいつだよ、こいつが犯人」

　ボーズマンは最後の言葉をほとんど聞いていなかった。彼は考えこんでいた。真剣に考えこんでいた。トッド・ボウデン。その名前には、なにやら聞きおぼえがある。地元の高校のヒーローが、町をうろついて浮浪者を殺しているという考えよりも、もっと気になるなにか。その名前は、けさもなにかの会話で聞いたような気がする。それがどこだったかを思いだそうとして、彼はひたいにしわをよせた。

　ハップが帰ったあとも、ダン・ボーズマンがまだそのことを考えつづけているとき、リッチラーとワイスコップがはいってきた……そして、ふたりが警官集合室でコーヒーを飲みながら話している声を聞いたとき、やっとボーズマンはそれがどこだったかを思いだした。

「なんてこった」ボーズマン警部補はつぶやくと、いそいで立ちあがった。

30

トッドの両親は、どちらも午後の予定を——モニカはマーケットでの買物、ディックは取引先とのゴルフを——取り消して、いっしょに家にいようといってくれたが、トッドはできればひとりになりたいと答えた。ライフルの掃除でもしながら、こんどのことぜんたいを考えなおしてみたい。頭のなかを整理してみたい、と。

「トッド」ディックはそういってから、はたとなにもいうことがないのに気づいた。もし、これが自分の父親だったら、ここで祈るようにすすめたことだろう、と思った。しかし、すでに世代は変わり、最近のボウデン一家は、あまりお祈りというものをしたことがない。「こういうことは、ときどきあるものなんだ」トッドに見つめられて、ディックはまのぬけた言葉であとをしめくくった。「あんまり深刻に考えるな」

「だいじょうぶだよ」トッドはいった。

両親がでかけたあと、トッドはボロぎれと、アルパカ・ガン・オイルの瓶をバラの花壇のそばのベンチに持ちだした。それからガレージにもどって、ウィンチェスター三〇-三〇を手にとった。ベンチにもどって、銃を分解すると、花壇の土くさく甘い香りがこころよく鼻孔をくすぐった。トッドは銃のすみずみまでを掃除した。手入れしながらハミングしたり、ときには、歌詞の一節を小さく口ずさんだりした。それからもう一度銃を組み立てた。目をつむってでもできそうだった。心がふわふわとよそをさまよった。五分後、その心がもとにもどってきたとき、トッドは自分が銃に弾をこめたことに気づいた。すくなくともきょうは、あまり射撃練習をしたい気分ではないのだが、それでも弾をこめてしまったのだ。なぜだかわからない、と自分にいいきかせた。

いや、おまえはわかってるさ、トッド・ベイビー。決行の時とやらがいよいよきたんだ。

ちょうどそう考えたとき、ピカピカの黄色のサーブが私道へはいってきた。車から下りた男は漠然《ばくぜん》と見おぼえがあったが、その男が車のドアをばたんと閉めて、こっちへ歩きだしたとき、スニーカーが目についた――ライトブルーの浅いケッズ。過去からの突風もいいところだ。ここボウデン家の私道に現われたのはだれあろう、かのゴム靴《ぐつ》エド、ケッドマン。

「やあ、トッド。ひさしぶりだね」

トッドはベンチの横に銃を立てかけて、にっこりとほがらかな笑顔を作った。「やあ、フレンチさん。こんな町はずれでなにをしてるんですか？」

「ご両親はご在宅？」

「あいにく留守ですよ。なにかふたりにご用？」

「いや」エド・フレンチは、長い、思案ぶかげな沈黙をおいていった。「いや、べつに。

たぶん、きみとふたりきりで話しあうほうがいいかもしれない。すくなくとも最初はね。このすべてについて、完全に筋のとおった説明をきみから聞かせてもらえるかもしれない。もっとも、ぼくはその点について懐疑的だが」

エドは尻《しり》ポケットに手を入れて、新聞の切り抜きをとりだした。トッドはゴム靴エドにそれを渡される前から、それがなんであるかわかっていたが、その日、ドゥサンダーのふたつの写真を見るのは、これで二度目だった。街頭写真家が撮影したほうの写真は、黒インクで丸くかこんである。その意味はトッドにはよくわかった。フレンチは、トッドの〝祖父〟がだれであったかを知ったのだ。そして、いま世界のみんなにそのことを触れまわりたがっている。この吉報の産婆《さんば》役になりたがっている。なつかしいゴム靴エド、あのヤングぶったしゃべりかたと、くそったれなスニーカー。

警察はきっと興味を持つ――だが、もちろん、警察は前から興味を持っていた。いま、トッドはそのことをさとった。この沈みこむような虚脱感は、リッチラーが帰ってから三十分ぐらいあとではじまった。まるでハッピー・ガスのいっぱい詰まった気球で空を飛んでいるような気分だった。そこへ鋼《はがね》のやじりのついた矢が気球の皮に突き刺さり、いまやどんどん下降がはじまった。

あの電話の一件、あれが切札だったんだ。リッチラーはまるでひりたてのフクロウのくそのように、するっとあの誘いをだしてきた。「ええ」とこっちは首を折りそうなスピードで、その罠《わな》のなかへ飛びこんだもんだ。「前は一週間に一回か二回、電話がかかってきました」やつらに南カリフォルニアぜんたいで老人病の元ナチをさがしまわらせてやれ。それがいい。ただ、ひょっとすると、やつらは全米電電《マー・ベル》からべつの物語を手にいれているかもしれない。電話会社が、ある電話の使用頻度《ひんど》をどのていどにつかめるものか、トッドは知らなかった……しかし、リッチラーの目にはある表情が……。

それに手紙の一件もある。あのときはうっかりして、あの家が盗難にあってないことをリッチラーにしゃべってしまった。リッチラーはきっとこう考えて帰っていったにちがいない。もしトッドがそれを知っているとすれば、それはあのあとで現場にひきかえしたからだ……実際そのとおりで、一回ではなく三回もひきかえしている。最初は手紙をとりもどすため、あとの二回は、なにか手がかりになりそうなものが残っていないか、たしかめるため。そんなものはなにもなかった。あのSSの制服さえなくなっていた。ドゥサンダーが、ここ四年間のどこかの時点で始末したのだろう。

それに死体。リッチラーは死体のことをぜんぜん話題にしなかった。

最初、トッドはそれを好都合だと思った。警察がそれを見つけるまでにこっちは頭のなかを——もちろん、言い訳のほうも——整理できる。死体を埋めるときに服にくっついた土のことは、心配しなくていい。あの夜のうちに、すっかり洗濯《せんたく》してしまった。ドゥサンダーが死ねば、すべてが明るみに出るおそれがあると知っていたから、自分で洗濯乾燥機にかけたのだ。坊や、いくら用心してもしすぎることはない、とドゥサンダーならいっただろう。

やがて、すこしずつ、それが好都合ではないことに気がつきはじめた。このところ暑い日がつづいているし、暑い日にはかならず地下室の臭気がひどくなる。最後にドゥサンダーの家へいったときは、すごい悪臭だった。きっと警察はその悪臭に興味を持ち、発生源をたどったにちがいない。だとすれば、なぜリッチラーはその情報を隠したのだろう？　あとのためにとっておいたのだろうか？　あとで不愉快な不意打ちをくわせるため？　もし、リッチラーが不愉快な不意打ちを準備しているとしたら、その理由は疑惑以外にありえない。

トッドは新聞の切り抜きから目を上げ、ゴム靴エドがなかばよそを向いているのに気づいた。ゴム靴エドは表の通りをながめているが、べつにそこではなにもたいしたことは起こっていない。リッチラーが疑惑を持つのは勝手だが、疑惑だけではなにも手が出せないだろう。

だが、トッドをあの老人と結びつける具体的証拠があれば、話はちがう。

つまり、ゴム靴エドが提供できる種類の証拠だ。

ばかばかしいスニーカーをはいた、ばかばかしい男。こんなばかばかしい男に生きる資格はない。トッドは三〇－三〇の銃身に手をふれた。

そう、ゴム靴エドは警察がまだつかんでいない鎖の輪のひとつだ。ドゥサンダーの殺人の中の一件についてトッドが事後従犯であることを、警察は絶対に証明できないだろう。しかし、ゴム靴エドの証言があれば、共謀を証明できる。しかも、ことはそこまでで終わってくれるか？　とんでもない。つぎに警察は高校の卒業写真を手にいれて、それを救世軍付近の浮浪者たちに見せてまわるだろう。望みの薄い賭《か》けだが、リッチラーとしては賭けずにいられないはずだ。もし、あっちの浮浪者殺しを押しつけられなくても、こっちの浮浪者殺しを押しつけられるかもしれない、と。

そのつぎは？　そのつぎは法廷だ。

もちろん、父がすばらしい弁護士たちを雇ってくれるだろう。そして、もちろん、弁護士たちは無罪をかちとってくれるだろう。状況証拠が多すぎる。それに、自分も腕によりをかけて、陪審にいい印象を与えるようにつとめる。だが、どのみちそのころには、ドゥサンダーがいったように、自分の一生はだいなしだ。新聞によってひっかきまわされ、ドゥサンダーの地下室の腐りかけた死体のように、掘りおこされて、光を当てられるだろう。

「その写真の男は、きみが中学三年のとき、わたしのオフィスへやってきた男だ」エドがだしぬけにトッドに向きなおってそういった。「彼はきみの祖父だと称していた。ところがいまになって、指名手配中の戦争犯罪人だとわかった」

「そうさ」トッドはいった。彼の顔は奇妙に無表情になっていた。デパートのマネキンの顔。すべての健康さと、生命と、快活さが、そこから流れ去っていた。残されたものは、戦慄《せんりつ》をもよおすほどの空虚な抜けがらだった。

「これはどういうことだ?」エドはたずねた。おそらくその質問を激烈な非難にするつもりだったようだが、実際に口から出てきたのは、悲しげで途方に暮れたような、なんとなく裏切られた感じの声だった。「どうしてこんなことになったんだね、トッド?」

「ああ、ただの成り行きでそうなったんだよ」トッドはいって、三〇-三〇をとりあげた。「実際、そうなんだ。ただの……成り行きでそうなった」トッドは安全装置を親指でオフの位置に押しやると、ライフルの銃口をゴム靴エドに向けた。「ばかな話に聞こえるかもしれないけど、そういうことなんだ。それだけのことさ」

「トッド」エドはまじまじと目を見はった。一歩あとずさった。「トッド、まさかきみは……たのむよ、トッド。話しあえばわかることだ。話しあえば――」

「地獄で気のすむまで話しあえ。あのいまいましいドイツ野郎とな」トッドは引き金をひいた。

銃の発射音が、暑く風のない午後の静けさのなかにひびきわたった。エド・フレンチはサーブの車体にたたきつけられた。片手がうしろをもぞもぞとさぐり、フロントガラスのワイパーをむしりとった。青いタートルネックのセーターに血のしみがひろがるなかで、エドはぽかんとワイパーに見とれてから、それを手から落としてトッドを見つめた。

「ノーマ」とエドはささやいた。

「わかった」とトッドはいった。「お望みどおりにしてやるぜ、おっさん」トッドがもう一度ゴム靴エドを撃つと、顔の半分が血と骨片のしぶきを散らしてふっとんだ。

エドは酔っぱらったように体の向きを変え、運転席のドアをもとめて手さぐりしながら、とぎれとぎれの弱々しい声で幼い娘の名をくりかえし呼んだ。トッドが背骨のいちばん下を狙《ねら》ってもう一度撃つと、エドは倒れた。両足が砂利の上をつかのま小刻みにたたいてから、やっと動かなくなった。

ガイダンス・カウンセラーにしちゃ、カッコいい死にざまだぜ。トッドはそう思い、短い笑い声をもらした。その瞬間、アイスピックのように鋭い痛みが脳の中にはじけ、錐《きり》のように食いこんで、思わず目をつむった。

つぎに目をひらいたときは、何カ月ぶりかの爽快《そうかい》な気分だった――ひょっとすると、何年ぶりかの爽快な気分かもしれなかった。なにもかもすばらしい。なにもかもしっくりくる。さっきまでの空白は、トッドの顔からなくなり、一種の荒々しい美しさがそれにとってかわった。

トッドはガレージにひきかえし、手持ちの実弾をぜんぶかき集めた。四百発以上あった。それを古いナップザックに詰め、肩にかついだ。ふたたび日ざしのなかに出てきたとき、彼はわくわくしたように微笑し、目を輝かせていた――それは、少年たちが誕生日や、クリスマスや、独立記念日にうかべる微笑だった。それは流星花火や、樹上の小屋や、秘密のサインと秘密の遊び場や、ビッグ・ゲームに勝利を博したあと、選手たちが熱狂したファンの肩にかつがれて、スタディアムから町へと運ばれていく、あのお祭り騒ぎの前兆となる微笑だった。金髪の少年たちが、石炭バケツ形のヘルメットをかぶって戦場にでかけるときの、あの恍惚《こうこつ》にみちた微笑だった。

「おれは世界の王様だ！」トッドは抜けるような青空に向かって力強くさけびながら、両手で銃を頭上高くさしあげた。それから銃を右手に持ちかえると、フリーウェイの上《かみ》手《て》のあそこ、斜面が下に伸び、倒木が隠れ家を提供してくれるあの場所へと出発した。

それから五時間後、日暮れ近くなってから、警察はやっと彼を始末した。

解説

浅倉久志

このあとがきをなにから書きはじめようかと悩んだすえに、ひとつの案を思いついた。とりあえずスティーヴン・キングの本が最近どれぐらい出たかを調べてみよう。さいわい手元に便利なものがある。ミステリ・マガジン八八年三月号の'87年翻訳ミステリ総目録である。

さっそく実行に移してみて、あらためて驚いた。なんと去年だけでも『神々のワード・プロセッサー』、『スタンド・バイ・ミー』、『デッド・ゾーン』（上・下）、『トウモロコシ畑の子供たち』、ピーター・ストラウブとの共作『タリスマン』（上・下）、『バトルランナー』と、合計六点もが出版されているのだ。今年も一月のうちにはやばやと『痩《や》せゆく男』と『クリスティーン』（上・下）が出た。なおこのあともぞくぞくと新刊が待機しているらしい。

ひとりの作家の作品がこれほど集中的に刊行されるのは、翻訳出版の歴史でもめずらしいのではないだろうか。このところ『サラダ記念日』熱にうかされている身としては、ほうっておけない。さっそくつぎの二首をでっちあげた——

「怖いね」と話しかければ「怖いね」と答える人もキングのとりこ

厚ければいよいよ豊かなる気分上下二冊のホラー小説

それで思いだしたが、いずれ翻訳が出るというキングの近作Itは、これまでの長編よりもさらに長くて、文庫本だったら四冊を越すのではないかと思われるボリュームである。訳者のご苦労がしのばれる。

まあ、それはそれとして、本書の成り立ちを先に説明しておきたい。スティーヴン・キングが一九八二年に発表したDifferent Seasonsという作品集がある。『それぞれの季節』という題名どおり、春夏秋冬を背景とする四つの中編をおさめたものだが、ハードカバーの原書で五二七ページ、とても一冊にはおさまりきらないため、二分冊で刊行されることになった。すでに本文庫から山田順子さんの訳で出ている『スタンド・バイ・ミー』がその後半の秋冬編であり、本書が前半の春夏編に当たる。諸般の事情で刊行の順序が逆になったが、四季はめぐりめぐるもの、これでめでたく一年のサイクルが完成したのに免じて、許していただきたい。

『スタンド・バイ・ミー』におさめられているキング自身のまえがきにもあったように、これらの四編はすべて長編を一冊仕上げた直後に、余力にまかせて書きあげられたものだという。また、どの作品もこれまで未発表のもので、それは中編という長さの小説を連載のかたちで受けいれてくれる雑誌のマーケットが、いまではなくなってしまったからだという。裏をかえせば、売ることを考えずに、書きたいことを書いた作品だともいえる。そのためか、ほかのキングの小説とはちょっと毛色が変わっていて、主流小説に近く、純粋なホラー小説といえるのは、冬編に当たる最後の「マンハッタンの奇譚《きたん》クラブ」だけ。「スタンド・バイ・ミー」にいたっては、近年まれに見る青春小説の傑作と評価が高い。

人一倍怖がり屋のぼくは、かねがねホラー小説の翻訳だけはごめんこうむりたいと考えていた。たとえワープロという心強い味方があっても、数カ月のあいだ、あんな恐ろしい小説のテキストと毎日鼻をつきあわせるのは、考えただけでも身ぶるいが出る。いや、味方のはずのワープロにさえ、いつなんどき怨霊《おんりょう》がとりつかないものでもない……。

そんなぼくが、こともあろうにキングの作品をひきうけたのは、今回のはホラーではないというお墨付きがあったからである。それでもビクビクものでとりかかったが、まもなくそれは取越し苦労で、意外にたのしい仕事だということがわかった。たいていの小説には、そう、惚《ほ》れこんでひきうけたはずの作品にさえ、ダレ場というか、退屈なところが出てきて閉口することがあるが、さすがはキング、そんなもたつきはどこにもない。なんといっても、日常的な細かい描写を積み重ねていく見せ場の迫力はたいしたもので、テキストをめくるのがもどかしいほどの翻訳スピードは、しょせん無理だとしても、辞書のページをめくるのがもどかしい感じをひさしぶりに味わうことができた。

辞書といえば、なにより困ったのが辞書にも載っていないブランド・ネーム。キング作品を手がける以上、ある程度は覚悟していたし、これなどはむしろ商品名のすくない部類だと思うが、つね日ごろあまりそちらに縁のないSFという分野にたずさわっているため、不勉強がたたってまったく歯が立たない。結局、お名前を挙げきれないほどおおぜいの方にご教示を仰ぐことになった。この機会にここでお礼を申しあげたい。

「刑務所のリタ・ヘイワース」は、作者によると、『デッド・ゾーン』(一九七九)の完成直後に書かれた作品。一九三〇年代の大衆小説雑誌で使い古された脱獄物語を、一九八〇年代のタッチで新しく再生した、というような批評をどこかで見たことがある。そのありふれたプロットを使いながら、巧みな構成で最後まで飽かせない手際《てぎわ》はみごとなものだ。主人公デュフレーンの受難の描写がリアルであるだけに、一転した最後の幕切れがすがすがしい感動を残す。

ついでながら、この作品はつぎの「ゴールデンボーイ」とちょっとしたつながりがある。「ゴールデンボーイ」の第一章でクルト・ドゥサンダーが語るところでは、彼に投資の助言をしてくれたのが、のちに妻殺しの罪で投獄されたデュフレーンというメイン州の銀行家なのである。

「ゴールデンボーイ」は、この中編集のなかでも「スタンド・バイ・ミー」と並ぶ力作。四百字詰の原稿用紙で五百枚、日本でなられっきとした長編で通用するこの作品を、キングはなんと『シャイニング』（一九七七）脱稿直後の二週間で書きあげた。もっとも、さすがにへたばって、そのあと三カ月はなにも書かなかったとか。

実はこの作品、一九八三年にペイパーバック版を出すに当たって、出版社のニュー・アメリカン・ライブラリーが衝撃的な内容に恐れをなし、これだけをはずせないだろうかと作者におうかがいを立てた裏話があるらしい。結局は完全なかたちで出ることになったのだが、そのへんの事情をキングはあるインタビューでつぎのように語っている

——

むこうはこの作品を読んでうろたえた。ひどくうろたえた。真に迫りすぎているというんだ。かりに外宇宙を舞台にして、これとおなじ物語を書いたとしたら、べつに文句は出なかったかもしれない。それだったら、居心地のいいクッションがあいだに挟《はさ》まるからね。「どうせただの作り話なんだから、なんてことはないさ」と

いうわけだ。

そのときに思ったよ。「どうだ、またやったぞ。ぼくは本当にだれかの皮膚の下まで食いこむような小説を書いたんだ」あれはいい気分のものだ。だれかの股《また》ぐらに手をつっこんだような、あの気分が好きなんだ。前からぼくの創作の一部には、そういう原始的な衝動がある。

ぼくは自分の精神分析に興味はない。なによりも興味があるのは、自分がなにを怖がっているかに気づくときだ。そこからひとつのテーマを発見することができるし、さらにはその効果を拡大して、読者をぼく以上に怖がらせることができる。

また、ドン・ヘロンという書評家は、『キング——善と悪とアカデミック』というエッセイの最後でこの作品にふれ、その基本設定を、ブラッドベリの『小さな殺人者』にも劣らぬ効果的な仕掛《ギミック》けと賞賛したあと、つぎのように述べている——

しかし、キングが「ゴールデンボーイ」でつけたした紙数には、それだけの評価がある。彼はたんなる仕掛《ギミック》けを超えて、典型的なアメリカ少年の精神的荒廃、モンスターに興味を持ち、やがては殺人に興味を持つようになる少年、ナチとモンスター・ファンとの相互寄生関係——これらに関する神話像を築きあげようとした。われわれもいつまたモンスターになるかしれない——その過程がここに描かれている。ホラー作家スティーヴン・キングは、ほかのだれも彼以上にうまく活用できないと思われる題材をもとにして、安易な分類を拒否するほどの大きなスケールと、さまざまな含蓄をあわせもつ物語を創《つく》りだしたのだ。

なお、おおかたのキング作品の例にもれず、「ゴールデンボーイ」も映画化されることになり、一九八七年夏からロサンジェルスで撮影にはいった。製作は『クリスティーン』のリチャード・コブリッツ、監督はイギリスのアラン・ブリッジズ、『エクスカリバー』、『シャーロック・ホームズの素敵な挑戦』などで渋い魅力を見せたイギリスの名優ニコール・ウィリアムスンと、『チャンプ』の名子役リッキー・シュローダーが共演するという。

（一九八八年一月）

本作品中には、今日の観点からみると差別的表現ととられかねない箇所が散見しますが、作品自体のもつ文学性ならびに芸術性、また訳者がすでに故人であるという事情に鑑み、原文どおりとしました。

（新潮文庫編集部）

ゴールデンボーイ

—恐怖の四季　春夏編—

新潮文庫　　キ－3－12

昭和六十三年三月二十五日　発行
平成二十二年八月二十日　四十四刷改版
令和六年八月三十日　五十四刷

訳者　浅《あさ》倉《くら》久《ひさ》志《し》

発行者　佐藤隆信

発行所　株式会社　新潮社

郵便番号　一六二―八七一一
東京都新宿区矢来町七一
電話　編集部(〇三)三二六六―五四四〇
　　　読者係(〇三)三二六六―五一一一
https://www.shinchosha.co.jp

価格はカバーに表示してあります。

乱丁・落丁本は、ご面倒ですが小社読者係宛ご送付ください。送料小社負担にてお取替えいたします。

印刷・錦明印刷株式会社　製本・錦明印刷株式会社

ISBN978-4-10-219312-9　C0197